国家出版基金项目
NATIONAL PUBLICATION FOUNDATION

国家出版基金项目
"十二五"国家重点图书出版规划项目

中國京劇流派劇目集成

启功题签

《中国京剧流派剧目集成》编委会 编

第 肆拾 集

學苑出版社

图书在版编目（CIP）数据

中国京剧流派剧目集成．第40集 ／《中国京剧流派剧目集成》编委会编．— 北京 ：学苑出版社，2015.3
ISBN 978-7-5077-4741-6

Ⅰ．①中… Ⅱ．①中… Ⅲ．①京剧－剧本－作品集－中国 Ⅳ．① I232

中国版本图书馆 CIP 数据核字(2015)第 047703 号

出 版 人：孟　白
责任编辑：潘占伟
装帧设计：徐道会
出版发行：学苑出版社
社　　址：北京市丰台区南方庄 2 号院 1 号楼
邮政编码：100079
网　　址：www.book001.com
电子信箱：xueyuanpress@163.com
销售电话：010-67675512　67678944　67601101（邮购）
经　　销：新华书店
印 刷 厂：北京信彩瑞禾印刷有限公司
开本尺寸：889×1194　1/16
印　　张：14
字　　数：358 千字
版　　次：2015 年 3 月第 1 版
印　　次：2015 年 3 月第 1 次印刷
定　　价：210.00 元（精装）

《中国京剧流派剧目集成》学术顾问

郭汉城　刘曾复　朱家溍

吴小如　王金璐　迟金声

钮　骠　刘连群　陈绍武

《中国京剧流派剧目集成》编委会

主　编

黄　克

副主编

常立胜　吴春礼　哈鸿儒

蔡景凤　杨凌云

序言

◎黄克

京剧向称国粹艺术，内容博大精深，剧目十分丰富，人们常以"汉唐三千宋明八百"形容其浩瀚。其中流派剧目又以演员表演的鲜明个性使剧目显得更为多彩多姿，充满魅力，既被专业人员钻研承继，也为广大戏迷喜闻乐见，遂成为京剧舞台上一大亮点。

流派

举凡表演艺术，原本就无不带有表演者的个人色彩。京剧表演艺术因其唱念做打诸多方面功夫的综合性和繁难性，表演的个性化尤为突出；加以行当的粗分、剧目的雷同，于大致相同的条件下尽显各自的千姿百态、千变万化；一招一式、一腔一韵之中可以体现不同的特色，同样一出戏，甚至同样一个戏中人物也完全可以演出不同的风采，这种充满个性化的表演，遂成为京剧竞技场上最是为人乐道而又情趣无穷的审美内涵。倘若这种富于个性化的表演为受众所认可，且代有传人，形为规范，即可自成一家，成为迥异于他人的艺术流派。以"四大名旦"（梅兰芳、程砚秋、荀慧生、尚小云）为例，虽皆工旦行，却又各有千秋。京剧大师王瑶卿就曾这样分析这四位后起之秀的独到之处："梅兰芳的样儿，程砚秋的唱儿，尚小云的棒儿，荀慧生的浪儿。"所谓"样儿"，指梅的艺术造诣全面，要什么有什么；所谓"唱儿"，指程以行腔之新颖动听为能；所谓"棒儿"，指尚的刀马功底深厚；所谓"浪儿"，指荀的柔媚多姿、风情万种。寸长尺短，一语道破各有专擅的各家流派特点。如此成就固然来自自己的勤学苦练、苦心孤诣，更少不了观众的知音捧场、鼓励有加。因此，一个艺术流派的形成，对于创始人来说，无疑是开拓了审美追求的新境界；对于受众戏迷来讲，则更是得到了多样化审美需求的新满足。梨园行有云：唱戏的是疯子——指其追求的执着，听戏的是傻子——指其享受的痴迷。二者相得益彰、相映成趣，或许正道出京剧流派形成之三昧。

流派剧目

在京剧传承的一二百年间，随着历史的变迁、社会的发展，以及新人辈出、师承转换，荡涤旧物、崇尚新声，传统剧目中的绝大部分早已绝迹于舞台，然而，其精华部分（包括剧目中表现出来的唱念做打等程式体系）还是被完好地保存了下来，并得到长足的发展。其间，流派创始人于剧目的推陈出新做出了不可磨灭的贡献。基于对剧目乃至剧中人物的理解和认识，以及更便于发挥自己技艺特长的需要，流派创始人对浩如烟海的传统剧目进行了严格的筛选，经过了整理加工再创作，使之又焕发出崭新的韵味和光彩；随着这样剧目的增多，最终形成了自己流派所特有的剧目系列。而另外的流派又在另外的剧目系列中发挥着自己的优势，即或剧目相同，不同流派依然可以于演出中表现出自己的独特风格。总之，在其演出的剧目中，无不打上自己表演风格的鲜明烙印。京剧舞台上一度出现的这种百花齐放、争芳斗艳的盛况，实由自丰富多彩的流派剧目，这在京剧发展史上已是不争的事实。

但也应看到，如今京剧流派剧目相对于京剧的鼎盛时期，已是光景不再。个中原因很复杂，就客观因素而言，新兴的艺术形式的多种多样，人们的欣赏习惯和娱乐方式已经有了更广泛的选择余地，因而完全可以去旁骛；此外，就京剧本身而言，演出剧目之贫乏不能不说是观众锐减的重要原因之一。本来演出场所和演出场次就不多，翻来覆去又只是那几出骨子老戏，怎么能吸引观众，特别是年轻观众呢？——连那些老戏迷们也都听腻歪了。

回过头来看，今日演出剧目的贫乏和流派创始人晚年艺术景况也不无关系。他们在艺术的巅峰期——集中在上个世纪二三十年代，创作或改编了一出出新戏，直令观众赏心悦目，目不暇接。当其时，除了富连成科班或游动的散班演出些大路戏外，北京的京剧舞台几乎就是流派剧目的天下。据1932年商务印书馆出版的《五十年来北平戏剧史材》的记载，自民国十二年（1923）至十八年（1929）这六七年间，以梅派剧目为例，只“初演”的剧目——也就是自家独创的新戏或整理改编的传统戏，就有前后本《西施》、《洛神》、《廉锦风》、头二三四本《太真外传》、《俊袭人》、全本《宇宙锋》、《凤还巢》、《春灯谜》等12出戏（其中前后四本《太真外传》这四出戏是在一年多时间里陆续完成的）；同一时间段，马派“初演”的剧目也有《化外奇缘》、全本《玉镯记》、《秋灯泪》、《战宛城》、全本《火牛阵》、《鸿门宴》、全部《临江馆（“馆”应作“关”）》、全部《浣纱溪》、《范仲禹》、全本《清风亭》、头二三四本《大红袍》、全本《天启传》、《许田射鹿》、全本《十道本》等15出戏（其中《大红袍》分头二和三四本两次演出），当然，其中还不包括“初演”以外的经常性的大量的传统戏演出。试问，这些曾经轰动一时的流派创始人编创的新剧目于今又有多少出传承下来了呢？个中主要原因就在于流派创始人到了晚年一些唱做吃重的剧目已难胜任，只有将其已臻于炉火纯青的技艺凝炼到少数剧目之中，或演出或教习也只拘囿于这少数几个剧目了。而其传人也就将这几出戏奉为圭臬，全不知其鼎盛时期的所谓“文武双全”、所谓“昆乱不挡”为何事，致使一些当年的热门戏几近失传，这不能不说是梨园一件憾事。记得梅兰芳先生曾撰文论述学艺过程中的“少、多、少”，大意是初学时会的戏（包括技艺）自然是少的。随着所学剧目的增多，技艺的增长，激发起拓宽其艺术驰骋领域的热情，兼收并蓄，从而极大地丰富了自己。进而又随着审美取向的定型，艺术见识的提高，势必要对自己所学所用下一番去芜存精的工夫，扬长避短，使自己的独特技艺集中在少数几个代表剧目之中。表面看来演出的剧目是少了，但炉火纯青，在艺术创新上却达到了新境界。从少到多，从多而少，贯穿着的是继承与发展的艺术成熟的过程，也闯出了一条攀升艺术高峰的必由之路。后学者以为，学会了几出流派代表剧目便可以薪尽火传，得到了真经，孰不料缺少广博的根基，既影响个人的发展，也造成了剧目越传越少的现实。这难道不是应该汲取的教训吗？

有道是“礼失求诸野”。由于流派剧目的独特韵味及其所富有的艺术魅力，由于京剧作为自娱自乐的审美取向已深入人心，更由于迷恋传统演唱艺术者的大有人在，京剧传统剧目——包括一些已经消失于舞台的流派剧目，至今仍在京剧爱好者中间传唱不息。我们不妨到公园里看一看那一圈圈围着的戏迷，他们来自四面八方，或许彼此并不相识，只凭一把胡琴就将大家凝聚在一起，有滋有味地互相欣赏着一段段流派唱腔。更不用说那遍布全国各地乃至国外华人聚居区的票房，他们还时不时地粉墨登场，过一把戏瘾呢！这种自拉自唱、自娱自乐的红火场面，充分显示了京剧流派剧目的深厚群众基础和顽强的生命力，对于相对落寞的京剧舞台不啻一种发人深省的挑战。然而，这又何尝不是对京剧振兴的潜在的呼唤和有力的支持呢！

流派剧目集成

正鉴于其强大的生命力和深厚的群众基础，“振兴京剧”作为文化建设的国策的提出可谓正得其时。而振兴之务，首要的是挖掘和继承优秀传统剧目，以之作为发展和创新的基础和借鉴。我们编纂《中国京剧流派剧目集成》的初衷正在于此：将流派剧目演出的精彩瞬间记录于永恒，将构成流派剧目的诸多元素一一记录在案。诸如每剧的剧情本事、创始人表演特点的提要，剧中人物行当归属、服装扮相，剧本曲文、唱腔谱、伴奏谱、锣鼓经，以及身段谱等得以再现流派表演风格的内容，都力图完整地记录整理出来，为流派艺术的教学和研究提供文字的基础资料。持此，内行自可作为表演的参考，京剧爱好者也可以作为演习的蓝本。

这一工作，对于京剧剧目的基本建设虽然可谓之善举，但具体做起来却困难多多。首当其冲的就是剧目的选定。京剧剧目虽称汗牛充栋，但保存下来的资料却十分有限。京剧形成初期，以“老生三杰”又称“前三鼎甲”的程长庚、余三胜、张二奎为代表的一代固然没有留下什么音像文字资料；即或以“老生新三杰”又称“后三鼎甲”的谭鑫培、孙菊仙、汪桂芬为代表的一代除了少量的唱片外也没有完整的剧目传下来，所以我们的剧目整理工作只能从民国初年以降的“四大须生”、“四大名旦”开始。他们受熏陶于前辈艺术家，可谓传统的集大成而又能创新的一代，整理剧目以他们为重点自然最合适不过。遗憾的是这些艺术大师大都已经作古，得到他们指点和首肯已不可能，为此，我们只能通过其亲传或再传弟子来进行流派剧目的整理工作。从中我们更深地体会到抢救要及时，当初未能抢救下来现在也不要嫌晚而不为，抢救一点是一点，否则能够保存下来的精华越来越少，越加难向历史向后人交代了。

更难的则是遴选整理者。剧目的全面整理需要全面的人才。我们在组织稿件的过程中却发现这样的人手颇不易得。如果流派创始人或其传人曾在戏校任教，且有较为完整的教案保存下来，今日稍加整理即可选用，自然不是难事。不过这样的情况并不多，大量的剧目尚需要对当年的演出本进行追忆记录，加工整理。曾经受业于流派创始人或其传人的京剧工作者虽然是整理演出本的合适人选，但是他们大都是单位的骨干，忙于演出，忙于剧务，或居于领导职位，很难分出身来。即或肯于应承下一两出戏，也常有如下的情况：能演不能说，能说不能写，能写又不能打谱。因此，完成一个剧目经常需由记录者、整理者和打谱人联袂而行，倘再加上剧目的传授者和提要的撰写人，则非四五人鼎力不可。《中国京剧流派剧目集成》收入二百多出戏，每出戏即使平均两三人参加，也要组织四五百人次。其繁难可以想见，其壮观亦可以想见。当然，这还仅就整理者的数量而言，更为难能可贵的还在于参与者的无私奉献。试想，跟演一出戏或教一出戏相比，以文字整理出一出戏，不仅费时而且费力，无疑是一桩一般人不肯为也不屑为的苦差事，而我们的整理者却能甘之如饴，乐此不疲，没有为京剧事业的传承而不计个人得失的宝贵情操，是难有这种积极性的。不仅如此，随着岁月流逝，整理流派剧日益困难，更需要求助一些老专家，他们或是资深艺员、教师，或是资深票友、戏迷，而今已是硕果仅存的京剧艺术的专家、流派历史的见证人。在他们身上洋溢着一种传承京剧流派的使命感，和对振兴京剧的期待。他们热情地参加到这项工作中来，或亲自动手，为我们整理剧目；或答惑解疑，给我们工作以指导。使我们在受教于他们的同时，油然而生一种深深的敬意。

克服了上述困难，《中国京剧流派剧目集成》终于呈现在读者面前。书中，除了囊括主要流派的主要代表剧目，试图反映京剧鼎盛时期的大致面貌而外，尚有可说道者。

首先是挖掘整理出一批流派剧目，其中不乏已近失传的流派艺术精品。其中共收流派五十余家、剧目二百多出，不仅是从装扮到曲谱俱全，而且半数以上不曾整理出版过，可算是京剧剧目建设的一个不小的工程。下列剧目可为佐证。如王（瑶卿）派名剧《南天门》（今能见到的只剩下王和老谭合拍的剧照）、余（叔岩）派名剧《太平桥》（据说是老谭给余说的开蒙戏）、马派名剧《白蟒台》（写王莽被俘后向旧臣一一乞命事，老生扮演反面人物堪称奇特）、麒派名剧《斩经堂》（其中吴汉的悲剧性格曾引起过热烈争论）、荀派名剧《鱼藻宫》（写吕后残害戚姬事，乃荀派悲剧剧目之一），以及汪（笑侬）派名剧《哭祖庙》、龚（云甫）派名剧《徐母骂曹》、徐（碧云）派名剧《绿珠坠楼》、裘（盛戎）派名剧《打銮驾》等，都是难得一见的流派剧目之珍品。而以“关外唐”名世的唐（韵笙）派名剧经其家人和传人的努力竟整理出其代表作《驱车战将》、《闹朝击犬》、《好鹤失政》、《绝龙岭》、《未央宫斩韩信》、《刀劈三关》等七出之多，堪称流派剧目建设的新收获。除此之外，《中国京剧流派剧目集成》还特别着力于武戏的挖掘整理。较之文戏，武戏更难整理，需要将演员在台上的动作招式一一准确地反映出来，没有深入的钻研领会、亲身体验，很难下笔。众所周知，杨小楼作为一代武生宗师，其“武戏文唱”乃武生的不二法门，也是令人神往的一种表演境界，在武戏剧目整理中理应得到体现。资深票友朱家溍先生得其真传，整理了杨派名剧《麒麟阁》，并详细记述了前后六次观剧的心得，惜乎不及将其用工尺谱记下的昆曲吹腔翻为简谱便溘然而逝了。另一出杨派名剧《镇潭州》则是根据京剧耆儒刘曾复先生的讲授整理出来的，其中杨再兴上场的“蝴蝶霸”、和岳飞对打的“枪架子”，皆独得杨派之秘，给人以再闻《广陵散》般的惊喜。此外，高盛麟的《长坂坡》、《走麦城》，王金璐的《落马湖》、《蚆蜡庙》也都走的杨派的路子，有的就是直接跟杨宗师学的。南派大武生盖叫天武功盖世，他的剧目身后却乏人整理，多亏移居上海的原中国戏校武功教师赵雅枫先生以耄耋之年勉力整出《一箭仇》，也算保存了盖派一脉。还值得一提的是收获了一批武丑戏。叶盛章当年是以武丑戏挂头牌演大轴的第一人，勇于创新，能戏甚伙，现将其创作的名剧《酒丐》、《祥梅寺》、《打瓜园》、《徐良出世》、《三盗九龙杯》、《铜网阵》等七出代表作一并推出，既再现了叶氏当年神勇，也为乏人承继的武丑行当提供一些演习之本。尤为可喜的是我们也挖掘整理出富连成科班总教习、文丑“萧派”创始人萧长华老先生的《选元戎》、《荡湖船》、《变羊记》等已近绝迹舞台的拿手剧目。凡此，整理者挖掘流派剧目的辛勤劳作成果，均为我们编纂“集成”增添了光彩。

为了方便读者翻检使用，本书采取四五出戏合编一册的形式，这样全书约有五十册之多，并拟分三批推出。第一批为老生行的余派，以及号称“南麒、北马、关外唐”的三派，和武丑行的叶（盛章）派，计五家八册。第二批则以旦行“梅、尚、程、荀”为代表，包括老旦、刀马旦等流派。第三批是老生、小生、武生、净、丑等其他流派。

预期一两年内出齐。倘若其中有重要疏漏，又得人整理，亦可考虑编辑出版“集外集”，以满足读者的需求，也使这部“集成”更为名副其实。

当然，《中国京剧流派剧目集成》的编纂，其目的只在提供流派剧目作为研究家和后学者的参考借鉴。而流派、流派，意重在“流”。所谓流，指流行和流变。流派艺术正是在流行、流变中最终形成的，即或在最终形成之后，也还是靠流行、流变而发展的，倘若泥古不化，抱残守缺，就会失掉其鲜活的生命力，艺苑奇葩也会枯萎，这已为京剧发展史所证明。不过，流派艺术发展也需要有个前提，那就是首先要掌握渗透在表演程式唱念做打、手眼身发步中的艺术个性，而流派剧目就是其艺术个性展现的载体。继承流派艺术，不能只满足于模拟外在的“体”，更要在剧目演练中去体味其艺术个性的“魂”，这样才能促使京剧流派艺术从剧目建设到表演个性都得到发扬光大。此乃传承流派剧目的题内之义，自毋庸赘言。

目录

哈鸿儒 整理

老黄请医

根据马富禄 1961 年录音整理

《老黄请医》是一折小闹剧，剧情梗概如下：蒋士隆与王瑞兰投店，因蒋士隆生病让店主东老黄代他们去请医生。老黄请来庸医刘高手为其诊治，其间闹出了很多笑话。

这出戏的历史渊源非常久远，它是《拜月亭》传奇中的一折，南戏也有相同故事的《幽闺记·请医》一折。清初“花部”在京师演出，它也是观众喜爱的剧目之一。昆曲有《幽闺记·请医》，直到现在还演出。京剧形成后，《老黄请医》也久演不衰，成了丑角的一个保留剧目。

这出闹剧通过大量荒诞夸张的手法在娱乐中给人们带来了艺术上的享受。像刘高手给小孩治疗箭伤，用大竹杠子给蒋士隆悬丝吊脉，坟坑里的死尸拉住刘高手向他抗议等情节都是荒诞至极，出人意料。观众看到这里，不由得捧腹大笑，而无人去追究是否真实合理，人们只把刘高手看成是个幽默诙谐的人物，无暇顾及其他。此外，这出戏还尽量避免落入表演的俗套。丑角两人见面常常有互致问候的表演常例，见面先互相问候，再问家里家外，鸡鸭猫狗都问到，表现极为亲热，最后抖出“你是谁呀？”的包袱，引人发笑，形成一个俗套。这出戏刘高手与老黄见面照例也应落此俗套，然而，他们换了个样子：先彼此问候，然后问长问短，套套近乎称两人都是发孩儿啦，感叹彼此都老啦，是老哥们儿啦，这时再抖出包袱：“真格的，你是谁呀？”避免了千篇一律。老本中刘高手念干牌子〔水底鱼〕上场：“四代名医，三方人尽知，有人来找我，定是该死的。”这个干牌子很有特色，它不是一口气念完，而是两句之间都有老黄与刘高手的夹白，以此解释上一句的含义，插科打诨，一出场就勾画出刘高手庸医的嘴脸。

《老黄请医》流传到刘赶三的时代，他对老本子做了两处比较大的改动。刘赶三有嗓子，能唱老旦戏和老生戏，于是把剧本改成刘高手唱一段传统戏出场。出来唱什么随意性很大，反正是借刘高手是个戏迷过戏瘾，唱什么都成。刘赶三经常唱的是《打渔杀家》“昨夜晚吃酒醉”一段，学“奎派”。萧长华演丑角戏博采众长，刘赶三自然是他学习的对象，《老黄请医》这出戏也经他流传了下来。萧长华饰刘高手出场时唱《战蒲关》或《朱砂痣》中的〔二黄原板〕。马富禄在20世纪60年代的演出，则唱《三娘教子》中的〔二黄原板〕。马富禄唱这段不学同他长期合作同台的马连良，而是按“余派”的唱法，突出了“余派”的擞音和尾音上扬的特点，显示出其多才多艺。又因为刘赶三是药材商出身的票友下海，对中草药非常熟悉，故而在演出时以安排家事为名，加了一节用中草药名串连起来的贯口，丰富了表演手段。

《老黄请医》这出戏绝大部分是刘高手和老黄两人在舞台上表演，他们一个捧，一个逗，关键之处抖落个包袱，博得观众一笑。猛看上去好像是相声，其实不然，它是一出地道的京剧。其一，念功是京剧“四功五法”的一功。俗话说“四两唱，千斤白”，这出以丑角当家的戏，更是如此，全剧精彩之处大多都是通过念白来表演。戏曲表演艺术要求演员口齿清楚，把唱念清晰地传达给观众。京剧丑角的京白念法是以北京方言为基础加以艺术化，以求观众听得清楚明白，因此又不完全等同于北京方言。像刘高手讲述到箭场救治中箭的小孩和在开洼把小孩的球踢到坟窟窿里的故事，用语音的高低、轻重、长短、缓急把荒诞的故事说得有声有色、活灵活现，吸引住了观众。这些表演非常典型地显现了京剧丑角念京白的艺术魅力。其二，充分利用京剧在某种场合下剧中人可以与观众交流的方式来加强喜剧的气氛。例如刘高手给老黄请喜神，出人意料地对着台下的观众说："这不就是喜神吗？"既请到了老黄的喜神，也表达了对观众的敬意，在皆大欢喜的笑声中结束了表演。其三，充分利用京剧的表演身身段加强念白的效果。何况《老黄请医》的演出远远在相声艺术形成之前，所以它绝不等同于相声。

这个整理本是根据马富禄在 1961 年的录音整理的。马富禄的表演基本上是遵循着萧长华的戏路，但他将安排家事一节中用中草药药名串起的贯口去掉了。整理本在附录中补充了这段表演内容。此外，附录中还列出了刘高手念干牌子上场的戏路，以资演出时参考。

哈鸿儒

人物行当

老　黄	丑	**蒋士隆**	小生
刘高手	丑	**王瑞兰**	旦

服装扮相

老　黄　俊扮（老脸）白毡帽、白二涛，老斗衣，黑彩裤，大袜、皂鞋。

刘高手　俊扮（老脸）。红疙瘩绊黑缎子绣边帽头（带帽正）、黑圆框眼镜、白八字胡、白发辫，宝蓝缎子暗花长袍、紫色暗花小坎肩，黑彩裤，白大袜、云头鞋。

蒋士隆　俊扮。高方巾，天蓝色绣花褶子、白腰包，彩裤，厚底靴。

王瑞兰　俊扮。水钻头面、大头、线尾子、草花，瓦灰色绣花褶子，彩裤，彩鞋。

道具

桌　子	一张	**椅　子**	三把
凳　子	一个	**浅色镶边桌围**	一套
浅色镶边椅披	三套	**包凳子用浅色椅披**	一套
竹杠子	一根	**木榔头**	一把
凿　子	一个	**黄布包袱皮**	一张
银　子	一锭		

〔【冲头】【原场】幕启。空场。

〔【撤锣】老黄在“上场门”幕内白：“啊哈！”

〔【小锣五击】老黄“上场门”上，至正场台口。

老　黄（念）孟尝君子店，

千里客来投。（扎）

我，招商店老黄的便是。只因我这个店里头住了一男一女两位客官。男的病了，女的叫我请个大夫。我请谁去呢？呃——（想状）唉，有啦！我们这下儿（“下”读作 hā）有个刘高手刘先生。我请请他去，出趟马，给病人看看病。（圆场，边走边说，走至“小边”）我们是多年的老朋友啦，总不能驳我这个面子。（往“下场门”一望）哦呵，到啦！指不定在家没在家。（朝“下场门”叫）我说——刘先生，刘先生！（提高嗓门喊叫）刘先生！

〔刘高手在“下场门”幕内白：“嗯哼！”

老　黄　哎，真在家呢！（转身面向里）

〔二黄原板〕

【铙钹夺头】

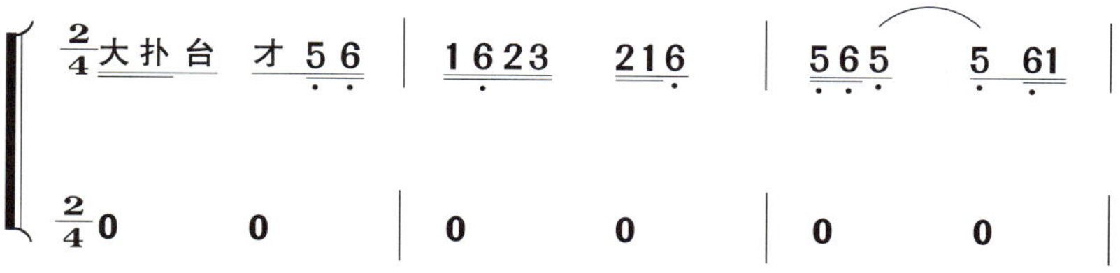

（刘高手左手拄一竹杠子“下场门”上，至“下场门”

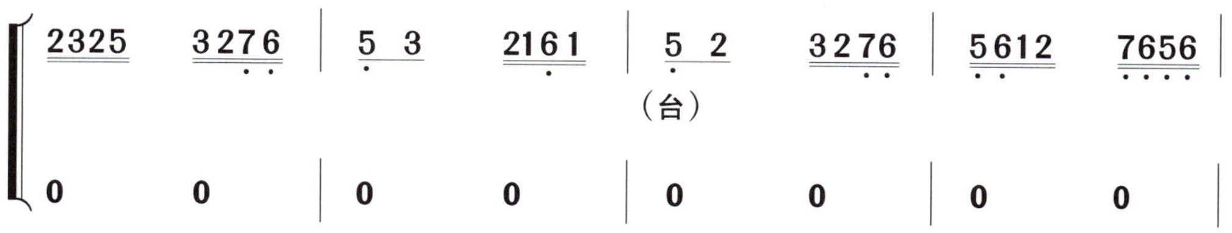

台口右手捋胡子一亮。继续走向正场，面向前）

刘高手

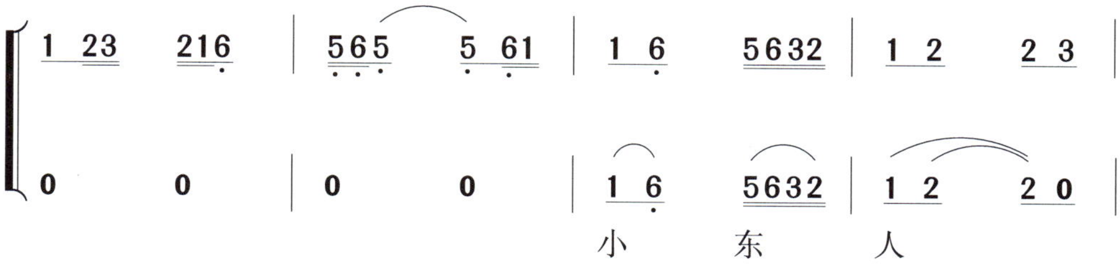

（右手前指）

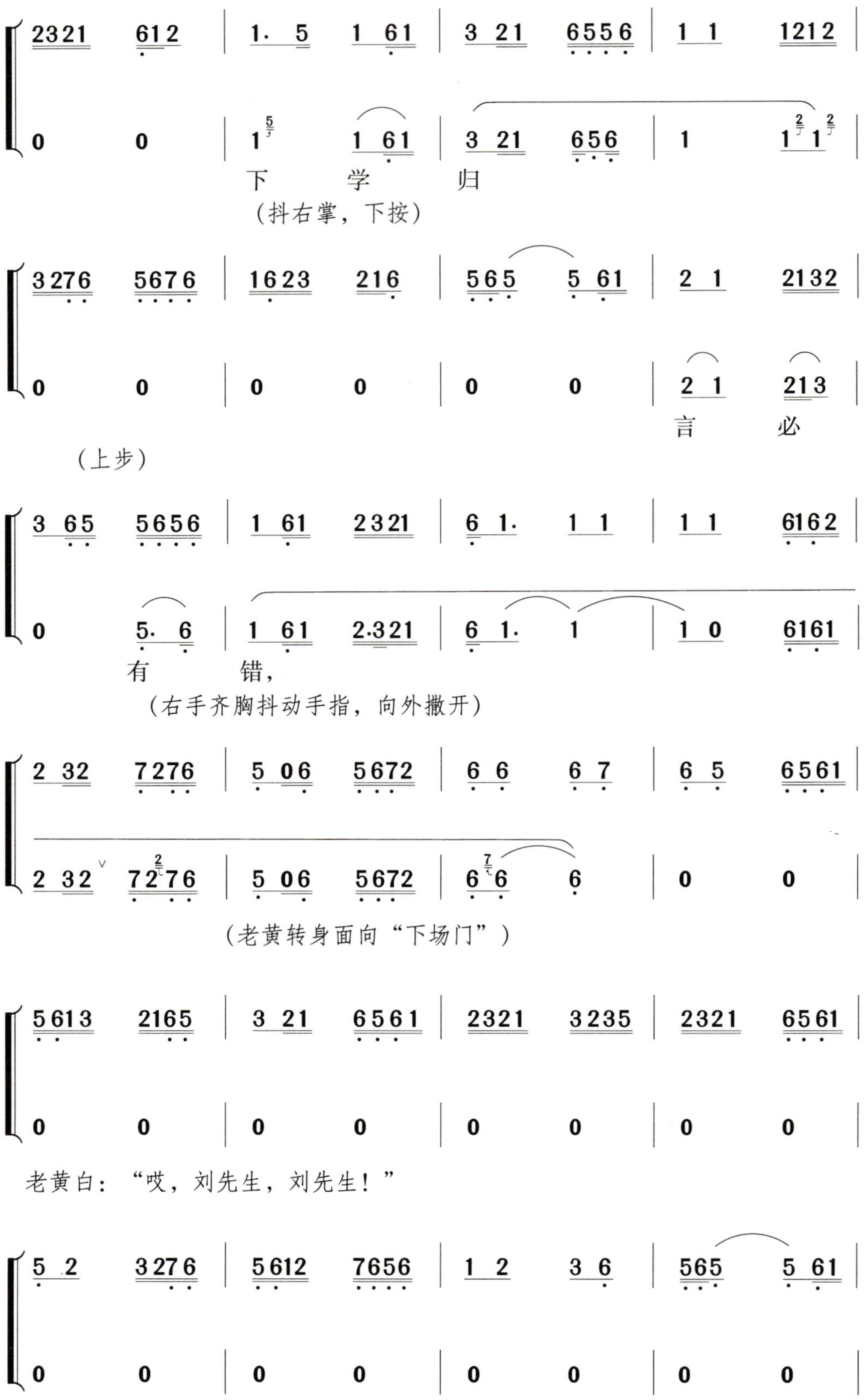
下 学 归
（抖右掌，下按）
言 必
（上步）
有 错，
（右手齐胸抖动手指，向外撒开）
（老黄转身面向“下场门”）
老黄白：“哎，刘先生，刘先生！”

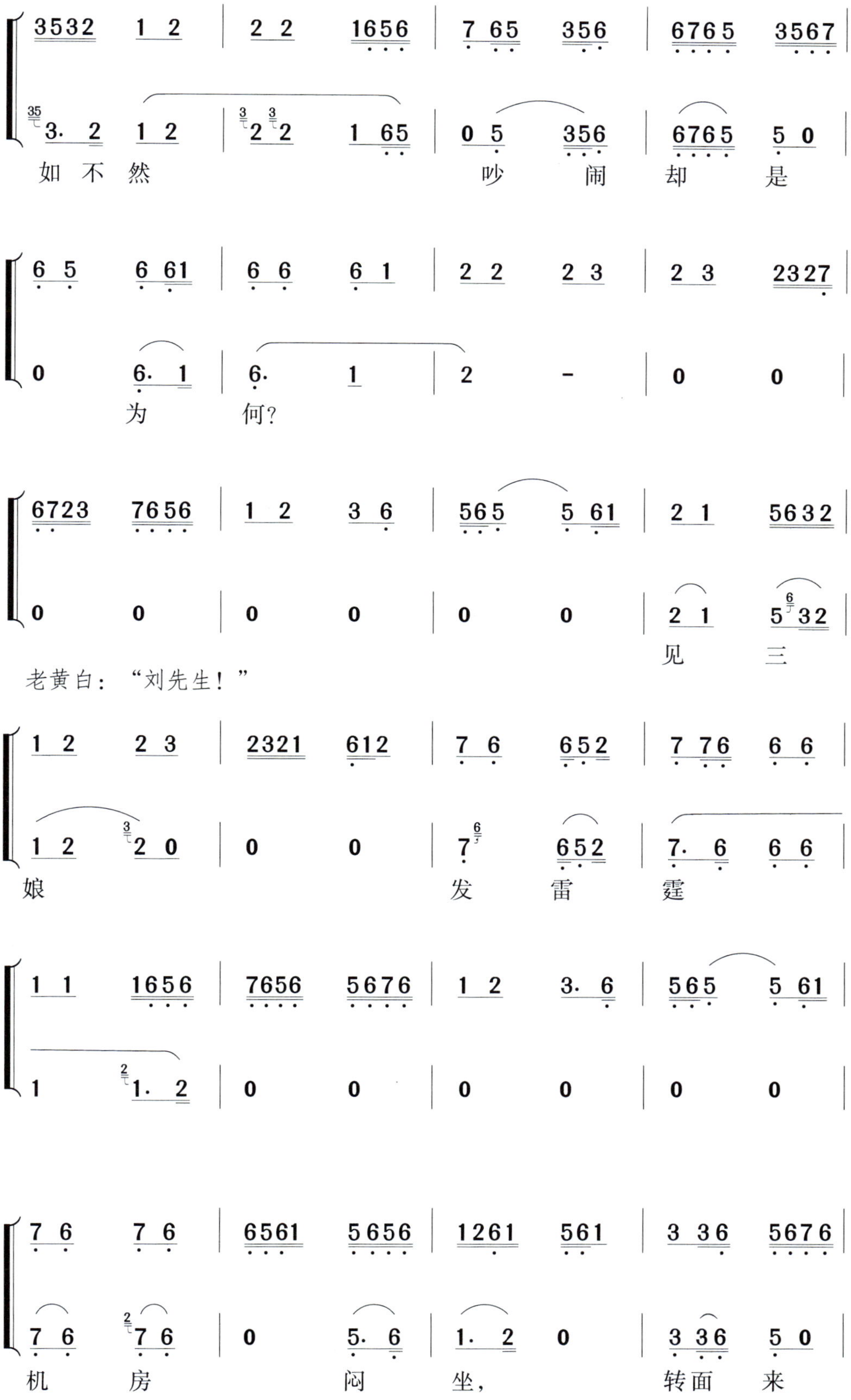
如不然
吵 闹 却 是
为 何？
见 三
老黄白：“刘先生！”
娘
发 雷 霆
机 房
闷 坐，
转面 来

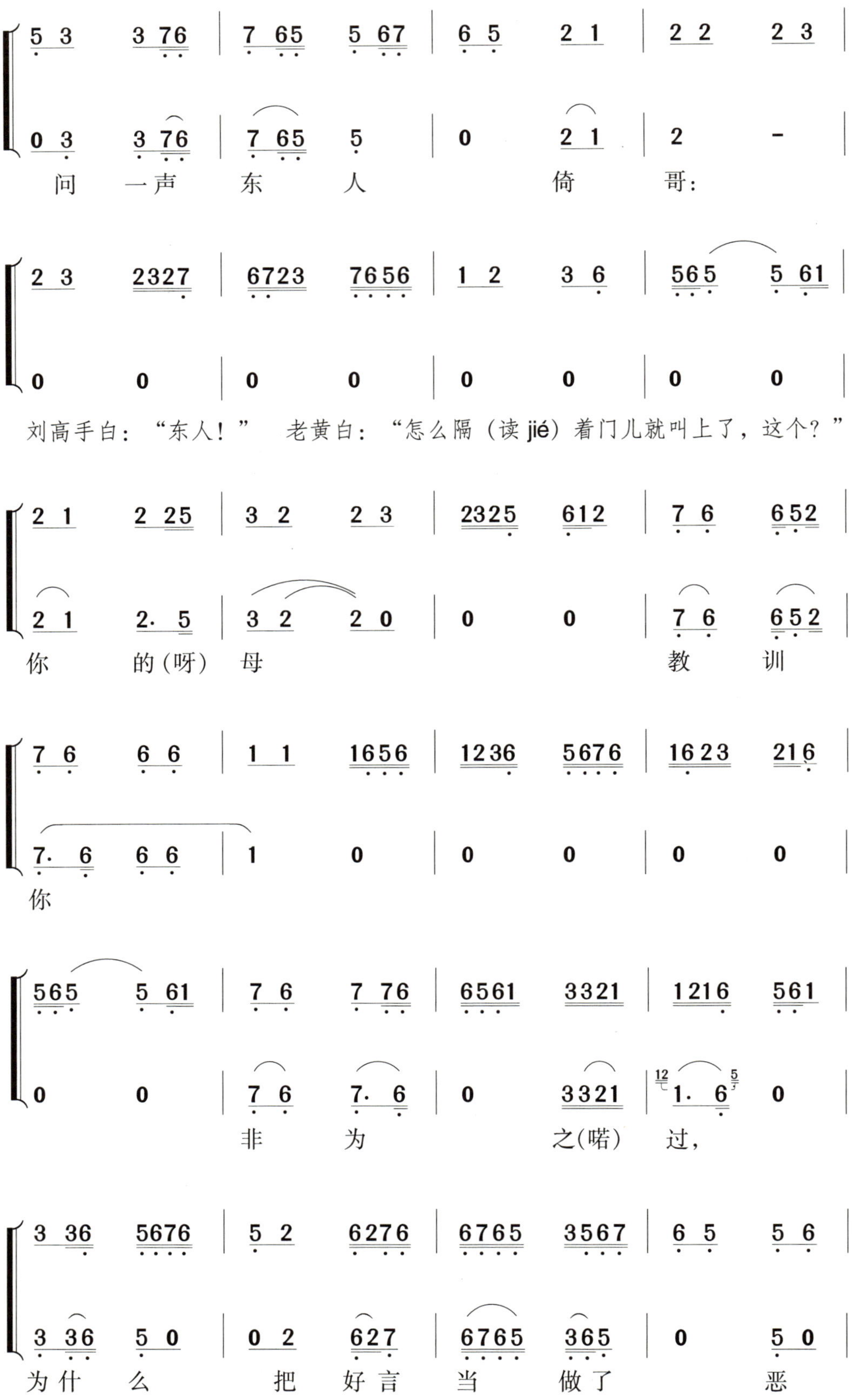
问 一声 东 人 倚 哥：
刘高手白：“东人！” 老黄白：“怎么隔（读jié）着门儿就叫上了，这个？”
你 的(呀) 母 教 训
你
非 为 之(喏) 过，
为什 么 把 好言 当 做了 恶

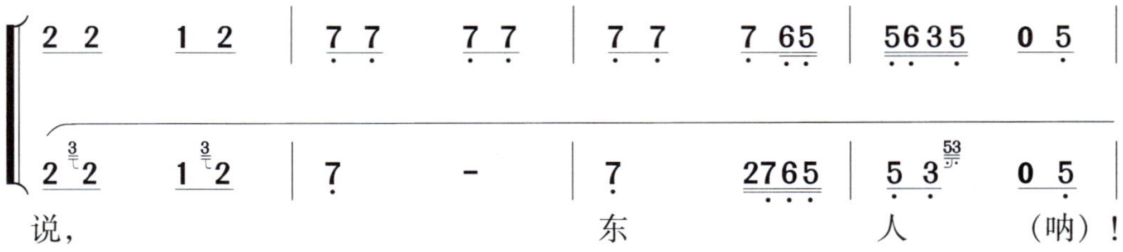

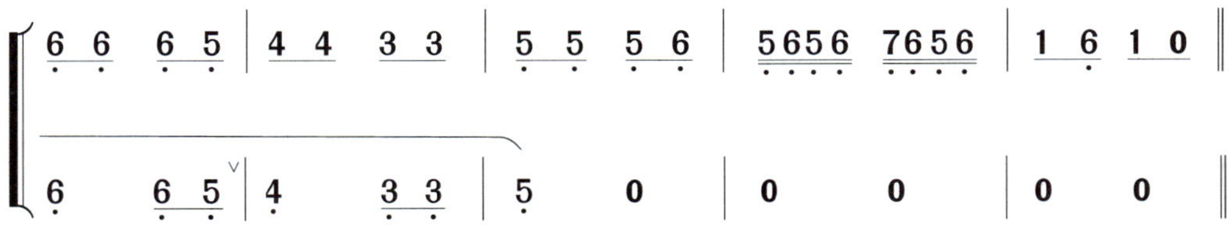

老　黄　（叫门）我说啊，刘先生！

刘高手　（右手外指）哟，外头还有门叫人呐！

老　黄　嘿嘿，这儿叫了半天啦！

刘高手　你瞧，净顾着过戏瘾啦！（走半个“反圆场”至“大边”，边走边说）这怎么话儿说的（掂右掌）。

老　黄　（面向刘高手）哟，我说怎么回去啦？

刘高手　啊，（在“大边”右手往前下方指）我门儿在这边儿呢！

老　黄　（面向前，摊双掌）你瞧，全让我赶上啦。

〔刘高手在“大边”做开门状，出门。

刘高手　谁呀？

老　黄　哦，刘先生！

刘高手　（笑容可掬地）呵呵呵，敢情是你呀！

老　黄　可不是我嘛！

刘高手　你好吗？

老　黄　我好，我好！

刘高手　（右手指“大边”台口）还在那儿住哪？

老　黄　哎，没搬家。

刘高手　哎哟，咱们可称得起是发孩儿①啦！

老　黄　孩童聚首哇！

刘高手　（指老黄的胡须）你瞧喂，一晃儿你的胡子都白啦！

老　黄　是呀，你也上了岁数啦！

刘高手　老哥们儿喽！

〔老黄和刘高手开怀大笑。

刘高手　哎呀——（招呼老黄）唉！

老　黄　啊。

---

① 发孩儿：北京方言，指自小在一块玩儿的朋友。

刘高手　（郑重其事地）我还跟你打听回事呢！
老　黄　哟，您打听什么事呀？
刘高手　真格的，我说你是谁呀，你是？
老　黄　（尴尬状）我？这倒不错，问了我一大套，您合着不认识我呀！
刘高手　哎呀！我瞧着你面熟，仿佛咱们在什么地方……（想）
老　黄　噢，甭说，见过！
刘高手　（摊右掌）没有哇！
老　黄　哟，这多干呐这个！
刘高手　你是谁呀？
老　黄　我提您个醒儿吧。
刘高手　哎。
老　黄　我呀，是开招商店的老黄呀！
刘高手　（故作惊怕）谁？老黄……（指老黄）老黄？
老　黄　啊。
刘高手　呵！（挥右手）打鬼，打鬼！
老　黄　（莫名其妙）唉，唉！刘先生，什么事情打鬼呀？
刘高手　嘿哟，我说老黄啊！
老　黄　哎，哎。
刘高手　你呀，八成许不记得啦！
老　黄　什么事我不记得啦？
刘高手　有一天呐，你有点儿不合适！
老　黄　不错。
刘高手　上我这儿来看病来啦。
老　黄　叫您给斟酌斟酌。
刘高手　对啦。我一瞧哇，（摆右手）没什么大病。
老　黄　什么病啊？
刘高手　受了点儿感冒。
老　黄　噢，着了点儿浮凉。
刘高手　对啦。（做写字状）我给你开了个药方儿。你拿药方儿抓药就走啦！
老　黄　那当然是我抓药去呀！
刘高手　哎呀！（右手拍自己大腿）你走之后我好不放心呐！
老　黄　（不解）哟？我抓药去，您干吗不放心呐？
刘高手　你不知道，这药里头哇，有一钱麻黄，我给写了一两。
老　黄　（大惊）啊？！
刘高手　我说这个人呐，吃了我这个方子呀？……
老　黄　怎么着？
刘高手　（伸出右手食指比做一）是九死一生啊！
老　黄　我的妈呀！
刘高手　（右手叉腰）你怎么会没死呢，你这是？
老　黄　哎哟，得嘞刘先生！您别提这个方子啦，您听我跟您说。

刘高手　哎！

老　黄　你给我开完方子，就回到店里头，打发伙计去抓药。药呢，也抓来啦。熬得了挺烫，我说搁在窗台儿上晾一会儿。这么会儿工夫，俩猫一打架，（双手伸出食指表示俩猫）把这碗药哇，给碰洒啦。

刘高手　（惊讶）哟！

老　黄　我这么一着急呀，出了一身子的透汗……

刘高手　嗯。

老　黄　（摆右手）这个药我没吃，病好啦。（掂双掌）

刘高手　（惊奇地大声说）药没吃，病好啦？

老　黄　对啦！

刘高手　（指黄）嘿！真是您祖上有德呀！（右手赞美状）

老　黄　怎么？

刘高手　吃了我那个药是准死无挪呀！（摆右手）

老　黄　妈呀，我跟阎王爷就隔（读 jié）一层窗户纸！

刘高手　（转话题）我说，你干什么来啦？

老　黄　哎，您不知道，我那店里头哇，住了一男一女两位客官。男的呢，病了，女的叫我请个大夫，您说我请谁去呢……唉，想起您来啦。请您呢，跟着我出趟马，给病人看看病。

刘高手　不成。

老　黄　怎么？

刘高手　（摆手）我的病还没好呢！

老　黄　（指刘高手）您瞧瞧瞧……您别开玩笑了，跟我辛苦一趟吧！

刘高手　（指着老黄）嘿，错过你来。①

老　黄　是是，您哪！

刘高手　（托右掌套近乎）哥们儿有交情。

老　黄　有交情！

刘高手　（摆手）别人来我可不能去。

老　黄　别人来您是不能去。

刘高手　（按右掌）你这儿等会儿。

老　黄　好好好！

刘高手　我拿点儿东西去。（转身拄着竹杠子缓步“下场门”下）

老　黄　对。您拿东西去呀？（朝着刘高手背影）唉！您哪，想到着一点儿。②（转身面向前，自语）哎呀，你看看，这么大岁数啦，还是这么好（读 hào）说好笑的！哈哈哈……（转身朝“下场门”喊）唉，刘先生！您把那个包袱拿来呀！

刘高手　（左手拄着竹杠右手提着包袱“下场门”上）哎！得，拿来啦。（走到老黄身边）

老　黄　走您哪！

刘高手　走吧！

---

① 错过你来：北京方言。除非是你来，别人来都不行。

② 想到着一点儿：北京方言。想周到一些。

老　黄　哎，走吧！
刘高手　老黄哎，干脆，你找别人去吧！
老　黄　怎么啊？
刘高手　我还是去不了。
老　黄　（急）哎，刘先生，刘先生，怎么又不去了哇？
刘高手　你不知道：往常出马瞧病去，（提起包袱）这包袱不是我拿着。
老　黄　呃！谁拿着呀？
刘高手　不是外人。
老　黄　谁呀？
刘高手　是我那小孙子儿给我拿着。
老　黄　噢，他上哪儿去啦？
刘高手　（煞有其事地）哎，这不是吃、吃冰棍儿给烫死了嘛！
老　黄　（哭笑不得）这不像话！（给刘高手搭台阶）哎呀，您别着急。这么办得啦，我给您拿着小包袱儿，您看怎么样？
刘高手　你给拿着？
老　黄　啊。
刘高手　好吧！（将包袱递给老黄）
老　黄　好嘞！得啦，我给拿着啊！
刘高手　嘿！你猜怎么着？
老　黄　怎么着？
刘高手　你一拿我这包袱哇……
老　黄　啊——！
刘高手　（伸出右手食指比划着）真仿佛像我那小孙子儿在我眼头里站着呢！
老　黄　（尴尬地）嘿，怎么啦，这是！老是开玩笑哇您哪！咱们走吧！①
刘高手　得，走走走……（转身关门）带上点儿门儿，咱们走吧！
老　黄　（往“小边”走，边走边说）走走走……
刘高手　（转身走至“大边”，边走边说）唉，老黄哎！咱们走哪儿呀？
老　黄　咱们这么着得啦，（转身往刘高手身边走）抄小道儿走，好不好？
刘高手　哎，走哪儿？
老　黄　呃，干脆刘先生，咱们走箭场儿，您看怎么样？
刘高手　什么，箭场儿？（右手指“大边”台口）跑马射箭的那个地方儿？
老　黄　就是那儿呀。
刘高手　（摆手）那儿不能走。
老　黄　怎么着？
刘高手　（右手遮着嘴悄悄地对老黄）那儿我有缺脚儿！②
老　黄　哟，那儿您有什么缺脚儿哇？
刘高手　唉，别提啦。有一天呐，我也是出马给人瞧病去啦。走到箭场这儿，（朝向“大边”

---

① 此处可以插入一节用中草药药名串联起来安排家事的贯口。具体演法见附录二。
② 缺脚儿：被人拿住把柄的事。

台口做远望状）那儿围着一大圈子人。

老　黄　干什么哪？

刘高手　（扭回头对老黄，摊右掌）我不知道是干什么的。（指“大边”台口）我跟人打听，是这么回事情。

老　黄　怎么回事呀？

刘高手　是个拉弓射箭的，（做拉弓状）他把弓可是拉满啦。

老　黄　拉满啦？

刘高手　箭也搭上啦。

老　黄　箭也搭上啦？

刘高手　可了不得啦！

老　黄　怎么啦？

刘高手　（指“大边”台口）一个小孩儿往那边一跑，（转身对老黄）哎哟，呵！这箭撒手了！

老　黄　哎哟！

刘高手　噔，一箭！

老　黄　怎么着？

刘高手　（右手指自己头）这一箭，打这小孩儿脑袋这边儿射进去了！

老　黄　打这边儿射进去啦？

刘高手　两边都见了头儿啦！

老　黄　哎哟！

刘高手　呵，这孩子这哭哇！

老　黄　那还不哭哇？

刘高手　（朝向“大边”台口做远望状）哎呀，瞧热闹的人哪，说啦，不要紧的！

老　黄　怎么的？

刘高手　（扭回头对老黄，右手指“大边”台口）这孩子五行有救。

老　黄　怎么有救哪？

刘高手　（右手自左往右划）你们瞧哇！（右手指“小边”台口）刘高手儿刘大夫来啦！

老　黄　噢，您打那下儿路过。

刘高手　对啦！

老　黄　真是啊！

刘高手　（头扭向“大边”台口，右手自左往右划）哎呀，我说，列位，躲开，躲开！

老　黄　闪开，闪开！

刘高手　怎么回事情？

老　黄　是呀！

刘高手　噢，是这么回事情。

老　黄　怎么回事情呀？

刘高手　（面对老黄）不要紧的，到你们左近①找个小器作②，借把小南锯儿。

老　黄　小南锯？

---

① 左近：北京方言。附近的意思。

② 小器作：旧时专门制作小工艺品、小物件的“作坊”。（“作”字读 zuō）

刘高手　锯木头的那个……
老　黄　锯木头？
刘高手　（左手把竹杠戳在面前比做小孩）把孩子拥起来，戗在这儿，拿那个小锯儿来，给箭头这边儿……（右手指着竹杠）
老　黄　箭头在这边儿！
刘高手　（躬身做锯箭头状）我就咯哧咯哧……给锯下去啦。
老　黄　噢，给锯下去了。
刘高手　（直起身）那边儿呢！（指左边）
老　黄　怎么着？
刘高手　（又做锯状）咯哧咯哧……也给锯下去啦。
老　黄　也给锯下去了。
刘高手　两边儿都给锯下去啦！
老　黄　都锯下去啦！
刘高手　随身带着有膏药。
老　黄　还带着膏药呐！
刘高手　掏出两帖。（做贴状）那边儿太阳穴给贴上一帖，那边儿也贴上一帖。
老　黄　两边儿都贴上啦！
刘高手　你猜怎么着？
老　黄　怎么着？
刘高手　这孩子呀，掸掸土，拍拍屁股蛋儿，乐着就跑了！好啦！！
老　黄　好了，哎哟，真是多亏您呐！（一琢磨感到不对）这……我说刘先生！
刘高手　嗯。
老　黄　您先等等吧！
刘高手　怎么？
老　黄　您说怎么着？拿锯！把箭尾这边儿咯哧咯哧锯下去啦。
刘高手　对啦。
老　黄　箭头这边咯哧咯哧也锯下去啦。
刘高手　两头儿都给锯下去啦。
老　黄　还弄膏药一贴？
刘高手　对。
老　黄　您等等儿吧！
刘高手　啊。
老　黄　两边儿的都锯下去啦，（指自己头）脑袋里头还有一骨节儿呢！
刘高手　（语塞）啊？
老　黄　脑袋里头那骨节儿哪？
刘高手　（指自己头）里、里头？
老　黄　啊。
刘高手　（右手拍大腿）嘿，你怎么那么糊涂哇！
老　黄　我怎么糊涂哇？
刘高手　（诡辩）它我是外科大夫，（右手手背往外挥）不管内科的事！

老黄请医

老　黄　（意外地）嘿！

〔刘高手左转身，圆场；老黄气得跺脚，右转身，再左转身随刘高手圆场。二人边走边说，刘高手归“小边”，老黄归“大边”。二人面对面。

刘高手　走那下儿，我有缺脚儿。

老　黄　这……这不开玩笑嘛，这不是！哪儿有这种事儿呀，您您您！

刘高手　（站“小边”）别让我走这下儿。

老　黄　（站“大边”）哎呀……不走这下儿……（想）唉！

刘高手　咱走哪儿？

老　黄　刘先生，这么着得啦。咱们哪，走那个乱葬（读 sāng）岗子。

刘高手　啊？

老　黄　乱葬岗子。

刘高手　（指“小边”台口）就是那开洼，净是坟头儿，埋死人的那儿？

老　黄　对啦，埋死人的那儿。

刘高手　（急忙摆手）可了不得啦！

老　黄　怎么了？

刘高手　（右手遮着嘴对老黄）我那下儿也有缺脚儿。

老　黄　（奇怪地）哟！乱葬岗子您有什么缺脚儿啊？

刘高手　别提啦！那天啊，我吃完早饭，没事儿，下着小蒙蒙雨儿，雨也不大，一会儿就住了。我说到开洼遛个弯儿。

老　黄　您想透透空气。

刘高手　对啦。我一瞧哇，（右手往外撒开）围着一群小孩儿。

老　黄　怎么样？

刘高手　（指“小边”台口）那儿踢球玩儿呢！

老　黄　小孩儿没得可干，可不就踢球嘛！

刘高手　（解嘲地）老小孩儿，老小孩儿……

老　黄　怎么样？

刘高手　我说我也跟你们踢踢。

老　黄　呵！您还要跟小孩儿一块儿踢球？

刘高手　对啦。

老　黄　呵，还有这个事儿呀唉！

刘高手　哎呀，可了不得啦！

老　黄　怎么？

刘高手　嘡，一脚！

老　黄　一脚怎么啦？

刘高手　（半蹲着右手指“小边”台口）叫我把那个球哇，踢到那个坟窟窿里啦。

老　黄　哎哟，那小孩儿能答应吗？

刘高手　（按右掌）一死儿地要球哇！

老　黄　当然他要球哇。

刘高手　（掂右掌）给钱都不行！

老　黄　那可不，给钱不能要哇。

刘高手　（摊右掌）那，哪儿买去呀？
老　黄　是呀，乱葬岗子，哪儿买球去呀！
刘高手　没办法呀！
老　黄　没办法怎么着？
刘高手　（举起右手）把这个袖子一捋……
老　黄　捋了袖子。
刘高手　露出胳膊。
老　黄　干什么呀。
刘高手　（弯着腰，右手指“小边”台口）我就顺着这坟窟窿里头哇……我就摸去啦！
老　黄　啊？下坟窟窿里头摸球去啦？
刘高手　对啦。
老　黄　摸着了没有哇？
刘高手　（左手拄着竹杠，右弓箭步，身体前倾，做摸球状）摸来摸去呀……可了不得啦！
老　黄　怎么着？
刘高手　（撤回右腿直立，右手指“小边”台口）冰凉挺硬的一只手哇……（面向老黄，伸出右手做揪人状）把我这胳膊给揪住啦！
老　黄　揪住啦？
刘高手　还说话啦！
老　黄　还说话哪？
刘高手　可不是！
老　黄　说什么来着？
刘高手　（右手伸出食指指点着）好你个刘高手，好你个刘高手哇！
老　黄　啊？
刘高手　（掂右掌）活着你拿汤药灌我，（右手往前下方指点着）怎么死了你还拿丸药打我呀？
老　黄　丸……
刘高手　呵，可吓着了我啦！
老　黄　呵呵，刘先生，有这事儿吗，您哪！
刘高手　（摆右手）哎，那儿不能去。
老　黄　没有这个事儿，简直的！（左转身，圆场，边走边说）开玩笑您哪！
刘高手　（跟着老黄走，边走边说）干脆咱们抄小道儿走吧！
老　黄　抄小道儿走！
　　　　〔闭二幕，摆“正场桌”，“大座”，两边八字椅，“大边”座椅背后放一凳。再开二幕。
老　黄　哎，您真是老小孩儿，真是！
　　　　〔二人圆场走至正场台口，老黄靠“大边”一侧，刘高手靠“小边”一侧。
老　黄　（对刘高手）唉，到啦！您这儿等我会儿，我给您言语一声儿啊！
刘高手　哎，得。
老　黄　（面向前，背供）哎呀，这么大岁数，还是好说好笑的啊！（转身进门，向“上场门”喊）有请小娘子！
　　　　〔**【小锣五击】**王瑞兰扶蒋士隆“上场门”上，直走至“大座”，蒋士隆坐下做睡状。老黄把包袱放在"大边"座椅背后凳子上，站"大边"，王瑞兰站"大座"右侧。

王瑞兰 何事？

老　黄 哎，先生请到。

王瑞兰 （双手恭请式）快快有请。

老　黄 好好好！（让座）您请坐，我去请他去啊！

〔王瑞兰坐"小边"座椅。老黄出门。

老　黄 先生！

刘高手 哎。老黄唉！

老　黄 （至"小边"）刘先生！

刘高手 老黄唉！

老　黄 （搀刘高手）刘先生，您请吧！

刘高手 可了不得了嘿！

老　黄 怎么啦？

刘高手 这儿来吧嘿！

老　黄 （凑近刘高手）怎么啦？

刘高手 （右手遮着嘴）我犯了病儿啦！（装做病状）

老　黄 啊，犯了病啦？您犯了什么病，这是？

刘高手 我这是挨骂的病。

老　黄 （不解）啊，挨骂的病？

刘高手 这病犯上来非骂不可。

老　黄 非骂不可？那么谁骂呀？

刘高手 那倒不拘，谁骂都成。

老　黄 它……这么着得了，我骂行不行啊？

刘高手 那你就赶紧救命吧，那就！

老　黄 好好，我，我骂，我骂！

刘高手 （故作呻吟）哎哟、哎哟！

老　黄 哎，刘先生！

刘高手 嗯，呵呵、呵呵！

老　黄 我——（下狠心）我把你这老王八！

刘高手 不对，不对，不对，哎哟……

老　黄 老杂种！

刘高手 哎哟、哎呦，病更厉害了！（摆右手）这不成唉！

老　黄 不行？

刘高手 你弄车把我送回去吧嘿！

老　黄 别介，别介……我骂，我骂……

刘高手 哎哟……

老　黄 唉！（同时跺脚）我把你个老兔崽子！

刘高手 嗯哼！（张大嘴，愣神）好啦！

老　黄 怎么，好啦？

刘高手　（笑容满面，指着老黄）我叫兔崽子给骂好啦！

老　黄　您这不是开玩笑嘛，您这是！快来吧，您跟我进来吧！（引刘高手往正场走）

刘高手　（右手手背往外挥）哎，走！

老　黄　请！

〔【小锣一击】进门。老黄站"小边"，刘高手站"大边"。

老　黄　（指王瑞兰介绍）这是本家儿。

〔刘高手躬身施礼，王瑞兰站起还礼。

老　黄　（指蒋士隆介绍）这是病人。（对王瑞兰）叫先生坐下吧，您哪！

王瑞兰　（让座）先生来了，快快请坐！

刘高手　（让）哎，您坐着，您坐着……

〔王瑞兰坐"小边"座椅，刘高手把竹杠搭在凳子上，然后坐"大边"座椅上给蒋士隆把脉。

刘高手　嗯？脉（读mò）气昏沉！

〔数板〕

（多多罗多　乙个多　多）脉气 昏沉 0　（站起）

这手 如冰 吓死 人！

叫人 去把 棺材 买，

找几个 和尚 念经 文！

（对老黄）不成了，这人！（转身欲拿包袱）

老　黄　啊？（急至刘高手身边）

刘高手　（对老黄）这怎么话儿说的，我走，我走！（欲走）

老　黄　（拦住）哎，刘先生，刘先生！（左手拉住刘高手）您，您怎么啦，怎么啦，啊？

刘高手　（拉老黄上前几步）老黄你这儿来。

老　黄　（轻声）啊！

刘高手　（轻声）这人都没脉啦，你还请大夫哪？

老　黄　（愣住）没，没脉？

刘高手　啊！

老　黄　不能啊！

刘高手　你瞧去！

老　黄　刚才还走着出来了呢！

刘高手　（往里指）你瞧瞧去！这怎么话儿说的！

老　黄　我瞧瞧去！

刘高手　我们当大夫最忌讳这个。

老　黄　（往里边走，边走边说）没脉了，不能啊！（观察蒋士隆）

刘高手　哼！

老　黄　（转身对刘高手）刘先生！

刘高手　啊！

老　黄　我问问您，这个脉门在哪下儿？

刘高手　（意外地）脉，脉门？

老　黄　哪面儿上？

刘高手　叫你说的了，我当这么些年大夫，还不知道脉门在哪下儿？
老　黄　不管您多大岁数儿，这脉门在哪下儿？
刘高手　（伸右臂，手背朝上）不在这边儿嘛！
老　黄　（大惊）啊？！（指刘高手右臂）脉门在这边儿呀？
刘高手　（肯定地）啊。
老　黄　您别捣乱啦！（伸左臂，手心朝上，右手指着）脉门在这边儿呢！
刘高手　（翻右臂手心朝上，左手指着）这边儿？
老　黄　（指着脉门）这边儿。
刘高手　（表示怀疑）不能吧？
老　黄　不信，您试试呀！
刘高手　（捋起右袖）那别忙，我得试试。
老　黄　您试试。
刘高手　在这边儿？（左手给自己把脉）嘿，老黄唉！
老　黄　啊。
刘高手　（笑容可掬地）奔儿、奔儿，还直跳呢嘿！
老　黄　那就是脉。
刘高手　（把着自己的脉）这就是脉？
老　黄　对啦？
刘高手　（指着脉门）这脉门在这边儿！
老　黄　啊！
刘高手　哈哈，我谢谢您哪老黄！（躬身作揖）
老　黄　怎么？
刘高手　我告诉你说，我当了六十多年大夫啦，（指着右手脉门）今儿才知道脉在这边儿。
老　黄　嘿嘿嘿！这就来吧您哪！（往里让刘高手）仔细地给看看吧啊！
　　　　〔二人往里走，老黄站“小边”，刘高手坐“大边”座椅给蒋士隆把脉。
刘高手　（左手捋着胡子）嗯，我瞧瞧啊！
老　黄　哎，您给仔细地看看啊。
刘高手　（闭目把脉，沉默片刻）哎呀，唉！
老　黄　怎么着？
刘高手　经血不调哇。
老　黄　（反驳）什么经血不调哇！
刘高手　血亏呀！
老　黄　（高声地）唉，不对！
刘高手　（不理）吃点藏红花就好啦！
老　黄　（招呼）刘先生，您来吧，来吧您哪！您这边儿！（至正场）您过来，您过来！
刘高手　怎么着儿？
　　　　〔二人走至正场台口。
老　黄　人家是男的。
刘高手　（惊讶状）这是男的？
老　黄　啊。

刘高手　（摆手）那我就猜不着了，那就！
老　黄　（意外地）啊？！合着您这儿猜病呢啊？
刘高手　（小声）唉，老黄唉，你这儿来！
老　黄　（靠近刘高手）干什么？
刘高手　（左手遮嘴，小声地）我说啊，你——你把这个病——病源跟我说一声。
老　黄　（小声地）啊。
刘高手　若是告诉我哟，我挣些马钱，好圆您这个脸，（右手外指）我也好出这个门儿呀！
老　黄　可是这么着，咱们说到哪儿算到哪儿！
刘高手　有我的就有你的。
老　黄　好啦，好啦，您听我告诉您。他那个病源啊——
刘高手　（背着双手倾听）哎。
老　黄　他呀，是在两军阵前失了一亲人，得了一佳人。一惊一恐，感冒风寒。
刘高手　是吗？
老　黄　是这个病源。
刘高手　噢，好，那成。
老　黄　怎么着？
刘高手　（往里指）你告诉去，我会悬丝吊脉。
老　黄　好嘞，我给您言语一声儿去啊。（转身对王瑞兰）先生会悬丝吊脉。
王瑞兰　但凭先生。
老　黄　（招呼刘高手）来吧，刘先生！
刘高手　哎，哎。（至凳子处拿起竹杠）
老　黄　悬丝吊脉。
刘高手　没错儿，瞧我的！
老　黄　您给仔细地斟酌斟酌啊，呵呵！
刘高手　（往双手吐上口水，搓一搓）呸，呸，嘿！
　　　　〖突然刘高手抡起竹杠子打到桌子上。（仓）蒋士隆惊得站起撑右袖躲避。王瑞兰也站起拦挡。
刘高手　（兴奋地大声喊）老黄哎！
老　黄　哎。
刘高手　不要紧的，这人死不了！
老　黄　怎么死不了？
刘高手　（指蒋士隆）我打他还知道躲呢！
老　黄　得，得，得了！那不知道躲，您这一杠子就给打死了，那个！
　　　　〖王瑞兰扶蒋士隆坐下。刘高手让蒋士隆扶着竹杠。
刘高手　来来来，拿这个，拿这个！
老　黄　扶着这头儿啊？
刘高手　这叫悬丝吊脉。
老　黄　悬丝吊脉？
刘高手　（右手以竹杠当脉把，装模作样地闭目斟酌）嘿，不要紧的。
老　黄　怎么着啦？

刘高手 （指蒋士隆）这是一惊一恐，感冒风寒之症。

老　黄 嘿呀，刘先生，真有您的啊！（双手赞美状）

刘高手 怎么样？您瞧瞧没错儿吧？

老　黄 哎刘先生。

刘高手 哎。

老　黄 您是给开个药方儿呢，还是怎么着？

刘高手 那倒不用。

老　黄 那怎么办呢？

刘高手 你拿个水碗，舀（读 wǎi）点儿净水来，我有用处。

老　黄 好好好，我给您舀去啊！

「老黄至“上场门”内取碗回来。

老　黄 刘先生！水来啦，水碗来啦！呵呵——

刘高手 （接过水碗）好。

老　黄 怎么着您？

刘高手 把这位小娘子请过来。

老　黄 把小娘子请过来？好好好。（请王瑞兰）您过来啊！

刘高手 在您身上啊，取儿味药材啊！

「王瑞兰站起抱肚至正场面向前站。

刘高手 对对对，就站这儿。（把水碗递给老黄）

老　黄 我拿着，我拿着。（站王瑞兰身旁靠“小边”一侧，对王瑞兰）您站着，不要紧！

刘高手 （站王瑞兰身旁靠“大边”一侧，对王瑞兰）站好了啊！哎，一心秉正取药材。（右手在王瑞兰头上做取药状）嘿！

老　黄 哟，这是什么呀？

刘高手 （双手做捋头发丝状）青丝。（放到碗内，双手在王瑞兰眉上做取药状）

老　黄 什么呀？

刘高手 乌梅。（放到碗内，从老黄手中取过碗靠到王瑞兰面颊旁，左手在其面颊一刮）

老　黄 这是什么？

刘高手 红粉。

老　黄 （接过刘高手递过的碗）哦，红粉。

「刘高手在王瑞兰下巴上一抓。

老　黄 嘿，这是什么？

刘高手 豆蔻。（放入碗中）

老　黄 豆蔻。

「刘高手在王瑞兰嘴上抓一把。

老　黄 这是什么？

刘高手 樱桃核（读 hú）儿。（放入碗中）

老　黄 得，全长在身上啦，您看看。

刘高手 （让）小娘子您请回吧。

老　黄 您请回吧！

「王瑞兰回“小边”座椅坐，老黄走至正场。

老　黄　刘先生，行了吧，这个？
刘高手　（盯着药碗）不成。
老　黄　怎么？
刘高手　这药剂子可轻。老黄哎！
老　黄　哎。
刘高手　我在你身上取几味药材。
老　黄　啊？我身上还有药材？
刘高手　对了。
老　黄　好好好，您取吧。
刘高手　（接过碗）站好了。
老　黄　站好了。
刘高手　（右手在老黄后脑勺从下往上一刮）嘿！
老　黄　（摸着脑袋）这是什么呀？
刘高手　（放药至碗中）兔脑丸。（揪老黄胡子）
老　黄　（喊）嘿哟……什么呀？
刘高手　菟丝。
老　黄　哦，菟丝。
刘高手　（拍老黄后背）唉！
老　黄　刘先生，这是什么药材呀？
刘高手　（放药至碗内）龟背。
老　黄　喝，龟背。还有什么？
　　　　［刘高手打老黄臀部。
老　黄　哎，这是什么？
刘高手　（放药至碗内）厚朴（读 pò）。
老　黄　全长这儿了。
刘高手　（击老黄胸部一掌）嘿！
老　黄　（忍着痛）哎哟！这是什么！
刘高手　（放药至碗内）川芎（读 xiōng）
老　黄　妈哟，真全乎啊！
　　　　［刘高手用脚跺老黄脚，从地上做拾药状。
老　黄　（痛苦状）哎哟呵！什么药材这是？
刘高手　皂角。（放入碗内）
老　黄　得，全长在身上了您哪！
刘高手　（抓起老黄左手）伸出来！
老　黄　伸出来？好好好！
　　　　［刘高手将老黄左手一揪。
老　黄　呵，这是什么呀？
刘高手　鸡爪黄莲。
老　黄　您瞧，怎么凑合来的，这个！还有什么？
刘高手　（托着药碗琢磨着）您看呐，一无所取了。

老　黄　没有啦？

刘高手　没什么好药材了。

老　黄　行了吧？

刘高手　（摆手）不成。

老　黄　怎么？

刘高手　这药还是轻。

老　黄　还轻？

刘高手　我身上取几味药材。

老　黄　噢，您身上还有药材哪？

刘高手　哎，对了！

老　黄　好好好。

刘高手　瞧着啊！（把碗交给老黄，双手在后脑勺从下往上一刮）哎！

老　黄　呃，兔脑丸！

刘高手　（摆手）唉！

老　黄　啊？

刘高手　龙头！

老　黄　哦，龙头。

〔刘高手揪一根自己的胡子。

老　黄　菟丝。

刘高手　龙须。

老　黄　噢，龙须。

〔刘高手拿过药碗往里吐一口口水。

老　黄　哟，这是什么呀？

刘高手　冰片。

老　黄　好药材都在他身上呢！

〔刘高手一捋左手。

老　黄　唉，等等，等等。这个我知道。这是鸡爪黄莲。

刘高手　（否定）唉——这是佛手。

老　黄　到他这儿全变了，你看。

刘高手　给喝了。

老　黄　（把药碗端到蒋士隆面前，放到桌上）哎，喝下去就行啦！（问刘高手）我说刘先生，您看看光喝了药怎么样啊？

刘高手　不成。他的病不轻。我还得给他打一针。

老　黄　那您多受累吧。

刘高手　（指蒋士隆）问问本家儿，他晕针不晕针？

老　黄　哎，他不晕针您哪，呵呵！

刘高手　好，我给他打一针啊！

老　黄　打一针啊！

〔老黄回“小边”站。刘高手在凳上取过包袱，放在桌上打开。

老　黄　您还带着针呢！

刘高手　对了，对了。（右手拿木榔头，左手拿凿子转身面向前）

老　黄　哎，您这是什么针啊？

刘高手　六0六[①] 。

老　黄　呵，全凑合来了啊！

刘高手　扶着点儿啊。

老　黄　扶着点儿，扶着点儿。

〔王瑞兰站起扶蒋士隆，老黄在旁照应着，刘高手到“大座”后面准备扎针。

刘高手　（对王瑞兰）小娘子帮一下忙啊！（在蒋士隆身后高举木榔头把凿子往其后背猛砸一下）着！（仓）得，呵呵！（走至“大边”）

老　黄　我说刘先生！

刘高手　哎。

老　黄　什么时候起针呢？

刘高手　（右手一挥）过两礼拜再说吧。

老　黄　妈呀！这下儿钉死了。

刘高手　啊，我走啦！

老　黄　（对王瑞兰）呃，先生要回去了。

王瑞兰　（给老黄一锭银子）这有纹银十两送与先生。

老　黄　好，您交给我啦。您后边歇一会儿吧！

〔王瑞兰扶蒋士隆“上场门”暗下。老黄把银子递给刘高手。

刘高手　得，好。（把银子揣到怀里）回见啊！

老　黄　哎哎，刘先生，刘先生！

刘高手　啊。

老　黄　我的那份儿呢？

刘高手　哎，回头上我那儿取去。

老　黄　上您那儿取去？

刘高手　哎哎，怎么样？

老　黄　好好，说哪儿办哪儿啊，得。

〔刘高手拿起竹杠拄着要走。

老　黄　唉唉，刘先生！（拦住刘高手）您先别忙。

刘高手　什么事儿呀？

老　黄　我听人家说，您会看阴阳宅。没别的，您给我看看宅子。我这个店里头哇，老不顺当。

刘高手　怎么？

老　黄　来了客人不是病，就是死。您给我看一看，呃，给拨治拨治。

刘高手　哎，你请我给你出马瞧病来了，谁给你看阴阳之宅呀？

老　黄　得啦！原本哥俩儿有交情您哪！

刘高手　嘿！凑合有交情。

老　黄　是不是您哪！

---

① 六0六：新中国成立前治疗梅毒的药。

刘高手　我给你瞧瞧去吧！（转身面向里巡视）
老　黄　您给看看啊。（随刘高手巡视）
刘高手　（先看“后场正中”，惊状）呵！（又看后场靠“大边”方向）哎哟！
老　黄　怎么啦？
刘高手　（转身面向前，对老黄）可了不得啦！
老　黄　怎么回事儿？
刘高手　（指“小边”台口）这是你们家祖宗在这儿搅你呢！
老　黄　啊？祖宗在这儿搅我哪？
刘高手　对啦。搅你半天啦。
老　黄　搅我半天了？我怎么不知道哇，我说？
刘高手　我给你抓了走得了。
老　黄　抓了走？抓了走我怎么样啊？
刘高手　你一送就走了。
老　黄　一送就走了？
刘高手　嗯。
老　黄　好好好！
刘高手　（转身面向里做抓状）嘿，抓住了！（右手握拳伸出给老黄看）
老　黄　抓住了？
刘高手　你送他。
老　黄　我说什么呀？
刘高手　你说，祖宗，您走哇？这么一说，他就走啦。
老　黄　噢，一说这个他就走啦？
刘高手　对啦。
老　黄　好。哎，祖宗，您走啦？
刘高手　大点儿声儿。
老　黄　（大声）祖宗您走哇？
刘高手　没吃饭呐吧？
老　黄　（大喊）祖宗您走哇？
刘高手　哎，我不走还等什么呢我！（出门欲走）
老　黄　噢。
刘高手　（回身）嘿，老黄哎！
老　黄　哎。
刘高手　你这不送完你们家祖宗了吗？
老　黄　得得得……您别找补了啊！
刘高手　你还没接神呢！
老　黄　啊？！我送走了祖宗就得了呗，我接什么神呢我？
刘高手　接喜神，呃，给你们家镇镇宅。
老　黄　一接喜神，我的买卖就顺当了？
刘高手　对啦。
老　黄　那我怎么接呀？

刘高手 （指老黄脚下）你跪那下儿磕仨头，这喜神就来啦。
老　黄 噢，我磕仨头，这喜神就来啦?
刘高手 对啦!
老　黄 看在喜神的份儿上，甭说磕仨头，磕六个我都干。
刘高手 跪跪……
老　黄 （面向“大边”台口跪）来吧，磕仨头是不是?
刘高手 对，对。磕头!
老　黄 哎!（磕头）一个嘞，俩啦……
刘高手 哎，至至诚诚的!
老　黄 哎。仨啦! 仨头磕完啦。
刘高手 起来，起来!
老　黄 （站起）喜神在哪儿呢?
刘高手 喜神?
老　黄 啊!
刘高手 你瞧：**【撕边】**（右手自左而右指向观众）这不就是喜神吗!（**仓**）
老　黄 啊? 这敢情都是喜神呐!
刘高手 哎，对啦! 哈哈哈……
　　〔**【小锣原场】**老黄“上场门”下，刘高手“下场门”下。闭幕。

——剧　终

附　录

一　刘高手念〔水底鱼〕干牌子上的演法

老　黄　（叫门）刘先生！

〔刘高手“下场门”幕内白：“干什么的？”

老　黄　请先生的！

〔刘高手“下场门”幕内白：“来几个人儿呀？”

老　黄　来一个人儿。

〔刘高手“下场门”幕内白：“不成，回去再找一个人来！弄块门板，把我搭了去。”

老　黄　那是干什么？

〔刘高手“下场门”幕内白：“我这儿也病着呢！”

老　黄　有什么话，您请出来，咱们当面说。

〔刘高手“下场门”幕内白：“啊哈！”左手拄大竹杠“下场门”上，走至“大边”。

刘高手　（念〔水底鱼〕干牌子）

四代名医，

老　黄　拧啦！

刘高手　怎么出门儿就拧啦？

老　黄　人家都是三代名医，您怎么四代呀？

刘高手　我多一代。

老　黄　都是谁呀？

刘高手　大街上那个扎针的、拔罐子的、卖松香膏药的，那些人都是我……

老　黄　什么人？

刘高手　高亲贵友。

老　黄　那就是了。

刘高手　（接念）三方人尽知。

老　黄　又不对啦！人家都是四方人尽知，到您这儿怎么改了三方啦？

刘高手　我是东、南、西这三方。

老　黄　北方呢？

刘高手　北方啊，都叫我治绝啦！

老　黄　真高明！

刘高手　（接念）有人来请我，

老　黄　必是有缘的。

刘高手　（接念）定是该死的。

老　黄　好，这谁还敢请啊！

刘高手　是哪一位？

老　黄　是我呀！

……

二　刘高手安排家事一段的演法

老　黄　……咱们走吧！

刘高手　别忙！

老　黄　又有什么事？

刘高手　我得吩咐吩咐。

老　黄　吩咐谁呀？

刘高手　我吩咐：“丁香奴”、“柳机奴”，“细辛”看守我的“麦门冬”。留神“木贼子”别上“十二重楼”，盗去我的“丹砂”袍子、“硇砂”褂子、“皂角”靴子、“瓜篓皮”的帽子，必须放在“陈皮”箱内，外加“玄胡”锁。如有“人参”找我，让在“肉桂”房中去坐。先泡“午时茶”，后沏“益母膏”作为茶点。再把我那匹“海马”拉到“素砂”滩，饮些个“水银”，多加“豆蔻”、“甘草”。若是天晚，用“灯芯”、“白术”点上“锦灯笼”，套上“紫河车”，接我“当归”。叫门之时“当门子”在先，“车前子”在后，“马前子”在左，“牛蒡子”在右，后面紧跟着“大麦子”、“小麦子”、“蛇床子”、“枸杞子”。若是“柏步”来迟，将他们绑在“桑皮”树上，责打三千“竹叶片”子、五千“灯草杠”子。打得“使君子”直流，“半夏”不饶。

老　黄　先生！还要看在父子之情。

刘高手　若不是看在“附子”之情，定要“极为细面”。

老　黄　谁叫您这儿啃药方儿来啦？走吧！

刘高手　咱们走哪儿呀？

……

寇春华　万凤姝　　　　　　　　整理

三不愿意

根据赵桐珊教学本整理

《三不愿意》是由电影界名家赵慧琛在1953年根据传统京剧《绒花计》加工改编而成的，并由著名京剧演员赵桐珊（芙蓉草）指导排练、搬上舞台的。这是一出以"三小"（小花脸、小生、小花旦）为主的喜剧。《三不愿意》剧本的改编，本着去芜取精的原则，对原戏中不健康的情节加以改动，使它变成了一出主题鲜明、人物形象突出的喜剧。

《绒花计》原戏的内容是这样的：富户崔华之妹秀春许配邓文焕，崔华嫌贫爱富，思谋退婚。一日，邓文焕持定礼绒花在崔家门外叫卖，秀春见了，赠银使其投亲。崔华立逼邓文焕退婚，长工崔八同情邓的遭遇，假装帮助崔华逼邓写下退婚文约，暗中使邓去告崔华。崔华知邓去县衙告状，即令崔八行贿县太爷。崔八明知秀春已经逃到邓家，故意让县太爷到崔家传秀春当堂对质，又撺掇崔华让其二妹丽春冒名顶替。大堂之上，真情泄露，县官判秀春姐妹同嫁邓文焕，并将崔华行贿之银作为妆奁。

《三不愿意》在这出戏的基础上重新进行了组合加工。首先，树立了一个爱憎分明、敢作敢为、富有智慧、热心助人的劳动人民形象——八儿。从八儿身上，让人们感受的是人物心灵的真、善、美。八儿用真挚的感情、善良的心去关心、帮助邓文焕、崔秀英等弱者一方，使他们得到了圆满的结局，也使嫌贫爱富的崔华得到了应有的惩罚。其次，戏中增添了人物邓文焕之弟邓文耀，使之与秀英之妹丽英成婚，从而避开了一夫多妻的旧俗，使得剧情内容得到净化。

《三不愿意》主要情节是：地主崔华想退掉邓文焕与其大妹崔秀英的婚事，长工八儿不平，暗中帮助邓文焕，并教邓去至县衙状告崔华赖婚之罪，随后帮崔秀英逃往邓家。知县派人去崔家传秀英上堂，崔华无奈只好叫二妹崔丽英顶替姐姐上公堂，千叮咛万嘱咐丽英要说三个"不愿意"。八儿为文焕送信，文焕忙于成亲，叫其弟文耀代替去公堂。在公堂之上，机智的八儿以情理左右着昏庸的知县，使得知县将秀英、丽英二姐妹，分别许配邓氏兄弟为妻。官司打赢了，有情人终成眷属，崔华鸡飞蛋打丧气而归，八儿笑着扬长而去。

这出《三不愿意》，先是在1953年东北戏曲汇演时由东北戏校演出，一炮打响，1955年东北戏校和中国戏校合并时，又成了中国戏校的校戏。再以后中国京剧院的一团、二团、四团更是连演不衰，将此剧带到了全国各地，该剧迅速风靡大江南北。20世纪60年代初，中国京剧院又将此剧带到香港演出，同样受到热烈欢迎。这出戏，名丑萧盛萱、孙盛武、寇春华等人都领衔演出过，他们以精湛的技艺，塑造了一个有血有肉的劳动人民八儿形象，深得广大观众的喜爱。

在京剧流派传统戏中，以丑行应工的喜剧虽不少，但当今舞台上演的剧目却不多。今依据赵桐珊（芙蓉草）先生的教学本将《三不愿意》整理出来，作为演出、教学的依据及改编和创作新型喜剧的借鉴。

万凤姝

人物行当

八　儿	丑（或生）	**崔丽英**	旦
崔　华	丑	**丫　鬟**	旦
邓文焕	小生	**班　头**	丑
邓文耀	生	**四青袍**	杂
崔秀英	旦	**杨知县**	丑

服装扮相

八　儿　丑扮（或俊扮）。蓝毡帽，土黄色茶衣裤、蓝水裙，白布袜、圆口鞋。

崔　华　丑扮。绿荷叶巾、黑八字吊耷，绿绣花褶子，红彩裤，白布袜、福字履。

邓文焕　俊扮。矮方巾，绣领青褶子，蛋青色彩裤，厚底靴。（后换花褶子）

邓文耀　俊扮。文生巾，绣领青褶子，粉彩裤，厚底靴。（后换花褶子）

崔秀英　俊扮。梳大头、线尾子、水钻头面，裙子、袄子，彩鞋。（后换绣花帔，衬褶子）

崔丽英　俊扮。梳大头、线尾子、抓髻、水钻头面，粉裤子袄子，彩鞋。

丫　鬟　俊扮。梳大头、线尾子、抓髻、水钻头面，袄子、坎肩、腰巾子，裤子，彩鞋。

班　头　丑扮。皂隶帽，蓝布箭衣、大带，青彩裤，白布袜、皂鞋。

四青袍　俊扮。梢子帽，青袍，青彩裤，薄底靴。

杨知县　丑扮。圆纱、黑八字吊耷，蓝官衣、玉带，红彩裤，朝方靴。

道具

手　帕	两方	**文房四宝**	一份
婚　书	一份	**惊堂木**	一块
银　子	一封	**银元宝**	一锭
印　信	一口	**板　子**	四根
桌　子	一张	**椅　子**	两把
马　鞭	一根	**针线笸箩**	一个
鞋　帮	一个	**小圆芭蕉扇**	一把
红桌围椅披	一份		

第一场

［【撤锣】

［崔华内白："啊哈！"

［【小锣五击】崔华从"上场门"上，走至"九龙口"，胸前"抱扇"亮相。

崔　华　眼空四海——〔数板〕
　　眼空四海，（随念随走至前台口）
　　大道横行嫌路窄，
　　家有万贯，
　　终日摇摇摆，终日摇摇摆。（扇扇三下）
［【小锣归位】归"小座"。
（念）说我富来不算富，
　　良乡县内为首户。
　　田地房屋无计数，
　　还有两座典当铺。
在下崔华。兄妹三人，大妹妹崔秀英，二妹妹崔丽英。二老（双手拱请式）去世，留下一份家财，倒也逍遥自在。（扇扇晃头）二老在世将我大妹妹许配南关邓文焕为妻，只因他家一贫如洗，只落得穷秀才一个，（左手摊掌）我有心把这门亲事打退（右手一扬扇子），怎奈无计可施，是我闷闷不乐，（一想）不免把我们那个做长活的八儿叫出来，给我解解闷儿。我说八儿、八儿，你给我轱辘出来吧！

［八儿内白："来啦！来啦！"

［【小锣五击】八儿持一小芭蕉扇从"上场门"上，走至右台口。

八　儿　来了，来了！这才是：
有钱的坐着叫，没钱的忙来到。
有钱的瞪瞪眼，没钱的吓一跳。
［【小锣一击】八儿进门，站"小边"。

崔　华　我说八儿呀，你哪儿去啦？

八　儿　后院做活哪。（拿扇一指）

崔　华　这两天大爷我闷得慌，你怎么想个主意给大爷我散散心。（摇扇）

八　儿　噢！大爷闷得慌，有主意，您从前厅跑到后院儿，再从后院，跑到麦地儿……

崔　华　我跑什么呀？

八　儿　你拿起锄头，刨刨地儿，出点儿汗，使点劲儿，又能消食儿，又能解闷儿。

崔　华　这叫什么混蛋主意？凭我大爷这个身份（左手拍胸），能到地里去刨地？（摆手）

八　儿　这才是好主意哪，你看我，家里、地里一天忙到晚，多咱也不闷得慌。

崔　华　你这小子简直欠揍，我大爷能跟你比吗？（左手指）你是什么人？我是什么人？

八　儿　这话对！（点头）你是什么人？（左手指崔）我是什么人？（用扇拍胸）咱们俩算一辈子也拉不到一块去喽！（先两手向胸前并拢，顺势右手又一扬扇）

崔　华　你明白这个就行啦。
八　儿　大爷，要不咱们到烧锅那儿喝酒去吧。
崔　华　对！烧锅那儿还欠我的钱哪，我是一边喝酒，一边算账。八儿呀，给我鞴牲口去！
八　儿　大爷，你是骑牛，还是骑驴？
崔　华　我有高头大马，凭什么骑牛、骑驴呀？鞴马去！（右手一扬扇子）
八　儿　噢，鞴马去啦！（把小芭蕉扇先别在腰后）
〔八儿出门，从右台侧拉牲口。口中喊着"打打咧咧！""打打咧咧！"边念边上。
崔　华　我说八儿呀，你这小子撑糊涂了！
八　儿　我还没吃哪！
崔　华　我让你鞴马，你怎么牵牛哇？
八　儿　你不知道哇，那个马呀，在牛棚拴着哪，我是轰牛带鞴马呀。
崔　华　（出门一看）哎哟！瞧这个马这个脏劲儿，你也不刷洗刷洗。（用扇指马）
八　儿　净说刷洗，你买刷子啦吗？
崔　华　上次我买了一个呀。
八　儿　那是多咱买的呀？
崔　华　前两年吧。
八　儿　你使一辈子呀？你图便宜，买了个旧货，还没使两下子，毛就掉了，剩下一个光板，你不是要了去做鞋拔子啦？
崔　华　别胡说了，带马吧。（合上扇子，将扇插在衣领后）
八　儿　哦，带马。（拉马）嘚儿打哦！
〔崔华上马。八儿站"小边"，拿腰间别的扇子。
崔　华　加鞭哪！

〔梆子腔〕

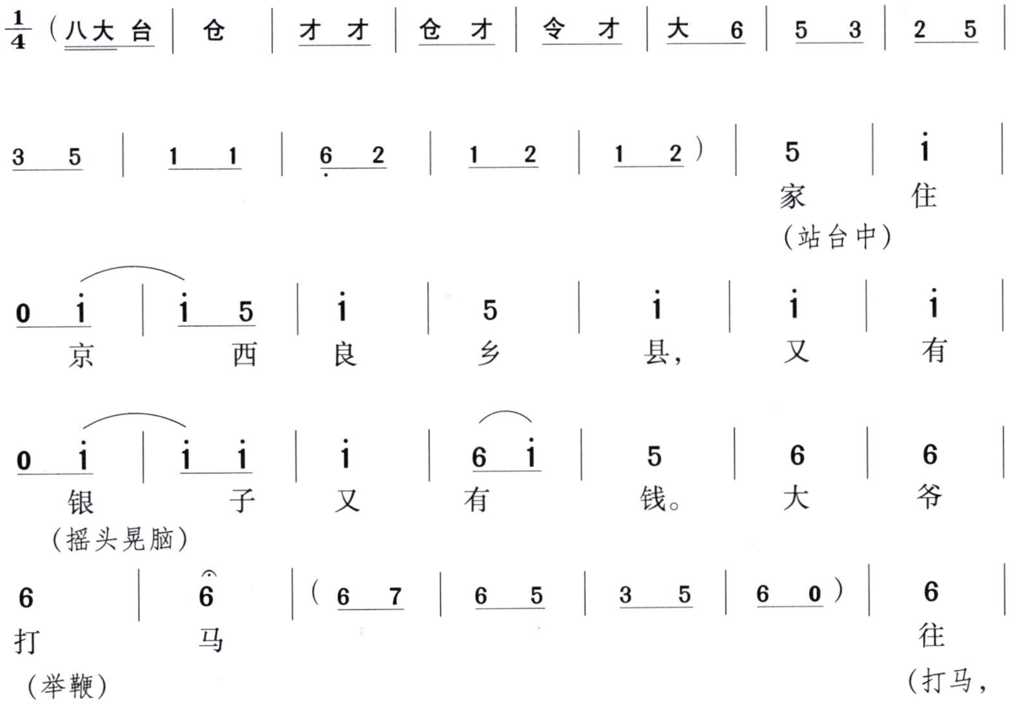

6 | 2̇ | 2̇ | （才 大 | 另 | 才） |
前　　趱，
用马鞭指出后，转身“下场门”下，八儿看崔华走的方向，右手向后背扇）

八 儿　i̇ | i̇ i̇ | i̇ | i̇ | i̇ | 0 i̇ | i̇ 5 | 6 i̇ | 5 |
使　唤的　小　　子　　在　马　　后　　颠、
（用扇指自己鼻子）　　　　　　　　（右手把扇背在背后）

0 | 0 | 0 | i̇ 5 | 6 i̇ | 5 | 0 | 0 |
（才大 令才 | 才） | 马　　后　　颠、（才大 | 另才 |
（在原地蹦三下亮相）　　　　　　　（原地蹦三下，亮相）

0 | 0 6 | 5 | 0 6 | 5 | 0 6 | 5 5 | 5 5 |
才 | 0 大 | 才 才 | 0 大 | 才 才 | 0 大 | 才 才 | 才 才 |
　啊　颠、　啊　颠、　啊　颠 颠　颠 颠
（向左一蹦）　（向右一蹦）　（原姿态走“花梆子”碎

5 5 | 5 5 | 5 5 | 5 5 | 5 | 0 | 0 | 0 ‖
才才 | 才 才 | 才 才 | 才 才 | 才 | 乙大 | 大 | 才） ‖
颠颠　颠 颠　颠 颠　颠 颠　颠。
步，呈S形往“下场门”走）　　（向前台一望）

〔**【小锣脆头】**八儿疾步从“下场门”下。

第二场

〔**【小锣抽头】**邓文焕从“上场门”上，走到“九龙口”，抖右袖提袖至前台口。

〔西皮摇板〕

邓文焕 サ（7̣ 6̣ 5 5 5 3 6 5 5 3 2 1 2 6̣ 5 5 5）i̇ 3 6
遭 不

5 5 7 7 5 6 5 6 6 3 5 6 6 i̇ 3 6 5
幸 我 的 父　早 已 命　断， 兄 弟 们
（双手拱请式）

三不愿意

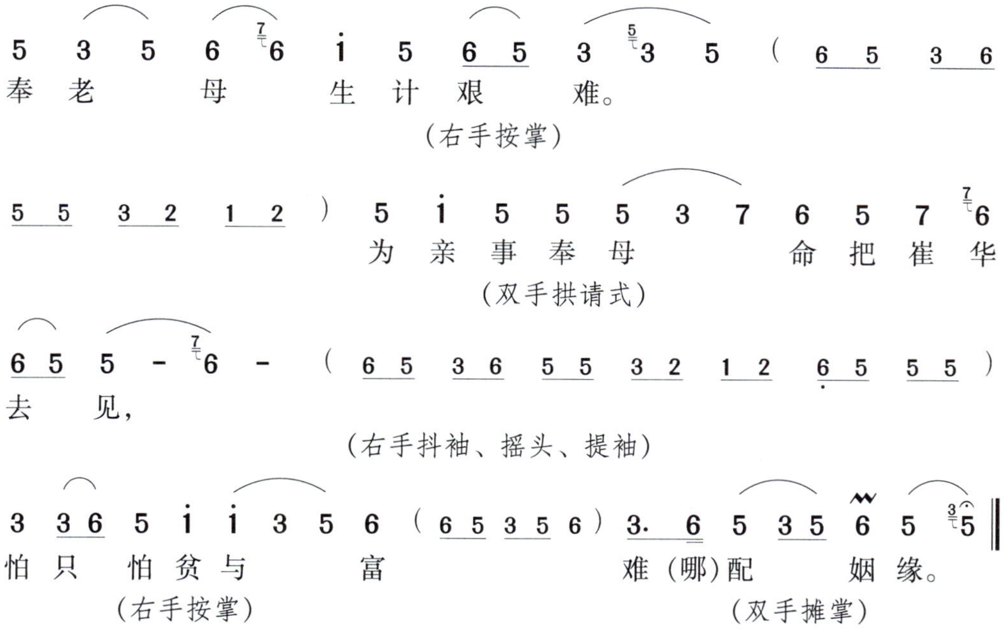

〔邓文焕向左转身往台里"挖"着走。

〔**【小锣抽头】**崔华举鞭从"上场门"上，八儿随上。

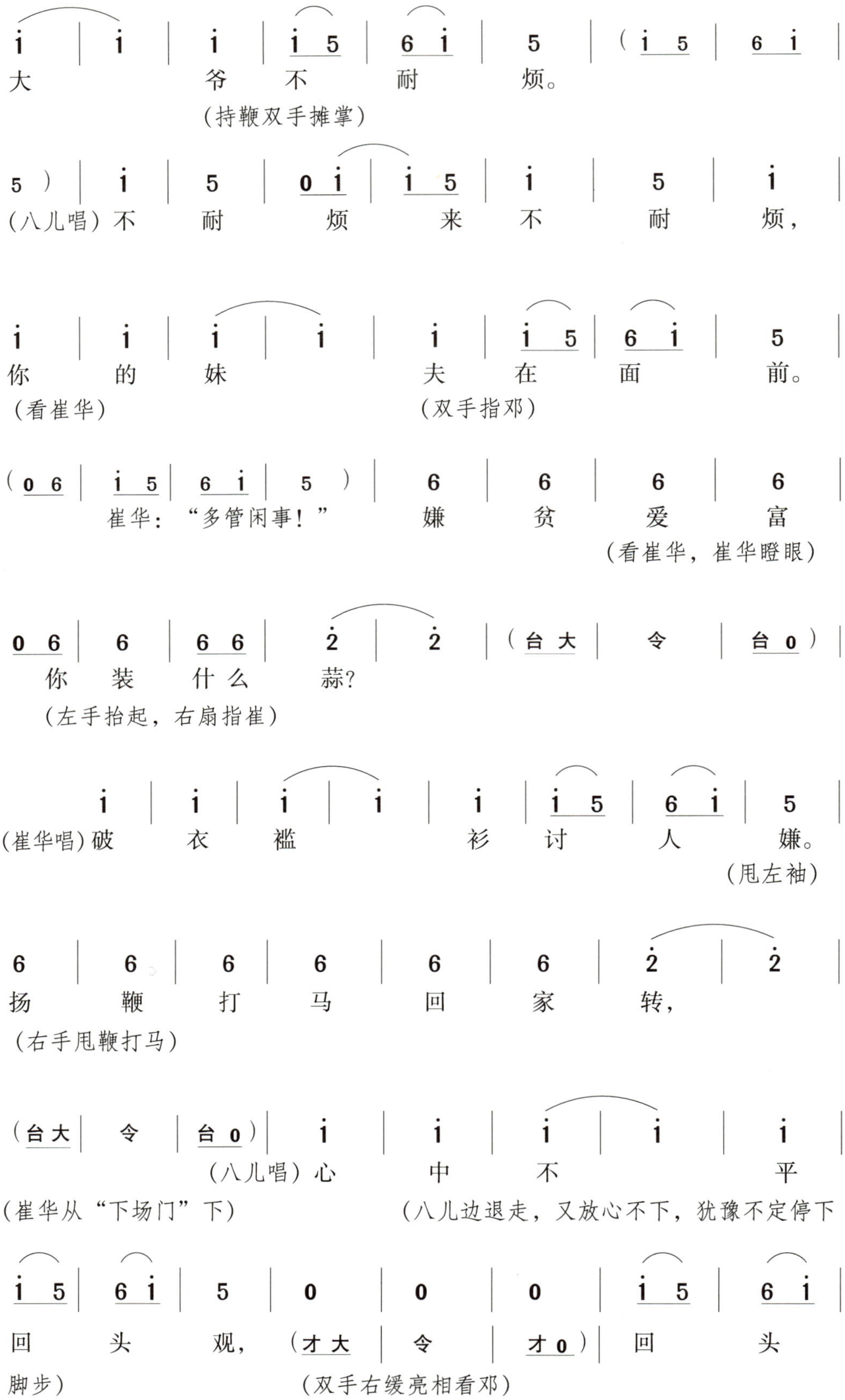
大 爷 不 耐 烦。
（持鞭双手摊掌）
（八儿唱）不 耐 烦 来 不 耐 烦，
你 的 妹 夫 在 面 前。
（看崔华） （双手指邓）
崔华：“多管闲事！” 嫌 贫 爱 富
（看崔华，崔华瞪眼）
台 大 令 台 0
你 装 什 么 蒜？
（左手抬起，右扇指崔）
（崔华唱）破 衣 褴 衫 讨 人 嫌。
（甩左袖）
扬 鞭 打 马 回 家 转，
（右手甩鞭打马）
台 大 令 台 0
（八儿唱）心 中 不 平
（崔华从“下场门”下） （八儿边退走，又放心不下，犹豫不定停下
回 头 观，（才 大 令 才 0） 回 头
脚步） （双手右缓亮相看邓）

「【小锣脆头】八儿疾步从"下场门"下。

「【小锣凤点头】邓文焕向崔华走的方向一望，右手抖袖。

〔西皮摇板〕

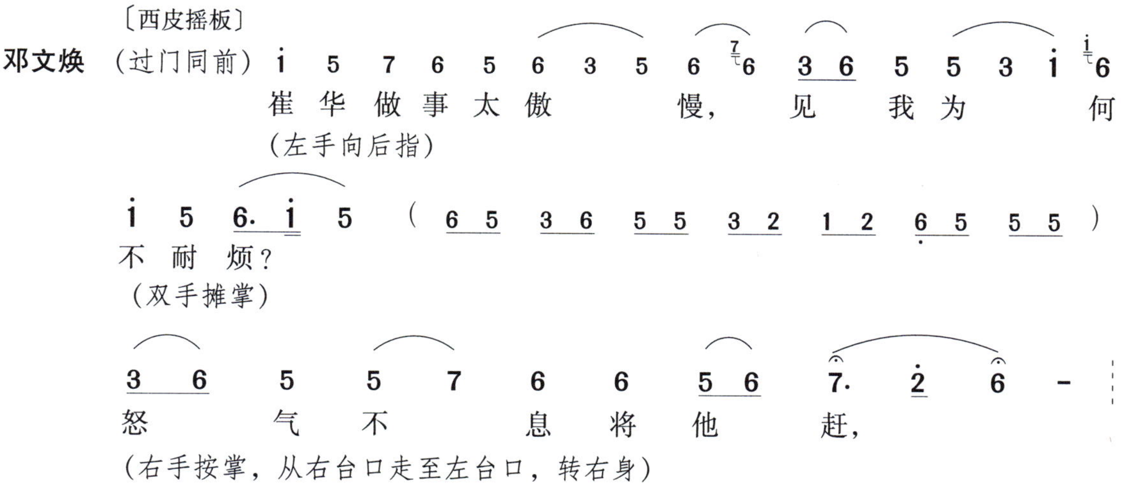

「【小锣凤点头】右手提袖。

〔西皮摇板〕

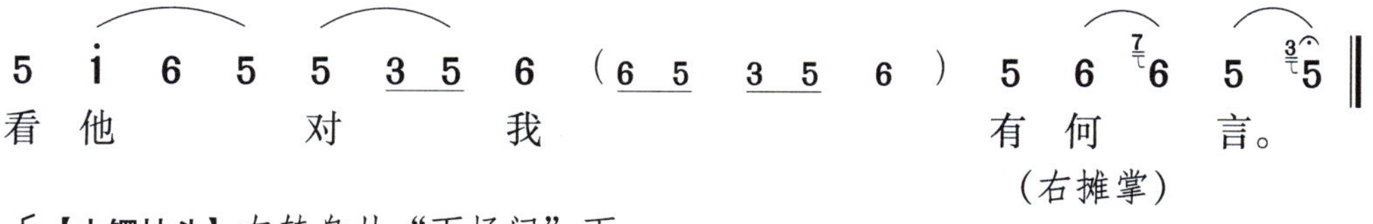

「【小锣抽头】左转身从"下场门"下。

第三场

「【小锣抽头】崔华举鞭从"上场门"上，走至右台口，八儿随上。

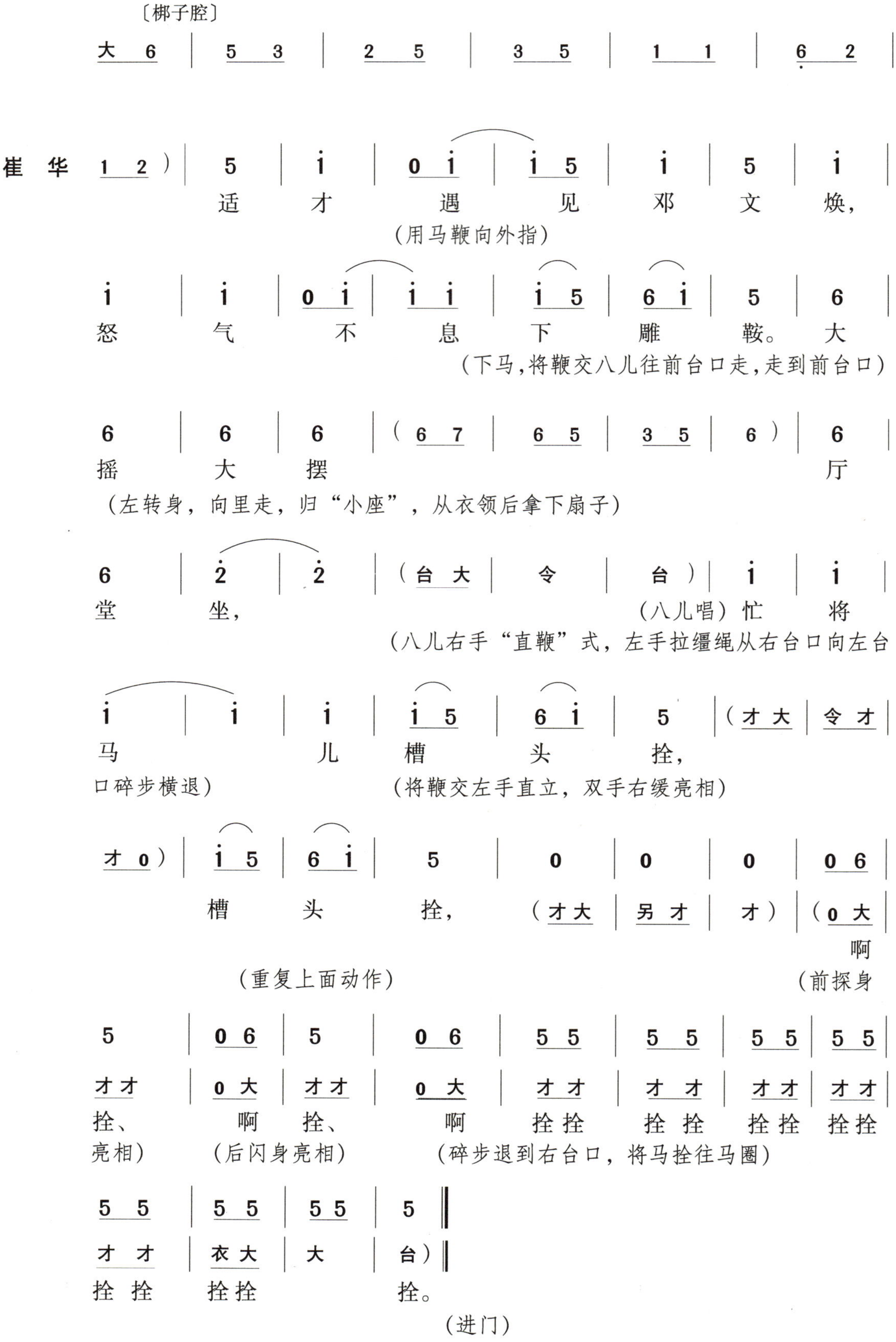
〔梆子腔〕
崔 华
适才遇见邓文焕，
（用马鞭向外指）
怒气不息下雕鞍。大
（下马，将鞭交八儿往前台口走，走到前台口）
摇大摆 厅
（左转身，向里走，归“小座”，从衣领后拿下扇子）
台 大 令 台
堂坐，（八儿唱）忙将
（八儿右手“直鞭”式，左手拉缰绳从右台口向左台
才 大 令 才
马儿槽头拴，
口碎步横退）（将鞭交左手直立，双手右缓亮相）
才 0
槽头拴，
才大 另 才 才 0 大
啊
（重复上面动作）（前探身
才才 0 大 才才 0 大 才 才 才 才 才 才 才 才
拴、啊 拴、啊 拴拴 拴 拴 拴拴 拴拴
亮相）（后闪身亮相）（碎步退到右台口，将马拴往马圈）
才 才 衣 大 大 台
拴 拴 拴拴 拴。
（进门）

三不愿意

崔　华　哎、哎、哎，我说八儿呀，你把马拴在那儿就完了，干吗这么“槽头拴”、“槽头拴”的？

八　儿　你坐在那儿就得啦！干什么要“大摇大摆（摇头晃脑）厅堂坐”？（站“小边”）

崔　华　大爷我有银子，我有钱（拍胸），我还有这么个脾气，爱这么说，“大摇大摆厅堂坐”！

八　儿　噢！你有银子，你有钱？（指崔）好好，我这没钱的，也有个脾气。

崔　华　你有什么脾气呀？

八　儿　你看着，又来了！

〔梆子腔〕

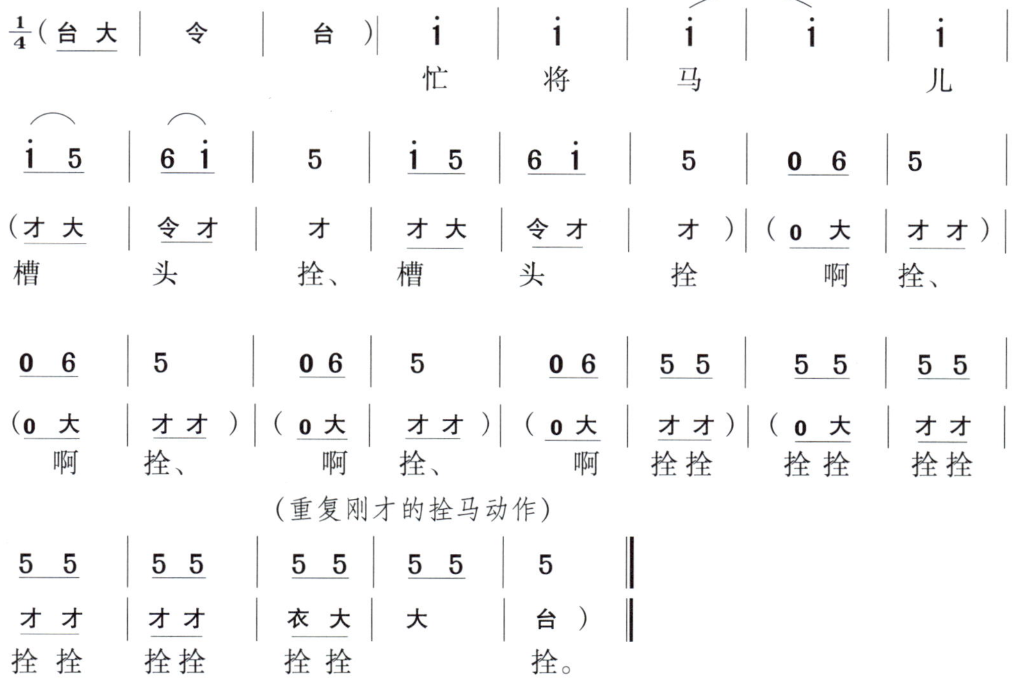

（看崔亮拴马相）

崔　华　好小子！你拴吧，我也不管啦！（右手一扬扇子）

八　儿　我也不拴啦。大爷，您刚才看见邓姑老爷，您……

崔　华　得啦！（站起）谁的邓姑老爷？瞧他穷的那个样！鼻子不是鼻子，眼睛不像个眼睛，我一瞧见他就有气！（使劲扇扇）哼！这门亲事非打退了不可！给我妹妹找个做官的，一来崔家门好看，二来我也沾点光，赶明儿出门我就不骑马啦，该轿来轿去的啦。（用扇平缓两下）八儿呀。

八　儿　大爷。

崔　华　赶明儿你就不管我叫大爷啦！

八　儿　我管您叫什么呀？（摊掌）

崔　华　叫老爷。

八　儿　那得多咱哪？

崔　华　（忘形地）快快……我也不管你叫八儿啦，那么难听呀！（摇头）

八　儿　我还得改名字，那您管我叫什么呀？

崔　华　我管你叫“来呀！”“来呀！”

八　儿　啊，我又改了“来呀”啦！不成。我听着别扭，您还是叫八儿吧。

崔　华　没出息，我提溜你耳朵往上提溜你，你都不上来！
八　儿　我不想上去。（摆手）
崔　华　八儿，大爷我累了，到后头睡会儿去。你在这儿给我支应着，要是有那送钱的，想着给我收下。（欲走）
八　儿　是了。噢，哎，大爷，要是有借钱的哪？（向前一拦）
崔　华　有借钱的，咳！可你就说我没在家呀！
〔【小锣一击】崔华从“下场门”下。
八　儿　呸！瞧你这点德行！送钱的收下，借钱的你就没在家。哼！难怪你发财！出去这趟，他累了到后头睡觉去，我也找个地方打个盹儿去。
〔【小锣水底鱼】八儿出门，蹲在左台口打盹。邓文焕从“上场门”上，走至右台口。
邓文焕　来此已是。（看）八儿在此。八儿，八儿！
八　儿　邓姑老爷。
邓文焕　嗯，你家大爷可在家中？（右摊掌）
八　儿　在家哪。（向里一指）
邓文焕　快去通禀，就说我邓姑老爷要见！
八　儿　哎，哎……我说邓姑老爷，我说句实话，我们大爷呀，不见也罢。（摆手）
邓文焕　却是为何？
八　儿　您还不知道吗？我们大爷嫌贫爱富，他就是不乐意见穷人。
邓文焕　岂有此理！你家小姐许配与我，（右手抚胸）我特为亲事而来，定要见他。（右手向外指）
八　儿　怎么，您是为亲事而来？我说邓姑老爷，有钱就是亲，（右手按掌）没钱就不是亲啦！（摆手）见了恐怕也没您的好处，您不如请先回去，想个好主意才能提这门亲事。
邓文焕　你懂得什么？婚书合同现在我手，他能怎么样？（双手摊掌）见也要见，不见也要见，我是见定了！（左手抖袖）
八　儿　得得，您别生气，您既然不信我的话，就请等一会儿，我告诉我们大爷去。
邓文焕　快去！
〔【小锣住头】邓文焕从“上场门”下。
八　儿　咳！这个书呆子，真叫人又可怜又可气，只好先替他通禀一声。大爷，大爷！
〔崔华从“下场门”上，伸懒腰，打哈欠。
崔　华　我说八儿呀，你这小子干什么这么鸡猫子喊叫的？
八　儿　来啦！来啦！
崔　华　谁来啦？
八　儿　邓姑老爷来了。
崔　华　邓文焕那个穷酸哪！不见，不见！（摆手）
八　儿　好，不见。我回他去。（向右指）
崔　华　（抬手）慢着，不见，到了哪儿也是个麻烦，（一想）不如趁此机会，把他的婚书要过来，从此一刀两断。（用手比刀砍）
八　儿　把婚书要过来，他能给你吗？
崔　华　不给，我就抢！我有的是人，叫长工、短工把他吊起来打，打！打！打！（用合扇比划用棍子打状）我看他给不给。

八　儿　他是个秀才，打了他可不好办！

崔　华　打了他又怎么样？我有的是钱，（右手一扬扇）还怕打官司？

「崔华边说边走到右台口；八儿边看崔边和崔互换位置。

八　儿　唉！大爷，能少点麻烦不是更好吗？您不会想个办法把婚书骗过来，何必打他哪。

崔　华　怎么骗哪？

八　儿　咱们想想……（背语）坏了，这个书呆了要吃亏呀！（转眼一想）唔、唔、唔，就这么办！（右手食指直伸向下划圈）大爷我有主意啦。

崔　华　有什么主意，快说。

八　儿　您别着急，听我慢慢说（右手抚胸）。您现在就把他请进来，问他到这儿来干什么？

崔　华　那还用说吗？他说他为亲事而来。

八　儿　有何为证？

崔　华　有婚书合同为证。

八　儿　拿过来我看。

崔　华　拿过来又怎样？

八　儿　你就说呀，八儿，八儿，把这婚书合同拿到后头，给你们大小姐、二小姐瞧瞧去。

崔　华　（一甩袖）你别捣乱了，我不认，她们一看就认下了。

八　儿　您当我真让大小姐看哪，我把它拿过来，一出门就把这婚书合同塞到灶火里烧了。（做烧火动作）我再回来，就说拿去看了。你就问，来人上姓？

崔　华　嘿！我们是亲戚，我还不知道他姓邓？

八　儿　你再问他一回成不成？（假装正经地）

崔　华　好！那么就问他，他说他姓邓。

八　儿　大号？

崔　华　文焕。

八　儿　到此作甚？（双手一摊）

崔　华　特为亲事而来。（左手按掌）

八　儿　有何为证？

崔　华　婚书合同为证。

八　儿　拿来我看。（伸手索要）

崔　华　八儿呀！刚才咱们不是拿过来看了吗？

八　儿　你不会来个瞪眼不认账吗？你说八儿呀，咱们拿他的婚书合同了吗？我就说了：没见哪！没见哪！（摆双手）立刻你（指崔）就把眼珠子一瞪，说：哈哈，你是哪儿来的？胡认亲戚，把他轰出去！（双手一扬）不就完了吗？

崔　华　（拍手）好主意！好主意！把他叫进来。

八　儿　是！有请邓姑老爷。

「**【小锣五击】**邓文焕从“上场门”上。崔华转身将椅搬成八字座。

邓文焕　八儿，他见是不见？

八　儿　我家大爷请你哪！

崔　华　谁呀，谁呀？（假装地）

邓文焕　大舅。（双手拱请式）

崔　华　唔，是你呀，坐着。（让座）

邓文焕　有座。

〔二人归八字座，崔华坐“大边”。

崔　华　你干什么来啦？

邓文焕　特为亲事而来。

崔　华　有何为证？

邓文焕　婚书合同为证。

崔　华　拿来我看。（伸右手）

邓文焕　拿去看来。（从怀中掏出递交崔手中）

崔　华　（拿过婚书）八儿呀，拿到后头，给你们大小姐、二小姐看看去。（将红帖递八儿）

八　儿　（接帖）是啦。（出门）嘿嘿，我才不烧哪。（想，看帖）我呀，先把它揣起来再说！（进门归“大边”）大爷呀，拿到后头叫大小姐、二小姐看去了。

崔　华　（高兴地）好小子！（指八儿，然后一回身向邓文焕）请问来人上姓？

邓文焕　（不解地）姓邓哪！

崔　华　大号？

邓文焕　文焕。

崔　华　干什么来了？

邓文焕　特为亲事而来。（右手按掌）

崔　华　有什么凭据？

邓文焕　婚书合同。

崔　华　拿来我看。（伸手要）

邓文焕　怎么？你方才拿过去了。

崔　华　我说八儿呀，咱们拿了他的婚书合同啦吗？

八　儿　没见，没见，我可没见。（摆动双手）

崔　华　好哇！你是哪儿来的，（指邓）跑到我这儿胡认亲戚来啦！八儿呀！给我轰出去！（甩袖）再来，打断他的踝子骨！（瞪邓）

〔**【小锣五击】**崔华向邓文焕一甩袖，从“下场门”下。八儿假意推邓出门。

邓文焕　咳！（向“上场门”走）

八　儿　（出门）嗳嗳，嗳！邓姑老爷，你回来！

邓文焕　做什么？（双摊掌）

八　儿　你就这么走啦？（指邓）

邓文焕　不走便怎么样？

八　儿　你就甘心受人家欺负，不想个主意？

邓文焕　咳！事已至此，我还有什么主意呀？

八　儿　你是个秀才，满肚子学问，怎么连个主意也没有？

邓文焕　我只会提笔做文章，哪有什么主意呀？

八　儿　咳！你这个人哪！（指邓）刚才我说什么来着，你不信我的话，你看这是什么？（从怀里掏出红帖**【小锣一击】**）

邓文焕　怎么？婚书合同还在你手！（指八儿）

八　儿　我给你揣了半天啦！
邓文焕　我有眼不识好人，惭愧！
八　儿　你别惭愧啦，以后眼睛擦亮点就成了，（把婚书交邓手）我告诉你，你要想成这门亲事，就拿这婚书到良乡县，告我们大爷是仗势欺人，强逼退亲。（右手按掌）这边他有什么动静，（右手向后指）随时给你送话去。你看怎么样呢？（右手摊掌）
邓文焕　崔华知道，岂不是与你不便？（双手摊掌）
八　儿　（一摆手）没什么，顶多豁着我这长活不干啦！（双手一扬）
邓文焕　如此请上，受我一拜！（欲跪）
八　儿　（急搀）得了，得了，别跟我来这套，你快走吧！
邓文焕　（顿足）好！我去告他！（右手向外指）
〔**【小锣五击】**邓文焕从“上场门”下。崔华从“下场门”上。八儿进门站“小边”。
崔　华　八儿呀，那小子走了没有哇？
八　儿　走了。
崔　华　走了，这就没事了吧？
八　儿　这就没事了，你也不用想什么主意了，死心塌地地等着吧！（右手按掌）
崔　华　等着什么呀？
八　儿　等着我管你叫老爷呀！（双手拱请式）
崔　华　好小子！还是我们八儿呀！你又会办事，又这么机灵，哎，真格的，你在我这儿一年挣多少钱？
八　儿　嘿嘿，你别提钱啦，在你这儿一年挣的可不少！（摆手）
崔　华　多少钱哪？
八　儿　我一年挣你一吊二。（用手比划着）
崔　华　哎哟，你一年挣一吊二？
八　儿　哎，怎么？多啦？
崔　华　不是呀，你这么会办事，这么机灵，一年才挣一吊二，（用手比划着）可真是屈了你的才了。（指八儿）
八　儿　这可是大爷你说的！（指崔）
崔　华　八儿呀，你好好干，勤俭勤俭，大爷我给你长俩工钱。（欲走）
八　儿　哎，大爷，大爷（拉崔）您要给我长工钱，您给我长多少钱哪？
崔　华　别问了，反正我给你长工钱得了呗！
八　儿　大爷你给我长多少？你说我听听。
崔　华　八儿呀，你在我这儿一年挣多少钱哪？
八　儿　刚才不是告诉您了吗，一年一吊二百钱，剃头、洗澡还得刨钱哪！
崔　华　哎呀！你可真苦哇！（狠下心）得了，大爷我叫你一年挣一吊二百五。（用手比划，先伸一个指头，再伸两个指头，最后伸出一巴掌）
〔转身从“下场门”下。
八　儿　呸！（朝崔走的方向）你怎么做（读 zòu）的！我早就知道你又来你那一招啦！（朝后指转过脸来）一年给我长五十个钱，你真叫损透了！（顿足。一想）嗳，对啦，我得到后院去探探我们大小姐的口气，她要跟她哥哥不一样的话，嗯，我得好好给她出个主意（直伸右手食指，向下划一圆圈），我也不能叫我们大爷白给长这五十钱不是？对！走哇！

〔【小锣打下】八儿从“下场门”下。

第四场

〔【小锣抽头】崔秀英从“上场门”上。

〔西皮摇板〕

崔秀英　（过门同前）i 5 7 7 5 6 5 6 3 5 6 （65 36 55）
兄 长 做 事 理 不 端，

（走至前台口）（双手拱请式）

i 65 5· 6 35 6 65 53 3 5 -
嫌 贫 爱 富 为 哪 般？

（坐“小边”做针线活）

〔崔丽英内白：“丫头，你等等我！你等等我！”

〔【小锣长丝头】丫鬟从“上场门”跑上，崔丽英从“上场门”追上。一指丫鬟，一甩手帕，进门，丫鬟随进。

崔丽英　参见姐姐。（施礼）

崔秀英　罢了，一旁坐下。

〔【小锣一击】崔丽英坐“大边”，丫鬟站丽英身后。崔秀英不语，仍做手中针线活。

崔丽英　姐姐，刚才我跟丫鬟在花园玩耍，看见这么大个蝴蝶（用手比划），走，（一扬手帕）跟我们一块儿玩去。（右手向外指）

崔秀英　（摇摇头）咳！（放下活计）

崔丽英　哟，姐姐您这两天干什么咳声叹气、愁眉不展的？（右手摊掌）

崔秀英　妹妹哪里知道，二老在世（双手拱请式），将我终身（右手抚胸）许配南关邓文焕为妻，（右手指出）可恨兄长嫌贫爱富，要将这门亲事打退，（右手按掌）叫我（右手抚胸）怎不烦闷哪？（右手摊掌）

崔丽英　噢！（右手扶鬓看秀英）姐姐原来是为了亲事烦闷。那么姐姐，您是愿意把这门亲事打退，还是不愿意打退呢？（右摊掌）

崔秀英　妹妹你说的哪里话来，我怎能愿意把这门亲事打退呢？（双手摊掌）

崔丽英　哦，姐姐不愿意打退这门亲事。（点头）那么姐姐，我那姐夫你看见过没有哇？

崔秀英　（欲说又羞）这……

〔【小锣一击】秀英低头，丫鬟走两步。

丫　鬟　二小姐（双手拱请式）您忘了，老太爷在世（双手拱请式）的时候，邓姑老爷不是还跟他兄弟一起来拜过寿吗？（右手向外指）

崔丽英　（拍手）对了，对了！我想起来了，姐姐还扒着门缝儿（双手比划扒门缝看）瞅来着哪！

崔秀英　啐！我多咱瞅来着？

崔丽英　姐姐，别生气，我也瞧来着（右手抚胸），咱们俩一块儿都瞅啦，我是这么瞅，（用右手扶鬓）你呀是那么瞅（比划扒门缝儿）。

丫　鬟　对啦！（右手一拍腿）还有我哪！（右手抚胸）

崔丽英　死丫鬟（指丫鬟）什么都有你！

丫　鬟　可不是有我吗？（右手抚胸）邓姑老爷的个儿高一点（用手比划），他兄弟矮一点（用手比划），他们哥俩长的一样的俊，（右手赞美指）真像一对儿江米人儿似的（右手抚掌）。

崔丽英　蠢丫鬟，说着也不害臊。

丫　鬟　害什么臊哇？（双手摊掌）我看看我们邓姑老爷跟我们大小姐配得上配不上呀？

崔丽英　你说配得上配不上？（右手摊掌）

丫　鬟　（看秀英）我看哪，真是天生一对，地产一双啊！（双手直伸食指并拢一起）

〔秀英羞，不语。

崔丽英　哟，这丫鬟（指丫鬟）还挺会说话的！

丫　鬟　嗯，本来就会说话吗。

崔丽英　姐姐，我看你也不用咳声叹气的，依我说呀，（右手抚胸）哥哥不是要把这门亲事打退了吗，他退他的，（右手向外指）你嫁你的，（右手按掌）这不结了吗？（双手摊掌）

崔秀英　妹妹，你怎么净说些傻话呀，哥哥既然要把亲事打退，叫我可怎么嫁呀？（双手摊掌）

崔丽英　怎么不能嫁呀？（右手一扬手帕）你把嫁妆收拾收拾，（右手按掌）自己愣去，（右手向外指出）不就完了吗？

丫　鬟　（拍头）对，我拿着包袱，跟着您，不就去了吗？（双手向外指）

崔秀英　咳！（摆手）你们净说些什么话呀，别在这儿气我了！（一甩手）

崔丽英　姐姐别生气，你不爱听，咱们就不说。咱们俩描花样儿吧！丫鬟，取花样本去。

丫　鬟　是啦。（取花样本复上）

〔**【小锣五击】**八儿从“上场门”上；崔氏姐妹看花样本。

〔八儿走至右台口。

八　儿　（念）要知心腹事，（右手抚胸）

且听口中言。（右手按掌掸动三下）

（看）来到后院啦，不知道大小姐在不在屋里，待我扒窗户瞧瞧。（扒窗户看）哟，大小姐、二小姐在一块儿哪！（一想）这事当着二小姐不好说，（摆手）这可怎么办呢？（双手摊掌）有啦，我不免将丫鬟哨出来，叫她出个主意把二小姐支开。

〔用口哨示意让丫鬟出来，丫鬟听见口哨声。

丫　鬟　谁哨哪？（探头看）原来是八儿哥，他干什么来了？（忙出门）八儿哥，你哨什么呀？

八　儿　我有要紧的事对大小姐说，你有什么主意把二小姐给支开。（右手向外指）

丫　鬟　什么事儿呀？告诉我不行吗？（右手抚胸）

八　儿　天机不可泄漏。

丫　鬟　你不告诉我，我可不管。（双摆手）

八　儿　好丫鬟嘞，赶明儿你再央告我给你提个水啦，买个零嘴儿啦，我也不管。（双手叉腰，假装生气）

丫　鬟　哎，跟你闹着玩哪，就急眼啦？你等着啊，我把二小姐给你支开。（二人会意）（进门）哎哟，二小姐，二小姐，不好啦！（双手拍腿）您那只小白猫让狗给叼了去啦！（右手向外指）

〔【小锣一击】丽英一惊。

崔丽英　哎呀叼到哪儿去啦？

丫　鬟　叼到后花园去啦！（双手指出）

崔丽英　哎哟，蠢丫鬟！（双手拍腿）还不追去！（右手向外指）快点呀，（挥右手）快点呀！

〔【小锣长丝头】丫鬟引丽英从“下场门”跑下。

〔八儿进门，站“大边”。

八　儿　参见大小姐。（施礼）

崔秀英　八儿，你干什么来啦？

八　儿　大小姐，大事不好啦！

崔秀英　怎么啦？（双手摊掌）

八　儿　我们大爷把您的亲事打退了。

崔秀英　（一惊扶鬓）怎么，我哥哥他、他他他真把亲事打退了吗？（右手向外指）

八　儿　您不信问问去。

崔秀英　喂呀……

〔西皮摇板〕

【大锣凤点头】（过门同前）i 5 7 7 ²5 6 7 6 3 5 6 ⁷6
听 罢 言 来 心 酸 痛，
（右手抚胸）

（6 5 3 5 6 5 3 2 1 2） 5 i 6 5 5 65 3 5 6
不 该 拆 散
（双手食指直伸先并拢再

6 i 5 i 6 5 3 ⁵3 5 【大锣住头】‖（秀英拭泪）
我 的 好 姻 缘。
向两旁分开）

八　儿　大小姐您别哭哇，您得想个主意才好哇！（以右手背击左掌心三下）

崔秀英　八儿呀，我哥哥已然把亲事打退，叫我有什么主意呀？（拭泪）

八　儿　我倒有个主意，不知大小姐办得到办不到？

崔秀英　那你就快说吧。（指八儿）

八　儿　趁着大爷这会没在家，您赶快收拾收拾，（右手按掌）去到邓姑老爷家里，你们俩赶紧拜堂成亲。等大爷知道啦，生米已经煮成熟饭，他也干瞪眼没法子啦！（双手一扬）

崔秀英　我若私奔邓家，岂不被人耻笑？

八　儿　哎哟，我的大小姐！您要是怕被人耻笑，这一辈子的终身大事，可就让大爷他给耽误啦！（双手摊掌）

崔秀英　咳！事到如今，我也顾不得许多了。（摆右手）好，八儿，你去吧！

八　儿　是了。大小姐我走啦！

「八儿出门，从“下场门”下。

崔秀英　看天色不早，我不免去到后面收拾收拾便了。（右手指出）

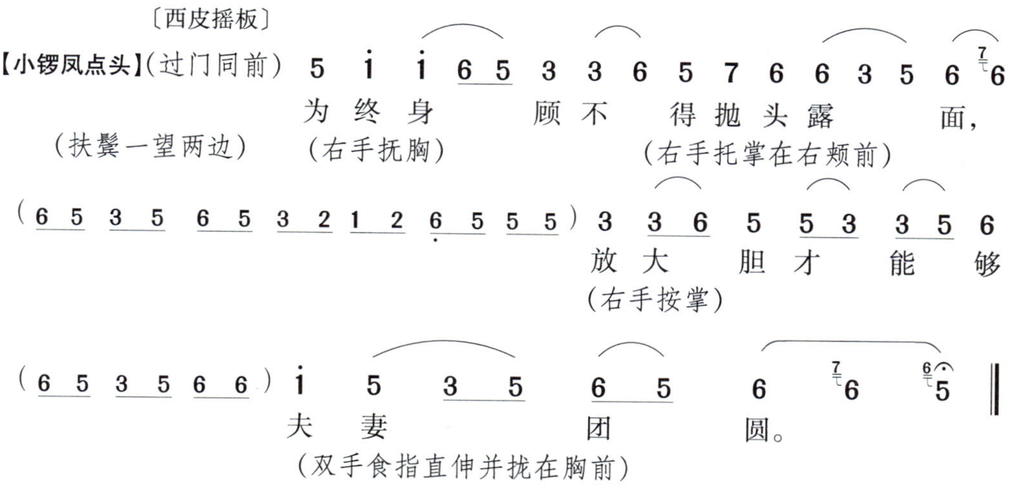

「【小锣打下】崔秀英从“下场门”下。

第五场

「堂鼓【撕边】（冬冬冬冬 冬八 龙冬仓）班头从“上场门”上，走至右台口。

班　头　崔华！崔华！

「八儿从“下场门”上。

八　儿　谁呀？什么事儿？

班　头　什么事儿！邓文焕在良乡县，把你们大爷给告下来了。老爷（双手拱请式）传话下来，叫他带着他的妹妹上堂回话，快点！快点！（边走边说）你快点吧！（转身向八儿说）

「（冬冬冬冬 冬八 龙冬仓）班头向“上场门”走两步，一回身向八儿“嗯！”转身从“上场门”下。

八　儿　呵，这说话不带喘气儿的！有的，真给告下来啦！大爷！大爷！

「崔华从“上场门”上，八儿进门归“小边”。崔华站台中。

崔　华　八儿呀，什么事呀？

八　儿　可不得了啦，（抖落双手）邓文焕到良乡县把你告下来了！

崔　华　告了？婚书合同不是烧了吗？

八　儿　是烧了呀！

崔　华　没有婚书合同，他拿什么告去？（右手一扬）

八　儿　那谁知道。老爷传下来了，叫你带着大小姐赶紧上堂回话。

崔　华　哎呀穷秀才心眼真多，叫我妹妹上堂，这状子八成是准了。（一想）我得准备准备。快点请你大小姐出来，我们俩商量商量。

八　儿　哎！

〔八儿出门，向“上场门”喊。

八　儿　大小姐！大小姐！

〔幕内白：“大小姐不在家。”

八　儿　（自语）我就知道她不在家。（进门向崔说）大小姐不在家。

崔　华　啊，不在家？想必在隔壁二大妈家描花样子呢，去上那儿叫去！

〔八儿点头，出门，向“下场门”喊。

八　儿　二大妈！二大妈！我们大小姐来了没有？

〔幕内白：“你们大小姐呀，有一个多月没来啦。”

〔八儿进门。

八　儿　大爷，大小姐有一个多月没去啦！

崔　华　这可怪了，我的妹妹会丢了？快去请二小姐出来，我问问她。

八　儿　（背语）这个准在家。有请二小姐！

〔**（大八）（大八）**崔丽英从“上场门”上，走至右台口。

崔丽英　姐姐离家门，撇得我（右手抚胸）好冷清。八儿，什么事呀？

八　儿　大爷请您哪。

崔丽英　（进门）哥哥。

崔　华　妹妹坐下。

〔二人归八字座，丽英坐“小边”。

崔丽英　哥哥，叫妹妹出来，有何话讲？

崔　华　妹妹，我问你，你姐姐哪？

崔丽英　不见啦！（双手摊掌）

崔　华　上哪儿去啦？

崔丽英　那谁知道哇？我找了她半天还没有找着哪。

崔　华　怎么你姐姐胡跑乱跑哇，你怎么不管管她呢？（指丽英）

崔丽英　我自己都管不了自己，（右手抚胸）还管她呢？（一甩手帕）

崔　华　咳！这事怎么办？这事怎么办？（以右手背连连击左掌心）

崔丽英　什么事呀？哥哥。（左手摊掌）

崔　华　邓文焕到县衙门把咱们（右手抚胸）给告下来了，老爷叫我带着你姐姐上堂回话！（右手向外指出）

崔丽英　哥哥，你就告诉县大老爷，说我姐姐跑啦，（一扬手帕）不就结了吗？（双手摊掌）

崔　华　这像话吗？说我崔华的妹妹跑啦，够多丢人哪。（连连摆手）

八　儿　这可真丢人，不大好听。（连连摇头）

崔　华　咳！这么办吧，妹妹呀，没什么说的，你替你姐姐去一趟吧。

崔丽英　这是我姐姐的事，（右手向外指）我怎么能去啊？（一甩手帕）

崔　华　不要紧的，县太爷说，到堂上点点名就回来。（右手按掌）

崔丽英　我不去！（摆双手）

崔　华　好妹妹！你就替你姐姐去这么一趟，回来我打对镯子给你。

崔丽英　哥哥，我从来没出过门儿，也没有见过官，（双手拱请式）见了官我害怕，（右手连连拍胸）叫我说什么好呀？（双手摊掌）

崔　华　对呀，我妹妹从来没出过门，见了官呀她说什么好呀？

三不愿意

八　儿　（背语指崔华）哼！我看你怎么办？

崔　华　这么着吧，妹妹，你到堂上说什么，哥哥（拍胸）我教给你。（指丽英）

崔丽英　你教给我，（指崔华）我学得会么？

崔　华　怎么学不会呀？妹妹，你可准去了啊。

崔丽英　那试试看吧。

崔　华　八儿，你到后头找账房先生拿二百五十两银票，二百两送给太爷，五十两上下打点打点，（右手按掌）快去快去！

〔**【小锣一击】**八儿从“下场门”下。崔华捶腿顿足下狠心。

崔　华　我豁出去啦，无论花多少钱，也得把这门亲事打退。（右甩袖）

〔八儿从“下场门”取银上，进门。

八　儿　银票拿来了。

崔　华　你先去，（扬手）我随后就来。

八　儿　（出门）这可好，他把二小姐给嘀咕去啦！我得告诉那一头去，（左手向后指）好让他们也准备准备。

〔八儿从“下场门”下。

崔　华　妹子，你得跟着我说。

崔丽英　好，（右拳击左掌心）我跟着你说。（指崔华）

崔　华　比方这么说。（左手向外扬）

崔丽英　比方这么说。（右手向外指）

崔　华　到了老爷堂上。（双手拱请式）

崔丽英　哦，（点头）到了老爷堂上。（双手拱请式）

崔　华　见了老爷叩头。（左手按掌）

崔丽英　见了老爷叩头。（右手按掌）

崔　华　起来，（抬左手）挨着哥哥（左手拍胸）我站着。（晃两下头）

崔丽英　起来，（右手扬帕）挨着哥哥（右手拍胸）我站着。（晃两下头）

崔　华　老爷（双手拱请式）必然问道。

崔丽英　哦，老爷（双手拱请式）必然问道。

崔　华　下站可是崔家小姐？（向前探身，左手向外指）

崔丽英　下站可是崔家小姐？（向前探身，右手向外指）

崔　华　哎，（右拳击左掌心）这是老爷的话。

崔丽英　哎，（右拳击左掌心）这是老爷的话。

崔　华　哎哟！（双手拍腿）老爷问你的话！（指丽英）

崔丽英　哎哟！（双手拍腿）老爷问你的话！（指崔华）

崔　华　（着急地）你不要说话。（连连摆动双手）

崔丽英　（学崔华着急的样子）你不要说话。（连连摆动双手）

崔　华　这不是成心吗？（连连抖落双手）

崔丽英　这不是成心吗？（连连抖落双手）

崔　华　哎哟！（双手拍腿）这不是让我着急吗？（双手摊掌）

崔丽英　哎哟！（双手拍腿）这不是让我着急吗？（双手摊掌）

崔　华　哎，哎，哎！（向丽英摆手）这不是你的话，不该你说话，（指丽英）你不要说

话。（双摆手）

崔丽英 哎，哎，哎！（向崔华摆手）这不是你的话，不该你说话，（指崔华）你不要说话。（双摆手）

崔　华 我说妹妹，你听懂了没有，不该你说话的地方，你就别说话。

崔丽英 哦，（点头）不该我们（右手抚胸）说话，我们就不说话。（摆右手）

崔　华 对啦！听着啊，到了老爷（双手拱请式）堂上，见了老爷叩头，起来挨着哥哥我（右手抚胸）站着。老爷必然问道："下站可是崔家小姐？"（丽英不语，崔华看丽英）"下站可是崔家小姐？"（丽英不语，崔华着急）崔家小姐！崔家小姐！嗳！妹妹你怎么不说话呀？

崔丽英 哎哟！不是不让我说话吗？

崔　华 哎，这回该你说话啦。

崔丽英 该我说话了，我说什么呀（双手摊掌）哥哥？

崔　华 你说是是呀，我的大老爷！

崔丽英 哦，我说是是呀，我的大老爷。

崔　华 对啦！（拍手）

崔丽英 对啦！（拍手）

崔　华 哎，没有这个对啦！（摆右手）

崔丽英 哎，没有这个对啦！（摆右手）

崔　华 老爷必然问你，你先人在世，将你许配邓文焕，你为什么不随他去？

崔丽英 （右手挽下手帕拍腿）对呀！为什么不随他前去呀？（右手向外指）

崔　华 你就说我们不愿意呀，我的大老爷！

崔丽英 哦，我就说我们不愿意呀，我的大老爷！

崔　华 （点头）对啦！

崔丽英 哥哥，为什么不愿意呀？（右摊掌）

崔　华 你说我们家富贵，他们家贫穷，因此我们不愿意呀，我的大老爷！

崔丽英 哦，我说我们家富贵，他们家里贫穷，因此我们不愿意呀，我的大老爷！

崔　华 对啦！

崔丽英 他要是再问呢？

崔　华 再问你还是不愿意。

崔丽英 怎么又不愿意呀？（双摊掌）

崔　华 你说我们家里有穿戴，他们家里没穿戴，因此我们不愿意呀，我的大老爷！

崔丽英 哦，我说我们家里有穿戴，他们家里没穿戴，因此我们不愿意呀，我的大老爷！

崔　华 （看丽英点头）好，好！

崔丽英 再问呢？（右手向外指）

崔　华 再问你还是不愿意。（摆右手）

崔丽英 哟，怎么这么多不愿意呀！我呀不学了。（摆右手后甩手帕）

崔　华 妹妹，不多不多，就是仨。（用手势比）

崔丽英 哦，就是仨。（右手食指直伸，点数左手的拇指、食指、中指）

崔　华 妹妹，妹妹，就这三个不愿意，可不能顾忌呀，一顾忌就坏了。（右手按掌）

崔丽英 哦，不能顾忌（摆右手），一顾忌就坏了。那还说什么呀？（双手摊掌）

三不愿意

崔　华　你说我们家里有势力，他们家没势力，因此上我们不愿意，我的大老爷。
崔丽英　哦，我们家里有势力，他们家里没势力，因此上我们不愿意，我的大老爷。
崔　华　（拍手）对啦！
崔丽英　哥哥，咱们家里有什么势力？
崔　华　傻妹妹你不知道，哥哥我头两年花钱捐了个京监。
崔丽英　哦，哥哥是个京监。
崔　华　对啦！

［堂鼓（**撕边，冬 冬 冬 冬　冬八　龙冬 仓**）班头从“上场门”上，走至右台口。

班　头　崔华，崔华，快点快点！
崔　华　（出门）谁呀？
班　头　我们老爷坐了堂了，头一案官司就是你们，（指崔）急急忙忙，麻麻溜溜的，（右按掌）别让我一趟一趟地跑。（边走边说，向“上场门”走几步，猛一回头，“嗯！”看崔华，顺势从“上场门”下）

［崔华吓了一跳。

崔　华　（摇头）这是什么玩意儿？门上的！（向里招呼）快搭轿！快搭轿！

［崔华进门，见丽英正认真地数着手指头，嘴里小声嘀咕着。

崔　华　妹子，妹子，你在那儿算什么呢？
崔丽英　我算算有几个不愿意呀。
崔　华　哎哟！哪儿还来得及呀？（双手摊掌）走吧！走吧！（用手示意）
崔丽英　到哪儿去呀？
崔　华　到老爷堂上去呀。
崔丽英　哎呀！我还有一句不会呢！
崔　华　这可怎么好！这可怎么好！（着急地抖落着双手，一想）哎，这么着吧，到了老爷堂上，哥哥我提着你说。
崔丽英　哎！我还是不去吧！（摆双手退两步）
崔　华　我的姑奶奶！（忙揪丽英）姑祖宗！你再说不去，可把哥哥我（拍胸）急死了！
崔丽英　那么我去，咱们怎么去呀？
崔　华　轿子准备好了。（丽英急转身快走几步）哎，哎，妹妹你上哪儿去呀？
崔丽英　我去换换衣裳去。（右手向后指）
崔　华　咳！这是打官司去，又不是行人情，还换什么衣裳，快走吧！
崔丽英　哎！（欲走）
崔　华　嗳！妹妹你回来！（招手）
崔丽英　干什么？
崔　华　你都忘了也不要紧，就记住那个“不愿意”就成啦！
崔丽英　哦，（点头）我（右手抚胸）就记住那个不愿意（摆右手）就成啦！

［丽英出门从“下场门”下。

崔　华　（出门一看）哎，哎，轿子慢点走，等等我，等等我呀！（右手向前连连招手）

［**【小锣打下】**崔华小步跑着，追赶轿子，从“下场门”下。

第六场

〔奏唢呐曲牌<小傍妆台>。

〔八儿从“上场门”上，走至右台口，往邓家一看。

八　儿　真热闹！邓姑老爷！邓姑老爷！（向门里边呼叫）

〔邓文耀从“下场门”走上，边出门边问。

邓文耀　什么人？（曲牌止）

八　儿　我找邓文焕相公，有要紧的事。

邓文耀　候着，有请兄长。

〔邓文焕从“下场门”上。

邓文焕　仓促成佳礼，惭愧对红妆。是哪个？（出门）

八　儿　邓姑老爷。（双手拱请式）

邓文焕　原来是八儿兄，（双手拱请式）请到里面。（一让）

八　儿　别进去啦（忙摆手），就在这儿说吧。我说您的状子八成是准了。刚才班头传来了，叫我们大爷带着我们大小姐上堂回话，您这儿见什么话儿没有？（右摆手）

邓文焕　刚才班头也曾来过，只是你家大小姐已然来到我家。如今就要成礼，（右手按掌）我如何去得？（双手摊掌）

八　儿　您别不去呀！我们大爷找不到大小姐，他把我们二小姐给嘀咕去了。（右手向外指）

邓文焕　是你们二小姐到公堂？我越发地不便去了。（摆动双手）

八　儿　您不去，这官司两无对证，不就输了吗？（双手摊掌）

邓文焕　哎呀，这便如何是好？（双手摊掌抖动两下）

八　儿　（见文耀）邓姑老爷，这是谁呀？（指文耀）

邓文焕　这是我兄弟文耀。

八　儿　（一想）哎！（右手拍腿）您要是不去，（指文焕）叫他替您去！（指文耀）

邓文焕　那如何使得！（摆右手）

八　儿　那怎么使不得？他那儿妹妹替姐姐，（右手向外指）您这儿弟弟（指文耀）替哥哥吗。（右手按掌）

邓文焕　恐怕你家大爷认识……

八　儿　认识又怎么样，都是冒充，谁说谁呀？（双手一扬）哎，我们大爷交给我二百五十两银子，叫我上上下下打点打点，我得先走啦！（欲走）

邓文焕　哎呀八儿！

〔八儿又回转身来。

邓文焕　你家大爷用银子上下打点，我这官司岂不……（双手摊掌）

八　儿　银子在我这儿哪，你还不放心？反正叫您这官司输不了就得啦。我先走了。二相公，快去呀！（边说边从“上场门”下）

邓文焕　贤弟，随我来！（拉文耀进门）

〔**【小锣打下】**二人从“下场门”下。

第七场

〔【兔形锣】四青袍持板从“上场门”上，“站门”。杨知县从“上场门”上，走至“九龙口”，整冠、理髯、抖袖、端带，走到前台口。

杨知县 （念〔引子〕）

鸣鼓升堂，两边厢，（向左右一看）（**多多**）

1 2 3 2 ³2 6 7 6 5 6 ‖

闹 闹 嚷 嚷。

（双手端带，颇为得意）

〔（|**扎 扎 台**|）杨知县右转身，向里走，归“大座”。**【小锣归位】**

杨知县 （念）恩命（双手拱请式）授良乡，

良乡好地方。（右手按掌）

柴米油盐贱，

鸡肥酒又香。（右手比酒盅、左手指酒盅）

〔**【小锣五击】**四青袍向里归成“八字站”；班头引八儿从“上场门”上，走至右台口。

班　头 走，走，走！（向八儿打手势）

八　儿 哎，到了堂上可全瞧你的啦！（指班头）

班　头 你怎么改了碎嘴子啦？我的掏心窝子的话都告诉你啦，只要你把我们老爷的脾气拿准了，管保你这官司输不了！

八　儿 不是呀，待一会儿到了堂上，您可得替我说话呀！（拍班头肩）

班　头 什么话呢？我拿了你的（拍腰包），哪能不替你说话呀！

八　儿 我可全瞧您的了。

班　头 没错！你在这儿等一等。（指八儿）

〔进门，归“大边”。

班　头 启禀老爷，崔华管家带到。

杨知县 叫他上堂回话。

班　头 是！八儿上堂回话。

〔八儿进门，归“小边”。

八　儿 与老爷叩头。（跪）

杨知县 你就是崔华的管家呀？

八　儿 不是，我是他家的长工。

杨知县 什么长工短工的，老爷我一概不懂，你叫什么名字？

八　儿 我叫八儿。

杨知县 噢，八儿。我来问你，你们大爷嫌贫爱富，可是真的？

八　儿 是真的。

杨知县 仗势欺人，强逼邓秀才退亲，可是真的呀？

八　儿　桩桩件件（右手按掌）都是真的！

杨知县　嘟！（拍惊堂木）你这奴才，身为长工者，理当报效主人，上得堂来，应当替你大爷遮盖遮盖（右手按掌），你非但不替他遮盖，反而一股笼统说了出来，正所谓吃里爬外者也……

八　儿　老爷，我怎么吃里爬外啦？

杨知县　你怎么不吃里爬外呀？

八　儿　我早就听说了，老爷（双手拱请式）是清如水，明如镜。（右手按掌）我敢在您面前瞎说话吗？

杨知县　（点头）清如水，明如镜。嗯，此话倒有些意思。起来！起来！（抬手示意）啊，八儿，你怎么知道老爷我（右手抚胸）清如水，明如镜呢？

〔八儿站起，归“小边”。

八　儿　啊？我怎知道？老爷，（双手拱请式）您那名声可大啦！（双手一扬）谁人不知，哪个不晓呢？您是有名的杨青天。（右手赞美指）

杨知县　哦！怎么，有人叫老爷我杨青天？是真的么？

八　儿　可不是吗，您不信问问他们。

〔八儿示意班头，班头点头。

杨知县　人役们，有人叫老爷我杨青天，你们可曾听见哪？

〔八儿示意班头。

班　头　回禀老爷，良乡县的人都管老爷叫杨青天，杨青天！

〔班头用手势暗示青袍。

四青袍　不错，都管老爷叫杨青天，杨青天！

杨知县　嗯嗯，杨青天，倒有些意思呀！哈哈哈……（得意地摇头）

八　儿　老爷，（双手拱请式）您不但是杨青天，还有人说您断案跟那包公一模一样！（右手向外指）

杨知县　哎哎哎，（连连摇手）老爷我如何比得那包公啊？

八　儿　怎么比不上？您问问他们。

杨知县　人役们，我老爷能比包公么？

班　头　回禀老爷，老爷就同包公一模一样。

四青袍　老爷就同包公一模一样！

杨知县　嘻嘻嘻，嘿嘿嘿！我老爷同包公一样，嗳，比得太过了！太过了！（摆手）啊，八儿，你还有什么话讲？

八　儿　老爷，话倒是有句话，可是我不敢说，怕老爷（双手拱请式）生气。

杨知县　啊，什么话？你（指八儿）但讲无妨。

八　儿　嗯嗯，是这么回事，我们大爷呀，他太不懂事了。（右手向外指）他明知道老爷您是有名的杨青天，可是崔华拿老爷您当作赃官啦，偏偏还要糟踏您。

杨知县　啊！他是怎么糟踏老爷我哇？（双手摊掌）

八　儿　（半跪，从怀中掏出银子，大声地）回老爷，崔华孝敬老爷纹银二百两。（一亮银子，放在桌上）

杨知县　啊！他这是什么意思？

〔杨伸手欲拿，八儿赶紧抓住杨知县的手。

八　儿　老爷，老爷您别生气，我知道您绝不会收下，可是我不能不拿出来。

杨知县　唔唔，是的，是的…… （手缩了回来）

八　儿　幸亏碰见老爷是个清官，（双手赞美指）要是个赃官，这案子可就不好断了！

杨知县　怎么？

八　儿　要是个赃官，把这二百两银子进了腰包，（做揣银状）能不帮着我们大爷说话吗？这么一来，良乡的老百姓就都嚷嚷开了，（双手一扬）说这个赃官，（右手向外指）贪图二百两银子，把人家好好的婚姻拆散了，（双手食指直伸并拢又分开）真他妈的断子绝孙！（右手向外指）不是人做（读 zòu）的！不是人做（读 zòu）的！（顿足）

杨知县　啊，你骂的是哪一个呀？

八　儿　回老爷，（双手拱请式）我骂的是赃官，您可是有名的杨青天啊！（双手赞美指）

杨知县　不错，老爷我是有名的杨青天哪！（看银子）他敢糟踏老爷我，好！（下狠心）今天这个案子，我一定按公而断！（右手按掌）审他个清如水，明如镜！（右手食指直伸向下划两圆圈）来呀！带崔华！（看银舍不得，又不能拿）哼！二百两，岂有此理！

班　头　是，崔华上堂！

〔崔华内白："来啦，来啦！"

〔崔华从"上场门"上，示意八儿出来，八儿点头示意，崔华放心，进门。

崔　华　生员崔华，参见老父母！（施礼）

〔崔华站"小边"。

杨知县　你可是崔华？

崔　华　正是。

杨知县　你强逼邓文焕退亲，可是有的？

崔　华　啊，老父母，（双手拱请式）生员与邓文焕无有什么亲戚呀！（双手一摊）

杨知县　现有婚书合同为证，（亮红帖）你还敢抵赖吗？

崔　华　（背语）婚书合同是哪儿来的？

杨知县　你嫌贫爱富，仗势欺人可是真的？

崔　华　哎，哎，老父母，（双手拱请式）生员有银子…… （示意）

杨知县　（指惊堂木）哼！我看你狗头狗脑，定不是个好人！下去！叫你妹妹上堂回话！

崔　华　是是是。这是怎么回事呀？（双手摊掌）这婚书合同哪儿来的呀？（轻声叫）八儿呀，八儿呀！

杨知县　（呼喝）叫你妹妹上堂回话！

崔　华　哎哎，（出门）妹妹快来！

〔崔丽英从"上场门"上，东张西望，走至右台口。

崔丽英　哟！好大一座庙哇！（双手向外一缓）

崔　华　咳！这不是庙，这就是老爷审官司的地方！（右手向下指）

崔丽英　（一惊）啊！衙门，哥哥我害怕，（右手拍胸）我们回去吧！

〔丽英转身往回走，崔华急拉住。

崔　华　哎哎哎！妹妹，别回去呀！你甭害怕，（向丽英摆手）有哥哥（拍胸）在这儿。你怕什么呀？不要紧的，（拉丽英）刚才老爷说了，到了堂上，叩个头，问两句话，

（右手按掌）就完了。（双手一扬）别害怕，去去，进门就叩头去。（拉丽英）

崔丽英　（往回扯）我不去！（摇头）

崔　华　好妹妹去吧，别让哥哥我着急啦！

〔崔华推丽英，丽英害怕进门，扭着头看站外边的崔华，一回头见到班头，急忙给班头叩头。班头一声“嗯”，吓得丽英又跑了出来。

崔丽英　哎呀！哥哥，这是什么玩意儿？我害怕！（右手连连拍胸）

崔　华　（拍丽英肩）别害怕，别害怕，这是衙役。

崔丽英　什么是衙役呀？

崔　华　就是差人。

崔丽英　什么是差人呀？（双手摊掌）

崔　华　咳！差人就是衙役，衙役就是差人。（右手按掌）唉！你怎么这么啰嗦？你怎么给他（指班头）叩头？你看，上面那个戴纱帽的，还有两个翅儿，（指杨知县）给他叩头去。

〔丽英进门，给杨知县叩头。

杨知县　起来，起来！传邓文焕上堂。

〔丽英起来，归“小边”站。

班　头　邓文焕上堂！

〔邓文耀从“下场门”上，进门。

邓文耀　参见老父母。（施礼）

杨知县　罢了！站在一旁。

〔邓文耀归“大边”站。

崔　华　哎，这不是邓文焕，是他兄弟邓文耀哇！这是怎么回事？（双手摊掌）八儿呀，（示意八儿，八儿出来）八儿呀，我问问你，怎么邓文焕换了人了？我得嚷嚷！（双手向上一扬）

八　儿　（一拦）你趁早别嚷嚷啦！人家是冒充，你妹子难道是真的？（右手摊掌）

崔　华　真的也是我妹妹，假的也是我妹妹呀！

八　儿　人家真的是邓相公，假的也是邓相公呀！你嚷嚷，（指崔华）人家就不会（指文耀）嚷嚷了吗？

崔　华　得得得，反正不管他是谁，我也要把这门亲事打退！（拍腿顿足）

八　儿　这不结了吗？

〔二人站大堂边上。

杨知县　下站可是崔家小姐。

崔　华　（拉丽英衣袖）妹妹说话呀！

崔丽英　我不愿意！（摆双手）

崔　华　早啦！早啦！

崔丽英　你不是说记住不愿意就成了吗？

崔　华　早啦，别说这句话。

崔丽英　我说什么？

崔　华　你就说是是是呀，我的大老爷呀！（双手拱请式）

崔丽英　哦！（向知县）是是是呀，我的大老爷呀！（双手拱请式）

三不愿意

杨知县 你先人在世，已将你许配邓文焕为妻，为何不随他去呀？

崔丽英 嗯……嗯…… （回头看崔华）

崔　华 妹子说话呀，这就该说我们不愿意啦！

崔丽英 哦，我们不愿意呀，我的大大大大老爷呀！（双手拱请式）

杨知县 为什么不愿意？

〔丽英看哥哥，崔华拉丽英衣袖。

崔　华 我们家富贵，他们家贫穷，因此我们不愿意，我的大老爷。（示意丽英说）

崔丽英 哦，（向知县）我们家富、啊富…… （看崔华）

崔　华 贵。

崔丽英 还有贵。

崔　华 咳！还有箱子哪！（嘟囔着说）

崔丽英 （听见）哎，还有箱子哪！（一扬手帕）

崔　华 咳！怎么箱子也搬出来了！（双手摊掌）富贵！

崔丽英 哦，我们家富贵——

崔　华 他们家贫穷。

崔丽英 他们家穷—— （右手向外一指）

崔　华 贫！

崔丽英 啊，穷贫。

崔　华 咳，贫穷。

崔丽英 哦，贫穷，因此我们不愿意呀！我的大老爷！（双手拱请式）

杨知县 邓相公！

邓文耀 老父母！（双手拱请式）

杨知县 崔家小姐言道，她家富贵，你家贫穷，因此不愿意嫁你。

邓文耀 他家虽富，（指崔华）乃是买卖江湖。我家虽贫，乃是书香门第。（右手按掌）请问老父母，（双手拱请式）难道我家比不过他家么？（指崔华）

八　儿 （夹白）说得好！小嘴儿梆梆的，比他哥哥强得多！（左手赞美指）

杨知县 说得好！（双手一拍）比得过，大大的比得过？崔家小姐，邓相公虽然贫穷，乃是书香门第，老爷我（右手抚胸）也是书香门第，你（指丽英）若看不起他，（指邓）也就看不起老爷（右手拍胸）我了。来呀！

班　头 嚓！

杨知县 这二百两银子，把与邓相公，也好与我们这些书香门第换换风水！

班　头 银子取到。（从桌上拿）

杨知县 崔家小姐，你还有什么话讲？

崔丽英 嗯……

杨知县 就该随邓相公前去。

崔　华 妹妹，说话呀！

崔丽英 （向崔华）我说什么呀？（双手摊掌）

崔　华 还是不愿意。

崔丽英 （向知县）我们还是不愿意呀，我的大老爷呀！（双手拱请式）

杨知县 怎么还是不愿意呀？

崔　华　你说我们家里有穿戴，他们家里没穿戴，因此不愿意，我的大老爷！
崔丽英　哦！（点头）我们家里有……
崔　华　穿。
崔丽英　穿……
崔　华　戴戴戴！
崔丽英　戴戴戴！他们家里没没没穿戴，因此我们不愿意，我的大大大大老爷呀！
崔　华　哎哟，我妹妹多咱变成结巴磕子啦？
杨知县　邓相公，崔家小姐说她家有穿戴，你家没穿戴，你也要说上几句。
邓文耀　他家有穿戴，我家有诗书。请问老父母（双手拱请式），是穿戴为贵，还是诗书为贵？（双手摊掌）
八　儿　好！
杨知县　自然是诗书为贵呀。老爷我(右手抚胸)若不苦读诗书,岂能任此良乡县正印！来呀！
班　头　嗻！
杨知县　去到上堂对夫人言讲：将老爷年轻时候穿的漂亮的衫儿取来一件，与邓相公穿上。
班　头　嗻！
〔班头从“下场门”取衣服上。
崔　华　这位老爷怎么净赔本啊？
八　儿　待一会儿不定谁赔本呢！
〔班头给邓文耀穿上新衣服。
杨知县　崔家小姐，你看如今邓相公银子也有了，穿戴也有了，你还有什么不愿意么？（右手摊掌）
崔丽英　（语塞）啊……（看知县，看崔华）
崔　华　（示意）说话！说话！
崔丽英　（手中来回揉着手帕）嗯……
崔　华　（催促）妹子说话呀！
杨知县　就该随他前去呀！
崔丽英　哎呀！（不满地向崔华一甩手帕）我说什么呀？
崔　华　你说，我们还是不愿意呀，我的大老爷。（比手势催促丽英说）
崔丽英　我们还是不愿意呀，我的大老爷！
杨知县　哪有许多不愿意？
崔丽英　就是仨！（向杨知县伸出三个指头）
崔　华　哎哎，你别说出来呀！你说我们家里有势力，他们家里没势力，因此不愿意，我的大老爷。
崔丽英　哦，我们家有……
崔　华　势——！
崔丽英　有势势势……
崔　华　有什么事？（一甩袖向丽英）势力！
崔丽英　哦，势力！
崔　华　怎么着？
崔丽英　他们家（指邓）没事……（摆动双手）

崔　华　（着急）他们家没事你怎么知道！势力。
崔丽英　势力。因此不愿意呀，我的大大大大老大爷！（双手拱请式）
杨知县　你们家有什么势力？
崔　华　（提示）哥哥是京监，哥哥是京监。
崔丽英　哦，我哥哥他是鸡蛋！（指崔华）
崔　华　（急）哎！（一推丽英）走开点！启禀老父母（双手拱请式），生员是个京监。
杨知县　下站！（指崔华）老爷我就是见不得你！
八　儿　好！有势力也不成啦！
崔丽英　哦！哥哥是京监呀！
崔　华　你刚才骂我是鸡蛋，我回去打你！
杨知县　邓相公，他说他家有势力，你家无势力，你有理尽管讲！（指邓）
邓文耀　身入黉门，要的什么势力？
八　儿　有理呀有理！（右手食指直伸向下画三圆圈）
杨知县　着哇！（双手一拍）崔家小姐，邓相公的秀才是满腹文章考中的，（右手按掌）你哥哥的京监，（指崔华）是用几个臭铜钱捐来的，哪里及得他呀！（指文耀）依我看来，（捋胡须）你们俩个相貌一般儿俊秀，年纪一般儿大小，（右手按掌）真乃是牛郎配织女，麒麟配凤凰！（双手食指直伸向一处并靠）崔家小姐，你再若不愿意么，真乃是反乎人情而谬乎天理矣焉哉！
崔丽英　嗯……
崔　华　（着急地）哎呀，这这这叫我妹妹她说什么好呢？（着急地来回抖落着双手）
崔丽英　我们商议商议。
杨知县　你与哪个商议？
崔　华　来，来，来，跟哥哥商议。
崔丽英　我跟我哥哥商议。
杨知县　有老爷我与你们做主，不要听你哥哥胡说八道！（摆右手）
崔丽英　嗯……（缓缓向邓文耀走去）
崔　华　过来，过来，跟哥哥商议。哥哥在这儿哪。哎哎哎，怎么啦？
　　　　〔丽英偷看邓文耀，害羞。
崔　华　你往哪儿溜达呀？
崔丽英　（返身）哎哥哥，你看邓相公怪好的，让我姐姐嫁给他得了。（指邓）
崔　华　哎呀妹妹，这不是邓文焕，这是邓文焕的兄弟，他是邓文耀。
崔丽英　（拍掌）那更好啦，我姐姐嫁他哥哥，我嫁他！（指文耀）
崔　华　你再胡说我打你！（将丽英一拉到身后）啊，启禀老父母，（双手拱请式）舍妹不愿意，我带回去了。
杨知县　哇！（指崔华）老爷正在审问，岂能由你带来带去！下站！（向崔华甩袖）
崔　华　坏啦！坏啦！（急得抓耳挠腮）
杨知县　崔小姐，你商议了无有哇？（双手摊掌）
崔丽英　商议过了，（点头）我愿意，（右手抚胸）我哥哥他不愿意，（摇头）他不愿意！（摆动双手）
崔　华　哟嗬！怎么把我给告下来了？

杨知县 我老爷做主，你们当堂一拜。

崔　华
邓文耀 （同念）拜不得！拜不得！（二人连摆手）

杨知县 你们呜哩哇啦做什么呀？

崔　华 启禀老父母，（双手拱请式）他不是邓文焕，他是邓文焕的兄弟，（指文耀）他叫邓文耀。

八　儿 启禀大老爷，（双手拱请式）许配邓文焕是我们大小姐，现在来到堂上的是我们二小姐。（右手按掌）

杨知县 什么乱七八糟的？（连连摇头）把我老爷弄得糊里糊涂起来了。

崔　华 启禀老父母……（欲说向前走了两步）

杨知县 （摆手）不要你讲！下站！（崔华退回原地）八儿，来来来，（招手）你讲与老爷我听。

八　儿 老爷容禀！（双手拱请式）〔数板〕

八儿开言道，（右手抚胸）
老爷你是听：（双手拱请式，边走边说到前台口）
崔华把亲退，（右手按掌）
他妹妹不应承，（摆右手）
逃到邓家去，（右手向外指）
业已把亲成。（双手食指直伸，并拢一处）
老爷来传话，（归到“大边”）
崔华巧计生。（右手食指伸，向下划圆圈）
把我们二小姐，（指丽英）
顶替来冒充。（右手按掌点动三下）
邓家得了信，（右手向外指，走到“小边”）
来的是二相公。（左手指文耀）
这一边，妹妹替姐姐；（右手指丽英）
那一边，弟弟替老兄。（左手指文耀）
这是真情事。（右手按掌，从“小边”走到“大边”）
老爷断得公！断得公！（双手拱请式，念完归“大边”左台口）

杨知县 哎，八儿说的话，老爷我爱听，（点头）问了这么半天，我现在才弄清。来呀！传邓文焕夫妻上堂回话。

班　头 嗻！

〔班头从“上场门”下。

崔　华 得啦，老爷也弄清了。妹妹，没你的事了，跟我回去吧！（拉丽英）

崔丽英 我不回去嘛！（一甩崔华手）

崔　华 你不回去？在这儿干什么呀？

崔丽英 你管我哪！（一甩手帕）我偏不回去嘛！

崔　华 咦，刚才你说话这么磕磕绊绊的，现在你怎么说的这么痛快呀！

崔丽英 刚才是你教给我的，现在是我自己个儿说的。（右手抚胸）

崔　华 完啦！完啦！

杨知县　哎呀，说得好！说得好！（双手一拍）

〔【**小锣一击**】班头引邓文焕、崔秀英从“上场门”上。班头进门。崔华见文焕不理，见秀英甩袖瞪眼。秀英见丽英亲热地拉手。

邓文焕
崔秀英　（同）参见老父母！（施礼）

杨知县　罢了，站在一旁。

〔邓文焕、崔秀英站“大边”，崔华、丽英站“小边”。

杨知县　（上下打量看）哎呀，这一对夫妻，也满好嘛！啊，邓相公，你看看你兄弟身上的穿戴，你不认识他了吗？这都是我老爷赠与他的。

八　儿　对了，邓相公，老爷不光给他衣服，刚才还给他二百两银子哪！（右手伸出两个指头）

杨知县　啊？哦，哦，是的，是的！刚才老爷我还给他二百两银子哪，送与你们花烛之费，你，你（虽舍不得但又不能拿）拿去吧！

邓文焕　晚生不敢接受。（施礼）

八　儿　邓相公，这银子不是老爷的。（向杨知县）是崔华孝敬您的，您是有名的杨青天，（双手赞美指）哪能要人家的银子呢？（双手摊掌顺势走到桌前拿起银子，交到文焕手）您就收下吧！

邓文焕　多谢老父母！（施礼）

八　儿　老爷，还有五十两哪！（右手伸出一巴掌）

杨知县　啊！我只见你二百两呀，哪里还有五十两啊？（双手摊掌）

八　儿　老爷，老爷，您别着急，那五十两啊，（边说边归到右台口）在班头那儿哪！（左手指班头）

〔班头吓得急跪。（**八龙　仓**）

杨知县　啊！嘟！你这奴才，（指班头）这二百两银子，老爷我是半分半毫都未曾收下，（右手按掌）你怎敢拿人家五十两银子？真正岂有此理！来呀！与我打！（拍惊堂木）

班　头　哎！（连摆手）老爷，老爷！您是有名的杨青天，小人哪敢要哪！您那二百两不是给邓二相公了吗？小人我这五十两，是留给邓大相公办事用的。

杨知县　哼！还不拿出来！

〔班头一拉八儿到前台口。

班　头　（咬着牙说）好小子！你坏到我这儿来了，我揍你！（一举手，一望公堂又放下来）

八　儿　你呀，你给拿出来吧！（指班头）

〔二人归原位。班头掏银交邓文焕。邓没接。

邓文焕　多蒙老父母赏赐，晚生不敢接受。

杨知县　哎，事到如今，你也不必客气了，快拿了去吧！

八　儿　你就谢谢老爷吧。

邓文焕　多谢老父母！（接班头手中银）

杨知县　（无可奈何）唔，唔，啊——（忽然灵机一动）啊，邓相公，外面都叫我老爷是杨青天，你说我担当得起吗？（右手摊掌）

邓文焕　老父母担当得起！（施礼）

杨知县 哎呀！（站起）这样说来（走出桌子），我这大堂之上（右手高举），缺少一块金字儿的匾……

〔边向邓文焕走去，边用眼盯着邓文焕。

邓文焕 晚生理当奉送。

杨知县 哦！（捏须看文焕）怎么你要送我一块匾么？哎呀，哈哈哈……人役们！邓相公要送我老爷一块匾，你们说（向左右一望）我当得起吗？

班　头 （苦笑）老爷您是清官，理当挂匾！

四青袍 老爷是清官，理当挂匾！

杨知县 怎么？理当挂匾！嘿嘿嘿……（笑得摇头晃脑）哎，二相公，我看二小姐挺好的，老爷我（右手抚胸）做主，把她许配你，你愿意不愿意呀？

邓文耀 （看丽英，念京白）我愿意！

杨知县 好！二小姐，你呢？

崔丽英 我………（看哥哥）

崔　华 （连摆手）不愿意！

崔丽英 （一甩手帕）我愿意嘛！

崔　华 完啦！完啦！

杨知县 好好好！老爷我做主，你们即日成亲，就此当堂一拜！（归“大座”）

〔奏唢呐曲牌<小傍妆台>，邓文焕、崔秀英站台中前排，邓文耀、崔丽英站台中后排，两对夫妻向杨知县跪拜。

杨知县 哈哈哈……！

崔　华 噢！闹了半天，老爷您就是为了叫人家给您挂匾哪！（指大堂）那还不容易，（双手一摊）赶明儿我找个木匠，给您做个百八十块的（右手按掌），那都算得了什么？(双手摊掌）可是您不能为了叫人家挂匾，把我们这官司给断得乱七八糟的呀！（连连用右手背击左掌心）

杨知县 （怒，站起）啊！

〔（八大　八大）杨知县走出桌，怒视崔华，崔华后退两步。

杨知县 你敢说老爷我乱七八糟？啊！你不是不愿意吗？来呀！先打他四十板子，看他愿意不愿意。与我打！

崔　华 （急忙摆手）哎，老爷，老爷，老爷！

杨知县 你愿意不愿意呀？

崔　华 咳！愿意，愿意。

八　儿 哟嗬！这回你也愿意啦？

崔　华 谁愿意啦？（双手一扬）八儿，好小子！（指八儿）这档子事你怎么给办的，我跟他们全完了，咱们俩也没完！走，咱们回去算账去！（拉八儿）

八　儿 （一甩手）得了呗你！谁跟你回去呀！一年一吊二，我哪儿挣不来呀？（双手摊掌）冲你这个人性，我也不干了！（摆右手）

正是：（扎）

　　两对夫妻美如花，

　　不由八儿笑哈哈。

崔华，我呀不干了！（一扬右手）哈哈哈……（从“下场门”下）

杨知县　你们回去吧。（双手一抬）

邓文焕
崔秀英
邓文耀
崔丽英　（同）多谢老父母！（施礼）

崔秀英
邓文焕　（同念）良缘得配心欢喜，（二人出门）

崔　华　大妹妹！（走向前拉秀英）

「秀英一甩袖，随文焕从“下场门”下。

崔　华　二妹妹！

崔丽英　哥哥，姐姐嫁他我嫁他。（指文耀，二人从“下场门”下）

杨知县　明日大堂挂金匾，我比包公也不差。退堂！

「四青袍分下，杨知县从“下场门”下。

崔　华　咳！鸡也飞来蛋也打，冷冷清清转回家。（双手摊掌）

「奏唢呐曲牌<尾声>，落幕。

——剧终

哈鸿儒 整理　　吴里 校阅

打面缸

根据《京剧汇编》第三十一集《打面缸》整理

《打面缸》又名《周腊梅》、《糊涂县》。故事见《古柏堂传奇》。这出戏作为花部杂剧被收入于《缀白裘》第十一集。《缀白裘》辑于清乾隆中叶（1763年至1774年之间），收录的剧目都是当时各戏班流行的折子戏的舞台演出本，其中有雅部的昆腔，也有花部的诸腔。由此可见，在花部突起之初，《打面缸》就是观众喜闻乐见的一出小闹剧。该剧不但渊源久远，而且传播也非常广，除了京剧以外，昆腔、高腔、汉剧、川剧、滇剧、扬剧、秦腔、同州梆子、河北梆子等剧种都有此剧目。

该剧故事梗概如下：妓女周腊梅不堪烟花生活，到糊涂县衙门请判脱籍从良。糊涂县大老爷将她断给差役张才，随后又差张才前往山东投文。夜晚，大老爷、四老爷、王书吏不约而同地先后来到张才家挑逗周腊梅。为避免相见尴尬，他们分别躲藏起来。张才知道大老爷不怀好意，半途返回家中，在周腊梅的暗示下，将他们一个个揪出，并剥掉大老爷的官衣、纱帽，将他们赶出家门。

《打面缸》在流传过程中，不断地进行了修改。《缀白裘》收入的《打面缸》可能是该剧的初期版本，表演中很大篇幅是大老爷等人与周腊梅打情骂俏，正反面人物的反差不大，难以让人们同情周腊梅所受的凌辱和不幸，淡化了对社会黑暗面的讥讽。京剧《打面缸》删除了周腊梅与企图玩弄她的那些人的调笑，强调了她所向往的就是过安稳的一夫一妻的生活，突出了她以机智战胜了企图蹂躏她的人。同情谁，鄙夷谁，观众就很清楚了。

上个世纪50年代，中国京剧院演出了新编的《打面缸》。新编本在人物刻画上下了很大的功夫。例如通过周腊梅的演唱把她的飘零身世和苦难生活表达出来；又如通过大老爷、王书吏、李都头的心理描述以及他们到张才家纠缠调戏周腊梅，较深入地揭露了他们的丑恶嘴脸。此外，丰富了艺术表现形式。在板式上，王书吏唱〔哭相思〕，周腊梅唱〔高拨子〕、〔琴歌〕等；念白上，加入了〔数板〕、【扑灯蛾】等形式，王书吏改念韵白；在音乐上，乐队除了唢呐外，添加了二胡、琵琶、弦子、阮等乐器，南锣的念白中加了背景音乐等，起了很好的烘托的作用。改编本有其成功之处，但与传统本相比，它过于注重现实主义的手法，把很多荒诞的表演删去了，使人感到反面人物过于直白，不如传统本那么含蓄幽默。把一出闹剧改编成了批判剧，失去了此剧原有的特色。因此，这个戏怎么改还有值得商榷之处。

看传统的《打面缸》，从哪些角度去欣赏呢？

第一，传统的《打面缸》的特色就在于它是一出荒诞的讽刺闹剧。戏一开始就荒诞，周腊梅来告状，县官大老爷竟然不识字，读不了状子便推给王书吏。表面看来王书吏处处挤兑大老爷，逼着他承认不识字，其实是以攻为守，原来王书吏也不识字。这真是神来之笔，令观众不得不捧腹大笑。笑之余，也令人辛酸地联想到明清两代官场的腐朽与黑暗。

《打面缸》全剧就以此为主题，通过周腊梅选择从良对象和县官、书吏等深夜去周梅家调戏的故事展开。不论是大老爷的含蓄，王书吏的张扬，还是周腊梅、张才的机智，使用的都是荒诞的手法。

第二，传统的《打面缸》人物形象非常鲜明。糊涂县大老爷貌似糊涂，其实工于心计。他在场上的两段独白道出了他的内心活动。第一段想出了打发张才山东公干的坏主意，第二段道出了他的想入非非。王书吏则在戏中处处唱反调表现出他无赖讼棍的本色。去周腊梅家进不了门，就用"笔尖一动"进行威胁。周腊梅在整出闹剧中虽也有幽默之处，但没有一句风骚出格的言语，她的心愿只是"树高千丈，落叶归根，只想嫁个汉子，一夫一妻地一块过日子"。

第三，传统京剧吸收了一些民间杂腔小调，保留〈南锣〉这种腔调的代表剧目就是《打面缸》。〈南锣〉又名〈罗罗腔〉，用唢呐吹奏，曲调明快、幽默。通常是唢呐吹奏之间夹念有节奏的念白，有时随伴奏唱最后一句。这种腔调多为丑行和花旦行角色使用。〈南锣〉中间的夹念与〔数板〕的不同是：〈南锣〉在开始时闪过板头开念，每个句节都有唢呐伴奏过门；〔数板〕是在板头上开始念，没有伴奏音乐。由于《打面缸》的广泛流传，这种曲调被很多新编剧吸收。《望江亭》就吸收了〈南锣〉用在杨衙内与张千、李万去查办白士中时的演唱。

该整理本根据《京剧汇编》第三十一集《打面缸》和本人以前看此剧的记忆整理的，并参照了《京剧曲谱集成》第八集的《打面缸》。整理过程中，曾得到吴春礼老师精心的指导和细心的校阅，在此表示衷心的感谢。

哈鸿儒

人物行当

大老爷	丑（用京白）	**四老爷**	丑（用京白）
周腊梅	花旦（用京白）	**张　才**	生（用大嗓京白）
王书吏	丑（用苏白）	**四衙役**	杂（用京白）

服装扮相

大老爷　丑扮。忠纱、黑八字，蓝官衣（带补子）、玉带，红彩裤，朝方靴。（剥去官衣后穿蓝和尚领短袄，系腰巾）

周腊梅　俊扮。梳大头、水钻头面、线尾子、草花，浅色绣花袄子、裙子，彩裤，彩鞋。（第二场换大红绣花袄子、裙子）

王书吏　丑扮，画白圈眼镜红鼻头。丑方巾、帽正、丑三，蓝褶子、黑长坎肩、丝绦，彩裤，白大袜、皂鞋。

四老爷　丑扮。团纱帽、黑吊搭胡子，黑褶子，黑彩裤，薄底靴。

张　才　俊扮。皂隶帽，灰布箭衣、黄大带，黑彩裤，薄底靴。

四衙役　俊扮（勾老脸）。秦椒帽、白髯，黑褶子，黑彩裤，薄底靴。

道具

官　印	一方	**文房四宝**	一份
惊堂木	一块	**火　签**	若干
火签筒	一个	**堂　板**	四根
酒　壶	一个	**酒　盅**	两个
木　棍	一根	**灯　笼**	两个
折　扇	一把	**羽　扇**	一把
手　绢	一块	**凭证帖子**	一张
公　文	一份	**桌　子**	两张
椅　子	五把	**深色绣金团花桌围、椅披**	一套
浅色沿边布桌围	一套	**浅色沿边布椅披**	四套

第一场

「【快原场】幕启。场上置正场桌，“大座”。深色绣金团花围桌椅披。桌上摆官印、文房四宝、签筒、惊堂木。

「【梆子声】（击三下）“上场门”幕内大老爷白：“打三梆，坐大堂！”

<南锣>唢呐吹奏　凡字调

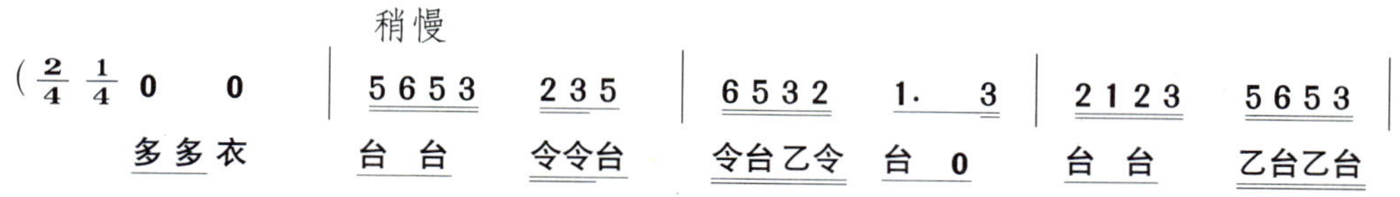

（四衙役各持堂板“上场门”上，“站门”；王书吏执羽扇随上，站“大边”；大

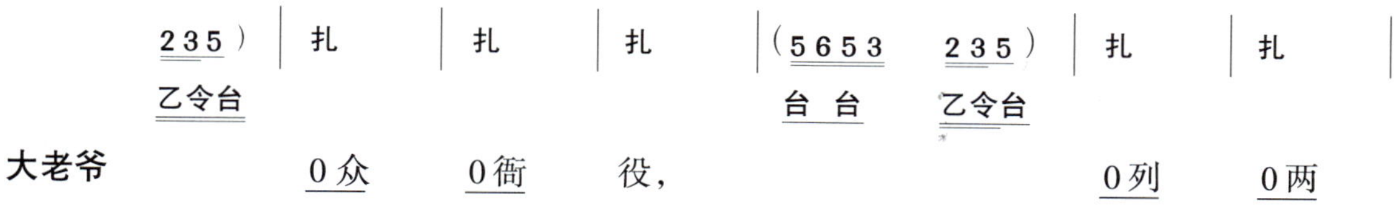

老爷上至“九龙口”开唱，边唱边走至正场台口）

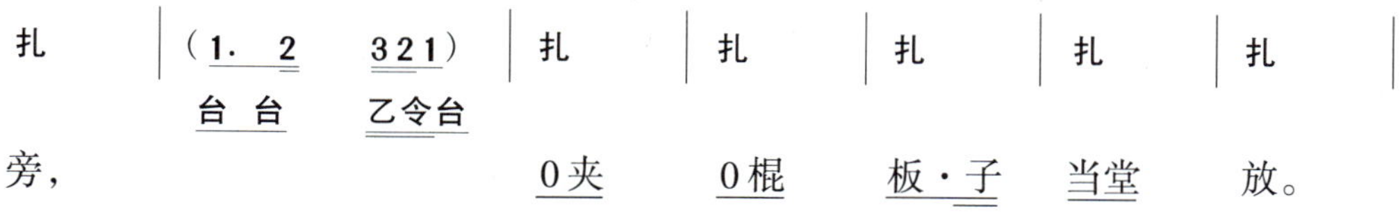

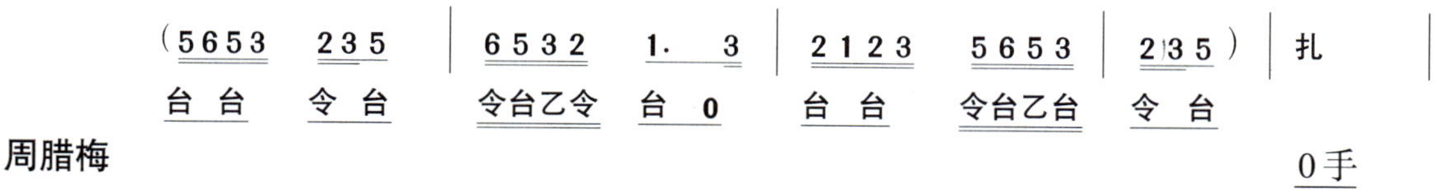

（大老爷右转身归“大座”坐，四衙役归“里八字”。周腊梅右手拿状子，左手拿手绢“上场门”上至“九龙口”）　（边走边

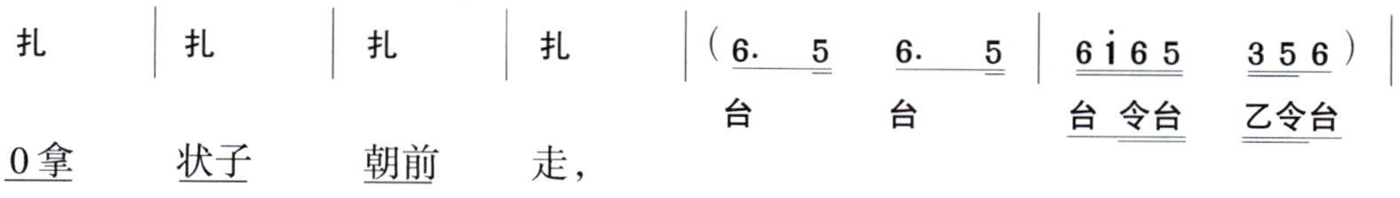

唱至正场，进门，至“小边”面向“大边”台口跪下）

扎 | 扎 | 扎 | （5653 235） | 扎 | 扎 | 扎 |

台 台 乙令台

望0 0老 爷 0作 0主 张，

（拱手）

（1. 2 321） | 扎 | 扎 | 扎 | 扎 | 0 | 0 |

台 台 乙令台 台 大 乙

0小 0女 不愿在 烟花 巷。

（将状纸向上呈递，王书吏接过）

3 5 6 5 | 6 53 2 | 3 - ‖

台 令 台 乙 令 台 乙. 大 台

王书吏 接 过 状 纸 看 端 详。（稍微一看便折叠揣入怀内）

众衙役 喔——！

大老爷 （问王书吏）什么事儿？这么乱七八糟的？

王书吏 有了打官司的啦！①

大老爷 怎么着，有了打官司的啦？我来看看，（探着头向前方左右寻找）在哪儿呢（读 nā）？

王书吏 （用扇子指周腊梅）喏喏，这不是嘛！

大老爷 （站起，右肘拄着桌案，身体前倾，对周腊梅）哟哈哈哈……是一个堂客呀！真格的，那一女子儿，贵姓啊您哪！您叫什么呀？

周腊梅 哎哟老爷！您连我都不认识啦？

王书吏 （故意打岔）老爷呀，你连她（故意读成“塔”）都不认识啦？

大老爷 塔？还和尚坟呐！（坐）你认识？

王书吏 嗽呀，她叫这个、这个……呃那个、那个……（问周腊梅）你叫什么呀？

大老爷 （拍惊堂木）你上一边儿去吧，你！闹了归齐你也不认识呀！（转面对周腊梅）您到底是谁呀？

周腊梅 我呀，我就是行院中的周腊梅呀。

王书吏 对对对！老爷呀，她就是行院中的周腊梅，腊梅周，粥梅腊，腊八粥……

大老爷 得嘞，得嘞！你贫不贫哪？这儿哪儿来的腊八粥哇！（对周腊梅轻声细语地）噢，你就是行院中的周腊梅呀？

周腊梅 对啦。

大老爷 我说周腊梅，你不在行院做你的买卖，跑到老爷我——这儿干什么来啦？

周腊梅 回老爷的话，我是来打官司来啦！

大老爷 什么？

周腊梅 我是来申冤告状来啦！

王书吏 （搭讪着）老爷，她是来告状的！

---

① 全剧王书吏的念白用苏白。

大老爷　噢——，你是申冤告状来啦？

周腊梅　对啦。

大老爷　那你的状子呢？

周腊梅　状子呀……

大老爷　嗯。

周腊梅　（指王书吏）王先生接过去啦！

大老爷　（对王书吏）王先生，状子你接过去啦？

王书吏　没有哇！

周腊梅　怎么没接？您不是打我手里接过去的吗？

王书吏　是吗？（寻找状，从怀中掏出状子）哎呀，这是状子啊？我还当它是钞票呢！

大老爷　要是钞票你就不拿出来啦。

王书吏　（躬身给大老爷呈状子）状子在此，老爷请看。

大老爷　（看状子背后，摇头，指着状子问周腊梅）我说你这个状子是："吃面不浇卤——白批儿"呀！

周腊梅　老爷您掉个过儿。

大老爷　老爷掉个过儿，不就成了太太了吗？

周腊梅　您把状子掉个过儿。

大老爷　你倒是说清楚了哇！（把状子翻过来）可不是字儿在这面儿呐嘛！王先生，把这状子拿去瞧瞧！

王书吏　老爷看完了，我们书班才能看。

大老爷　（回避看状子）你看完了一说就得了，省得老爷我看了。

王书吏　（不接话茬）老爷不看，学生我是不敢看的。

大老爷　（苦求）都是自己哥们儿，你何必客气哪？

王书吏　（打官腔）这是规矩呀！老爷应当先看。

大老爷　（着急）你这不是成心挤兑哑吧说话吗！（尴尬地）附耳上来！（招呼王书吏到自己身边，右手抬起与之耳语，小声地）你不知道老爷我不认识字吗？

王书吏　（大喊）你不认识字就出来做官？！

大老爷　嘿嘿！你嚷嚷什么呀你！

王书吏　（不依不饶地）不认识字，还要做官！

大老爷　你不知道我是捐班出身吗？

王书吏　有银子，也得上几天学呀！就这么稀里胡涂地就做了官啦？

大老爷　你别气不平啊！

王书吏　（忿忿地）多亏有学生我在这里！

大老爷　没你我不就绝了吗？

王书吏　（瞪眼）什么？

大老爷　要是没有你，我不就让人给撅了吗？

王书吏　绕着弯子占我的便宜。

大老爷　得了得了，唉！

王书吏　既要做官，还不念书……

大老爷　（无奈地）没完了嘿！

王书吏　不认识字，还要做官……

大老爷　我说你还有完没完啦？认识几个字儿，也不致于这么拿捏人呐！

王书吏　怎么着？你再说，我就辞馆不干了。

大老爷　（哄着说）得嘞得嘞！别磨叽了，我这儿不是求着您呐嘛！

王书吏　这还罢了。（拿着状子，摇着扇子，迈着方步，到“大边”台口装模作样地看着）哟，呵呵……（左看右看也念不出来，摇头）这……（回头对大老爷）哎呀，大老爷，这头一个字怎么写得不清楚哇？

大老爷　一个字儿不要紧，把它撕了，往下念！

王书吏　大老爷圣明。（撕去一角状子，仍然装模作样地看状子）这状子写得好厉害呀！（回头对大老爷）啧啧啧，大老爷，好刀笔呀，这个状子……

大老爷　你倒是念呐！

王书吏　（把状子伸向大老爷）你把它都撕掉得了！

大老爷　怎么回事？

王书吏　我一个字也不认识。

大老爷　嘿，闹了半天，敢情你也不识字呀！

王书吏　啊？只许你不认得字，就不许我不认得字了吗？

大老爷　你瞧，他还有了理啦！（对周腊梅）我说周腊梅呀，老爷我这堂上没有认识字儿的，你到别的衙门口儿告去得啦！

周腊梅　老爷们不认识字儿，不要紧的，咱们干脆简单一点儿，来它个“山中老虎吃豆腐”——

大老爷　此话怎讲？

周腊梅　“口素”（诉）。

王书吏　哎呀大老爷，周腊梅她要老虎吃豆腐，是臭豆腐、酱豆腐、豆腐丝、豆腐皮，还是五香豆腐干呢？

大老爷　得了，得了，得了嘿！你掉豆腐阵里头啦？贫劲儿的！（对周腊梅）周腊梅呀，你说口诉咱就口诉，你就诉吧！

周腊梅　老爷，跪在这儿，我们说不出话来。

大老爷　那么，你就起来吧！

周腊梅　我谢大老爷！（站起）

大老爷　甭卸啦，就套着喂吧！

周腊梅　（走近大老爷桌子右侧，福拜）大老爷您好哇！

王书吏　（用扇子指周腊梅）秃！秃！秃！老爷无灾无病的，有什么不好的！

大老爷　瞧嘿！他倒撺儿[①]了！

周腊梅　（对王书吏）我们就是问个好儿。

王书吏　不消！

大老爷　（对王书吏）她问我个好儿，与你有什么相干！（拂左袖）多嘴！（对周腊梅）甭管他，你说你的！

周腊梅　老爷，您知道我们那个鸨儿哇……

王书吏　（紧接周腊梅的话茬，用扇子一指）秃！上得堂来，什么“鸨儿”“鸨儿”的，你也

① 撺儿：老北京方言，急了的意思。俗语中有“急了撺儿”。快速烧开水的工具就称“水撺儿”。

不去打听打听，我们老爷的小名儿叫“宝儿”吗！

大老爷　(对王书吏)呸！我不叫“宝儿”，我叫“柱儿”。混账！（对周腊梅）你那个鸨儿怎么着？

周腊梅　我受不了她的打骂，我就“会喝不会筛[①]”——

大老爷　此话怎讲？

周腊梅　跑了。

大老爷　跑了打算怎么样呢？

周腊梅　我打算找个对儿。

大老爷　单奔儿，没对儿。

周腊梅　找个当家的。

大老爷　当家的找赶车的去啦！

周腊梅　我们找个一夫一妻地过日子。

王书吏　哎呀老爷呀，她要找个一夫一妻地过日子，日子过，过日子……

大老爷　瞧这个碎嘴子劲儿的！（对周腊梅）那成。你看老爷堂上哪一个好，你就跟哪一个吧！

〔大老爷让四衙役上前分站两边。周腊梅依次一个一个看过去，每个衙役在周腊梅走到自己身边时都做献殷勤状。

周腊梅　（站“小边”）回禀老爷的话：他们都又老、又驼的，全都不好。

大老爷　那么你可跟谁去好呢……

〔王书吏按捺不住，在“大边”抖袖、掸鞋、提袖、整冠、捋髯，蹭到大老爷桌子左侧。

王书吏　（小声地）老爷，老爷……

大老爷　磨叽什么，有话就说。

王书吏　（故作扭捏）哎呀老爷呀，我书班儿还没成家呢……

大老爷　你成家不成家的，告诉你们家大人去！

王书吏　求大老爷把周腊梅赏给我得了。

大老爷　嘿！怪不得你戴着眼镜儿呢，瞧出便宜来啦！

王书吏　求大老爷成全！

大老爷　那么我给你说说。（对周腊梅）周腊梅呀，你瞧瞧我们王先生品貌如何？

周腊梅　我瞧瞧！（上下打量着王书吏）

王书吏　（挤眉弄眼地，韵白）瞧瞧小生我如何呀？！

周腊梅　哎呀大老爷，我们不跟他！

大老爷　怎么着？

周腊梅　他是个“粉眼儿”[②]！

大老爷　他是“粉眼儿”，不是“老家贼”[③]呀？

王书吏　(故意胡闹)哎呀老爷呀，她说我是“飞（粉）眼”，我要飞，我要飞！（张开双臂

---

① 筛：把冷酒加热的意思。

② 粉眼儿：似是鸽子的一种。

③ 老家贼：指麻雀。

当做翅膀，原地转圈子做飞状）

大老爷 （对众衙役）我说来呀！快把鸡罩子拿来，把他给我扣起来！

王书吏 （双手下垂，低头做委屈状）我不飞了。

大老爷 （对周腊梅）这个王先生也不成，那——你留在我的身边儿……

王书吏 （敲打地）老爷，官不要占民妻呀！

大老爷 你急的是什么，我还没说完呢！（对周腊梅）留在我的身边儿，给太太做个伴房的丫头，你可愿意？

周腊梅 树高千丈，落叶归根。我们只想嫁个汉子，一夫一妻地一块儿过日子。您多给我分分心，看您这儿还有合适的人没有啦？

大老爷 行，我送佛送到西天。（对众衙役）我说伙计们，这外班儿的有谁没成家呀？

众衙役 外班儿张头儿没成家。

大老爷 外班的张才没成家哪？好，传张才！

众衙役 传张才！

〔张才在“上场门”幕内白：“嗯哼！”**【小锣五击】**张才“上场门”上，走至“小边”台口。

张　才 （念）忽听叫张才，
班房走出来。
张才是我，
我是张才。（进门，施礼）
参见大老爷！

大老爷 罢啦，一旁站下。

张　才 （站“大边”，在王书吏外首。躬身）大老爷呼唤，有何差遣哪？

大老爷 老爷我倒没什么事儿，就是要赏你一个媳妇儿。

张　才 （忙摆双手）老爷的媳妇儿，小人可不敢要。

大老爷 （拍惊堂木）老爷的媳妇儿凭什么给你呀！（对周腊梅）周腊梅呀，你过去瞧瞧我们张头儿怎么样？

周腊梅 是。

〔周腊梅到正场台口面向张才，上下打量，右手拍右腿，伸出大拇指做赞美式。转回“小边”，面向大老爷。

周腊梅 哎呀大老爷呀，他可是扑天的“老琉璃”[①]——

大老爷 此话又怎讲呢？

周腊梅 冒（貌）高儿啦。

大老爷 怎么着，他貌高？

王书吏 （双脚往上蹦着喊）冒高儿啦，冒高儿啦……

大老爷 又来啦！（对众衙役）来呀，搬块大石头来给他压上。

王书吏 嗽呀！不冒了！

大老爷 （对周腊梅）这么一说，你是愿意啦？

周腊梅 我们愿意。

---

① 老北京话“老琉璃”是蜻蜓的俗称。

打 面 缸

大老爷 （对张才）张才，你就带着她回去吧！

张　才 （双手摆动表示拒绝）老爷，我不要她！

大老爷 这么便宜的事儿，你还不要？

张　才 （叫板）老爷！

〔数板〕

（多罗.）她们 行院中的 人儿 好吃 嘴儿， 懒做 活儿，

见了 银钱 往家 挪。

大老爷 （叫板）他说：（用惊堂木打板）

〔数板〕

（多罗.）你们 行院中的 人儿 好吃 嘴儿， 懒做 活儿，

见了 银钱 往家 挪来吧 喳、喳、 喳（北京话读 chuā）

（说到“喳喳喳”时惊堂木重击三下）

周腊梅 老爷呀，我要是嫁了他呀，该吃的也不吃啦，该穿的也不穿啦，我们净“揍”老爷——

大老爷 我招你惹你啦？

周腊梅 那个“活儿”呀！

大老爷 说话大喘气儿！（对张才）我说张才呀，你听见没有？你要是要她，该吃的她也不吃啦，该穿的她也不穿啦，整天地净揍你——

张　才 什么？

大老爷 那个“活儿”呀！

张　才 老爷您问问她会做什么？

大老爷 哟，这个我可外行。（对王书吏）我说王先生，你开过裁缝铺不是？

王书吏 是呀！

大老爷 开过几家儿？

王书吏 三家。

大老爷 哪三家儿？

王书吏 北京一家，上海一家，汉口一家。

大老爷 这三家儿买卖都好哇？

王书吏 烧了一家，水冲了一家，倒出去一家。

大老爷 合着一家儿也没有啦？

王书吏 没有了！

大老爷 唉！买卖虽然没有了，做活的门道你还是知道的啊！

王书吏 我当然知道啦！

大老爷 那么，你就盘问盘问她吧。

王书吏 交给我啦。（走到正场台口招呼周腊梅）周腊梅呀，我问问你会不会做活呀？

周腊梅 （走到王书吏右侧，边走边说）我会做活儿。

王书吏 可会做中衣呀？

周腊梅 （打岔）噢，老爷的帽子啊？

王书吏　胡说！帽子是盛什么的，中衣是盛什么的？

周腊梅　您说呢？

王书吏　帽子是盛老爷的脑袋的，中衣是盛老爷的腿的！

周腊梅　噢，您说是裤子呀！我会做您哪！

王书吏　你可知道一条裤子儿道缝？

周腊梅　一条裤子七道缝儿。

王书吏　哪七道？

周腊梅　上缝儿、下缝儿、左缝儿、右缝儿、横缝儿、竖缝儿，再上裤腰，这不是七道缝儿吗？

王书吏　不对，不对！一条裤子是十四道缝。

周腊梅　七道缝儿！

王书吏　十四道缝！

大老爷　嘿！等等，等等！你们捣什么乱呢？

〔周腊梅回“小边”，王书吏回“大边”里首。

周腊梅　我说一条裤子七道缝儿。

大老爷　（对王书吏）你说呢？

王书吏　十四道缝。缝上缝，缝下缝，红凤、黄凤、粉红凤、凤……

大老爷　胡说，没那么些缝儿。你们俩儿都不对。依我说是两道缝儿。

周腊梅
王书吏　（同时）怎么会是两道缝儿？

大老爷　（对周腊梅）你说的是什么裤子？

周腊梅　单裤。

大老爷　（对王书吏）你呢？

王书吏　夹裤。老爷你说的呢？

大老爷　单套裤。

周腊梅
王书吏　（同时）这不是打镲嘛！

大老爷　张才呀，她会做裤子。

张　才　我们家净穿裤子呀？

大老爷　你糊涂啦！不会卖了裤子买汗褟儿吗？

张　才　老爷，您得给我个凭据呀！

大老爷　有的！年轻轻儿的，挺有心眼儿！（写凭证）好啦，开箱用印！（做盖印状）（叫板）老爷当堂赏花红[1]——，叫张才领下堂！

<南锣>唢呐吹奏　凡字调

稍慢

（0　0	5653　235	6532　1·　3	2123　5653	235）
多 多 衣	台 台　令令台	令台乙令　台 0	台 台　乙台乙台	乙令台

（张才至正场从大老爷手中接过凭证）

① “花红”：封建社会妓女脱籍的执照。

打 面 缸

扎 | 扎 | 扎 | （5653 235） | 扎 | 扎 | 扎 | （1. 2 321） |

台 台 乙令台 台 台 乙令台

张 才 0谢 0老 爷， 0作 0主 张，

（打躬作揖谢大老爷）

扎 | 扎 | 扎 | 扎 | 扎 | （5653 235 | 6532 1. 3 |

台 台 令 台 令台乙令 台 0

周腊梅 0今 0日 才得 儿夫 郎。

（至正场与张才转身面向前，二人拉手出门）

2123 5653 | 235） | 扎 | 扎 | 扎 | 扎 | 扎 |

台 台 令台乙台 令 台

张 才 0手 0拉 手儿 把堂 下，

（与周腊梅拉手至“大边”，张才先从“下场门”下）

（6. 5 6. 5 | 6i65 356） | 扎 | 扎 | 扎 | （5653 235） | 扎 |

台 台 台 令台 乙令台 台 台 乙令台

周腊梅 0扭 0回 头， 0看

（回头转身面向“小边”台口，往里看一眼，回身

扎 | 扎 | （1. 2 321） |

台 台 乙令台

0端 详，

偷偷一笑，转身“下场门”下）

（四衙役两边暗下，王书吏“下场门”暗下）

扎 | 扎 | 扎 | 扎 | 0 | 0 | 3 5 6 5 | 6 53 2 | 3 - ‖

台大 乙 台 令 台 乙 令 台 乙.大 台

大老爷 0急 0得 老爷 直瞎 撞， 低 下 头 来 自 参 详。

（做后悔状）

大老爷 哎呀慢着！【小锣一击】周腊梅是奔着我来的呀，我怎么断给张才了呢？（想）这怎么办……有嘞，官事上找个碴儿，把张才打发出去办差。（得意地）哦哈哈哈……这不就有机会到周腊梅那儿去乐呵乐呵了嘛！就这么着！（看两边无人）哟，没人儿啦？（环视两边）唉！唉！（连拍惊堂木）老爷升堂了唉！

〔四衙役喊堂威两边上，站“里八字”，王书吏“下场门”上，站正场桌左侧。**【小锣一击】**

四衙役 （起哄）大老爷升堂喽，喔——！

大老爷 哄秧子啊？没完啦？

〔四衙役停止喊堂威。

大老爷 （对王书吏）我说王先生，年年儿山东嘎嘎儿县那儿的公文是谁去呀？

王书吏 是张才。

大老爷 传张才。

四衙役 传张才！

〔**【小锣五击】**张才“上场门”上至正场，转身进门，归“大边”施礼。

张　才 参见大老爷，多谢老爷的媳妇儿！

大老爷 甭谢！好了给我扬名！说真格的，年年儿山东嘎嘎儿县那儿的公文是你去送呀？

张　才 是小人去。

大老爷 （拿着公文给张才看）今年还得你去！

张　才 （面向前双手一击，摊双掌，一愣，转身对大老爷）今年小人不去啦！

大老爷 怎么着？

张　才 小人成家要紧。

大老爷 （打官腔地）官事要紧！

张　才 私事也要紧呐！

大老爷 （拍惊堂木）胡说！（对众衙役）给我打！

张　才 （抢过公文）我跑喽！（转身跑着出门，“上场门”跑下）

四衙役 张才跑啦！

大老爷 跑啦？我这个衙门口不矫情！不追究！

衙役甲 （至“大边”，对大老爷施礼）小人告假！

大老爷 干什么去？

衙役甲 回家找牛。

大老爷 什么时候丢的？

衙役甲 明儿个丢的。

大老爷 怎么前天不来报？要几天假？

衙役甲 三天。

大老爷 这么些日子？准你半个月。

衙役甲 谢老爷。（“下场门”下）

衙役乙 （至“小边”对大老爷施礼）小人告假！

大老爷 干什么去？

衙役乙 回家探母！

大老爷 好，快去，别忘了“回令”！

衙役乙 谢老爷！（“上场门”下）

衙役丙 （至“大边”对大老爷施礼）小人告假！

大老爷 什么事儿？

衙役丙 还乡祭祖。

大老爷 快去快回！

衙役丙 喳！（“下场门”下）

衙役丁 （至“小边”对大老爷施礼）小人告假！

大老爷 你也告假？

衙役丁 身上有病。

大老爷 快请大夫看看去！得吃药了！

衙役丁 是。（“上场门”下）

〔王书吏藏身在“大座”之后。

大老爷 （环视四周）好嘞！一个也没有啦。（出座至正场桌前）我打点儿酒，买点儿菜，周腊梅家中走走，吃会（读 huǐ）子、喝会子、玩儿会子、乐会子！（哼着“岔曲”往“大边”转身，迈着方步走）“解职入深山，闷来时且享……”

〔王书吏从“大座”后出来，与大老爷相碰面。

王书吏 老爷！

大老爷 唉，王先生怎么还没走呢？

王书吏 伺候老爷。

大老爷 没事儿啦，你回去歇歇儿去吧！

王书吏 不成，我书班是伺候老爷的，老爷走到哪儿，我书班伺候到哪儿。

大老爷 我要回上房去了。

王书吏 我书班也跟你到上房。

大老爷 我要到内宅见太太去了！

王书吏 我也要到内宅伺候太太去！

大老爷 起腻呀，你！

王书吏 我怎么起腻？大清早起来放着官事不办，弄个周腊梅跑到堂上来，你们俩嘀嘀咕咕地像个什么样子啊？我不干了！

大老爷 哎，王先生！咱们都是自己朋友，你别不干呐！

王书吏 我一定不干啦！

大老爷 你不干这个，你吃什么去呀？

王书吏 我有我的生意。

大老爷 什么生意呀？

王书吏 卖臭豆腐去！

大老爷 你这块臭豆腐，会吆喝吗？

王书吏 怎么不会？（做吆喝状）臭豆腐！酱豆腐！辣豆腐！五香的豆腐干喏喔——！（边吆喝边从“下场门”下）

大老爷 哎哟，瞧他这块骨头！（环视四周）唉，全走啦！没有人儿我就退不了堂了吗？我一个人儿全成！正是：

（念）大堂无人管，

　　二门无人掩，

　　左手抱印盒儿，（从桌上抱起官印，走至“大边”台口）

　　右手去打锛！（做打鼓状，乐队奏效果）（冬）

哟！打锛，鼓怎么响了？定是不祥之兆！大老爷退堂喽，喔——！

〔【小锣打下】大老爷抱印，迈着方步“下场门”下。闭二幕。场上换正场桌，八字椅，“大边”、“小边”各置一椅，椅背朝前。素沿边布桌围椅披。

第二场

〔开二幕。静场。张才在“上场门”幕内叫板：“真可喜，成佳期！”

<南锣>唢呐吹奏　凡字调

(0　0 | 5653　235 | 6532　1. 3 | 2123　5653 | 235) |
多 多 衣　台 台　令令台　令台乙令　台 0　台 台　乙台乙台　乙令台

（张才、周腊梅“上场门”上至正场门口）

扎 | 扎 | 扎 | (5653　235) | 扎 | 扎 | 扎 | (1. 2　321) |
台 台　乙令台　台 台　乙令台

张　才　0叫　0腊　梅，　0我　0的　妻，

扎 | 扎 | 扎 | 扎 | 扎 | 扎 | (5653　235 | 6532　1. 3 |
台 台　令 台　令台乙令　台 0

0大　0老爷　差我　山东　公干　去，

2123　5653 | 235) | 扎 | 扎 | 扎 | 扎 | (6. 5　6. 5 |
台 台　令台乙台　令 台　台　台

家中的　事儿　交给　你。

（张才“下场门”下）

6i65　356) | 扎 | 扎 | 扎 | (5653　235) | 扎 | 扎 | 扎 |
台 令台　乙令台　台 台　乙令台

周腊梅　0有　0腊　梅，　0掩　0柴　扉，

（周腊梅关门，“下场门”下）

(1. 2　321) | 扎 | 扎 | 扎 | 扎 | 扎 | (0 | 3 5 | 6 5 |
台 台　乙令台　台 大　乙　台　令 台

王书吏　0一　0旁　闪出了我　王书　吏。

（王书吏“上场门”上，边唱边过场，“下场门”下）

6 53 2 | 3 -) ‖
乙 令 台 乙.大 台

〔四老爷在“下场门”幕内叫板：“有本官，把夜查！”

<南锣>唢呐吹奏　凡字调

(0 0 | 5653 235 | 6532 1. 3 | 2123 5653 | 235) |
多 多 衣 台 台 令令台 令台乙令 台 0 台 台 乙台乙台 乙令台

（四老爷左手挑着灯笼，右手举着打开的折扇遮光，蹑足潜踪地“下场门”上，

扎 | 扎 | 扎 | (5653 235) | 扎 | 扎 | 扎 | (1. 2 321) |
台 台 乙令台 台 台 乙令台

四老爷 0我 0要 到， 0腊 0梅 家，

边唱边往正场台口走）

扎 | 扎 | 扎 | 扎 | 扎 | (5653 235 | 6532 1. 3 |
台 台 令 台 令台乙令 台 0

0见 0了 腊梅 说几句 话。

（大老爷左手挑着灯笼，右手提着酒壶“上场门”上，左顾右盼，猫腰探头，鬼

2123 5653 | 235) | 扎 | 扎 | 扎 | 扎 | 扎 | (6. 5 6. 5 |
台 台 令台乙台 令 台 台 台

大老爷 0手 0打 灯笼 朝前 走，

祟地往正场台口走。压低嗓音开唱）

6i65 356) | 扎 | 扎 | 扎 | (5353 235) | 扎 | 扎 | 扎 |
台 令台 乙令台 台 台 乙令台

0我 0也 到， 0腊 0梅 家，

(1. 2 321) | 扎 | 扎 | 扎 | 扎 | 扎 | (0 | 3 5 6 5 |
台 台 乙令台 台 大 乙 台 令 台

0我 0是 腊梅的 干爸 爸。

6 53 2 | 3 -) ‖
乙 令 台 乙.大 台

〔【小锣一击】大老爷与四老爷举着的灯笼在正场台口相碰。

大老爷 （自语）嘿，俩澡堂子开一块儿啦！（忙转身往“上场门”走，边走边说）得，我让你！（“上场门”下）

〔王书吏“下场门”暗上，至“大边”台口用羽扇遮脸蹲下。

四老爷 （看着大老爷下）他走啦！（转身面向“大边”台口）真格的，腊梅住在哪儿呀？（抬头看到王书吏）有嘞，那儿有个人儿，打听打听去。（到“大边”台口王书吏身旁）借光您哪！

王书吏 干什么的呀？

四老爷 打听个道儿。

王书吏 问哪儿？

四老爷 周腊梅家在哪儿住哇？

王书吏 周腊梅家呀？远啦！打这儿坐车到车站，上火车到天津，再坐船到上海，再转火车到汉口，再坐飞机到北京，下飞机一打听就到了。

四老爷 我呀没那么多盘缠，不去了！（转身“上场门”下）

王书吏 （半个圆场至“小边”，边走边说）傻小子，这个周腊梅家一拐弯不就到了。（至正场叫门）开门来！

〔周腊梅“下场门”上。

周腊梅 （隔门问）谁呀？

王书吏 王先生。

周腊梅 王先生来啦，您白天怎么不来呀？

王书吏 白天衙门公事忙啊。

周腊梅 王先生，我们大爷没在家。您看天儿都这么晚了，也就不往里让您啦，不送了您哪！（做侧耳听状）

王书吏 （旁白，用京白）哟，锅爆鱼！您瞧这干劲儿的！（对腊梅，同苏白）当真的不开？

周腊梅 不开！

王书吏 好！我回到衙门把那笔尖一动，把张才发到云南，把你发到黑龙江，叫你们两口子谁也见不着谁！（转身装做要走）

周腊梅 （旁白）慢着！这小子说话，说得出来，行得出来，我叫他回来吧。我说，王先生您回来！

王书吏 （京白）不回去了，讲的是一送，不管来回儿。

周腊梅 王先生请回来吧，我们这儿跟您逗着玩儿呢，真不经（读 jīn 音金）逗！（王书吏回到门口）您干吗来啦？

王书吏 我给你们温居贺喜来啦！

周腊梅 好，待我开门。

〔周腊梅开门，王书吏进门坐“大边”座椅。周腊梅关门后转身坐“小边”座椅。

王书吏 （明知故问）张头儿呢？怎么不在家呀？？

周腊梅 张才公差上山东去啦。

〔四老爷左手挑着灯笼“上场门”暗上，至正场周腊梅家门外，稍侧身听。

王书吏 这么说，家里就剩你一个人啦，不闷得慌啊？

四老爷 开门来！

周腊梅 （正想如何对付王书吏，听见叫门，感到有转机，起身到大门前）谁呀？
四老爷 四老爷。
周腊梅 干吗来啦？
四老爷 查夜来啦。
周腊梅 （忙转身对王书吏，强硬地）四老爷查夜来了，我可开门儿去啦！
王书吏 别价，别价！你们家后门在哪儿？
周腊梅 我们家没后门儿。（故意地）这可怎么好？
王书吏 （哀求状）你把我给藏起来吧！
周腊梅 （指“小边”的椅子）你藏到灶火膛里吧！
〔王书吏往“小边”的椅子走，跳过椅子做进灶膛状，边跳边说。
王书吏 你快一点把他打发走！（“下场门”下）
周腊梅 （开门）四老爷来啦！
〔周腊梅关门，接过四老爷的灯笼放在桌后。四老爷进门坐“大边”座椅。
四老爷 你们家没别人儿呀？
周腊梅 张才公干去啦，没别人儿。
〔大老爷蹑足潜踪地左手挑着灯笼“上场门”暗上，至正场周腊梅家门外。
四老爷 那咱们俩聊会子吧！
大老爷 （左顾右盼地，轻声叫门）开门，开门，开门！
四老爷 （惊状）这是谁这么急呀？问问去！
周腊梅 （隔门问）谁叫门呢？
大老爷 （悄悄地）我是大老爷！
周腊梅 （转身对四老爷）是大老爷！
四老爷 （不信，亲自到门前，装做女声隔门问）你是谁呀？
大老爷 腊梅呀，快点儿给我开门！
四老爷 （转身对周腊梅）哎哟，上司来啦！快把我隔（读 jié）着墙扔出去得啦！
周腊梅 我哪儿有那么大的劲儿呀？
四老爷 那快点儿把我藏起来吧！
周腊梅 （指“大边”的椅子）您藏面缸里得了。
四老爷 （看“大边”）得，我就这儿吧！
〔四老爷转身跳过“大边”的椅子，“下场门”下。
大老爷 开门呐！
周腊梅 来啦，来啦！（开门）
大老爷 （挑着灯笼进门）先把灯笼接过去！
周腊梅 （接过灯笼放在桌后）交给我吧！（转身去关门）您坐着！（关门）
大老爷 （坐“大边”座椅，把酒壶放在桌上）腊梅呀，老爷给你撮合的这件事可心不可心哪？
周腊梅 （关门回来坐“小边”座椅）让您费心啦！
大老爷 那你怎么谢合（读 he）谢合我呀？
周腊梅 等我们当家的回来。我们前去登门叩谢。
〔张才“上场门”暗上，走至正场自家门口。
大老爷 唉，没他的事儿！这么办得了，我带着酒呢，（从袖内掏出两个酒盅）你陪我喝两盅，再给我唱个小曲儿吧！

张　才　嘿，开门！

周腊梅　（故意起身，岔过大老爷话头，隔门问）谁呀？

「大老爷似未听见有人说话，拿起桌上的酒壶闻了一下。

张　才　连我的声儿都听不出来啦？我是张才！

大老爷　（斟上两盅酒）腊梅呀！快来喝酒！

周腊梅　（转身至桌前对大老爷故做慌张地）别喝啦，我们当家的回来啦！

大老爷　别打哈哈儿啦，张才上山东去啦，哪儿有那么长的腿，这么快就回来了？

周腊梅　就是我们当家的。

大老爷　我不信，得去问问。（走过来隔着门学女人声问）谁叫门呢？

张　才　（故意粗声粗气地）是你汉子！

大老爷　（一惊）得，我赶上个热呼呼的！（转身对腊梅）腊梅呀，有后门儿吗？我赶紧溜。

周腊梅　没后门儿，（指“大边”台口）那儿有个狗洞[①]，您赶紧钻出去吧！

大老爷　那么点儿，我哪儿钻得出去呀！（搓手，乱转）这可怎么好……

周腊梅　要不您钻床底下避一避吧！

大老爷　（无奈地）得，床底下就床底下吧！（钻桌子爬进去，藏于桌后）

周腊梅　您倒是快着点儿呀！

张　才　快开门呐！再不开我就踹门啦！

周腊梅　（故意地）别急，别急！来啦，来啦！（开门）

张　才　干吗这么慢腾腾的！（进门）

周腊梅　（关门）你消消气儿，我的鞋找不着了不是嘛！

「周腊梅对张才耳语，张才点点头表示会意。

张　才　呵！桌子上谁的酒哇？

周腊梅　（指桌子下面）是给你预备的。（又指着“小边”灶火膛示意）

张　才　（摸摸酒壶）凉了，烫烫去！

周腊梅　你自己烫去吧！

张　才　自己去就自己去！（叫板）灶火膛里忙点一把火！

<南锣>唢呐吹奏　凡字调

（0　0 | 5653 235 | 6532 1. 3 | 2123 5653 | 235）|

多 多 衣 | 台 台 令令台 | 令台乙令 台 0 | 台 台 乙台乙台 | 乙令台

（张才到“小边”的椅子旁做点火状，王书吏蹦跳着做扑火状从“上场门”上）

扎 | 扎 | 扎 |（5653 235）| 扎 | 扎 | 扎 |（1. 2 321）|

台 台 乙令台 | 台 台 乙令台

王书吏　0灶　0火　里，　0烧　0出了　我，

（王书吏搬椅子坐“小

---

① 此处也可说成“猫道”。

打面缸

扎 | 扎 | 扎 |（5653 235 | 6532 1. 3 | 2123 5653 |

台台 令台 令台乙令 台 0 台台 令台乙台

烟熏火燎实难 过！

边”台口） （周腊梅暗指“大边”面缸示意，张才从桌子上

235）| 扎 | 扎 | 扎 | 扎 | 扎 |（6. 5 6. 5 | 6i65 356）|

令台 台 台 台令台 乙令台

张 才 0手 0使 大棍 朝下 打，

拿起棍子朝“大边”面缸一击，啪！） （四老爷捂着头从“下场门”跳出来）

扎 | 扎 | 扎 |（5653 235）| 扎 | 扎 | 扎 |（1. 2 321）|

台台 乙令台 台台 乙令台

四老爷 0面 0缸 里， 0打 0出 我，

（四老爷搬椅子坐

扎 | 扎 | 扎 | 扎 | 扎 0 | 3 5 6 5 | 6 53 2 | 3 - ‖

台大 乙 台 令台 乙令 台 乙.大台

0搬 0把 椅子 四老爷坐， 再与 张才 把话 说。

“大边”台口）

张 才 四老爷，您看我们家里乱七八糟的。请四老爷给我们断一断家务吧！

四老爷 听了！

〔数板〕

（多多罗多 乙个多 多）叫张 才，你过 来，

细听 四老爷 说明 白：

大老爷 派你 山东 公干 去，

为什么 私自 转回 来？

放着 冷酒 你不 喝，

一心 要往 灶火里 筛！

灶火里 烧出来 王八 屁，

王书吏 啊嚏！

四老爷 （接念）面缸里 打出我 四老爷 来！

清官 难断 家务 事，

还得 请——

张　才　请谁呀？

大老爷　（在桌子下面抢白）别往里头拉扯好人嘿！

四老爷　（接念）床底下　请出　大老爷　来！

张　才　大老爷也来啦？（面向桌子）有请大老爷！

大老爷　（唱白叫板）床底下闷坏了我张知县吧　3 2　1 2　1（从桌子底下爬出来）
依 呼　呀 呼　嘿！

<南锣>唢呐吹奏　凡字调

（0　0 | 5653　235 | 6532　1.　3 | 2123　5653 | 235）|
多 多 衣 | 台 台　令令台 | 令台乙令　台 0 | 台 台　乙台乙台 | 乙令台

扎 | 扎 | 扎 |（5653　235）| 扎 | 扎 | 扎 |（1.　2　321）|
台 台　乙令台 | 台 台　乙令台

大老爷　0低　0下　头，　0往　0外　钻，

张才夹白："大老爷！"

扎 | 扎 | 扎 | 扎 | 扎 |（5653　235 | 6532　1.　3 |
台 台　令 台 | 令台乙令　台 0

0见　0了　张才我　得得得的战。

（大老爷拉一把椅子过来成"外场椅"坐）

2123　5653 | 235）| 扎 | 扎 | 扎 |（5653　235）| 扎 | 扎 |
台 台　令台乙台 | 令 台 | 台 台　乙令台

王书吏　0灶　0火　里，　0烧　0得

扎 |（1.　2　321）| 扎 | 扎 | 扎 | 扎 |（6.　5　6.　5 |
台 台　乙令台 | 台　台

我，　0嘿　0嘿　一个嘿　嘿！

6i65　356）| 扎 | 扎 | 扎 |（5653　235）| 扎 | 扎 | 扎 |
台 令台　乙令台 | 台 台　乙令台

四老爷　0面　0缸　里，　0一　0身　白，

扎 | 扎 | 扎 | 扎 | 0 |（3　5　6　5 | 6　53　2 | 3̂　－）‖
台 大　乙 | 台　令 台 | 乙 令　台. 大 台 | －

大老爷　床底下　闪得我　起不　来！

打　面　缸

〔张才、周腊梅至“小边”台口王书吏身边，张才站外首，周腊梅站里首。

张　才　我说王先生，您到我们家里干什么来啦？

王书吏　呃，呃……是温居贺喜来了。

张　才　叫您费心！拿来！（伸右手要）

王书吏　（装傻）拿什么？

张　才　拿喜封儿来！

王书吏　封多少呀？

张　才　（伸出右手比做五）五十两银子。

王书吏　五十两？我没带着。明天你到衙门里去取。

张　才　不成，您得找个保人。

王书吏　好，我找个保人。（走至“大边”台口四老爷身边）四老爷！

四老爷　什么事儿，王先生？

王书吏　（吞吞吐吐地）嘻嘻嘻……没什么事情，呵呵，是这么回子事：我是给周腊梅温居贺喜来啦，有五十两遮羞的银子，我说明天给她，她这就要，你给我保一保吧！

四老爷　明儿个到衙门一准还我。

王书吏　没错，少不了你的。

四老爷　（对张才）我作保，让他走吧！

张　才　（对周腊梅）给他开门。

王书吏　不用开门了，顺着烟筒我就钻出去了！（撑右袖，弯着腰往“下场门”跑，猛又一回头做一“鬼脸”，下）

〔张才、周腊梅至“大边”台口四老爷身边，张才站外首，周腊梅站里首。

张　才　（对四老爷）该你的啦！

四老爷　（装傻）该我的给我。

张　才　谁该你的？你干什么来啦？

四老爷　我查……不不不，我来温居贺喜来啦！

张　才　（伸右手要）拿来！

四老爷　什么？

张　才　温居贺喜的遮羞银子。

四老爷　多少？

张　才　一百两。

四老爷　那么多？

张　才　您五十两，刚才您保王先生五十两，总共一百两。

四老爷　明天衙门里去要。

张　才　不成不成，今儿个一定要。

四老爷　今儿个没带着。这样吧，我也找个保人。

张　才　那成。

〔张才、周腊梅回至“小边”，张才站外首，周腊梅站里首。四老爷走近大老爷，站“大边”一侧。

大老爷　（故意地自言自语）本店开张：一不赊欠，二不作保，君子自重，免开尊口。

四老爷　得，封了门儿啦！（硬着头皮）呃，大老爷！

大老爷 （绷着脸）老四啊，这个地方儿也是你来的吗？瞧瞧你这个岁数，这种事儿也只能是只闻不问，顺其自然嘛。再者说了，往里掺和，对你的名声也有碍呀！

四老爷 哎哎哎。您念我是初犯。

大老爷 下次不可。

四老爷 这次我就过不去啦，您得保我一保。

大老爷 怎么着？

四老爷 他们跟我要温居贺喜的银子，钱包落在家里啦。这不，走不了啦。我五十两，我保王书吏五十两，总共一百两，您给作个保吧！

大老爷 让我保？我要的是小账加一，驴打滚儿的利。

四老爷 您饶了我吧！明儿个清早我就给您送到衙门去！

大老爷 （对张才）好吧，让他走吧！（一挥手）

四老爷 （躬身拱手）谢谢您哪，我跟您告假啦！

张　才 （对腊梅）开门，让他走！

四老爷 免了，面缸底下有地道，我从那儿遁了吧！（弯腰抱头，"下场门"跑下）

张　才 （移至"大边"，对大老爷）大老爷，这回该您啦！

大老爷 我多少？

张　才 您一百两，他们俩一百两，总共二百两。

大老爷 明儿个衙门里去取。

张　才 这会儿就要！

大老爷 我没带着。

张　才 没带着不成！

大老爷 不成怎么着？

张　才 不成，我要扒你！

大老爷 你敢扒老爷？

张　才 我是说扒就扒！（叫板）脱圆领，摘纱帽！

<南锣>唢呐吹奏　凡字调

（0　0	5653　235	6532　1. 3	2123　5653	235）
多　多　衣	台　台　令令台	令台乙令　台　0	台　台　乙台乙台	乙令台

（张才、周腊梅把大老爷官衣扒下，纱帽摘掉。周腊梅开门，推大老爷出去）

	扎	扎	扎	（5653　235）	扎	扎	扎	（1. 2　321）
				台　台　乙令台				台　台　乙令台
周腊梅	0推	0出	去，		0门	0关	了，	

（周腊梅关门）

| 打 面 缸 |

扎 | 扎 | 扎 | 扎 | 扎 |（5653 235 | 6532 1. 3 |

台 台 令 台 令台乙令 台 0

大老爷 0捂 0着 屁股往 衙门里 跑。

（大老爷狼狈地“下场门”下）

2123 5653 | 235） | 扎 | 扎 | 扎 |

台 台 令台乙台 令 台

周腊梅 0这 0恶 名，

（5653 235） | 扎 | 扎 | 扎 |（1. 2 321）|

台 台 乙令台 台 台 乙令台

0奴 0担 了，

扎 | 扎 | 扎 | 扎 | 扎 |（5653 235 | 6532 1. 3 |

台 台 令令台 令台乙令 台 0

周腊梅
张 才 0夫 0妻 拍手 哈哈 笑。

（周腊梅帮助张才穿上官衣，戴上纱帽；张才走至正场面向外）

2123 5653 | 235） | 扎 | 扎 | 扎 | 扎 | 扎 | 0 |

台 台 乙台乙台 乙令台 台 大 乙

张 才 0白 0得 银子 二百 两 （啊）。

3 5 6 5 | 3. 5 6 i | 5 - ‖（紧接启奏<尾声>）

台 令 台 乙 令 台 乙. 大 台

不 做 官 来 戴 纱 帽。

［唢呐吹奏<尾声·合头>周腊梅从张才右侧走到台中右方与张才平排，张才折右袖，右臂搭周腊梅肩，二人恩爱地亮相，然后左转身“下场门”同下。

—— 剧 终

杨凌云 整理

荡湖船

根据萧长华藏本整理

《荡湖船》是京剧早期上演的剧目之一，至今已近绝迹舞台。它是京剧前辈艺人由“苏州滩簧”引进、改编的一出小戏。据《菊部群英》、《都门纪略》、《菊部春秋》第一集记载，秦方、陈春喜、翟寿儿、孙盛武、刘佩云均工此戏。又据《大戏考》、《戏考大全》记载，景玉峰、萧长华等有唱片行世。

该剧剧情很简单。常熟布贩李均甫雇荡湖船赶路，一路上与船大姐调侃、嬉闹，自苏州返回常熟城。剧中人均念“苏白”，唱“小调”，是一出很有特色的剧目。其中一段“小调”叫〔十八摸〕，共十八段，腔调相同，由于唱词有伤大雅，前辈艺人演出时已多半将其删掉了。

在本剧整理过程中，得到张金梁先生的指导和李桂新先生的帮助，在此一并致谢。

杨凌云

人物行当

我大姐	花旦	**李均甫**	丑

服装扮相

我大姐　俊扮。梳大头、渔婆罩，粉红绣花裤袄、绣花腰巾，粉红彩鞋。

李均甫　俊扮。小帽头、眼镜、黑八字鼻卡儿，蓝灰布大褂、镶黑边浅灰坎肩、蓝绦子（上系胡梳、荷包等饰物），青彩裤，白布袜、方口皂鞋。

道具

黑边圆眼镜	一副	**船　桨（系粉红彩绸）**	一支
折　扇	一把	**藤　棍**	一根（做篙竿用）
胡梳、荷包等饰物	一份		

〔【撤锣】我大姐内白：“嘚来！船搬梢！”（船家喊的“号子”）【水声】

〔我大姐摇船上，至“九龙口”。

〈柳梢青〉（小工调 1＝D）

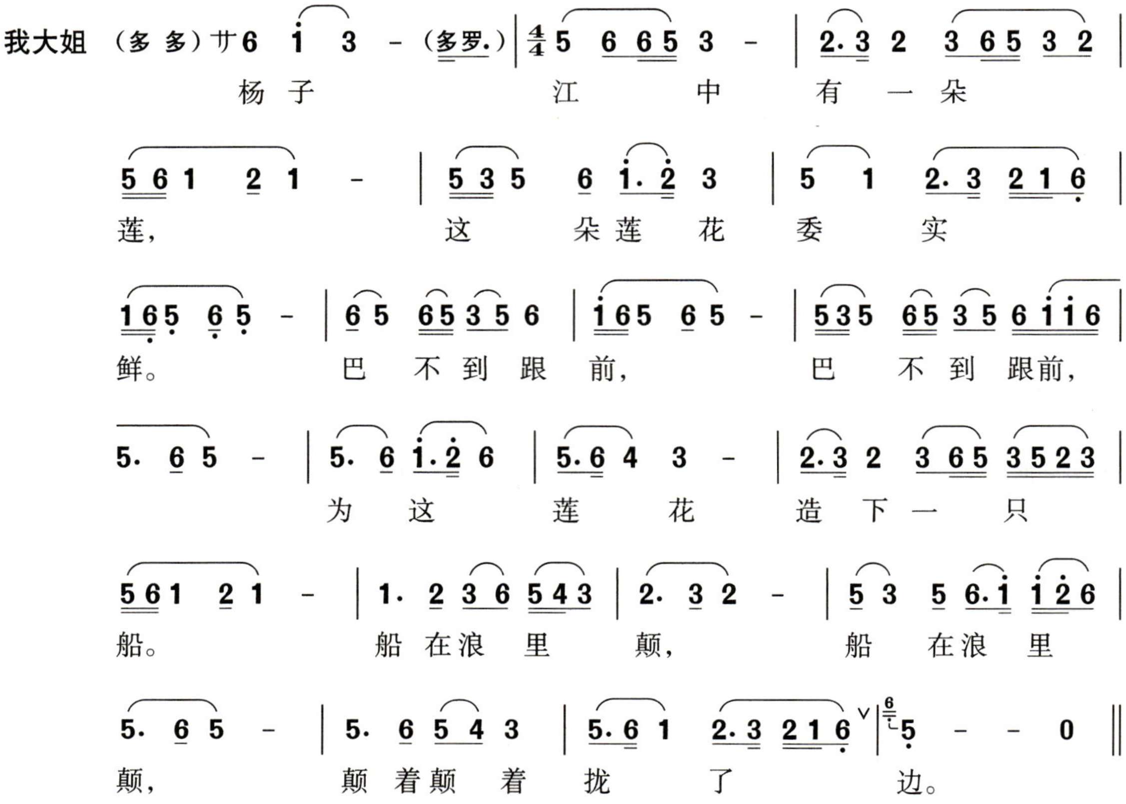

住乱（停住），慢点摇。让我通子（通个）名姓来看。奴姓我，小名叫我大姐。从小生拉乱（生长在）船上，聪明拉（又）伶俐，标致来（又）风骚，则岗一位小姐乱（天生的一个小姐）。我里个（我的）爷（爹爹）是火轮船观导①，我个（的）娘是火轮船上个（的）老大。就是个（那）多伙光棍土包、醉汉拉（那）色鬼，也勿（不）敢欺我。今朝（今天）无啥事，勿免（不免）拿个只（弄条）船摇得出去，看看有啥生意勿（不）错个（的）。嘚来，船搬梢！

〈满江红〉

① 观导：疑即“管带”。管带，清水军官制，即一舰之长，下设大副、二副等职。

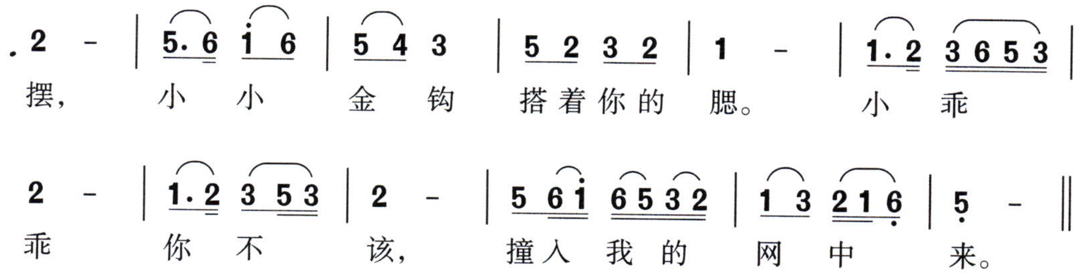

〔【水声】我大姐摇船下。

〔李均甫内白："啊哼！"【小锣五击】李均甫持折扇上，至中场。

李均甫 一心忙碌碌，两脚走奔波。（扎）

区区学生李均甫，爷娘生子我（生下我），一份家当传得勿（不）多，被拉我（被我）吃喝嫖赌，弄得了一塌糊涂，包包打裹走啦。唉！

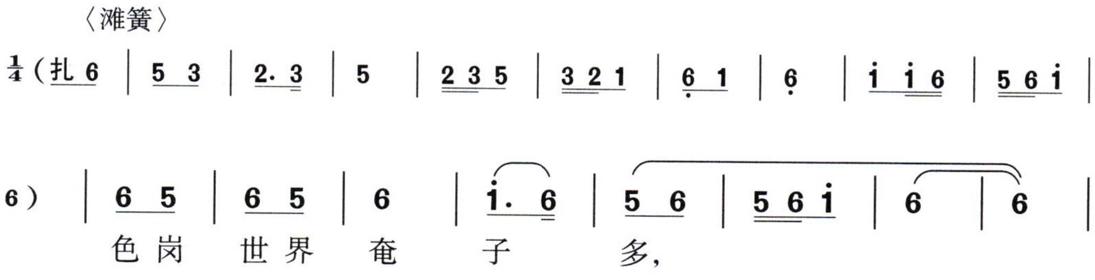

列位，啊晓得奄子出拉丒罗里吓？喏！

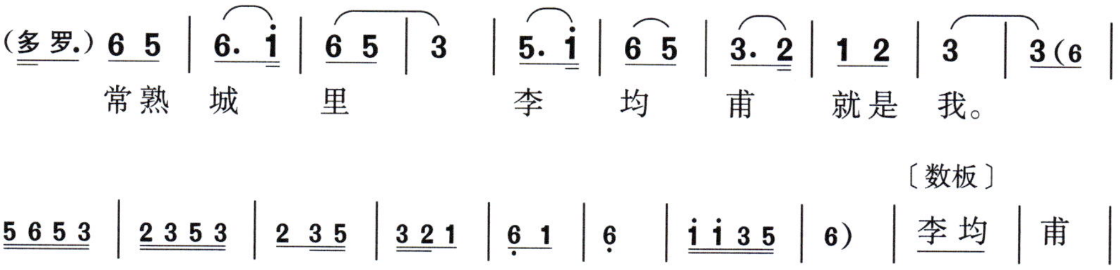

真苦 | 楚， | 爹又 | 亡来 | 娘又 | 无， | 忽然 | 想起 | 我里个 | 表姐 |
（命苦）（的）

夫， | 0 拉丒 | 苏州 | 城里把 | 生意 | 做。 | 0 呒八 | 铜钿 | 勿好 | 到姑 |
（他在）（没有）（钱）（不好）

苏。 | 身上 | 脱件 | 短衫 | 裤， | 走进 | 典当 | 铺， | 朝奉① | 替我 |

① 朝奉：当铺里的店员。

估价 | 估， | 5 3 | 5 | 5 i | 6 5 | 3 | i | 6 5 | 5 1 |
（唱）朝奉 还 我 三 钱 多。

1 2 | 3.2 | 323 | (0 6 | 5 3 | 2 3 | 5 3 | 235 | 3 21 | 6 1 | 6 |

〔数板〕

i i6 | 56i | 6) | 拿自 | 铜钿 | 出自里个 | 典当 | 铺， | 来.哉 | 下纤 |
（拿着） （出 了）

步。 | 跳上 | 船来 | 中舱 | 坐， | 只听 | 得我个 | 耳朵 | 里厢 | 3. 2 |
（唱）轰隆

3 3 | 3233 | 3 3 | 3 5 | 3 5 | 3 i | 6 5 | 3.2 | 1 2 | 3.2 |
轰隆 轰隆隆隆 隆隆， 一阵 狂风 到 姑 苏。

323 | 3 (6 | 5 3 | 2 3 | 5 3 | 2 1 | 6 1 | 6 | i. 2 | 3 5 |

〔数板〕

6) | 到.自 | 姑苏 | 跳上 | 岸， | 打听 | 我 里个 | 表姐 | 夫。 | 有.个 |
（有 的）

说拉乭 | 桃花 | 坞， | 有.个 | 说拉乭 | 清江 | 浦。 | 偶然 | 上塘 | 来， |
（他在）

看见 | 一爿 | 杂货 | 铺。 | 我里个 | 表姐 | 夫， | 吓啥 | 做,拉里 | 弄啥个 |
（没什么） （他在） （什么）

泥都 | 都。我 | 走进 | 杂货 | 铺， | 叫声 | 表姐 | 夫， | 我说 | 道， |

姐.夫 | 吓， | 阿有 | 啥.个 | 生意 | 荐荐 | 我？ | 姐夫 | 说 | 自家 |
（有没有）（什 么）

荡湖船

无啥 | 生意 | 做,拉里 | 把乃个 | 生意 | 做? | 6 5 | 5.i | 653 | 5 |
(拿什么 给你) (唱)呀呀 唔 来 皮

65 | 3 2 | 1 2 | 3(1 | 1 5 3 | 2 3 | 5 | 2 3 5 | 3 2 1 | 6 1 | 6 |
老 虎,

〔数板〕

i i 6 | 5 6 7 | 6 | 6) | 我说 | 道, | 姐.夫 | 吓, | 阿有 | 铜钿 |

借拉 | 我? | 姐夫 | 说, | 铜钿 | 倒有 | 三千 | 多, | 呃乃 | 拿去 |
(给) (给你)

寻点 | 生意 | 做。我 | 肩子个 | 铜钿 | 出自里个 | 杂货 | 铺,来到 | 王彦 | 美.个 |
(找点儿) (背起) (出 了) (的)

字号 | 铺。 | 买自 | 大.大 | 小小, | 红红 | 绿绿, | 五颜 | 六色个 | 块头 |
(的)

布 打成 | 一个 | 小包 | 裹, | 大街 | 大巷 | 勿敢 | 走, | 6 5 | 5. i |
(不) (唱)私街 小

653 | 6 | 3 2 | 1.2 | 3 | 3(6 | 5 3 | 2 | 5 | 2 3 5 |
巷 喊 卖 布。 (白)卖布吓!

〔数板〕

3 2 1 | 6 1 | 6 | i.6 | 5 6 i | 6 | 6) | 转弯 | 头, | 弄堂 |
(胡同)

里厢 | 来.子 | 一个 | 美娇 | 娥, | 说道 | 喂! | 0 | 卖布 | 客人 |
(了)

啊,我里 | 阿大 | 儿子 | 要做一条 | 开裆 | 裤, | 勿知 | 阿要 | 几何 | 布? |
(的) (不) (需) (多少)

我说 | 道, | 娘.娘 | 啊,呒玊 | 阿大 | 儿子 | 哪哼 | 长? | 哪哼 | 大? |
(你的) (有多)

娘.娘 | 说, | 客人 | 哪,我里 | 阿大 | 儿子 | 似 侬个 | 长, | 似 侬个 | 大。 |
(我的) (像你一样)

我说 | 道, | 娘.娘 | 啊,呒玊 | 阿大 | 儿子 | 既然 | 似戛侬个 | 长, | 似戛侬个 |
(像我这样)

大, | 勿吓 | 勿消 | 多, | 5 3 | 5 3 | 5 | 6. 5 | 3. 2 | 1 2 |
(不) (不要) (唱)六尺 六寸 有 得 做。
(正 好)

〔数板〕

3 | 3 | (5 3 | 2 3 5 | 3 2 1 | 6 1 | 6 | i. 6 | 5 6 i | 6) | 娘.娘 |

说, | 客人 | 吓, | 呒奴 | 还要 | 两匹 | 毛蓝 | 布, | 勿知 | 客人 |
(我)

阿肯 | 相信 | 我, | 赊拉 | 我?我说 | 娘.娘 | 吓,.我 | 布包里个 | 布, | 实.在 |
(若肯) (给)

多,.乃 | 只要 | 拿.个 | 眉眼 | 作戛 | 作, | 装筒 | 烟来 | 呼戛 | 呼拉我 |
(你) (一)

膝漫 | 头上 | 坐戛 | 坐, | 不要说 | 两匹 | 毛蓝 | 布,呒玊 | 阿大 | 儿子个 |
(盖)(上面) (一) (你的)

开裆 | 裤, | 5 3 | 5 6 | 5 | i | 6. i | 3. 2 | 1 2 | 3 | 3 |
(唱)一塌 括子 全 是 我。
(通通 的) (归)

〔数板〕

(5 3 | 2 3 5 | 3 2 1 | 6 1 | 6 | i. 2 | 3 5 | 6) | 娘.娘 | 东一 | 张, |

荡 湖 船

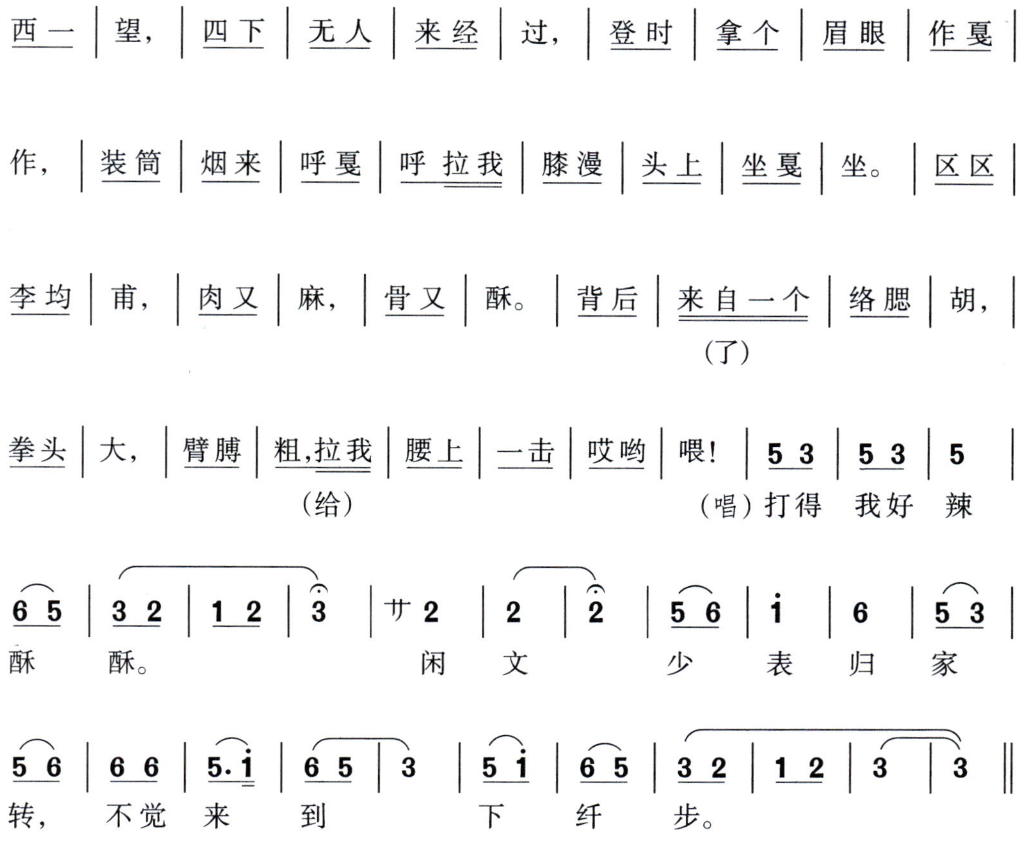

〔李均甫至“大边”。【水声】
〔我大姐摇船上，站“小边”。

我大姐 嘚！岸上头来的个阿是（是不是）偷鸡贼？
李均甫 乃阿是（你是不是）摆渡船？
我大姐 呸！啥叫摆渡船？
李均甫 由俗说个（俗话说）“偷鸡贼上摆渡船”。
我大姐 乃是荡湖船。
李均甫 噢！荡湖船上个（的）老太太。
我大姐 要吃耳光哉！（你要我打你耳光哪！）
李均甫 为啥要吃耳光介？
我大姐 伲（我们）荡湖船上要叫阿姐个。
李均甫 个么（那么）我个好阿姐。（我的好姐姐）
我大姐 吓，我个小弟弟。
李均甫 乃（你）有出（长）胡须个小弟弟？
我大姐 客人要到六里（哪里）去？
李均甫 到常熟。
我大姐 天色夜哉（晚了）勿（不）去。
李均甫 多把乃（给你）铜钿。

我大姐　个么（那么）我要两千四百老铜钿（老铜钱）。
李均甫　连人连船一道卖把（给）我？
我大姐　啥叫连人连船卖把（给）乃（你）？
李均甫　勿（不）值。
我大姐　乃说几何？（你说多少？）
李均甫　七百。
我大姐　少来。
李均甫　九百。
我大姐　勿（不）去。
李均甫　个么（那么）挺足。
我大姐　哎哟！啥叫“挺足”介（啊）？
李均甫　一千老瓜搭。（一千个老铜钱）
我大姐　我老老实实，百脚两条须。
李均甫　勿（不）懂。
我大姐　一千两百老铜钿。
李均甫　呃虱（你的）船上几伙人？
我大姐　就我一竿子。（一个人）
李均甫　个么（那么）摇上来。
我大姐　乃（你）立一立（站一会儿），让我摇上来。【水声】
　　　　请跳下船来。【水声】
李均甫　（跳上船）哎哟！好一只死船。
我大姐　呸！活船。
李均甫　动吓勿动哉。（动都不动）
我大姐　搁住哉，客人撑一撑篙拉浪。（搁浅了，请客人撑一撑篙）
李均甫　篙子拉虱罗里？（船篙在哪里）
我大姐　拉虱橹前。（就在橹前面）
　　　　〔李均甫取篙撑船，与我大姐会之一笑，然后放下篙。【水声】
我大姐　客人请坐。
李均甫　罗里坐？（坐在哪里）
我大姐　平几板上。（船板上）
李均甫　啊，平几板上坐哉。（李均甫坐下）
我大姐　客人尊姓？
李均甫　姓亲。
我大姐　大号？
李均甫　叫丈夫。
我大姐　啊，亲丈夫？
李均甫　我个（的）好老婆。
我大姐　啊要死个（的）吓！乃（你）个出生门个（畜牲），讨我个便宜。乃（你）是到底姓啥？
李均甫　我叫李均甫。阿姐尊姓？
我大姐　我吓，姓干。

荡 湖 船

李均甫 大号？
我大姐 叫娘。
李均甫 吓？干娘？
我大姐 哎，我个（的）好儿子。
李均甫 阿姐是“六月债，还得块”。乃（你）到底姓啥？
我大姐 我叫大姐。
李均甫 蛮好。阿姐,我听得呸乱（你的）荡湖船上会唱“闹五更”个（的）,唱一支来听听。
我大姐 勿唱。（不唱）
李均甫 为啥勿唱？
我大姐 无人帮腔。
李均甫 我会帮腔个。
我大姐 乃啥会个？（你怎么会帮腔？）
李均甫 我是小孩头学拉乱个。（我是小时候学的）
我大姐 开子船来唱。（开了船再唱）
李均甫 个么（那么）开船。
我大姐 嘚来，船搬梢！

〔【水声】我大姐边摇船边唱。

〈闹五更〉

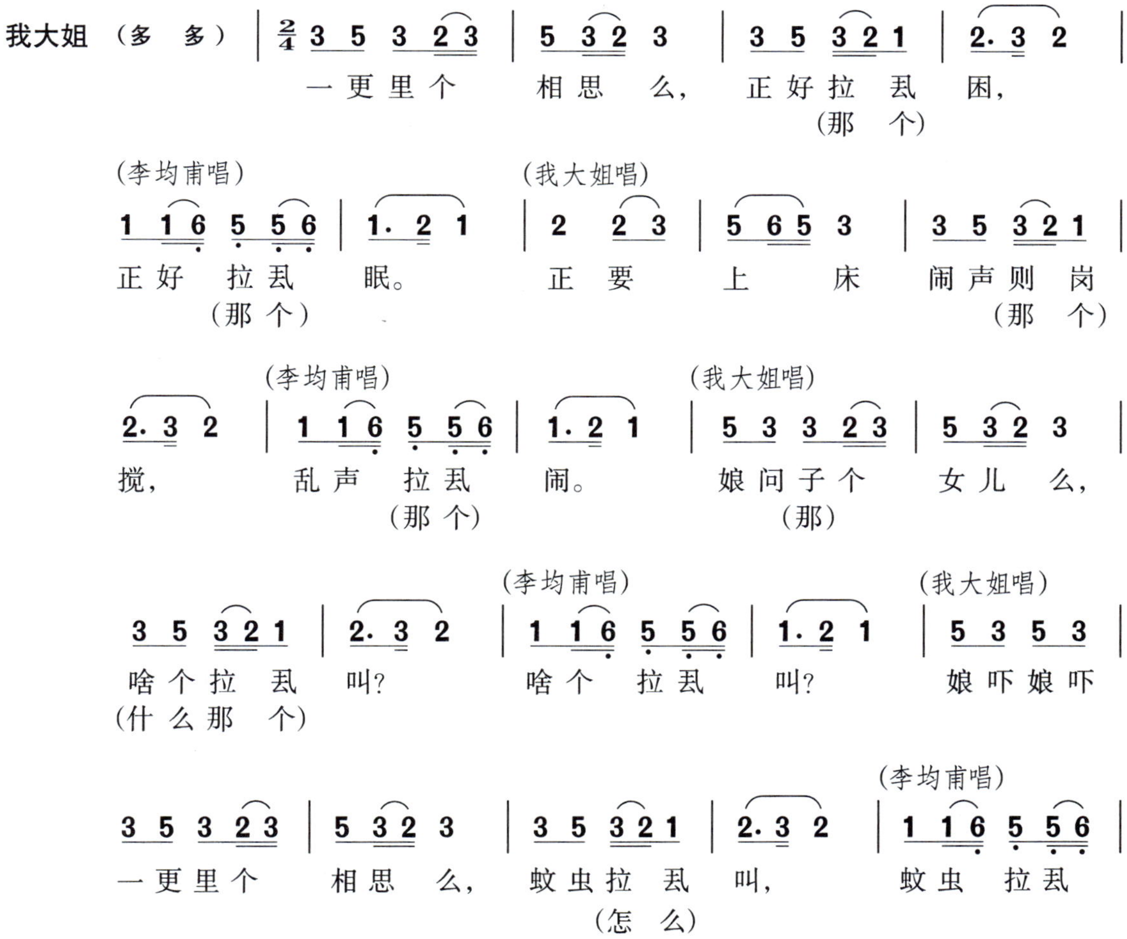

（我大姐唱）　（李均甫唱）　（我大姐唱）
叫。嗡吓嗡，嗡吓嗡。嗡嗡嗡嗡
（李均甫唱）　（我大姐唱）
叫，嗡嗡嗡嗡叫。叫得我好伤心，
（李均甫唱）　（我大姐唱）　（李均甫唱）
听得我好动心。越叫越伤心，越听越动
（我大姐唱）　（李均甫唱）　（二人同唱）
心。伤伤心，动动心。鸳鸯枕相思好梦
（我大姐唱）
又难成，叫到二更。二更里个相思么，
（李均甫唱）　（我大姐唱）
正好拉乱困，正好拉乱眠。正要
（李均甫唱）
上床闹声则岗搅，乱声拉乱闹。
（我大姐唱）　（李均甫唱）
娘问子个女儿么，啥个拉乱叫？啥个拉乱
（我大姐唱）
叫？娘吓娘吓二更里个相思么老鼠拉乱

荡 湖 船

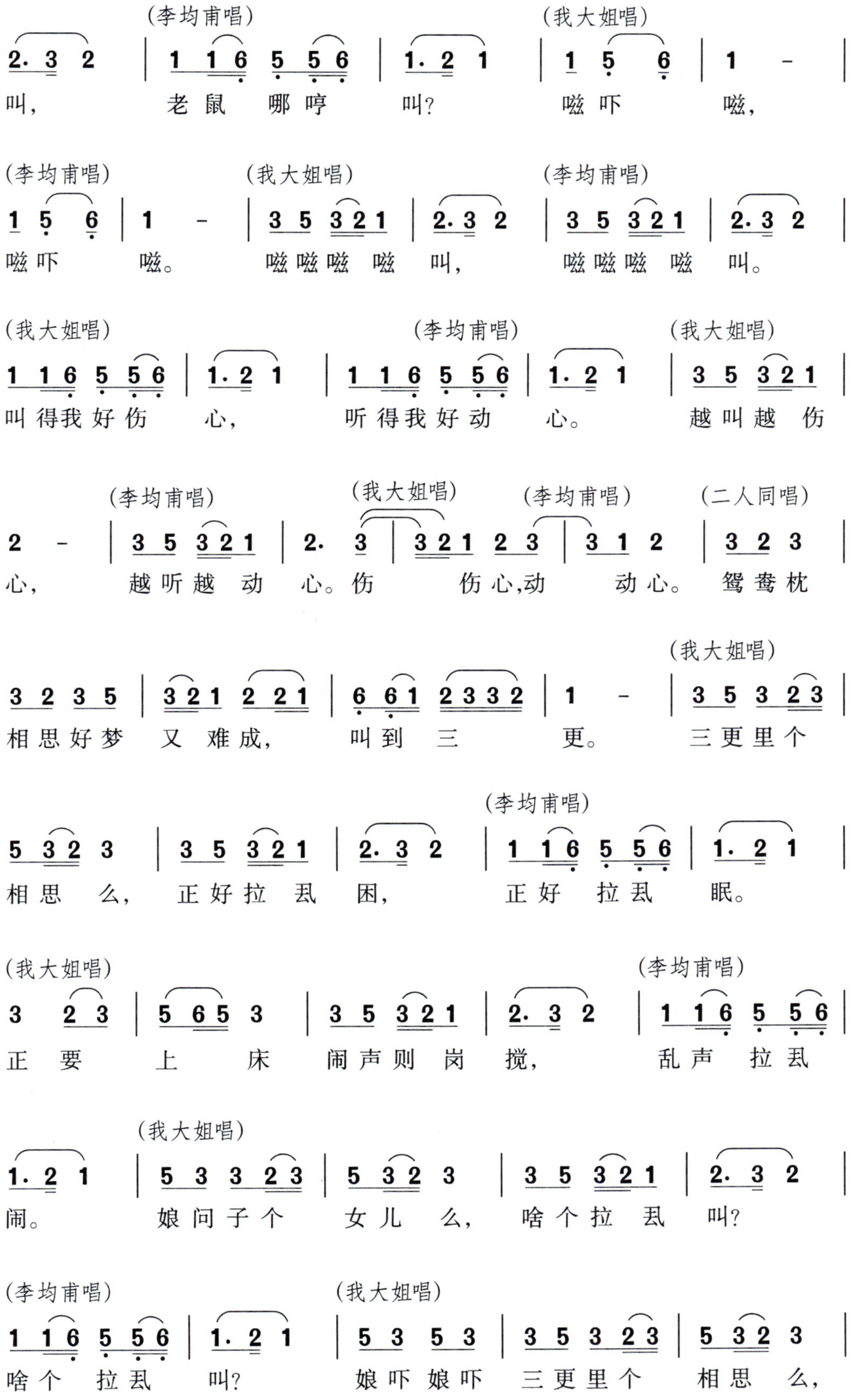

(李均甫唱)　(我大姐唱)
叫，老鼠哪哼叫？嗞吓嗞，
(李均甫唱)　(我大姐唱)　(李均甫唱)
嗞吓嗞。嗞嗞嗞嗞叫，嗞嗞嗞嗞叫。
(我大姐唱)　(李均甫唱)　(我大姐唱)
叫得我好伤心，听得我好动心。越叫越伤
(李均甫唱)　(我大姐唱)　(李均甫唱)　(二人同唱)
心，越听越动心。伤伤心，动动心。鸳鸯枕
(我大姐唱)
相思好梦又难成，叫到三更。三更里个
(李均甫唱)
相思么，正好拉乱困，正好拉乱眠。
(我大姐唱)　(李均甫唱)
正要上床闹声则岗搅，乱声拉乱
(我大姐唱)
闹。娘问子个女儿么，啥个拉乱叫？
(李均甫唱)　(我大姐唱)
啥个拉乱叫？娘吓娘吓三更里个相思么，

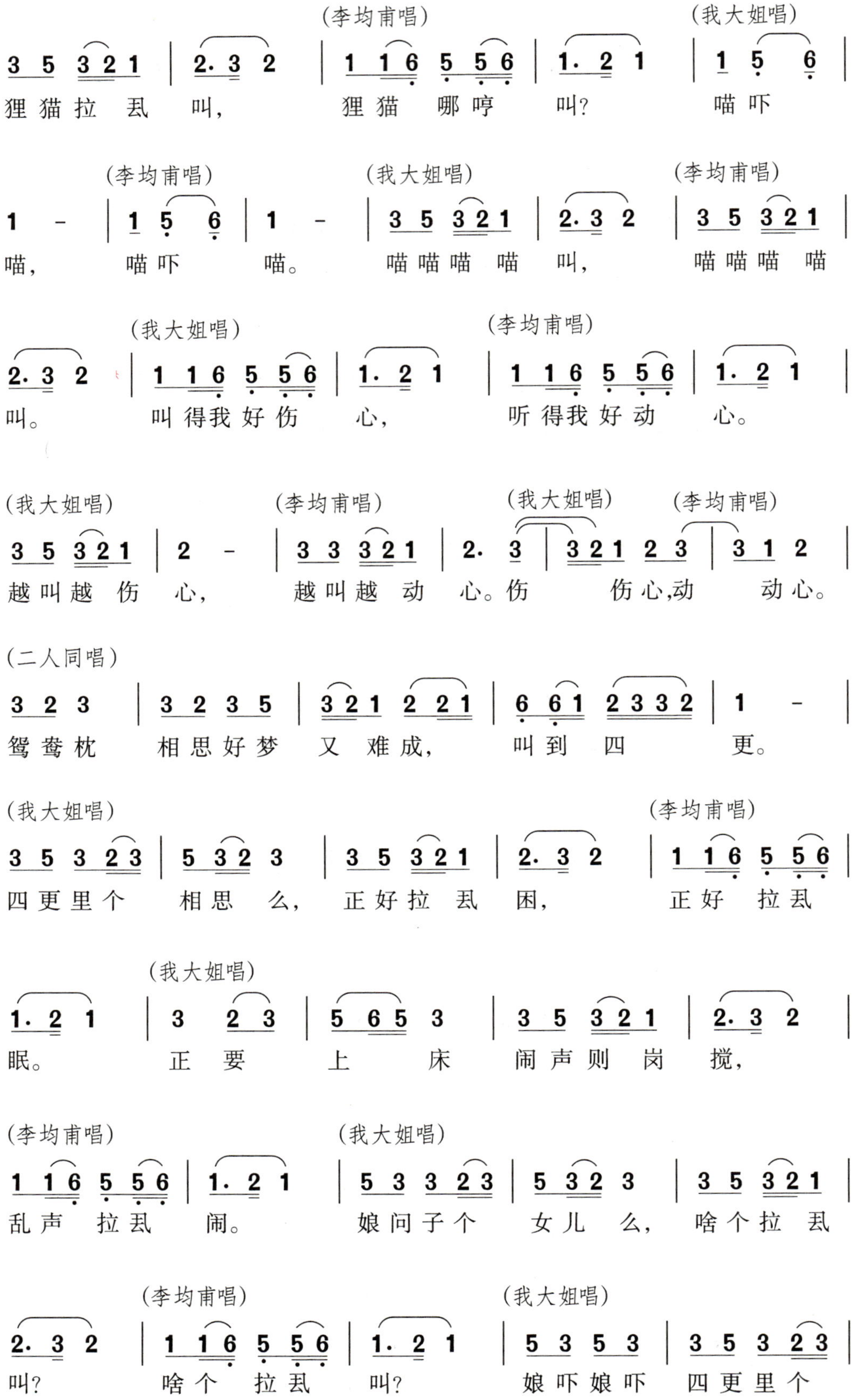

(李均甫唱)
(我大姐唱)
狸猫拉乱叫，狸猫哪哼叫？喵吓
(李均甫唱)
(我大姐唱)
(李均甫唱)
喵，喵吓喵。喵喵喵喵叫，喵喵喵喵
(我大姐唱)
(李均甫唱)
叫。叫得我好伤心，听得我好动心。
(我大姐唱)
(李均甫唱)
(我大姐唱)
(李均甫唱)
越叫越伤心，越叫越动心。伤伤心,动动心。
(二人同唱)
鸳鸯枕相思好梦又难成，叫到四更。
(我大姐唱)
(李均甫唱)
四更里个相思么，正好拉乱困，正好拉乱
(我大姐唱)
眠。正要上床闹声则岗搅，
(李均甫唱)
(我大姐唱)
乱声拉乱闹。娘问子个女儿么，啥个拉乱
(李均甫唱)
(我大姐唱)
叫？啥个拉乱叫？娘吓娘吓四更里个

荡湖船

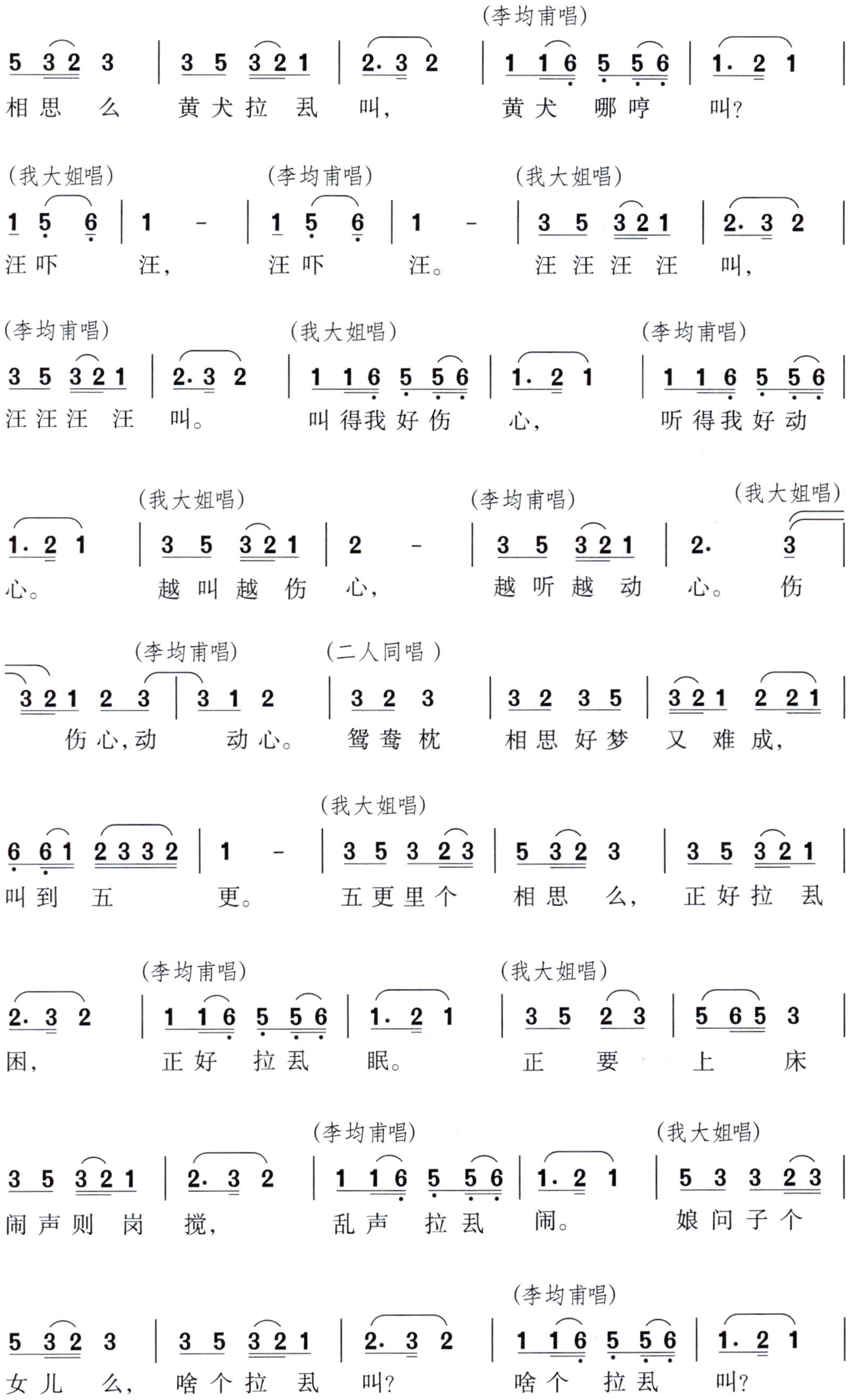
(李均甫唱)
相思 么 黄犬拉 乱 叫， 黄犬 哪哼 叫？
(我大姐唱) (李均甫唱) (我大姐唱)
汪吓 汪， 汪吓 汪。 汪汪汪 汪 叫，
(李均甫唱) (我大姐唱) (李均甫唱)
汪汪汪 汪 叫。 叫得我好伤 心， 听得我好动
(我大姐唱) (李均甫唱) (我大姐唱)
心。 越叫越 伤 心， 越听越 动 心。 伤
(李均甫唱) (二人同唱)
伤心，动 动心。 鸳鸯 枕 相思 好梦 又 难 成，
(我大姐唱)
叫到 五 更。 五更里个 相思 么， 正好拉 乱
(李均甫唱) (我大姐唱)
困， 正好 拉乱 眠。 正 要 上 床
(李均甫唱) (我大姐唱)
闹声则 岗 搅， 乱声 拉乱 闹。 娘问子个
(李均甫唱)
女儿 么， 啥个拉 乱 叫？ 啥个 拉乱 叫？

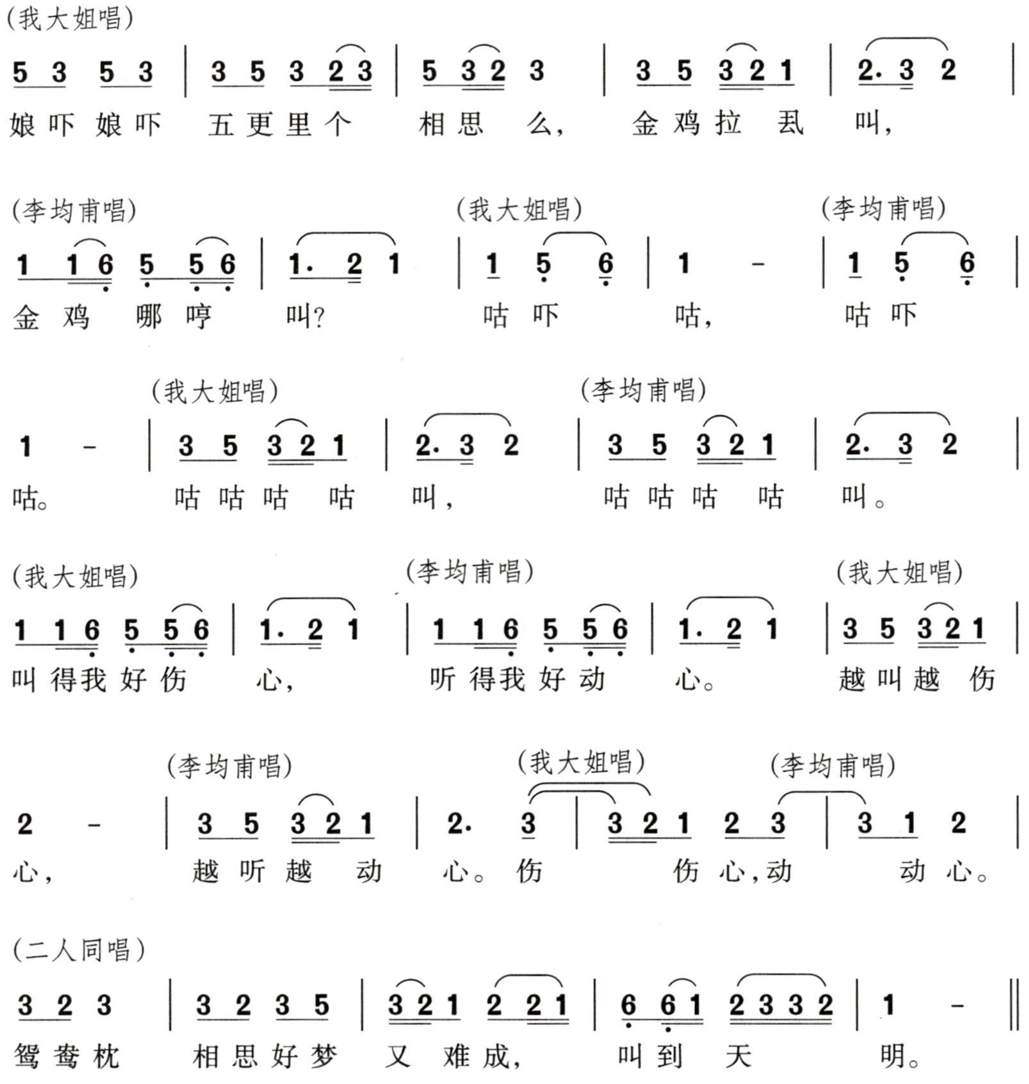

我大姐 到哉。（到了）

李均甫 到子罗里哉？（到了哪里啦？）

我大姐 红塔。

李均甫 到常熟还有几何路？

我大姐 三十里。

李均甫 阿姐，乃你快点摇傍。（快点摇起来）

我大姐 客人，代我背背纤来。

李均甫 我雇子（雇了）乃个（你的）船，要作作大老官，背纤背不动个。

我大姐 由俗说（俗话说）“风势勿（不）便，客人背纤”。

李均甫 “风势勿便，客人发厌。”

我大姐 个么（那么），乃（你）后梢来。

李均甫 罗里（哪里）进去？

我大姐 舱洞里。

李均甫 喏，进来哉。
我大姐 相帮我扭帮。（你帮我一帮）
李均甫 勿（不）会。
我大姐 我告乃（你），跪拉氹。（跪下去）
李均甫 还要跪拉氹？（还要跪下？）
我大姐 拿子绳。（拿起绳子）
李均甫 拿子绳。
我大姐 则岗（这样）推出。
李均甫 推出。
我大姐 搬进。
李均甫 搬进。（照我大姐的样子学摇船）
我大姐 阿会拉个？（会摇了吗？）
李均甫 让我来试试看。则岗（这样）推出，搬进。哎哟！不好哉！
〔李均甫险些落水，我大姐急忙把他拉住。
我大姐 亏得我拉牢乃个（你的）小辫子，勿然作子（作了）落水汤团哉！
李均甫 勿然作了落水鬼哉！阿姐，阿要唱十八摸来听听罢。
我大姐 勿唱。
李均甫 为啥又勿唱个？
我大姐 乃（你）要摸手摸脚闹哉。
李均甫 我是老实头小官人，勿闹了。
我大姐 个么，开子船来唱吧。（那么，开了船再唱吧）
李均甫 个么开船。（那么开船）
我大姐 嘚来，船搬梢。

〈十八摸〉（正宫调 1＝G ）

（多 多）廿 3 2 3 5 7̣ – ˅3 2 3 5 3 3 2 ˅3 –
一 位 姐 儿 困 到 半 夜 三 更 么，

李均甫 哪哼！怎么啦？

（我大姐唱） （李均甫唱）

（多 罗.）| 2/4 3 5 3 2 1 | 2. 3 2 | 3 5 3 3 2 | 1 2 5 3 2 3 2 1 |
困 吓 困 勿 着 吓， 摸 手 摸 脚 想 开 心，

（我大姐唱） （李均甫唱） （我大姐唱）

6̣. 1 2 1 | 2 5 5 3 | 2 1 6̣ 1 | 2 5 3 | 5 3 5 6 4 3 |
七 个 龙 冬 仓。哎 哟， 哼 哎 哟， 哎 哟 哎 哟 哎 嗨

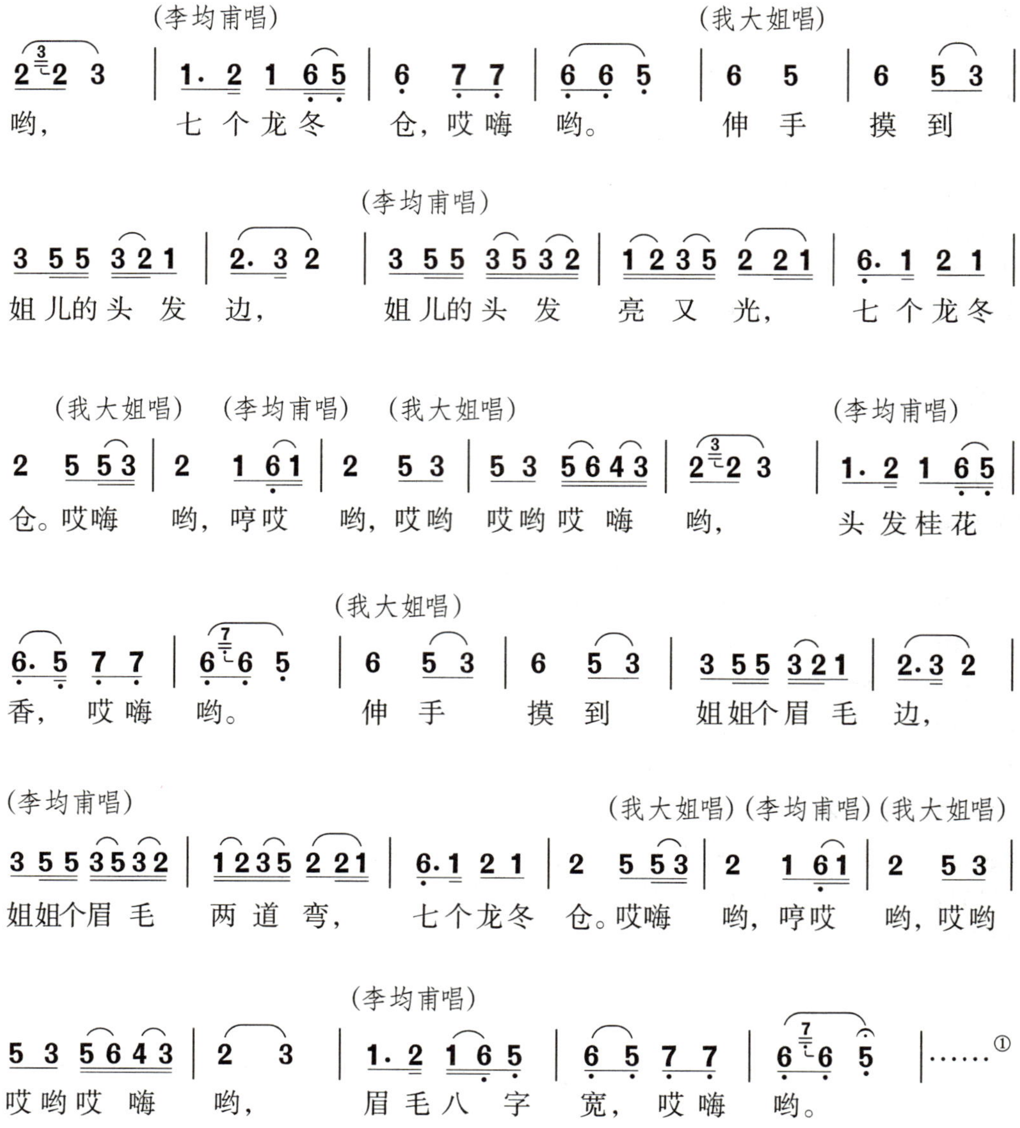

我大姐 要勿闹哉，到哉。

李均甫 到哉？晚夕会。（再见，改日见）（下船上岸欲走）

我大姐 转来！

李均甫 啥个？

我大姐 拿铜钿来。

李均甫 喂哟，忘记忈哉。把乃铜钿。

我大姐 多谢客人。

李均甫 个么苏州会哉。（【小锣五击】转身，“下场门”下）

我大姐 到被俚（他）闹子（了）一夜，铜钿到勿少，勿免摇子船转去吧。

---

① 以下尚有摸眼睛、鼻子、面孔等，共十八段，曲调相同，故名“十八摸”。但由于有些词句过于低俗，大都被演唱者删去。录下以上两段供读者参考。

荡湖船

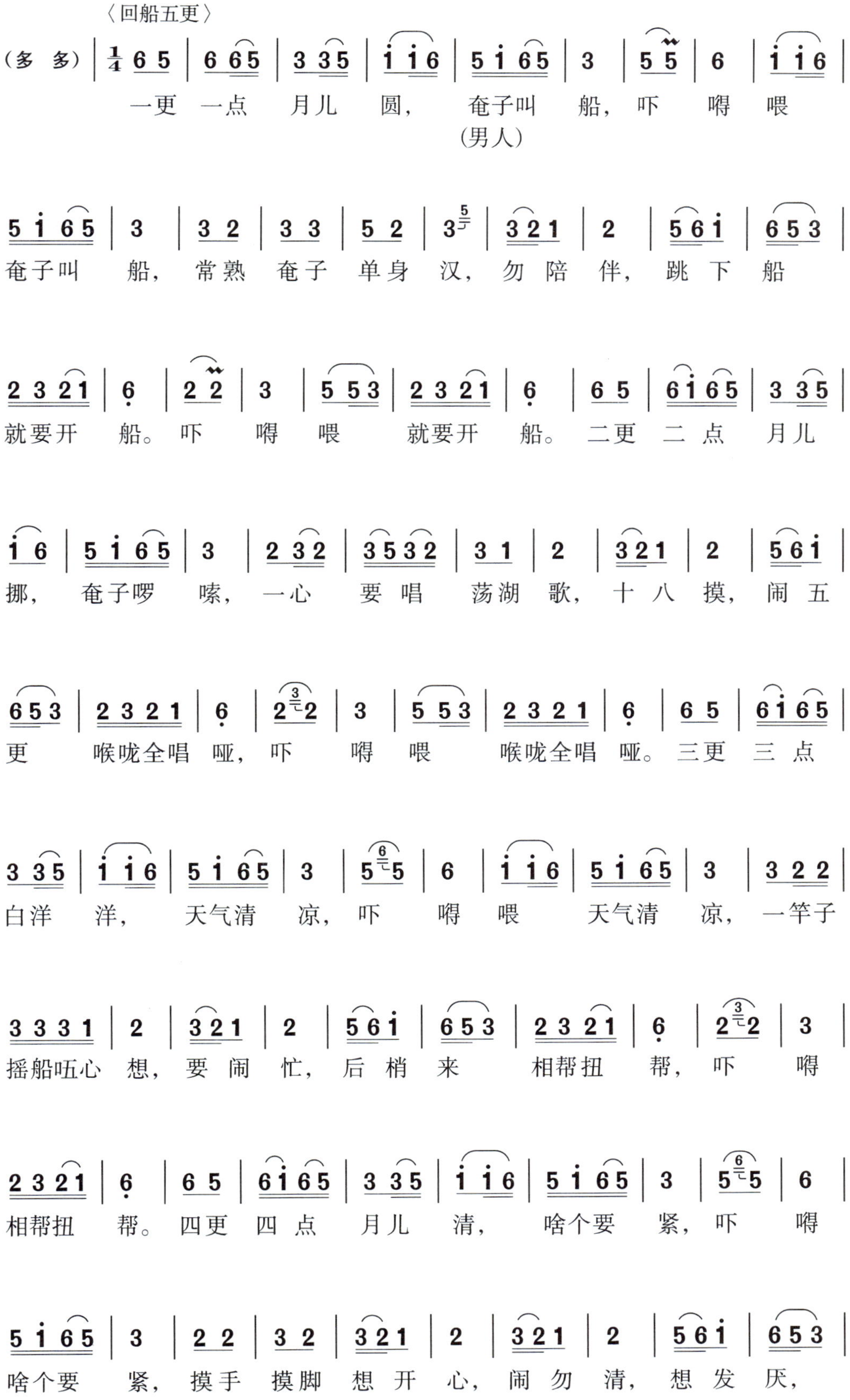
〈回船五更〉
(多 多)
一更 一点 月儿 圆， 奄子叫 船， 吓 嘚 喂
(男人)
奄子叫 船， 常熟 奄子 单身 汉， 勿 陪 伴， 跳 下 船
就要开 船。 吓 嘚 喂 就要开 船。 二更 二 点 月儿
挪， 奄子啰 嗦， 一心 要 唱 荡湖 歌， 十 八 摸， 闹 五
更 喉咙全唱 哑， 吓 嘚 喂 喉咙全唱 哑。 三更 三 点
白洋 洋， 天气清 凉， 吓 嘚 喂 天气清 凉， 一竿子
摇船呒心 想， 要 闹 忙， 后 梢 来 相帮扭 帮， 吓 嘚
相帮扭 帮。 四更 四 点 月儿 清， 啥个要 紧， 吓 嘚
啥个要 紧， 摸手 摸脚 想 开 心， 闹 勿 清， 想 发 厌，

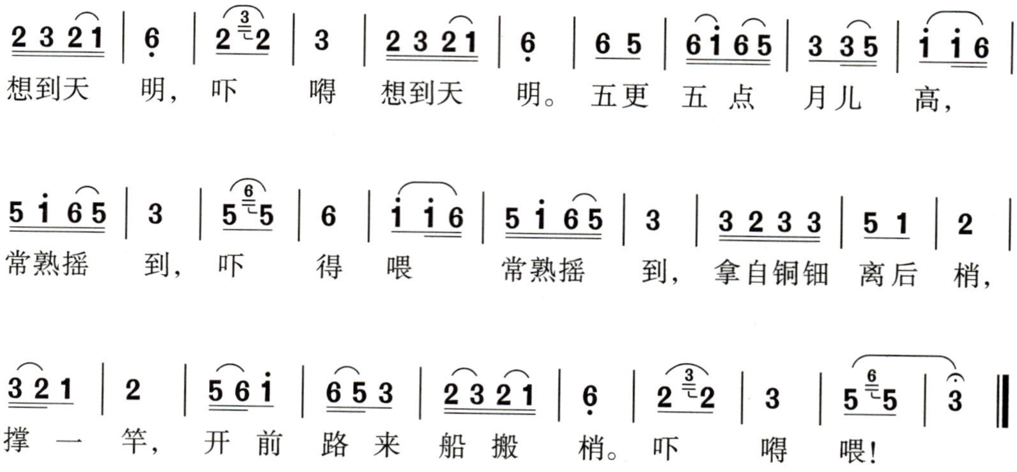

嘚来，船搬梢！

〔【水声】【冲头】我大姐摇船“下场门”下。

——剧 终

哈鸿儒 整理

定计化缘

慈少泉、李四广演出本

京剧丑行在新中国成立前不存在流派一说，刘赶三、杨鸣玉、罗寿山等前辈名丑，他们的艺术仅在表演风格和擅长的领域有所不同。王长林与萧长华、郭春山、慈瑞泉这三位同辈的丑行都在谭鑫培的同庆社搭班，由于王长林以武丑为主，后来人们把另三位称为“丑行三大士”，其实这是按资格而论。萧长华师从裕云鹏、宋万泰，他的丑角艺术比较全面，表演风格高雅脱俗，丑而不丑。像《连升店》的店家、《荡湖船》的李均甫、《女起解》的崇公道、《变羊记》的贾妈、《法门寺》的贾桂等都各具特色。他很善于揣摩人物，所以演不同类型的人物都很符合其身份地位。他更擅长的是方巾丑，《群英会》的蒋干、《审头刺汤》的汤勤等角色演起来活灵活现，至今难寻出其右者。郭春山坐科小荣椿社，与杨小楼是师兄弟，师从唐玉喜。搭班后总是演二丑。其演昆丑极受观众推崇，不论主角还是配角都非常精彩。像《皂隶》中的皂隶、《出塞》的王龙，以及《安天会》的土地、《金山寺》的小和尚都极精湛，见工夫。慈瑞泉在丑行中可称刘赶三的嫡系，他师从罗寿山，从辈分上算是刘赶三的孙辈。他秉承师传，擅演市井平民一类的角色。董维贤在《京剧流派》中对他的评价是：“演男不如演女，演少年不如演老年，演官绅统治阶级不如演平民，演坏人不如演好人。”他擅演的有《乌盆记》的张别古、《卖马》的店主东、《钓金龟》的张义、《梅玉配》的黄婆、《铁弓缘》的陈母等。他演戏别具古朴淳厚之风，演平民百姓憨厚爽直，演市井小人飞扬浮躁，演婆子绝不轻浮，且诙谐大方。他与萧长华合演《凤还巢》饰雪雁，“丑配”一场两位名丑演得严肃古朴，绝不庸俗。新中国成立后，萧长华因长期演出、教学，并参与录音、拍电影等，对丑角的传承做出了巨大贡献，被尊为“萧派”创始人。然而，“萧派”虽为公认的丑行的一个艺术流派，却难以涵盖整个丑行艺术。慈瑞泉的丑角艺术有师承，也有流传。像现在所整理的《定计化缘》，最擅长演此剧的是乃师罗寿山，整理本则是其传人慈少泉、李四广的演出本。

《定计化缘》又名《僧道化缘》。它的故事很简单，讲的是傅罗卜（目连）为母许下心愿，筑路修桥，广为施舍。以拐骗为生的张原有闻知想骗取布施，于是勾结做假银子为生的段义仁扮作一僧一道向目连骗取布施，并用假银子换了一笔真银子。得手后段义仁又设圈套，将银子从张原有手中骗走。接着演下去的还有一出《雷打十恶》：“张年有、段义仁骗化罗卜后，又有张三虐待其父，遇罗卜解劝赠银，张三反夺其父银；更有李氏因夫浪荡，拟毒死之。雷部奉玉帝旨，雷殛四人，罗卜见而掩埋。”（引自陶君起《京剧剧目初探》，中华书局 2008 年版）

慈少泉、李四广所演《定计化缘》秉承师传，甚为精彩。特别是段义仁和张原有两个角色均由罗寿山的艺术继承人扮演。段义仁和张原有都是骗子，但性格完全不同。段义仁隐晦带着狡诈，张原有张扬中带着贪婪。张原有闻听得傅罗卜沿途施舍的消息，对其行骗，志在必得。“定计”一场，他逼着段义仁随其行骗，处处自以为主动；“化缘”一场，处处好为人师，不顾一切地实施骗局。相反，段义仁并非不想行骗成功，他更为贪婪，暗藏一旦成功便独吞之心，但处处留有后路，一旦遇有破绽，随时可以抽身而逃。慈少泉饰演的段义仁总是用不多的言语点破张原有的伎俩，像用一句“有味儿没字儿”讽刺张原有学和尚念经是在那里装蒜。这句台词也成了戏校老师告诫学生演唱时注意咬清楚字的常用语。张原有在段义仁手上写字时，看着段义仁好像在一句一句地学，然而到最后段义仁却问了一句：“那三个都有走之儿，这个怎么没有？”很含蓄地戳穿了张原有不识字，在那儿胡说八道。李四广所扮演的张原有开始并非那么张扬，而是用平和的语气，向段义仁表述来意，但神情非常自信，志在必得。遭到拒绝之后，才露出了痞子本性，要起了无赖，死死地缠住了段义仁。这些对白，自然淳朴非常本色，丝毫看不出雕凿做作之痕。到化缘时，张原有装洋蒜也装到了极致，含含糊糊地学着和尚念经，装模作样地教段义仁念道词，憨得令人捧腹大笑。总之，他们继承了罗寿山、慈瑞泉一脉传承下来的俗中有雅的艺术特征，不用哗众取宠的言语来博得观众一笑，也不用故意做作的表演取悦观众，所扮演的这两个坏蛋既不贫气，又透出他们内在的狡诈，非常写实地刻画出两个骗子的丑恶嘴脸。

哈鸿儒

人物行当

段义仁	丑	傅罗卜	小生
张原有	丑	益　利	生

服装扮相

段义仁　丑扮。鬃帽，蓝布箭衣、小黄大带，黑彩裤，大袜、皂鞋。（第二场改道冠、老斗衣、丝绦）

张原有　丑扮（老脸）。小毡帽、王八须，蓝布箭衣、小黄大带，黑彩裤，大袜、皂鞋。（第二场改僧帽、蓝僧衣、直裰、丝绦）

傅罗卜　俊扮。小生方巾（带帽正、飘带），浅蓝色绣花褶子、紫丝绦，月白彩裤，厚底靴。

益　利　俊扮。黑罗帽，黑缎子褶子、黄大带，黑彩裤，厚底靴。

道具

桌　子	一张	椅　子	两把
方　凳	一个	浅色镶边布桌围	一套
浅色镶边布椅披	两套	浅色包方凳用椅披	一套
折　扇	两把	银　箱	一个
观音佛像	一尊	木鱼及槌	一副
小钹及槌	一副	缘　簿	一本
毛　笔	一支	银　子	两封
大银锭	一锭		

第一场

〔【冲头】【原场】幕启。场上设“正场桌”、“小座”。桌右侧设八字备椅。

〔【撤锣】张原有“上场门”幕内白：“啊哈！”

〔【小锣五击】张原有右手持打开的折扇“上场门”上，至“九龙口”，合起折扇一亮。

张原有 全凭手段与天齐——（右手握折扇指天）

〔数板〕

（多多罗多 乙个 多 多）拐骗 人间 总不 知。

（上步至正场） （右手摆动折扇）

善的我便 欺，

（握扇右指）

恶的我便 离，

（握扇向左前方指，左掌外推）

任他 判官 小鬼 难逃 我·的 圈套 里，

（握扇指点） （折扇指自己）

圈 0套 里！

（握扇朝下划一个圈，再将折扇甩上来成抱扇式外指）

〔【大锣五击】张原有打开折扇，左转身，摇扇走至“小座”坐下，合上折扇。

张原有 （念诗）不种桑来不养蚕，

全凭拐骗度流年。

任他造下神仙的体，

上了我的套儿，嘿，该我的钱！（扎）

在下，张原有。自幼拐骗为生。这且不言，今有傅罗卜傅大官人，他为母行孝，广带金银（托双掌）是沿路施舍。我呢，打算骗他点儿资财。只是我一个人儿是单丝无线，独木不林。（摊双掌）嘿嘿，我想起个人儿来：我有个兄弟，他姓段，叫段义仁。他呢，是个做假银子的。有嘞，我找找他，我们哥俩呀，一块去做这号买卖。骗回点儿银子钱，岂不是无穷的富贵。就是这个主意。干脆，我找他去！（握折扇前指）

〔【小锣五击】离座将折扇插入后领内，出门，关门。转身面向“大边”台口，右手取出折扇，打开，摇扇，小圆场。边走边说。

张原有 行行去去，去去行行，拐弯儿抹角，抹角拐弯儿。（行至“小边”，往“下场门”一望）说话搭理儿的就到啦。（朝“下场门”叫）我说兄弟，在家呢没有？（喊）兄弟，兄弟！

〔段义仁“上场门”幕内白：“啊哈！”

〔【小锣五击】段义仁右手摇着折扇“下场门”上，至“下场门”台口，合起折扇。

段义仁 昨宵——（举折扇上指）

〔数板〕
（多罗·）昨宵 饮酒 烂如 泥，
（左手比握酒盅状）
日出 三竿 还未 起。
（摆动折扇）

张原有 （夹白）兄弟！

段义仁 （接念）咦！忽听叫兄 弟，
（握扇指自己）
慌忙穿上 衣，
（走到正场）
不知 何人是 来到 0此 地！
（开门） （出门见到张原有）
哟！（握折扇指张原有）

张原有 哟！（握折扇指段义仁）

张原有
段义仁 （同笑）哈哈哈……

段义仁 这不是哥哥吗！

张原有 这不是兄弟吗！

段义仁 是我呀！

张原有 （拉着段义仁就走）走走走……！

段义仁 哪儿去？

张原有 （停步）哪儿去？

段义仁 啊。

张原有 （握扇前指）下坡儿，小茶馆儿。我呢，跟你有两句话说。

段义仁 哎，我说哥哥！

张原有 哎。

段义仁 您这是怎么啦？

张原有 我怎么啦？

段义仁 既到了兄弟家里头（握扇往里指），为什么不家里坐着，上哪门子小茶馆儿呀？（左手外指）

张原有 哎，不是的。您哪，住的是两间茅草房。咱们哥儿俩说话儿，叫弟妹是没地方儿藏，她是没地方儿躲的！（边说边用折扇击左掌）

段义仁 您还当我从前住着两间茅草房哪？

张原有 是啊。

段义仁 您一进去，叫您弟妹没地方儿藏，没地方儿躲的？

张原有 可不是嘛！

段义仁 我告诉您说！

张原有 啊，怎么着？

段义仁 如今晚儿（用折扇击左掌），兄弟发了财啦！

张原有 发了财怎么样啊？

段义仁　盖了高楼大瓦房啦！（随说随比划着，张开的手臂碰到了张原有脸上）

张原有　（急忙躲开）我的妈耶！（指段义仁）这说话就得了，你干吗还带着架子呀！

段义仁　（得意地）这个总得有架子，发了财嘛！（打开折扇，摆着谱摇扇子）

张原有　呵呵！发了财喽！我明白喽，您这阵儿不像从前啦！

段义仁　对啦！

张原有　从前住的是两间茅草房。如今呢，你发了财，他就盖了高楼大瓦房啦！（也比划着，故意去碰段义仁的脸）

段义仁　（忙躲）得得得，嘿，有得！（握扇指张原有）您这就还我一个啊！

张原有　（指段义仁）可又还你一个啊！

段义仁　哎呀您哪，您瞻仰瞻仰我待客厅。

张原有　待客厅？

段义仁　咱们待客厅叙话。

张原有　哟，都有待客厅啦？走，走！（向"小边"台口走，转身面里）瞻仰瞻仰！（用折扇里指，韵白）瞻仰，瞻仰（转京白）您的待客厅。（转身向段义仁）哎走哇，走哇！走走走……（往里走）

段义仁　（拦住）您先等等儿吧！

张原有　哎，怎么着？

段义仁　咱们上哪儿去？

张原有　你不是说待客厅吗？

段义仁　咱们上待客厅？

张原有　（大声）啊！

段义仁　嘿，我有那个心呐，可还没砸地脚[①]呢！

张原有　那你说它干什么呀？

段义仁　干脆，咱们外书房得啦？

张原有　嗯，外书房啦？

段义仁　外书房。

张原有　瞻仰瞻仰外书房！

段义仁　哎，来来，哥哥！（转身领张原有半个小圆场，进门）进来，进来！您瞻仰瞻仰这外书房吧！（将"小座"改成"八字椅"，站"小边"座椅旁）

张原有　（随着进门，站"大边"座椅旁）哈哈，我说兄弟！

段义仁　哎。

张原有　这就是您的外书房啊？

段义仁　您瞧怎么样？

张原有　喝！我猛这一瞧哇……哈哈，只仿佛是……（意思指像戏台）

段义仁　您仿佛什么呀！跟您家里一样！（意思指都在同一戏台上）也是一桌二椅。

张原有　哎，有得！

段义仁　来，坐着，坐着！（坐"小边"座椅）

张原有　哎，坐着，坐着！（坐"大边"座椅）

---

① 地脚：地基。

段义仁　哎，我说哥哥，您倒好哇？
张原有　好，好什么呀？拳头上打盹儿——
段义仁　此话怎讲？
张原有　手困。
段义仁　有得，这是个巧劲儿！
张原有
段义仁　（同笑）哈哈哈……
张原有　哎，兄弟！
段义仁　哎。
张原有　真格的，你好哇？
段义仁　好什么好哇？磨盘压住手啦——
张原有　哟！此话怎么讲啊？
段义仁，倒不过扁儿来了。
张原有　倒不过扁儿来，嘿嘿，这就还我一个啊！
段义仁　六月借铺盖，还得快嘛！
张原有　还得快啊，哈哈哈……
段义仁　哎，我说哥哥！
张原有　哎。
段义仁　您是夜猫子进宅，无事不来。您是龇毛儿来啦？
张原有　龇、龇毛儿你又不给我肉吃，嘿！
段义仁　您干什么来啦？
张原有　干什么来啦？告诉你说，你知道傅罗卜哇。
段义仁　不糠不辣！
张原有　什么不糠不辣呀？
段义仁　什么大罗卜呀？
张原有　哎，傅罗卜哇，也是个人。
段义仁　啊，是个人怎么着？
张原有　他是为母行孝，广带金银，沿路施舍。我呢，打算着骗他点儿资财。只是我一个人儿，单丝不线，独木不林。我呢，就想起兄弟你来了。
段义仁　噢。
张原有　咱们哥儿俩是旧日的伙伴儿。
段义仁　哎，是的，是的。
张原有　没什么说的，你帮哥哥我走这趟，回来骗点儿银子钱，岂不是无穷的富贵吗？
段义仁　啊，你说这话，我明白啦！
张原有　明白什么呀？
段义仁　今有傅罗卜傅大官人，为母行孝，广带金银，沿路施舍。
张原有　不错。
段义仁　您打算要骗他俩钱儿。
张原有　对。
段义仁　怎奈您单丝不线，独木不林的。

张原有 是的。
段义仁 想起兄弟我来啦。
张原有 可不是嘛!
段义仁 咱们是旧日的伙伴儿。
张原有 旧日伙伴儿。
段义仁 让我帮您去这趟。
张原有 (高声地)对!
段义仁 要是回来,咱们是无穷的富贵,对不对?
张原有 (用折扇击左掌)可不是嘛!
段义仁 唉,我说哥哥!
张原有 哎。
段义仁 可惜一样儿。
张原有 这是哪一样儿啊?
段义仁 兄弟洗手多年,不干这个啦!(拱手)您另请高明吧!
张原有 (恳求地)得嘞,我说兄弟!你好意思的吗?
段义仁 呃——它不是呀,它是人家不干这个,有死乞白赖(读 lie)的吗?
张原有 我说兄弟,它是别人来呀,你说不成;那哥哥我来了还不成嘛,你瞧瞧!
段义仁 (高声)得了,你瞧!(站起)谁跟你们趟这混水呀!(打开折扇摇着向外走)
张原有 哟呵!(站起面向段义仁)它是眼见得你这阵子发了财啦!(随说随走近段义仁)
段义仁 (转身面向张原有)我发了财啦?(用折扇指点着张原有)我说你讲理不讲理?
张原有 啊怎么不讲理啊?
段义仁 咱们俩一个打扮,我会发了财啦?
张原有 它你还认得我们这苦哈哈吗?
段义仁 (摊双掌)谁又甜丝儿丝儿了?
张原有 (用折扇指点段义仁,口气变硬)我说你去不去?
段义仁 不去!(转身回"小边"座椅坐)
张原有 (到段义仁跟前耍无赖)你不去?好嘞!我一个人儿去。
段义仁 更好。(摇扇子坐着)
张原有 (面向段义仁,双手往"大边"台口指)我到那下(此处读 ha)儿骗他点银子,回来我吃、我喝、我乐。
段义仁 那是您的造化。
张原有 不犯事儿便罢。
段义仁 要是犯了事儿呢?
张原有 要是犯了事儿,我是当堂咬你一口。
段义仁 嗬!
张原有 (右手将折扇戳在桌上,左手叉腰)常言说得好,是贼咬一口,唉,入骨三分。把你拿在堂上,是打板子。
段义仁 (一惊)打板子。
张原有 (往前上一步)拶拶子。
段义仁 拶拶子。(离座,也往前上一步)

张原有 上脑箍。

段义仁 上脑箍。

张原有 箍噢！

段义仁 箍噢！

张原有 （高声地）箍噢——！

段义仁 （也高声地）箍噢！

张原有 箍出油来煎豆腐。

段义仁 得嘞，人油煎豆腐也不怎么好吃。

张原有 你不去？

段义仁 不去。

张原有 我走了还是！走啦！（出门）

段义仁 嗬老爷子！（背供）他说得出来，行得出来这个！（跟着出门，口气变软）唉，哥哥哥哥！

张原有 （往“下场门”走）干什么？

段义仁 您回来，您回来！

张原有 讲的一送，不管来回儿！

段义仁 嗨嗨（高声地）哥哥您要哪门子皮科儿①呀？

张原有 还千层板儿② 呢！

段义仁 嘿，您回来，商量商量！

张原有 （转身面对段义仁）哎，回来怎么着？

段义仁 （上步凑近张原有）给您一个痛快！

张原有 痛快怎么样？

段义仁 我帮了您啦。

张原有 （口气变亲热）哎，哎！（击三掌，跺三脚）嘿嘿，好兄弟！

段义仁 唉我说哥哥。

张原有 唉。

段义仁 唉我说哥哥耶！

张原有 唉！

段义仁 这就是您的不对啦！

张原有 怎么啦？

段义仁 怎么帮了您啦还跺我三脚哇？

张原有 哥哥我这是乐的！哈哈，乐的！

段义仁 来家里说。

张原有 家里说去。（转身随段义仁进门，边走边说）

段义仁 我说哥哥。

张原有 哎。

段义仁 真格的，咱们怎么去法儿呀？

---

① 皮科儿：北京方言，开玩笑，调皮。

② 千层板儿：一种多层的布底鞋。皮科与皮壳谐音，皮壳是拖鞋，所以张原有回一个“千层板儿”。

张原有 怎么去法……

段义仁 啊。

〔落座，张原有坐“大边”座椅，段义仁坐“小边”座椅。

张原有 呃，这个傅罗卜哇，他是个善人。

段仁义 善人怎么着？

张原有 咱们得打善中索取。

段义仁 哟，善中怎么个取法呀？

张原有 咱们哥儿俩，扮作是一僧一道，就说修桥盖庙。

段义仁 哎。

张原有 我呢，化他点儿；把你那假银子带上，咱们再换点儿。这回来就是无穷的富贵啦！

段义仁 呃，这主意倒是不错。

张原有 不错。

段义仁 那么，咱们明儿个哪儿见呢？

张原有 （左手外指）明儿个坡底下小茶馆儿见。

段义仁 哎谁去早，谁等谁。

张原有 死约会儿，越早越好。

段义仁 好！

张原有 哎，正是：（右手握折扇前指，同时离座站起）

二人定计起歹心，

段义仁 （同时站起）世上宜假不宜真。

张原有 再三请助多嘱咐，

〔张原有出门站“小边”，段义仁出门站“大边”。

段义仁 将来都是一路人。

〔张原有、段义仁转身相对。

张原有 （用折扇指着段义仁）哎哎哎……

段义仁 什么？

张原有 它是一会人。

段义仁 哦，对了，一会人。

张原有 哎，明儿见！（转身欲往“上场门”走）

段义仁 哎，哥哥！

张原有 啊。（回来）怎么着？

段义仁 真格的，说了半天话儿，您吃了饭没有？

张原有 哥哥还没吃什么呢，空着“嗉儿”哪[①]。

段义仁 没吃饭哪？

张原有 哎。

段义仁 兄弟家里头有的是绿豆水饭，您来一碗怎么样？

张原有 （高声地）怎么着？绿豆水饭？

---

① “嗉子”是鸟类消化器官的一部分，状似口袋，用来储存食物，也叫“嗉囊”。“空着嗉儿哪”意为空着肚子，还没吃饭呢。

段义仁 啊。
张原有 巧嘞！哥哥我不吃绿豆。
段义仁 怎么着，您不吃绿豆？
张原有 不吃绿豆。
段义仁
张原有 （同笑）哈哈！（迈右步，右手指张原有）（迈左步，左手指段义仁）想必是鹌鹑。
段义仁 回见，越早越好哇！

〔【小锣原场】张原有“下场门”下；段义仁进门，“下场门”下。闭二幕，撤桌椅。

第二场

〔【小锣原场】开二幕。“大边”置一凳。
〔傅罗卜“上场门”幕内白：“家院，带路！”益利幕内白：“是。”
〔【小锣平板夺头】益利背银箱引傅罗卜“上场门”上，益利站“大边”，傅罗卜上至“九龙口”开唱。

〔吹腔〕（用曲笛伴奏）1＝G

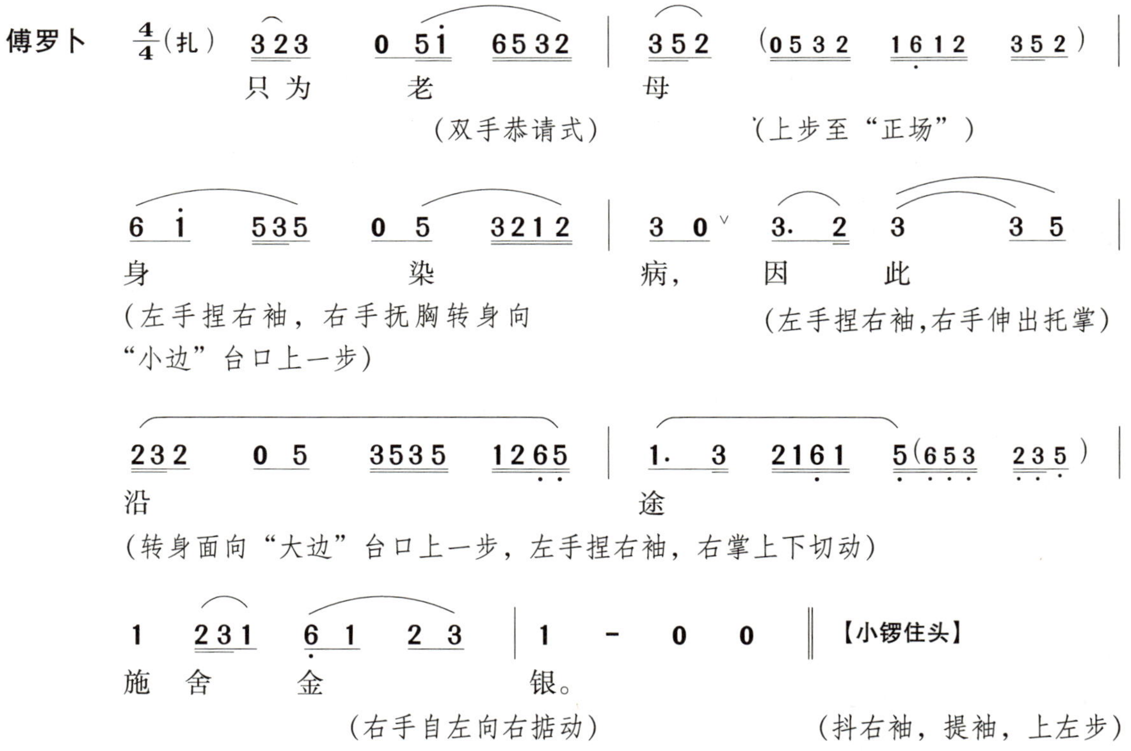

小生，傅罗卜。（扎）只因老母身染重病，是我许下心愿，一路上之上修桥补路，施舍金银。看天气十分炎热，啊，益利。

益　利　有。

傅罗卜　你我在此歇息再走。

益　利　是。

〔（**大大**）傅罗卜转身至“大边”坐在凳上。益利放下银箱，侍立在凳外首。同时张原有僧装，持木鱼贼眉鼠眼地“上场门”上，至“九龙口”敲一下木鱼。（**大**）张原有继续敲木鱼走至正场。

张原有　（装模作样地盯着前方）嘿！我说兄弟，你可学着点儿。我怎么着，你就怎么着，啊！（敲木鱼）嘿嘿，兄弟！你呀，就瞧着点儿。（见不应声，回头看，段义仁没跟在他身后）哟！（转身向面“上场门”）哪儿去啦？（往“上场门”走几步，边走边说）我说兄弟，兄弟！

〔段义仁“上场门”幕内白：“别忙！”

张原有　兄弟，怎么着？

〔段义仁　在“上场门”幕内白“我还没扮上呐！”（此处“呐”读 nòu　）

张原有　哎，那你快出来啵！

〔段义仁在“上场门”幕内白：“来喽！”

张原有　快着唉！（又回至正场）

〔（**大大**）段义仁双手托着拂像，左肩搭着一只小钹和钹槌，贼眉鼠眼地“上场门”上，左脚迈出一大步，佝着腰稍停，（**大**）右脚迈出一步，左脚紧接着又迈出一步，（**大**）学着老鼠嘴嘬动，左顾右盼地走到张原有身旁。

张原有　嘿，我说兄弟！

段义仁　啊。

张原有　我说你干吗这么贼眉鼠眼的？

段义仁　干吗这么贼眉鼠眼的？

张原有　啊。

段义仁　这当街万一要碰见熟人，有满当街装老道的吗？

张原有　咳！这圆乎脸儿一拉变长乎脸儿，你给他个六亲不认。

段义仁　为您哪？

张原有　什么为我呀？为的是饭。（用木鱼槌指自己嘴）

段义仁　这里头还有饭哇？

张原有　有饭。

段义仁　（把佛像放在台口，边放边说）呃，好！为饭六亲都不认啦！

张原有　哎，你可瞧着点儿，我怎么着，你就怎么着，啊。

段义仁　没错。

张原有　瞧着点儿啊！（敲着木鱼装腔做势地喊）南无（读 nā múo）——阿弥陀佛！化缘的来了！

段义仁　（双手抚胸，学张原有）南无——阿弥陀佛！化缘的来了！

张原有　（皱眉头，敲几下木鱼）南无——阿弥陀佛！化缘的来了！

段义仁　（双手交叉放在下腹上，学）南无——阿弥陀佛！化缘的来了！

张原有　（跺脚）嘿！（皱眉头，快速敲木鱼，随敲木鱼的节奏喊）南无，阿弥陀佛！化缘的来了！

段义仁　咳！（按张原有的节奏双手齐胸上下摆动打着节拍喊）南无,阿弥陀佛！化缘的来了！
张原有　（看着段义仁愣住，气得深深地往下弯一下腰，面向着段义仁）嘿！我说兄弟！
段义仁　怎么着？
张原有　你帮哥哥就帮到了儿[1]，你搅我呀，是合不着。
段义仁　唉，我们没错呀！（摊双掌）
张原有　还没错儿哪？这简直的使不得。
段义仁　使不得怎么着？
张原有　趁早儿，你给我端回去？
段义仁　端回去？
张原有　啊！
段义仁　端不回去了。
张原有　怎么端不回去了？
段义仁　（指地上的佛）这里头搁醋了。
张原有　什么搁醋啦，我问问你，我这阵儿是谁？
段义仁　你是拐子手。
张原有　嘿嘿嘿……（忙捂段义仁的嘴）
段义仁　怎么？
张原有　我这阵儿头上戴着什么，身上穿着什么，手里拿着什么？我像个什么？我的爹！
段义仁　哎！
张原有　玩笑哇？
段义仁　蒙事儿呀！
张原有　我也不怕他蒙爹呀！
段义仁　那我也不像啊！
张原有　那还要像吗？那成吗？
段义仁　怎么着？
张原有　我是谁在这儿？
段义仁　这会儿……
张原有　啊。
段义仁　像个和尚。
张原有　这不结了吗？那么你哪？
段义仁　做假银子的。
张原有　（忙捂段义仁的嘴）得，又来了。你这阵儿头上戴着什么，身上穿着什么，手里拿着什么，你像个什么人？我的……
　　　　［段义仁还想占便宜，张原有戛然而止。
张原有　没那事儿啦，又来了啊？
段义仁　嘿，我说哥哥呀！
张原有　哎。
段义仁　我可罚你呀！

---

① 到了儿：北京方言，到头儿、到底儿的意思。

张原有 罚我什么呀！

段义仁 你怎么“空我一嗉儿”[①]哇？

张原有 我又空你一嗉儿啦。我问问你，这会儿你是什么人？

段义仁 （看看手中拿着的钹和槌）我这会儿……是个老道。

张原有 这不结了嘛！他是僧有僧腔，道有道韵呐！

段义仁 这就够倒运的了。

张原有 什么倒运哪？你瞧着啊！

段义仁 哎。

张原有 听着啊！

段义仁 听着。

〔张原有敲着木鱼，含含糊糊地学着和尚诵经。

张原有

〔段义仁转身面向“小边”走。

张原有 哟呵！跑了嘿，怎么着？

段义仁 （转身对张原有）这有味儿没字儿呀这！

张原有 有味儿没字儿呀？

段义仁 啊。

张原有 这是我的！

段义仁 噢，这是您的。

张原有 哎。

段义仁 哪是我的？

张原有 你有你的。

段义仁 哪是我的？

张原有 你有你的词儿。

段义仁 哪是我的词儿？

张原有 你有你的道词儿。

---

① 空一嗉儿：北京养鸟人训鸟的方法。养鸟人假装伸出手喂，却又不给鸟吃，这叫“空一嗉儿”。

段义仁 哪是我的道词儿?
张原有 (把木鱼撂在地上)哎呀!(拍拍自己脑袋,再指着段义仁)你敢情不会呀?
段义仁 (学张原有)哎呀!(一跺脚,顺势把钹也撂在地上)
张原有 怎么着?
段义仁 (摊双掌)谁会这个呀?
张原有 (指段义仁)这不是成心搅吗?
段义仁 谁搅哇,这是?
张原有 告诉你得了。像你们老道这些东西呀,都没拿来。
段义仁 都是什么啊?
张原有 都拿什么啊?
段义仁 啊!
张原有 我告诉你说啊!
段义仁 哎。
「张原有一边比划着一边说,段义仁跟着比划。
张原有 得呀,来他一块荞麦面。
段义仁 干什么呀?
张原有 糊在手上。
段义仁 嗬,干什么用啊?
张原有 穿上仨大针。
段义仁 嗬,仨大铁针!
张原有 拴上点红绿线。
段义仁 干吗呀,那是?
张原有 (做喷水状)啊,噗!
段义仁 什么呀?
张原有 一口松木水子。①
段义仁 干什么用啊?
张原有 和点儿色(此处读 shǎi)儿。
段义仁 噢。
张原有 它是哄不尽的愚人!
段义仁 噢,人都是愚人。
张原有 (托左掌,扬右臂)哎,是手拿法器……
段义仁 怎么着?
张原有 (右脚踢佛)脚踢佛。
段义仁 这佛爷都拿脚踢啦?
张原有 哎。(举起右手,弯腰拿起地上的钹)
段义仁 那多遭罪呀,那个!
张原有 遭罪呀,你瞧着啊!
段义仁 瞧着。

---

① 松木水在舞台上用做血彩的效果。

〔在张原有面向前左手托着小钹，右手用槌打着节奏得意忘形仿学〔道士经调〕。段义仁闭目用齐胸的双手和头打着节拍，当打到闷音时，睁眼看看张原有。

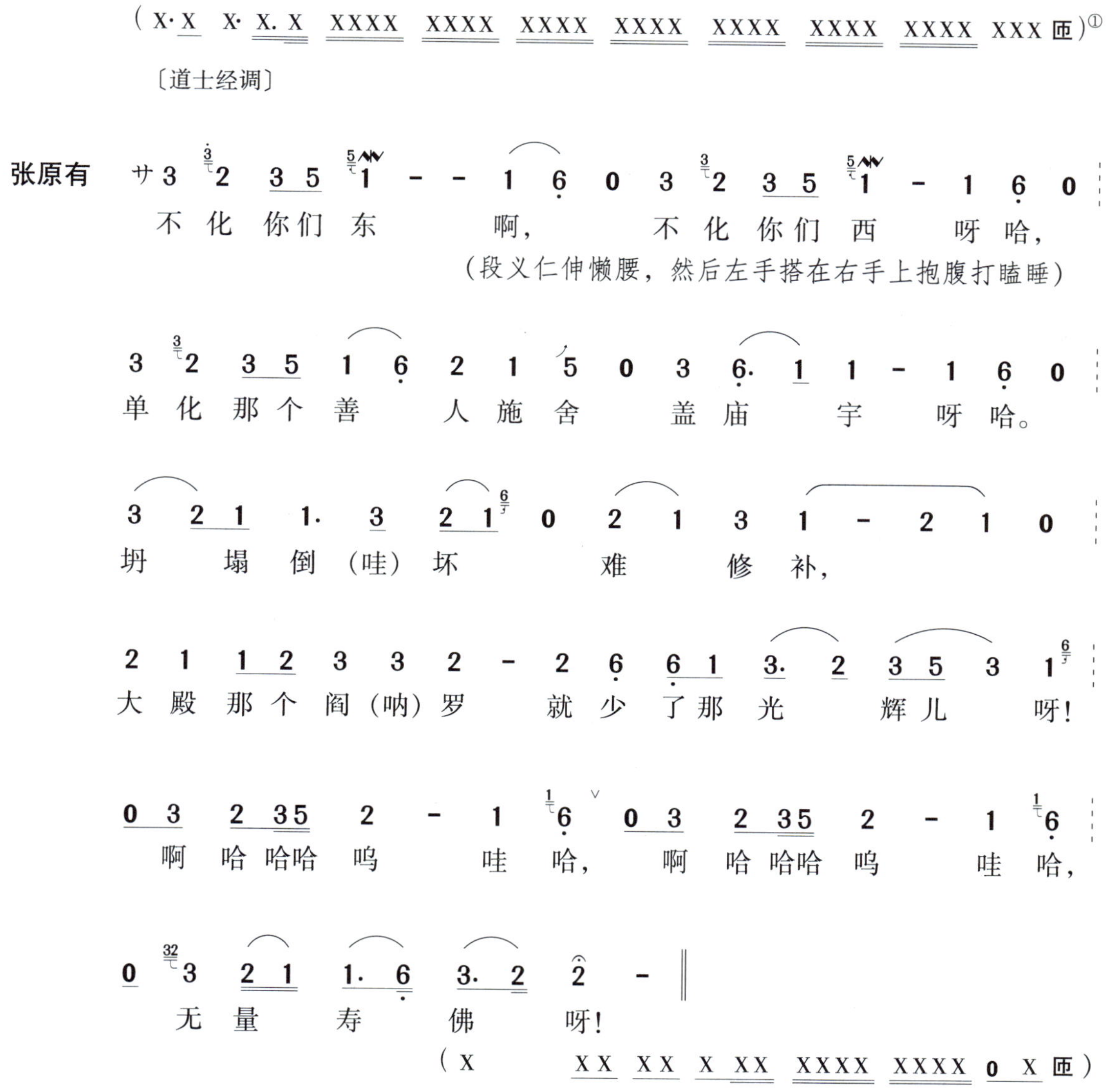

嘿嘿，你说这有什么？这算得了什么，这？你说这？

〔段义仁站着睡着，打鼾。

张原有 （看看段义仁，自语）好精神啊！站着他就着啦！（到段义仁身边）兄弟，醒醒嘿！（段义仁不停地打鼾）天儿不好，可要下雨呀！！屋里睡去！兄弟，（喊）我说吃面啦！

段义仁 （伸懒腰，用鼻音白）啊啊啊，好咸的卤哇！

张原有 我说你扣着食了是怎么着？

---

① 敲钹节奏谱中“X”代表钹音，“匝”代表钹的闷音。

段义仁　（到张原有身旁）哪儿吃面啦？
张原有　什么吃面啦，完啦！
段义仁　完、完啦？
张原有　啊！
段义仁　多少句呀？
张原有　八百多句。
段义仁　八百多句？
张原有　哎！
段义仁　（提高嗓门）这八百多句都是我们怯老道的？
张原有　啊！
段义仁　（发牢骚）不会吧，死乞白赖的……
张原有　（打断段义仁的话头）哎怎么，怎么着呢？
段义仁　来了又搅，您合不着……　（从张原有处拿过小钹）
张原有　得了，得了呗，嘿！
段义仁　这八百多句都是我们怯老道的？
张原有　它你就别抱怨啦！
段义仁　这不是成心吗，这不是？
张原有　嘿，得了嘿！这是善事儿！
段义仁　帮您又帮得了嘛，这是！
张原有　你得了你，别说啦！
段义仁　搅你又合不着了。
张原有　得啦！
段义仁　八百多句都是我们怯老道的？
张原有　没法子。

〔段义仁敲小钹。

（X XX　X X　0 X　X 匝）

〔段义仁张嘴要唱，没唱出来，又接着打钹。张原有指望段义仁唱，因没唱出来而感到失望。

（X XX　X X　0 X　X 匝）

〔张原有叉着腰右手怂恿段义仁唱，见他又没唱出来，急得挠头。

段义仁　（X XX　X X　0 X　X 匝）0 3　2 35　2　-　1　^{1}6̣
　　　　　　　　　　　　　　　　　　啊　哈哈哈　呜　　　哇　哈！

（学张原有唱出了一句）

张原有　（一笑）嘿，行啊！

段义仁　0 3　2 35　2　-　1　^{1}6̣
　　　　啊　哈哈哈　呜　　　哇　哈！

张原有 有点味儿，有点……

段义仁 3 -
啊

（乱敲小钹，把钹扔到地上）
哎呀！你让我“呜”谁去，你倒是？（转身朝“上场门”走）

张原有 （急忙去追）嘿，嘿，嘿！回来，回来！唉！回来！（在“上场门”处将段义仁拉回至正场）别跑哇，你！

段义仁 它，它不是我跑哇，我不行啊！

张原有 不行？

段义仁 啊！

张原有 干脆，咱们不要啦。

段义仁 谢谢您，回见吧！
〔段义仁转身又朝“上场门”走，张原有追过去又把他拉回来。

张原有 嘿嘿嘿！又走哇？

段义仁 它您不是不要了吗？

张原有 它是道词儿不要啦。

段义仁 老道呢？

张原有 老道还得要。

段义仁 哎哟，要老道我不行啊。

张原有 不行啊，咱们少来点儿。

段义仁 少来行。

张原有 干拦着，“无量寿佛”！

段义仁 “无量无德”！

张原有 哎，“无量寿佛”。

段义仁 “五两秤砣”！

张原有 我说你认识字不认识字？

段义仁 我认识字。

张原有 我给你写在手上。

段义仁 写在手上。

张原有 来来来。

段义仁 （伸出双手）那行。

张原有 拿手来。

段义仁 哎。

张原有 （拉过段义仁左手）写这个“无”字儿。

段义仁 “无”字儿。

张原有 （装模作样地）“无”字儿是门字头儿。

段义仁 哎，屋里有门儿。

张原有 三点水儿。

段义仁 三点水儿。

张原有 一个血堆儿。
段义仁 一个血堆儿。
张原有 一个宝盖儿。
段义仁 一个宝盖儿。
张原有 一个走之儿。
段义仁 一个走之儿。
张原有 念“无”。
段义仁 这念“无”?
张原有 嘿！“无”。该“量”啦!
段义仁 “量”字儿。
张原有 “量”是“日”字旁儿。
段义仁 哎，对了，对了。
〔张原有说一句，段义仁照着应一句。
张原有 三点水儿、一个血堆儿，一个宝盖儿、提手儿、走之儿，好，“量”。
段义仁 “量”。
张原有 对，对。该“寿”啦!
段义仁 “寿”啦，“寿”啦!
张原有 “寿”是“肉”字旁儿。
段义仁 哎，瘦肉好吃。
张原有 哎，对啦。一个宝盖儿、三点水儿、一个血堆儿，有个走之儿。
段义仁 有一个走之儿?
张原有 哎，对，对。
段义仁 这不错啊!
张原有 该“佛”字儿了。
段义仁 该“佛”字儿了。
张原有 这“佛”是“耳”字旁儿。
段义仁 对，佛有耳朵。
张原有 对啦，一个宝盖儿、一个提手儿，一个血惟儿。完啦。
段义仁 行了？写呀!
张原有 完啦，还写什么呀?
段义仁 不对呀?
张原有 怎么不对?
段义仁 那仨都有走之儿，这一个怎没走之儿呀?
张原有 它，这个字儿没有走之儿嘛!
段义仁 它没有走之儿，我不认识呀!
张原有 没走之儿你不认识?
段义仁 啊。
张原有 得，（拉过段义仁左手）干脆添上走之儿，得添上!
段义仁 它您这是……这是哪儿的字儿呀?
张原有 甭管这字儿是啥！（抬头看到傅罗卜）嗨，别走啦。（暗指）瞧见没有？那头儿坐着那个！

段义仁 啊。

张原有 傅罗卜，傅大官人。

段义仁 就是那个？

张原有 就是那个。

段义仁 怎么跟“大要饭的”① 一个长相？

张原有 什么“要饭”哪？

段义仁 财神，幺万！

张原有 什么呀，得得得。

段义仁 怎么着？

张原有 （指家院）瞧那儿那个没有？

段义仁 那个怎么着？

张原有 那是益利②。

段义仁 喀什哈儿③。

张原有 院子。

段义仁 过道儿。

张原有 什么呀，他的底下人。

段义仁 （大声地）它你就告诉我底下人不就行了嘛！

张原有 嘿嘿嘿……底下人。你这儿等着。我去化缘去了啊！

段义仁 化去！

张原有 等着啊！（左转身欲往傅罗卜处走）

段义仁 （拉住了张原有）哎，哥哥！

张原有 哎，怎么着？

段义仁 可别闹出“原故”④ 来。

张原有 闹不出来。

段义仁 我就怕“原故”，啊！

张原有 嘿！闹不出来，你等着啊！（转身合十施礼，韵白）施主在上，阿弥陀佛！（转身面向前）

傅罗卜 （躬身合十）还礼！你们是哪方来的？

张原有 （合十，韵白）我们是远方来的。修盖庙宇，工程浩大。请施主布施布施。

傅罗卜 好，取缘簿过来。

张原有 （韵白）是。（转身对段义仁）老道！

段义仁 （慌张地往“上场门”跑）哎呀，好耶！可了不得了！

张原有 （忙追上，拉段义仁回来）嘿嘿嘿！

---

① “要饭”、“幺万”谐音。“幺万”是纸牌中的一张，牌上的画也穿道袍，与傅罗卜扮相相似，借以抓哏。

②③ “益利”和“伊犁”谐音，所以段义仁回一个“喀什哈儿”，它是“喀什喀尔”的谐音，这两处都是新疆的地名。

④ “原故”是露馅的意思。

段义仁　可了不得咧！怎么出了“原故”喽？
张原有　什么“原故”？
段义仁　我就怕“原故”。
张原有　嘿嘿嘿！它是缘簿。
段义仁　缘簿？
张原有　啊。
段义仁　什么缘簿哇？
张原有　茶馆儿交你那个，一篇儿一篇儿的，贴着红纸条儿的那个缘簿。
段义仁　那个啊？
张原有　啊。
段义仁　落（读 là）茶馆儿啦！
张原有　落茶馆儿啦？
段义仁　怎办？
张原有　（自语）落茶馆儿？落……（摸索段义仁上身）
段义仁　我拿去。
张原有　（摸到缘簿）得了得了，在这儿呐！
段义仁　（笑容）这这，我跟您闹着玩儿呢！
张原有　这还蒙我呀！
段义仁　（取出缘簿）闹着玩儿，闹着玩儿！（将缘簿给张原有）您过去呀！
张原有　哎，哎！（接过缘簿看看，转身对傅罗卜，韵白）施主，缘簿在此。
　　　　［张原有将毛笔给傅罗卜，展开缘簿，双手托在傅罗卜胸前。
傅罗卜　（写缘簿）傅罗卜写银一千两。
张原有　（韵白）多谢施主！
　　　　［益利将银封给张原有。
张原有　（韵白）啊施主，我们在前面化来的元宝，难以使用，望求施主换些散碎的。
傅罗卜　与你兑换。
张原有　（韵白）是。（转身对段义仁大声韵白）老道，拿我的银子来！（上一步）老道，拿我的银子来！
段义仁　我说你是穷疯啦？
张原有　怎么啦？
段义仁　你哪儿有银子？
张原有　你的。
段义仁　假的。
张原有　（捂段义仁的嘴，小声地）什么假的，你快点儿！
段义仁　（从怀中掏出一个大元宝给张原有，同时接过缘簿揣在怀里）哎，你告诉他，咱们这个可是六十天还原儿[①]啊？
张原有　别说了嘿！别说啦！别给咱们捅出去。
段义仁　得得。

① 旧时代有一种骗子以铅做成假银子，六十天以后还原成铅，故称“六十天还原儿”。

张原有 （转身对傅罗卜，韵白）元宝在此。

傅罗卜 两家兑换。

张原有 （韵白）谢施主！（与益利交换银子）

傅罗卜 （抖右袖，上左步）正是：（扎）

我今施白银。

为母了愿心。（双手恭请式）

张原有 （韵白）布施见闻者，（右手前指）

皆发菩提心。（合十）

送施主！

傅罗卜 免！

「**【小锣五击】**傅罗卜随益利“下场门”下，张原有望着傅罗卜走远，转身面向前看着两封银子，大喜。直向段义仁，边走边喊。

张原有 兄弟，兄弟！

段义仁 啊。

张原有 （右手举一封银子）这个呀！

段义仁 啊。

张原有 这是化的。

段义仁 噢。

张原有 （高声）兄弟唉！

段义仁 干吗呀！

张原有 （左手端着另一封银子，右手指着）这个呀！

段义仁 啊！

张原有 这是换的。

段义仁 噢。

张原有 （双手拿着两封银子互相敲着）哎，兄弟！

段义仁 啊。

张原有 （拿着银子摊开双掌，得意忘形）咦哈哈哈……

段义仁 怎么着？

张原有 （摆弄着银封，兴奋已极）换的，我换的！

段义仁 哎哟，哎哟，哎哟……（指着张原有）嗬，看你这块骨头！

张原有 怎么啦？

段义仁 （伸右手比做六）咱们那是六十天还原儿。

张原有 啊。

段义仁 （伸左手比做三）他给咱们的，三十天还原儿。（右手背击左掌，摊双掌）咱们逮着了苦子了吧！

张原有 对呀！

段义仁 我是行家呀！

张原有 对，你是干这个的。

段义仁 快拿来我瞧瞧哇！

张原有 （将两封银子给段义仁看）得，你瞧瞧！

段义仁 （指点着张原有）你见着个什么呀你！什么呀，你这是！
张原有 （阻止）对了，对了，对了！
段义仁 得，得，看看！
「段义仁看着银子走至“大边”，张原有换至“小边”站。
张原有 怎么样？
段义仁 哥哥耶！
张原有 哎！
段义仁 （大笑）哈哈哈…… （右手托着一封银子）这是化的！
张原有 化的。
段义仁 哥哥哎！
张原有 哎！
段义仁 （左手举起另一封银子）哈哈，这是换的。
张原有 对了，换的！
段义仁 （拿着两封银子互相敲着喊）哥哥耶！
张原有 哎！
段义仁 哈哈！（给张原有化的两封银子）明儿见了嘿！（转身“下场门”跑下）
张原有 （一愣）嘿，怎么着，嘿，别跑唉！①
「**【大锣原场】**张原有明白过来赶紧去追，“下场门”追下。闭幕。

—— 剧 终

① 此处也可以念为：“合着我全白忙活啦，倒全归他啦，你别跑哇！”

哈鸿儒 整理

小上坟

陈永玲演出本

《小上坟》故事梗概如下：萧素贞新婚后，丈夫刘禄景即离家赴京赶考，一去数载杳无音信。其实，刘禄景得中后官授八府巡按，曾有书信并寄银三百两。娘舅李大公吞没了银两，销毁了书信，谎称刘禄景已死，挑唆公婆打骂萧素贞，逼其改嫁。萧素贞不从。后来，公婆相继亡故，刘禄景回家祭祖，正赶上萧素贞也来上坟，夫妻见面，已不相识。通过考问，刘禄景又拿出信物，萧素贞始信，夫妻重新团聚。

《小上坟》又名《丑荣归》，它是京剧中杂腔小调剧目中的一出，是〔柳枝腔〕的一出代表剧目。〔柳枝腔〕曲调轻盈明朗，跳跃活泼，贴近生活。它节奏紧凑欢快，旋律流畅动听，适合载歌载舞表演。唱词结构和皮黄一样，属于上下句的结构。唱词可长可短，可以有附加句，且具有口语化特征，通俗易懂。萧素贞一登场唱“萧素贞在房中坐，我就欠身起，回头带上两扇门，我今日不到那别处去，一心心要到我的刘家的新坟”，四句唱明确地告诉观众，她要出门上坟。这样一件简单的事，用歌舞表达出来却很细腻：带上祭品出门，锁门，行路，一下就把观众引入到实际生活中了，而这种生活化很美。行路本来是很枯燥的事，戏中却唱一段蔡伯喈的故事，巧妙地刻画出萧素贞的处境和此时此刻的心情。当与刘禄景见面后，用一波三折的手法，迟迟不使两人团聚。通过告状，刘禄景可以确认萧素贞是自己的妻子，但萧素贞与其分离多年，且误传丈夫已死，萧素贞把丈夫当成风流小人打了嘴巴。刘禄景拿出了信物，萧素贞又因相貌变化，不敢与他相认。后说清楚了家中的细节，两人才得团聚。这些波折都很合理，丰富了表演，又不令人厌烦。由于是花旦、小丑戏，时不时地可以游离出情节，插科打诨，使观赏者始终处于轻松的状态。

虽然〔柳枝腔〕主旋律只有一个，但在人物情绪激动时，往往翻高来唱，使人精神一振。像“哭声儿夫刘禄景”，“原来是同床共枕人”都是这样处理。为了使唱段落错有致，在两人对唱“宝贝宝贝真宝贝”一段将旋律约减，听后有一种清新的感觉。在适当的地方还使用了附加句的手法。像“你若对不上我三宗宝，好做怪！”用得就非常成功，非常贴近生活。

没有这个附加句，也能通顺地接下去，但比较平淡。有了这句，情绪就大大地不一样了：“你对不上，哼，等着瞧吧，有你好看的！”因此，这种杂腔小调戏旋律虽然简，但由于运用了各种处理手法，使它变得绚丽多彩。

本戏舞台上全是空场（也有的在后场放一张桌子，上有祭品盘），人物的扮相很有特点：刘禄景穿红官衣，来衬托一身白的萧素贞。常言道：“男要俏，一身皂；女要俏，一身孝。”这种搭配色彩分明，给人一种视觉享受。

《小上坟》起源很早，《春台班戏目》有《上坟》剧目；《燕兰小谱》卷二称高明官演《小寡妇上坟》“甚是娇媚”。近代唱得最好的是筱翠花于连泉先生。他从路三宝学此戏。继承于连泉的有毛世来、陈永玲等人。由于此戏歌舞兼重，通俗易懂，节奏明快，现代舞台上常见演出。

《小上坟》结尾，按于连泉的演法，是两人共同走回家去。现在很多人演，都用骑驴回家，陈永玲就是这种戏路。整理者认为，骑驴回家的戏路，虽增加了表演内容，但未免有狗尾续貂之嫌——刘禄景乘小轿而来，在旷野荒郊，就近无处寻驴。故骑驴不合情理，还是走回去好。

哈鸿儒

人物行当

刘禄景	丑	**二衙役**	杂
萧素贞	花旦		

服装扮相

刘禄景 丑扮。纱帽（或圆纱）、朝天锥小辫、丑三，女红官衣、补子、玉带，红彩裤，朝方靴。

萧素贞 俊扮。梳大头、线尾子、水钻头面、白绣球、白绸条、素草花，白袄子、白长裙，白彩裤，白彩鞋（或硬跷）。

二衙役 勾老脸儿。秦椒帽、白二涛，黑褶子、小大带，红彩裤，白袜、皂鞋。

道具

方　凳	一个	**浅色绣花凳围**	一套
堂　板	两个	**祭品托盘**	一个
铜　镜	一个	**绣花鞋**	一只
水　纱	一块	**托　盘**	一个
驴　鞭	一根		

小上坟

第一场

〔【撤锣】幕启。空场。

〔刘禄景“上场门”幕内白：“打道！”

〔二衙役“上场门”幕内白：“哦——！”

〔唢呐吹奏曲牌头段〈六幺令〉。二衙役持堂板“上场门”上，“站门”。刘禄景“偶形步”“上场门”随上，至正场。翻双袖，抖双袖，提袖，端带。

刘禄景 （念）受得苦中苦，
　　方为人上人。（扎）
下官，刘禄景。蒙圣恩（拱手）放我八府巡按，奉旨归家祭祖（拱手）。左右！（双手捋髯）

二衙役 有。

刘禄景 （翻双袖，抖袖、提袖）打道！

二衙役 啊！

〔唢呐吹奏曲牌〈六幺令·合头〉。二衙役“插门”“下场门”下。刘禄景整冠、捋髯，左手端带，右手抓袖，至“小边”台口，抖右袖，抓右袖，左转身，【小锣原场】“下场门”下。

第二场

〔【小锣叫头】萧素贞“上场门”幕内白：“苦哇！”

〔柳枝腔〕1＝D　笛子伴奏

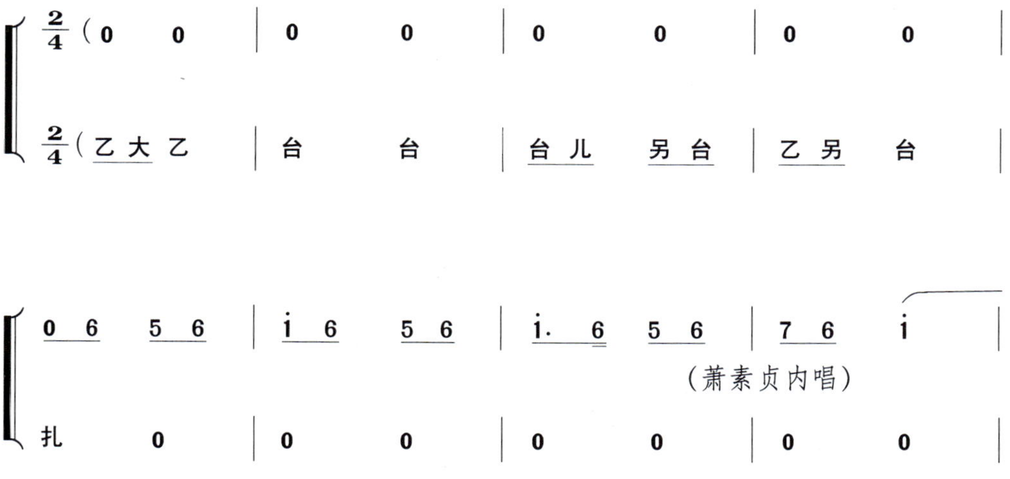

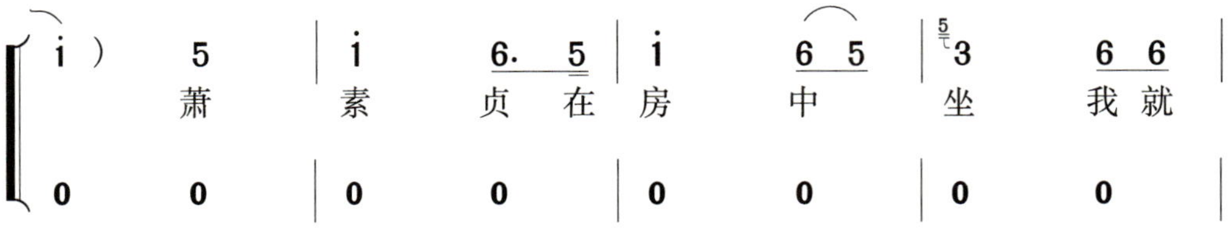

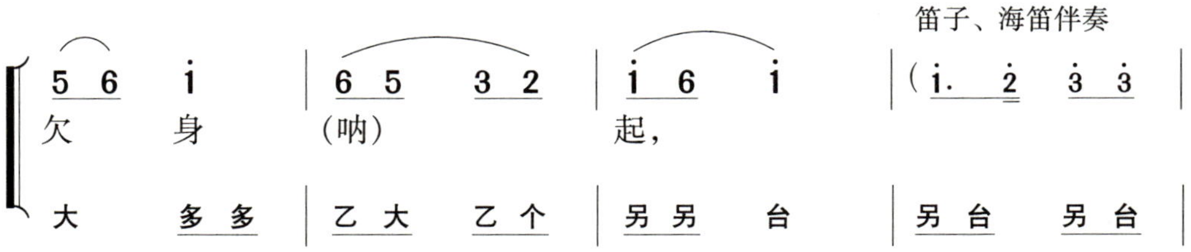

(萧素贞双手扯开白绸条[①]，左手托祭品盘“上场门”

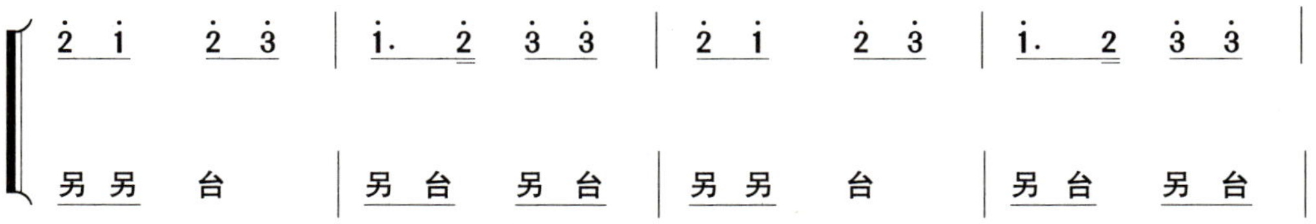

上，小圆场，随圆场右手掏至胸前向右撒开，上举，左手托祭品盘落至腹前，

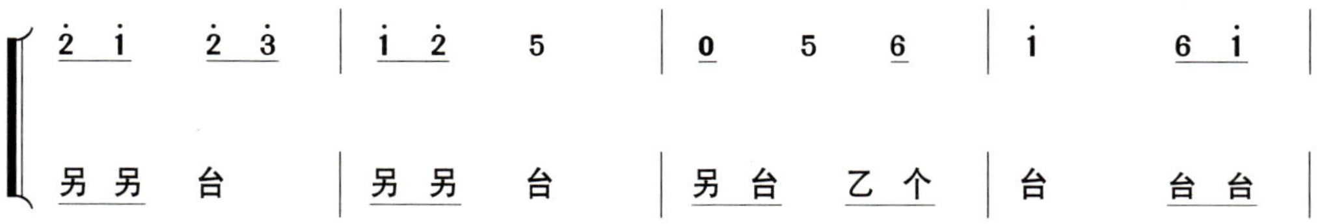

右手翻腕也落至腹前，圆场跑至“九龙口”双手撒开，身体下蹲，耸肩，右

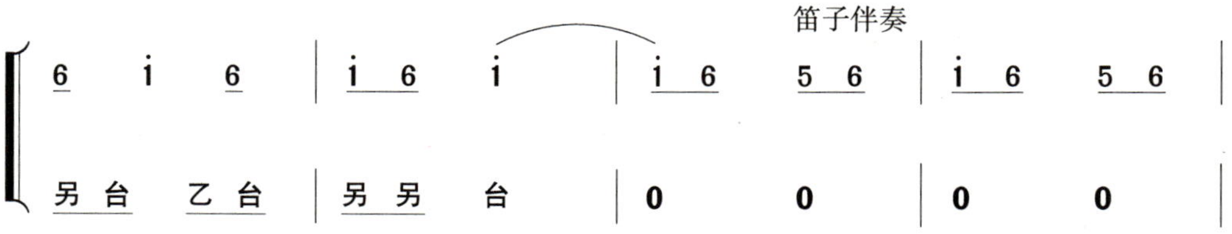

手弹泪，站起)

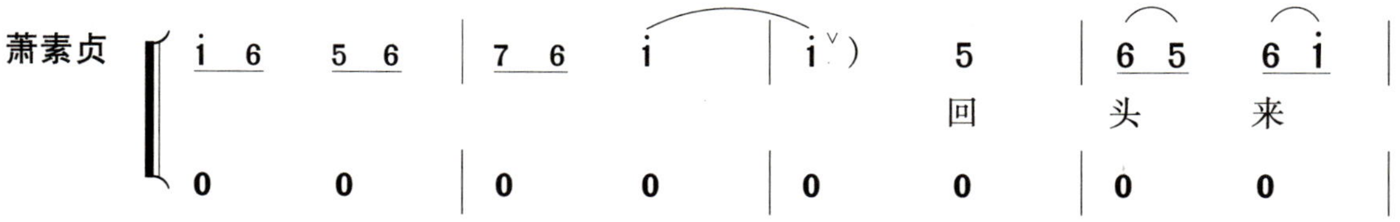

(跑反S形圆场)　　　　(至正场，开门，出门，右转身，关

① 本剧中萧素贞都是扯着白绸条做身段。

小上坟

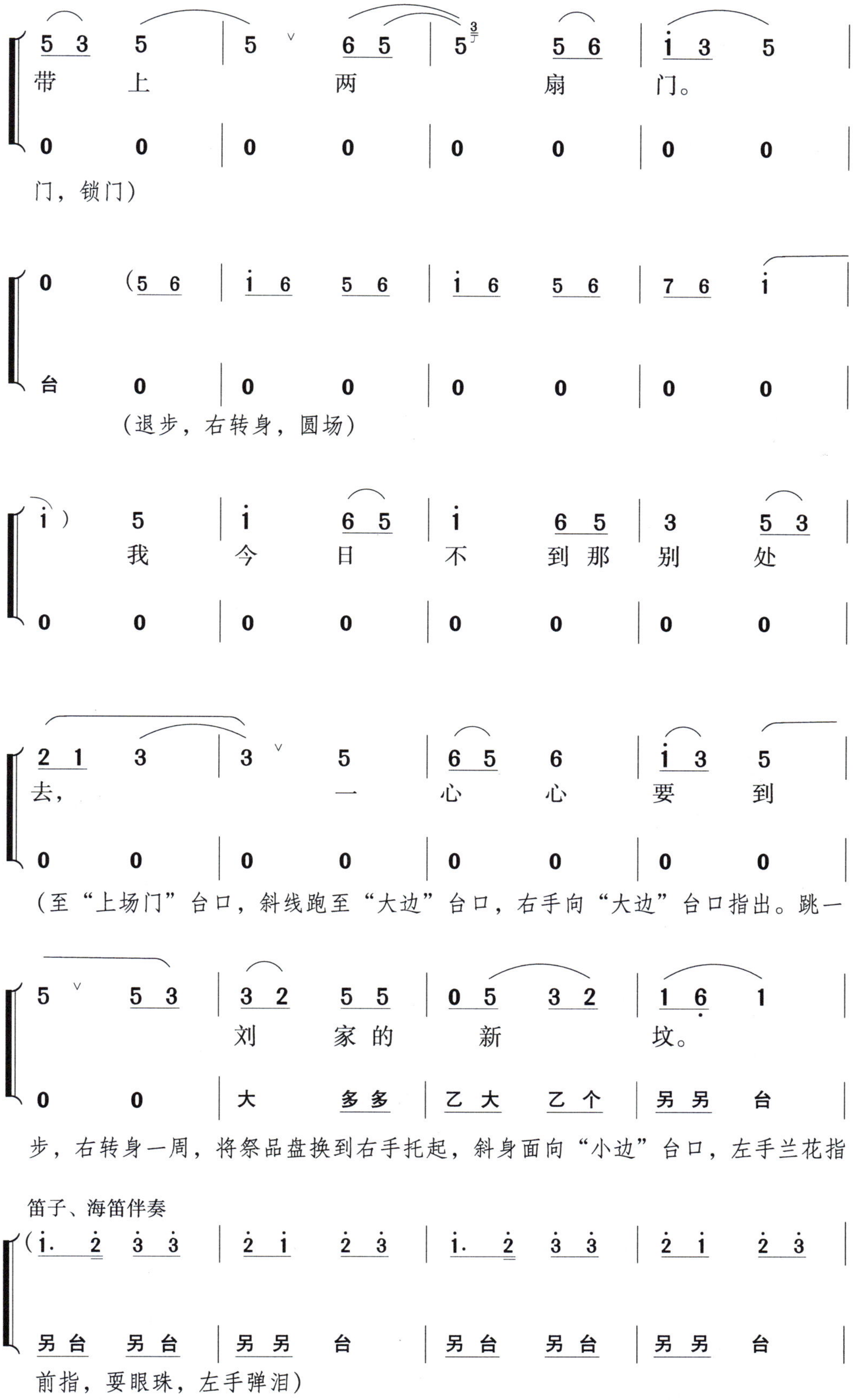

带 上 两 扇 门。
门，锁门）
台
（退步，右转身，圆场）
我 今 日 不 到那 别 处
去， 一 心 心 要 到
（至“上场门”台口，斜线跑至“大边”台口，右手向“大边”台口指出。跳一
刘 家 的 新 坟。
大 多多 乙大 乙个 另另 台
步，右转身一周，将祭品盘换到右手托起，斜身面向“小边”台口，左手兰花指
笛子、海笛伴奏
另台 另台 另另 台 另台 另台 另另 台
前指，要眼珠，左手弹泪）

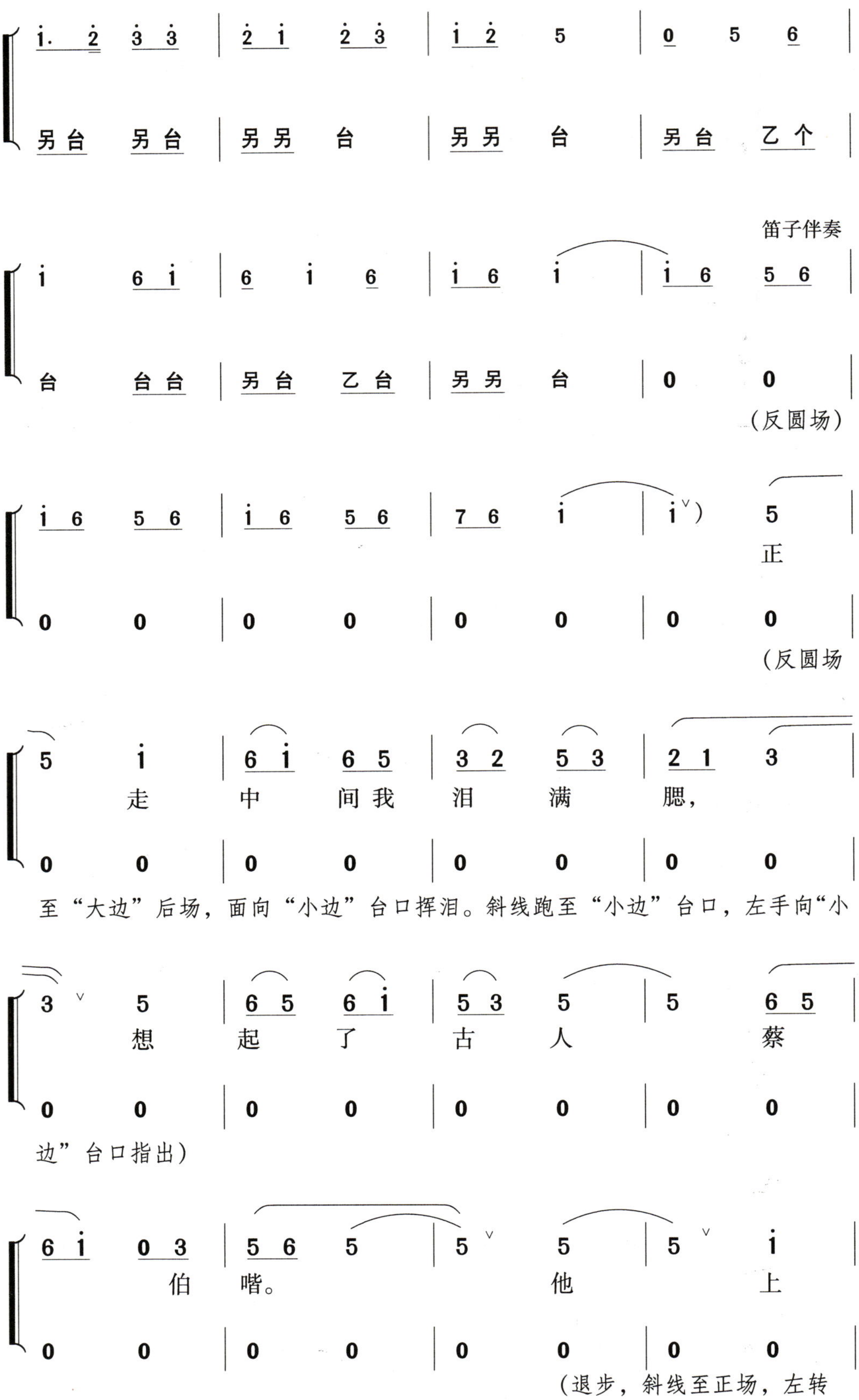
笛子伴奏
（反圆场）
正
（反圆场
走中间我泪满腮，
至“大边”后场，面向“小边”台口挥泪。斜线跑至“小边”台口，左手向“小
想起了古人蔡
边”台口指出）
伯喈。他上
（退步，斜线至正场，左转

小上坟

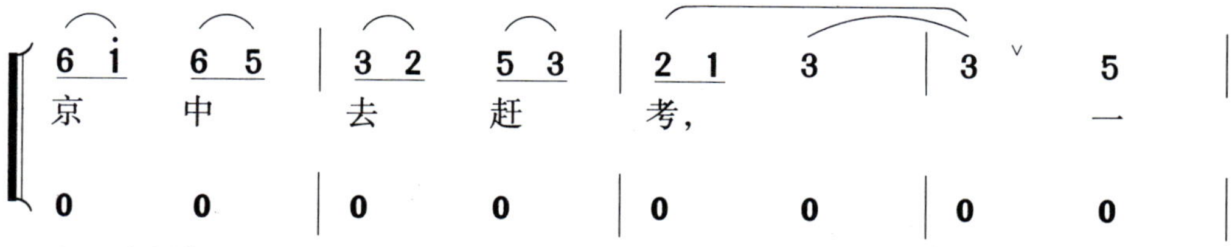

身，小圆场至“大边”，面向“下场门”左手指出。退步，斜线至“小边”台

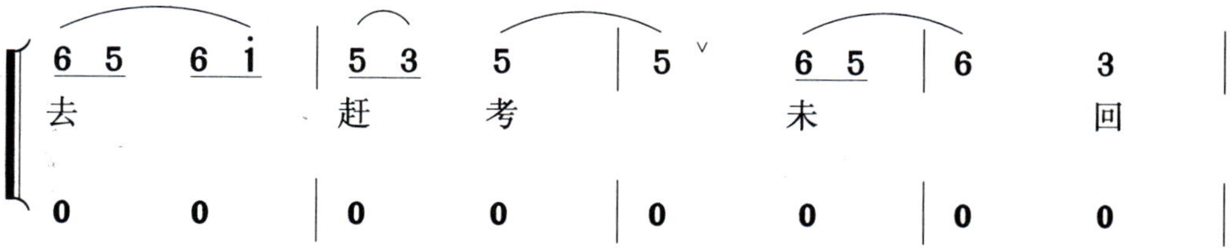

口，左手扬起，左转身，别右腿。半蹲，面向“小边”台口一亮）

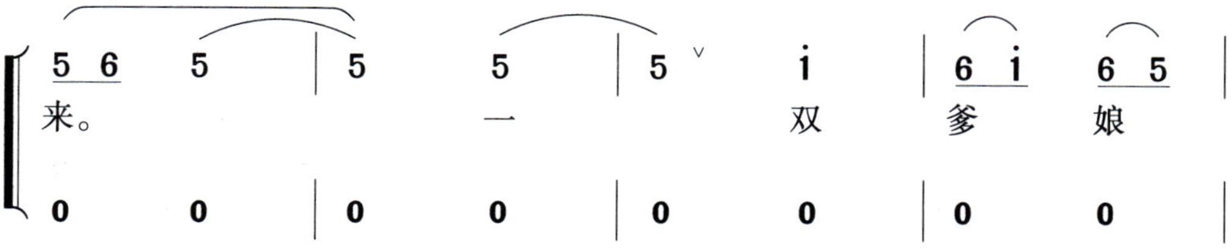

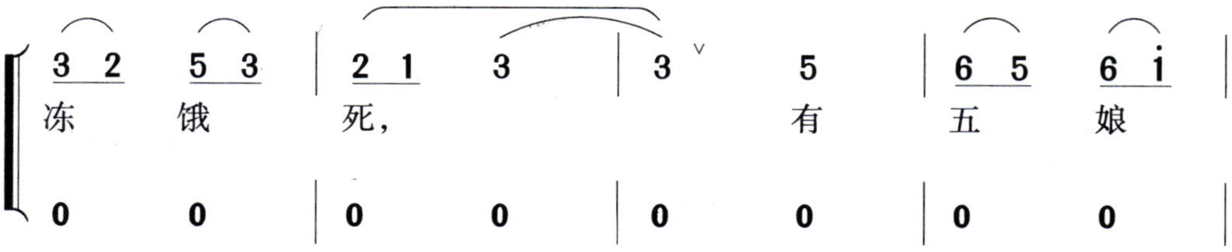

（站起，右转身，回正场面向前，左手扶

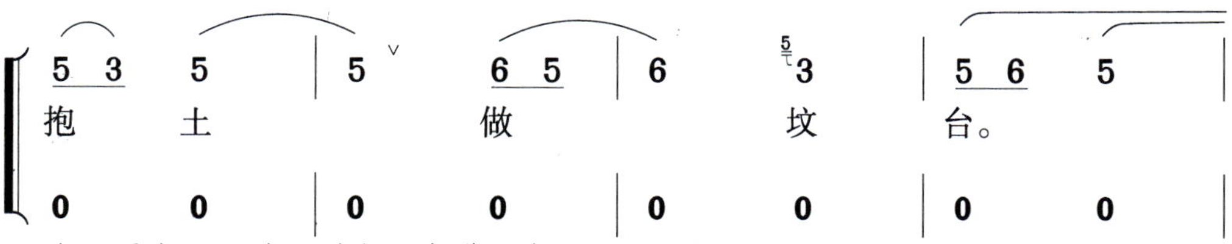

胸，再张开双臂，别左腿半蹲一亮）

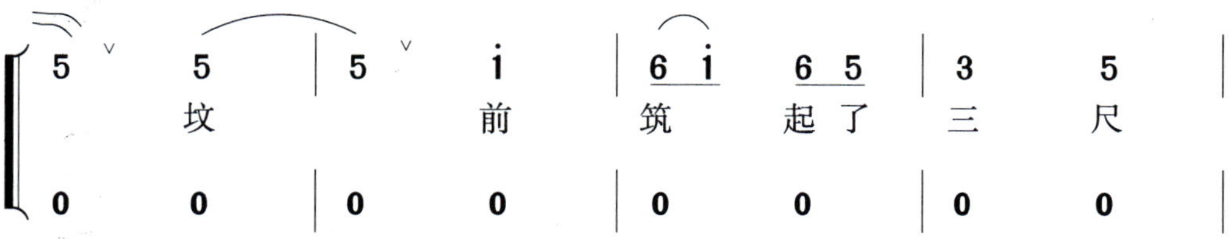

（收回双臂，左拧身变成别右腿，张开双臂，面向里半蹲一亮。再右拧身别左腿，身体右倾右手低托祭品盘，抬左手比做三，一亮）

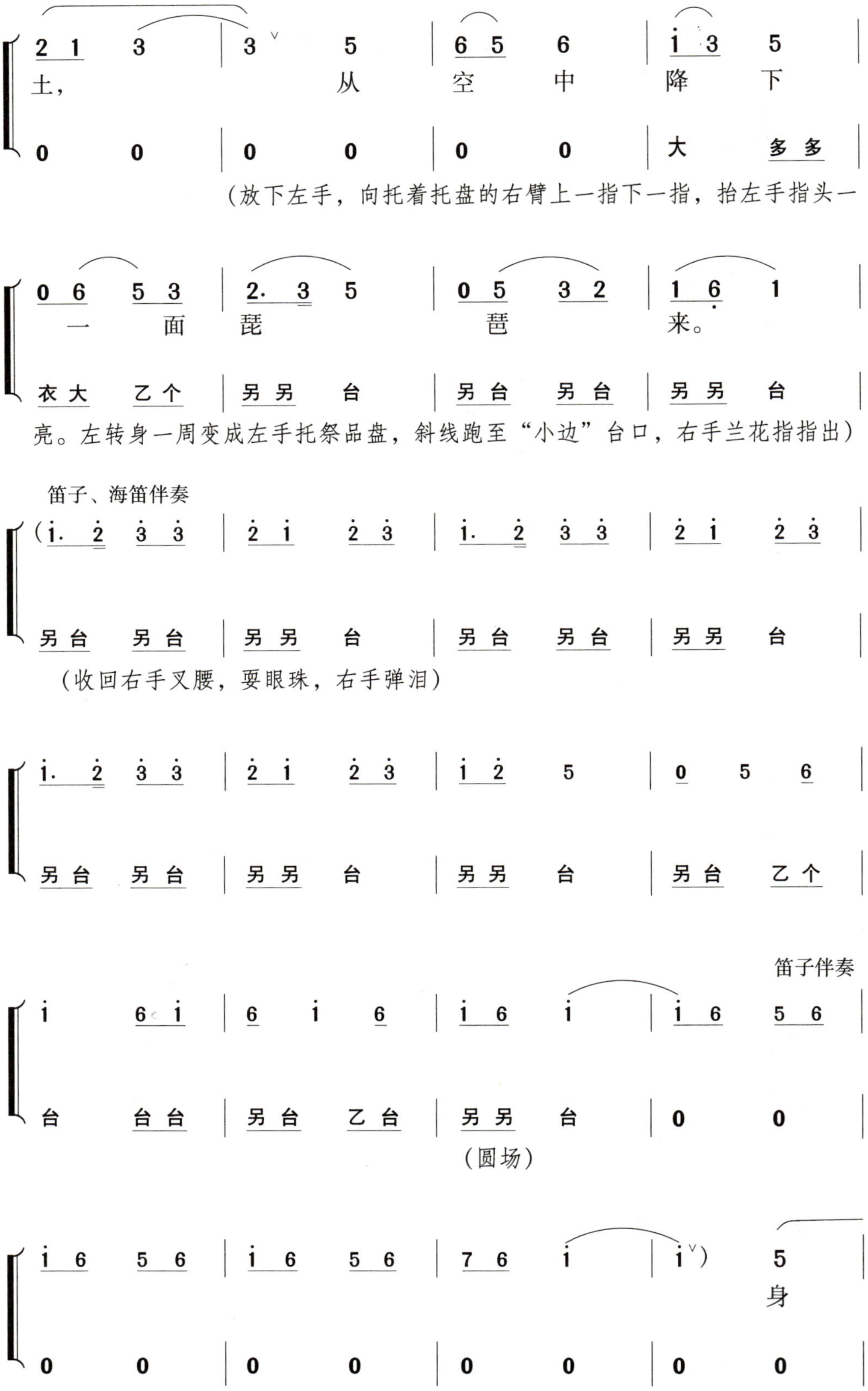
土，从空中降下
大 多多
（放下左手，向托着托盘的右臂上一指下一指，抬左手指头一
一面琵琶来。
衣大 乙个 另另 台 另台 另台 另另 台
亮。左转身一周变成左手托祭品盘，斜线跑至“小边”台口，右手兰花指指出）
笛子、海笛伴奏
另台 另台 另另 台 另台 另台 另另 台
（收回右手叉腰，耍眼珠，右手弹泪）
另台 另台 另另 台 另另 台 另台 乙个
笛子伴奏
台 台台 另台 乙台 另另 台
（圆场）
身

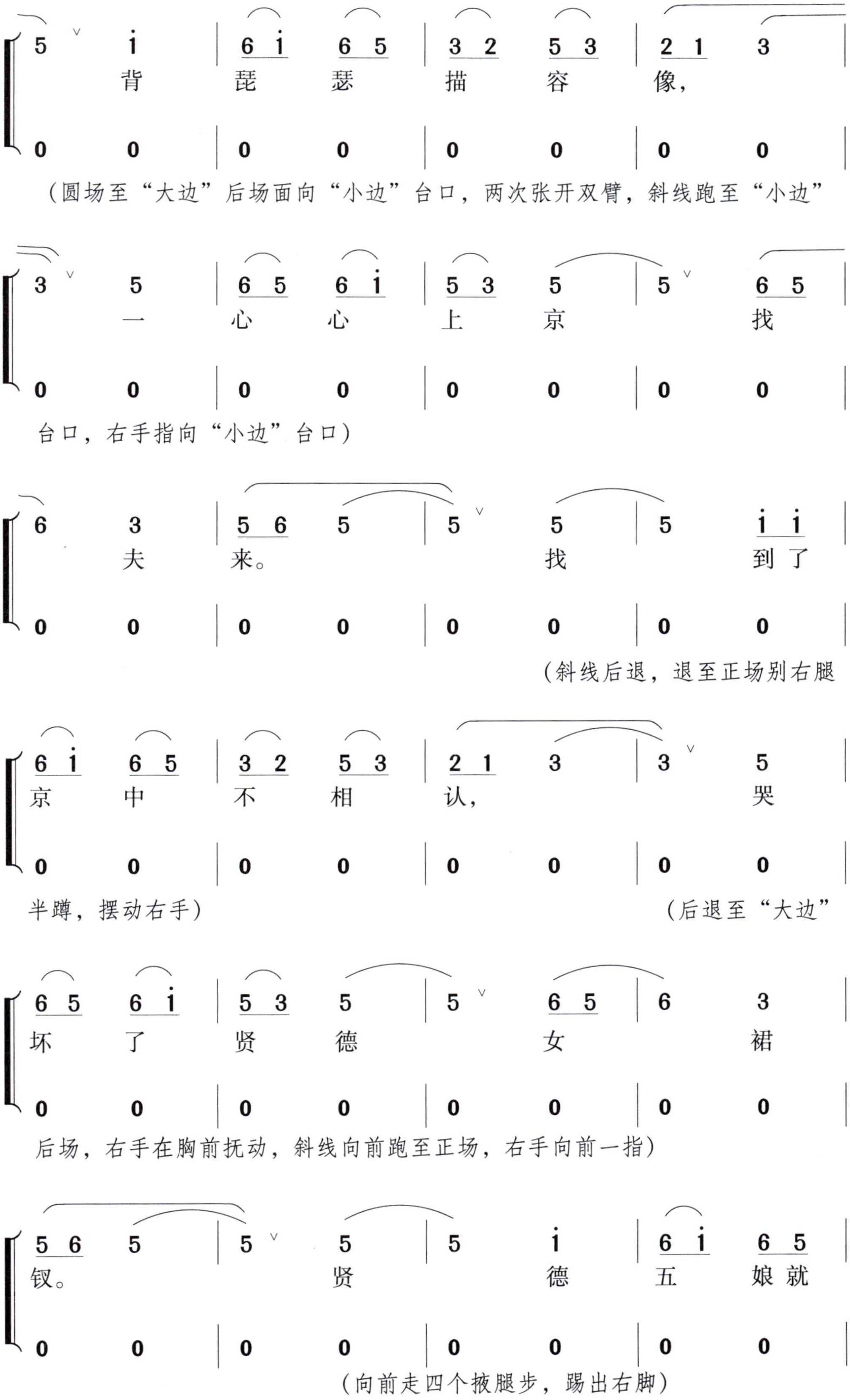
背 琵 瑟 描 容 像，
（圆场至“大边”后场面向“小边”台口，两次张开双臂，斜线跑至“小边”
一 心 心 上 京 找
台口，右手指向“小边”台口）
夫 来。 找 到 了
（斜线后退，退至正场别右腿
京 中 不 相 认， 哭
半蹲，摆动右手） （后退至“大边”
坏 了 贤 德 女 裙
后场，右手在胸前抚动，斜线向前跑至正场，右手向前一指）
钗。 贤 德 五 娘 就
（向前走四个掖腿步，踢出右脚）

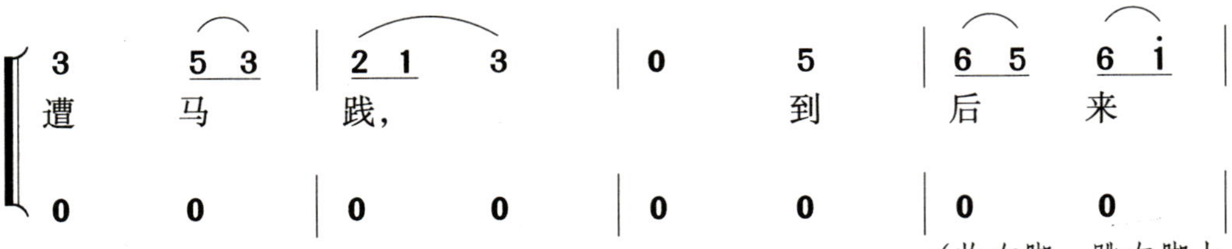

（收右脚一跳左脚上

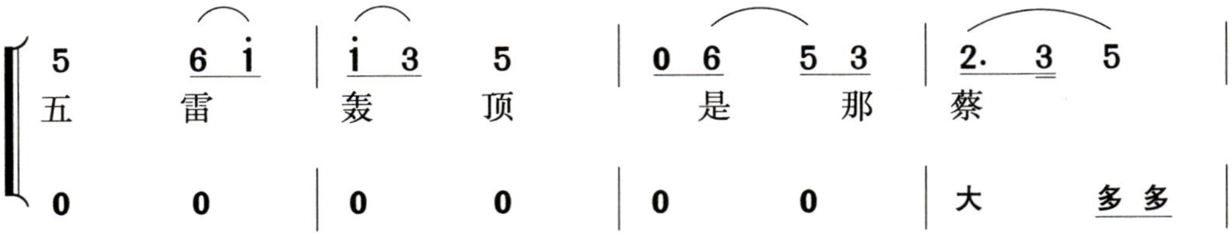

步，别右腿，斜身面向“小边”，右手向托着托盘的左臂上一指下一指，抬右手指头一亮。左转身一周变成左手托祭品盘，斜线跑至“小边”台口右手兰花指

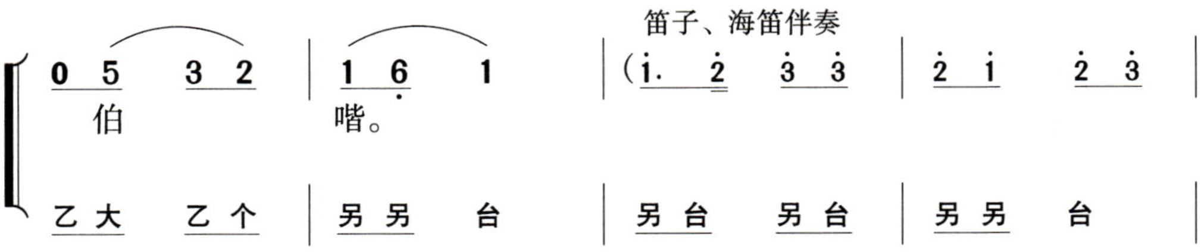

指出） （收回右手叉腰，耍眼珠，右手弹泪）

（左转身，小圆场至“小边”台口面向前，右手转动祭品盘，左臂向外张开，横

小 上 坟

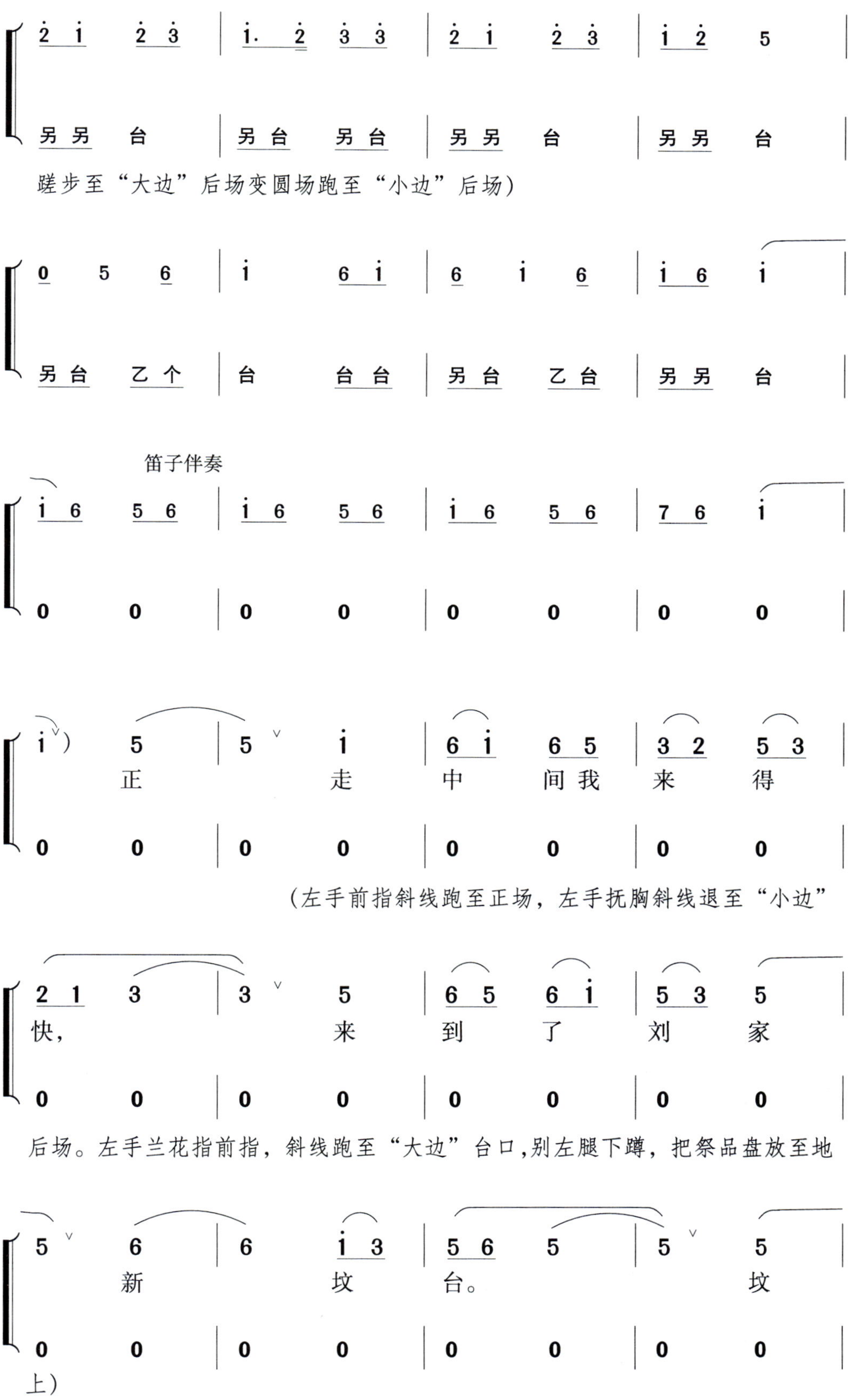

另另 台 另台 另台 另另 台 另另 台
蹉步至“大边”后场变圆场跑至“小边”后场）
另台 乙个 台 台台 另台 乙台 另另 台
笛子伴奏
正 走 中 间我 来 得
（左手前指斜线跑至正场，左手抚胸斜线退至“小边”
快， 来 到 了 刘 家
后场。左手兰花指前指，斜线跑至“大边”台口,别左腿下蹲，把祭品盘放至地
新 坟 台。 坟
上）

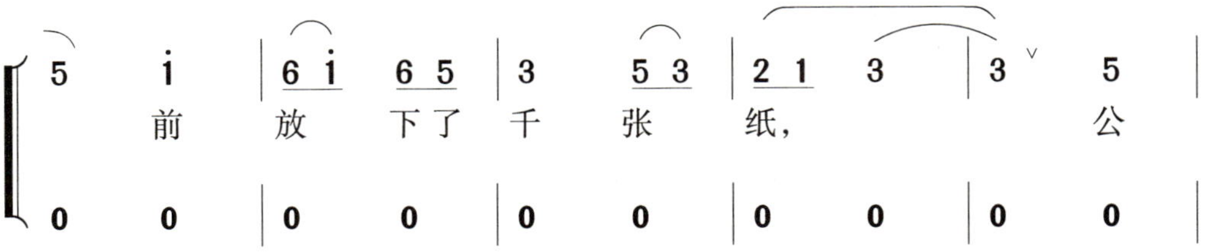

（站起，斜线后退，双手轮流地指祭品盘）

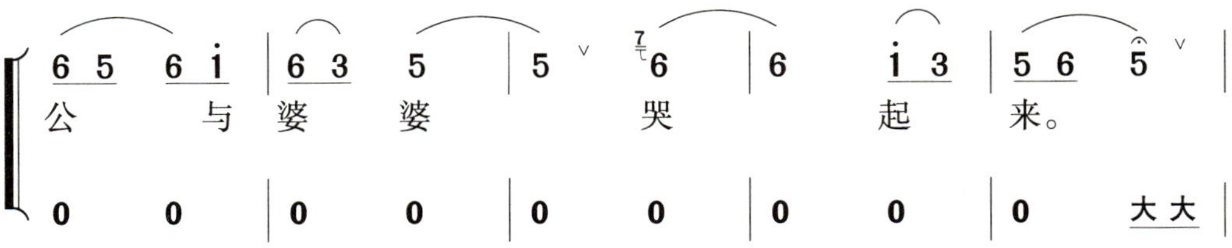

（向左拱双手，向右拱双手） （左手弹泪，右手弹泪）

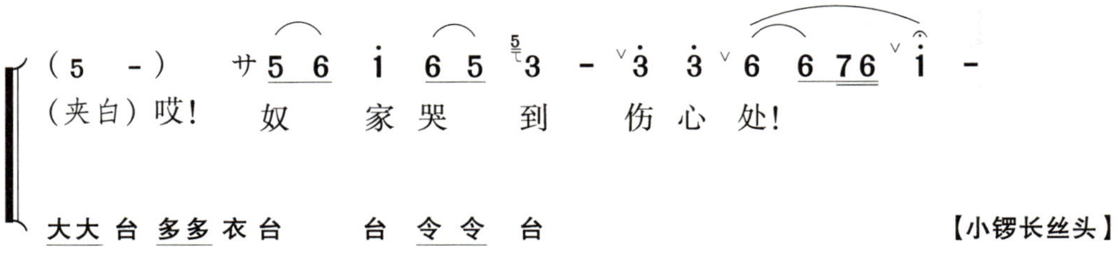

（双手拍膝） （双手抚胸，撑右手，撑左手，走花梆子步，左右横行，逐渐张开双臂至“大边”台口面向前跪下）

〔【小锣长丝头】萧素贞跪在台口不断地用白绸条拭泪。

〔刘禄景“上场门”幕内白：“打道！”

〔二衙役“上场门”幕内白：“哦——！”

〔【小锣抽头】二衙役持堂板“上场门”上，“小边”小圆场，归“小边一条鞭”。刘禄景“上场门”上，至“九龙口”。

刘禄景

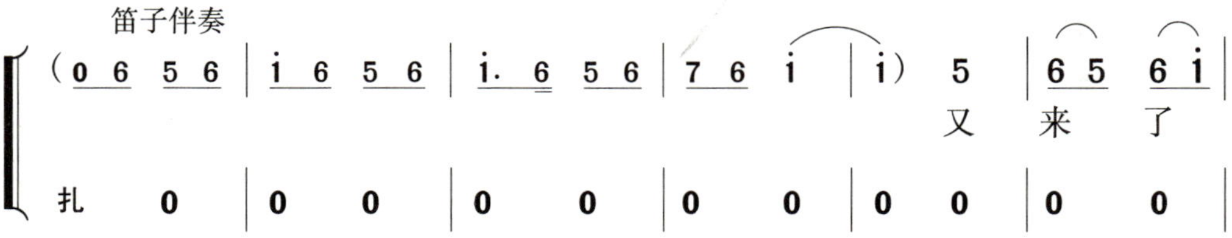

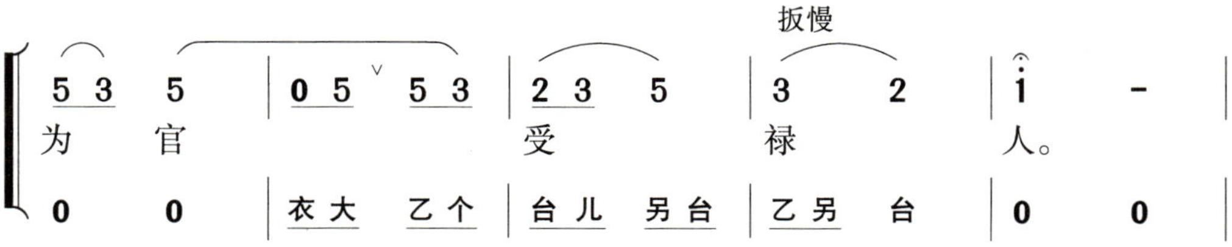

小上坟

「刘禄景左转身面向里转。

笛子、海笛伴奏

萧素贞

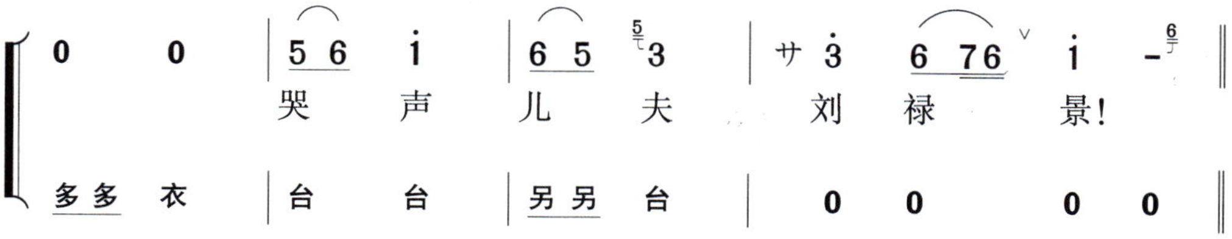

（双手拍膝哭，右手抚胸，举右手，举左手，双手拍地痛哭）

「【小锣长丝头】萧素贞暗将祭品盘送至“大边”侧幕内。

二衙役 （跪）启禀老爷！

刘禄景 （右转身对二衙役）（台）你们慢动手！

二衙役 刘家坟茔有个女子儿啼哭。

刘禄景 起过。

二衙役 是。（站起）

刘禄景 （上步）哎呀且住！（台）想我刘家坟茔有个女子儿啼哭，其中必有“猫儿腻”②！

一衙役 （上步）缘故！（回原位）

刘禄景 来！

二衙役 有。

刘禄景 住轿！

「一衙役“上场门”暗下。一衙役撩轿帘；一衙役搬方凳“上场门”暗上，放在“九龙口”。二衙役归原位。

〔柳枝腔〕1＝D 笛子伴奏

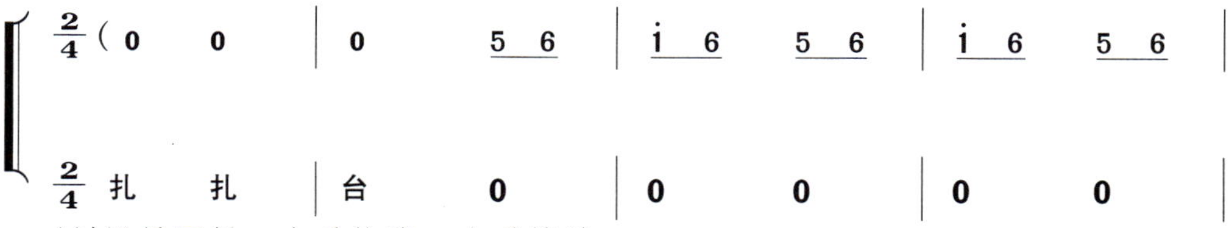

（刘禄景下轿，左手抱腹，右手撑袖，骑马蹲裆式亮住。同时萧素贞左转身一周，右盘卧亮住）（刘禄景抖双袖，

萧素贞

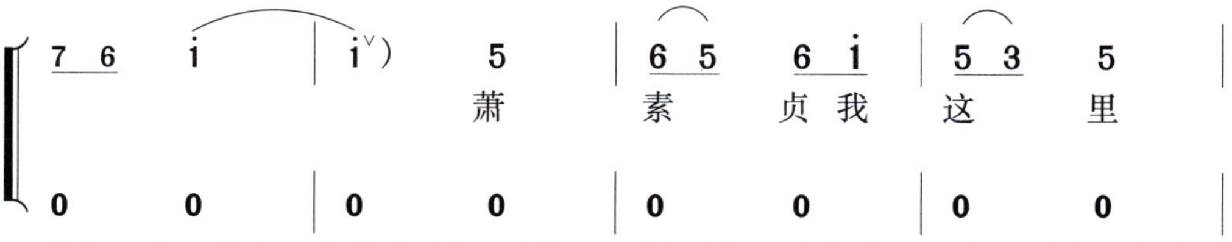

提袖，坐。萧素贞左转身站起，圆场至“大边”，右转身，蹉步，别左腿半蹲，

① 猫儿腻：俗语。指不可告人的隐私。

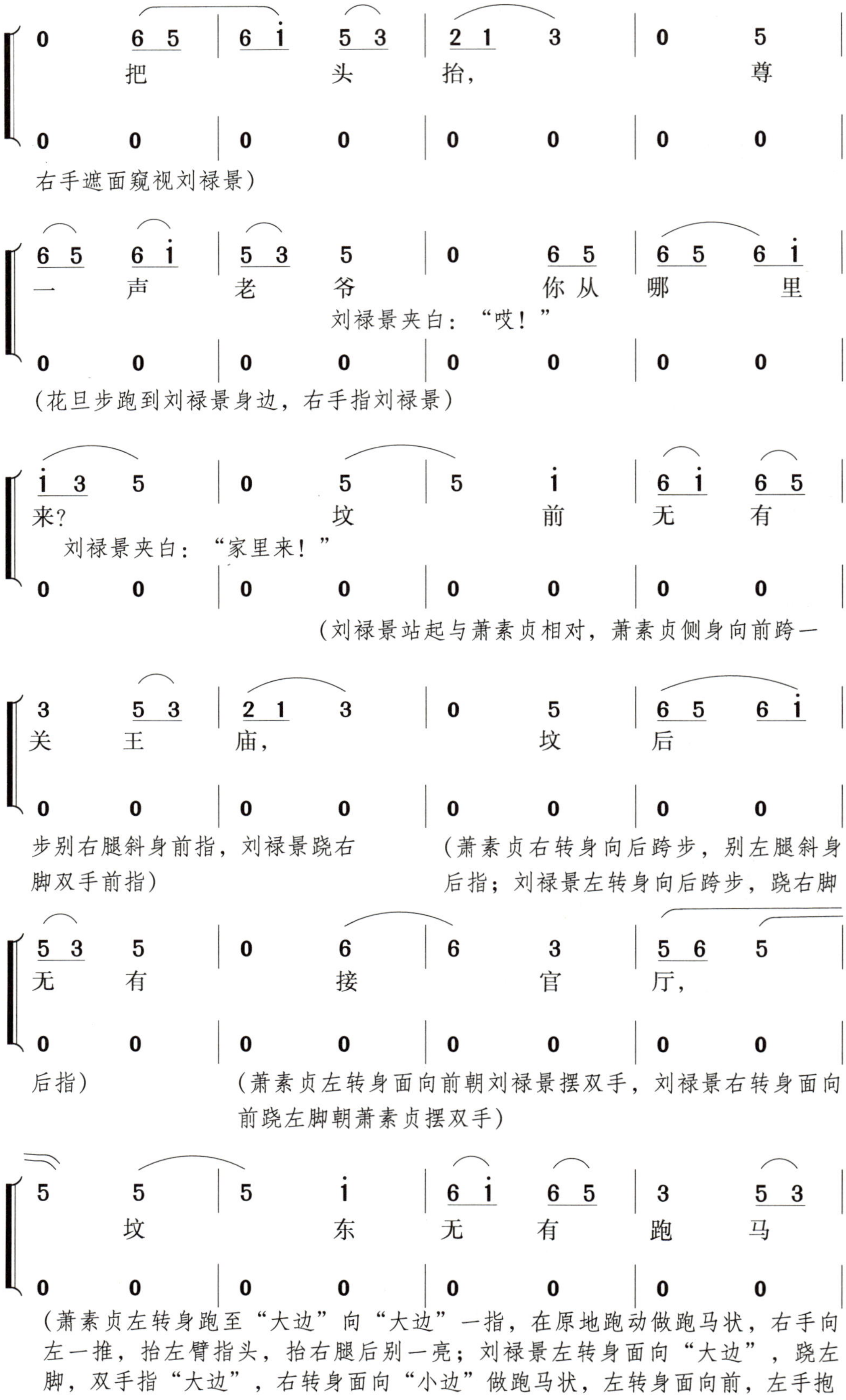
把 头 抬， 尊
右手遮面窥视刘禄景）
一 声 老 爷 你从 哪 里
刘禄景夹白：“哎！”
（花旦步跑到刘禄景身边，右手指刘禄景）
来？ 坟 前 无 有
刘禄景夹白：“家里来！”
（刘禄景站起与萧素贞相对，萧素贞侧身向前跨一
关 王 庙， 坟 后
步别右腿斜身前指，刘禄景跷右脚双手前指）
（萧素贞右转身向后跨步，别左腿斜身后指；刘禄景左转身向后跨步，跷右脚
无 有 接 官 厅，
后指）
（萧素贞左转身面向前朝刘禄景摆双手，刘禄景右转身面向前跷左脚朝萧素贞摆双手）
坟 东 无 有 跑 马
（萧素贞左转身跑至“大边”向“大边”一指，在原地跑动做跑马状，右手向左一推，抬左臂指头，抬右腿后别一亮；刘禄景左转身面向“大边”，跷左脚，双手指“大边”，右转身面向“小边”做跑马状，左转身面向前，左手抱

小上坟

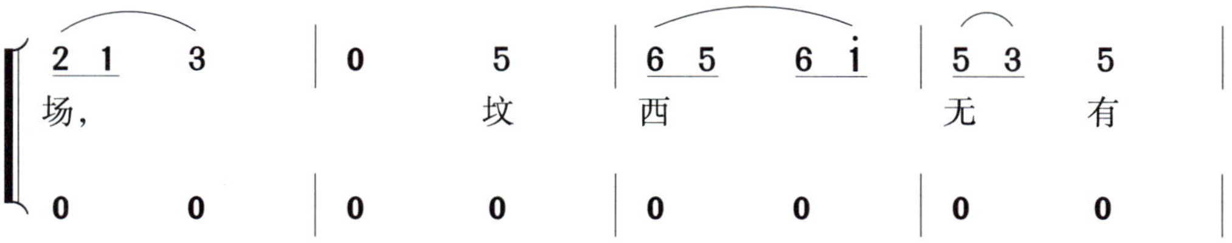

胸右手撑袖亮住） （萧素贞右转身面向“小边”，右手指“小边”跑向刘

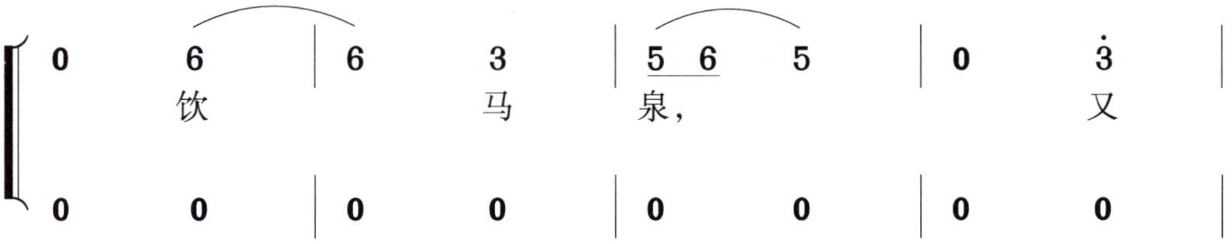

禄景，用双手比做泉眼；刘禄景左转身与萧素贞相对，跷左脚，双手比做泉眼）

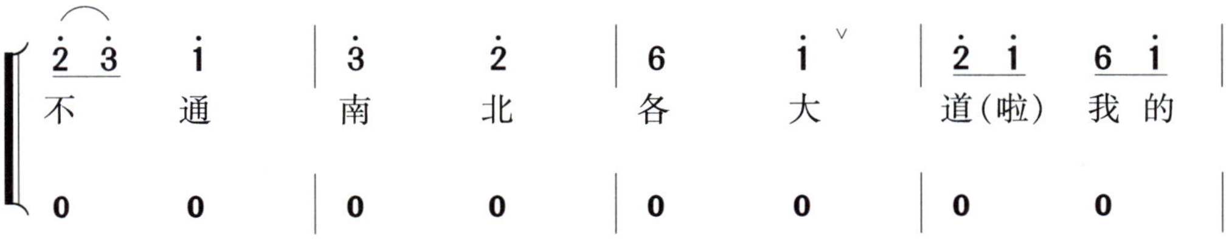

（萧素贞自下往上举起双臂张开，别右腿下蹲一亮站起左转身半周张开双臂别左腿下蹲一亮，同时刘禄景垂下双袖往上一冲，张开双臂外翻水袖别右腿下蹲一亮，站起右转身，绕回双袖张开双臂别左腿下蹲一亮） （萧素贞站起右转身半周，张开双臂别右腿下蹲一亮，站起双手绕花走近与刘禄景

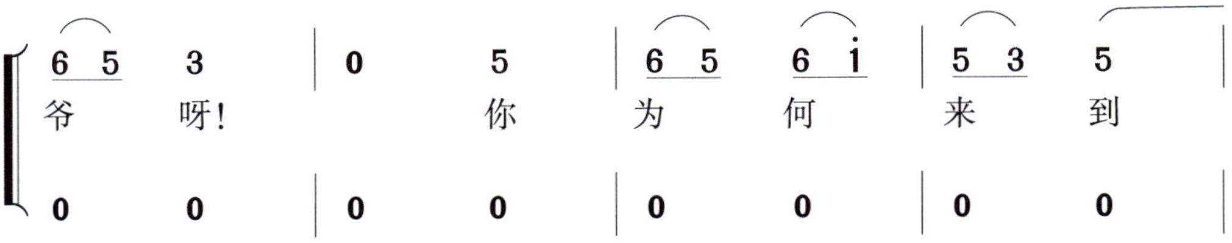

并排双手叉腰面向前别右腿下蹲一亮；同时刘禄景张开双臂往里绕水袖两圈双手插腰，蹲裆式一亮；二衙役上步成左弓箭步亮住） （萧素贞右臂与刘景禄左臂互搭，别右腿，左手前

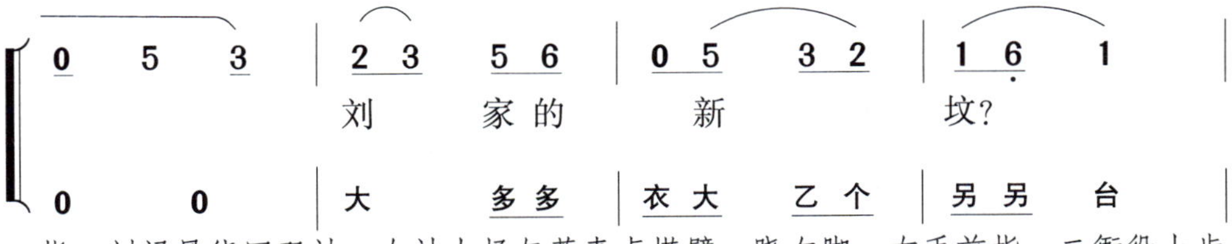

指。刘禄景绕回双袖，左袖上扬与萧素贞搭臂，跷右脚，右手前指。二衙役上步

笛子、海笛伴奏

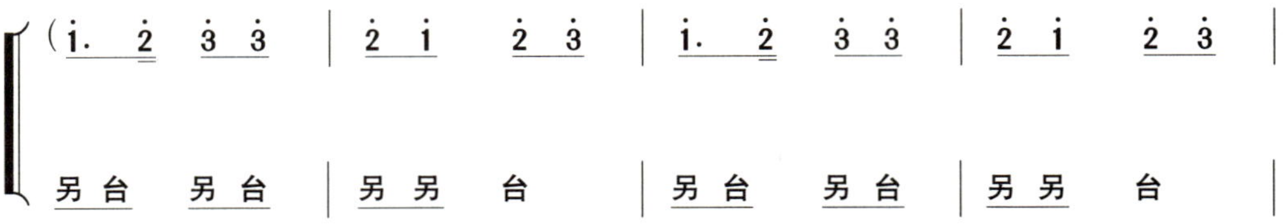

步四人成"横一字"，萧素贞耍眼珠；刘禄景、二衙役同时按萧素贞耍眼珠的

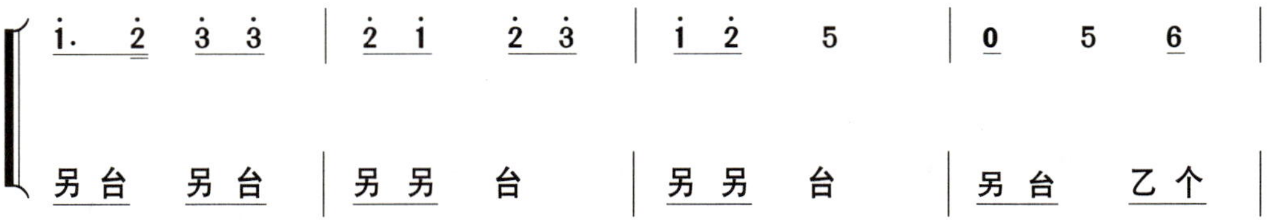

节奏吹胡子）

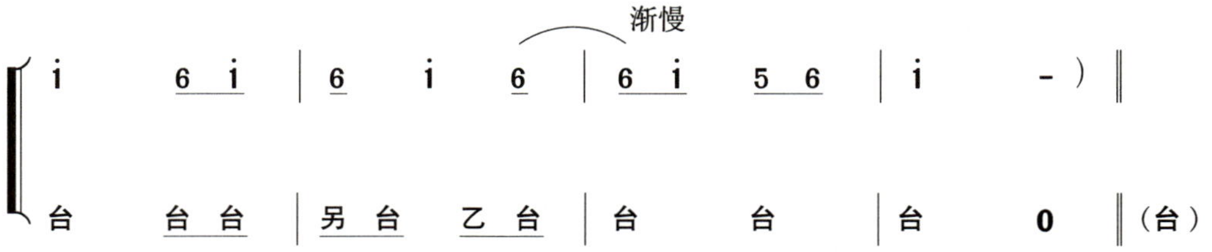

（四人分开，萧素贞至"小边"面向前站。刘禄景拂袖轰二衙役回原位，刘禄景提袖坐）

刘禄景 来！

二衙役 有。

刘禄景 告诉那个女子儿，就说老爷是清官到了。

一衙役 是。（进至"台中"对萧素贞）那一女子儿，我家老爷是清官到了。（回原位）

萧素贞 哦——

〔柳枝腔〕1＝D　笛子、海笛伴奏

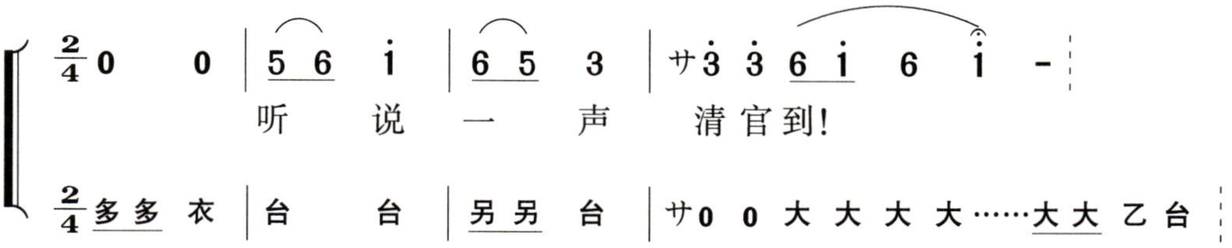

（萧素贞举双手走花梆子步到刘禄景身边跪）

刘禄景 那一女子儿，有什么冤枉一一诉来。

萧素贞 （拱双手）老爷容禀！

二衙役 老爷吃饼！

刘禄景 来半斤！

小上坟

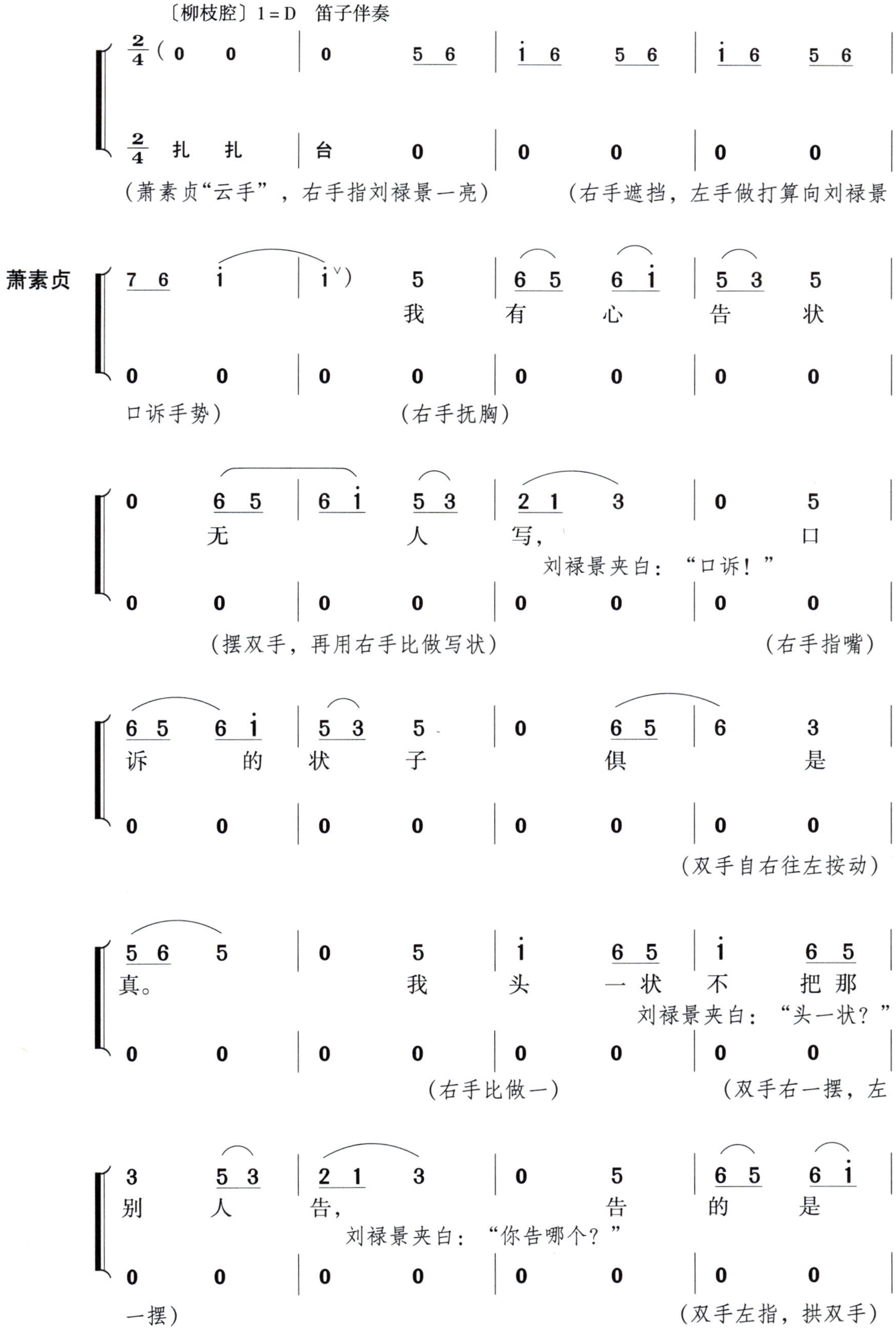
〔柳枝腔〕1＝D　笛子伴奏
扎　扎　台
（萧素贞“云手”，右手指刘禄景一亮）
（右手遮挡，左手做打算向刘禄景
萧素贞
我　有　心　告　状
口诉手势）
（右手抚胸）
无　人　写，　口
刘禄景夹白：“口诉！”
（摆双手，再用右手比做写状）
（右手指嘴）
诉　的　状　子　俱　是
（双手自右往左按动）
真。　我　头　一　状　不　把　那
刘禄景夹白：“头一状？”
（右手比做一）
（双手右一摆，左
别　人　告，　告　的　是
刘禄景夹白：“你告哪个？”
一摆）
（双手左指，拱双手）

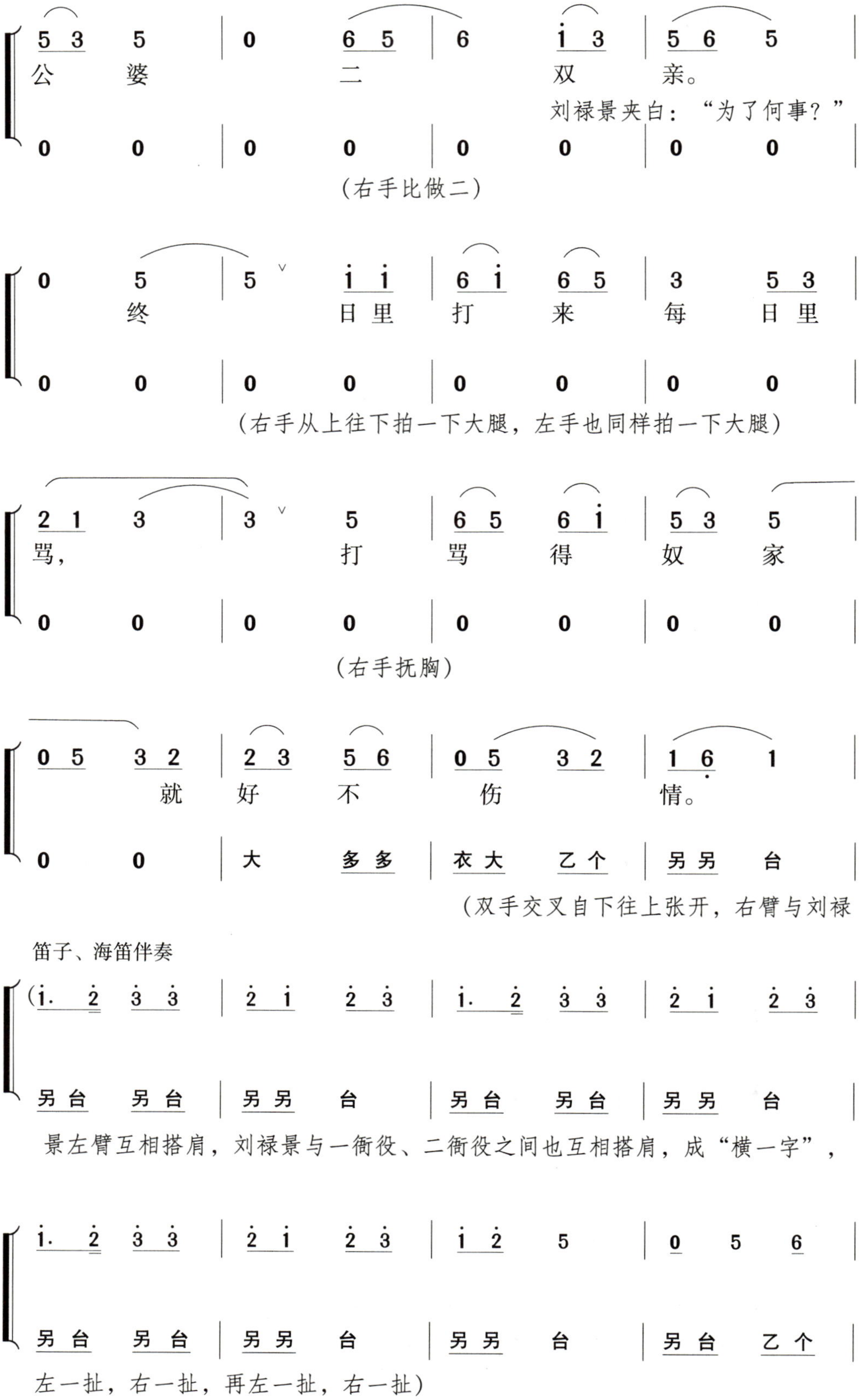
公 婆 二 双 亲。
刘禄景夹白：“为了何事？”
（右手比做二）
终 日里 打 来 每 日里
（右手从上往下拍一下大腿，左手也同样拍一下大腿）
骂， 打 骂 得 奴 家
（右手抚胸）
就 好 不 伤 情。
大 多多 衣大 乙个 另另 台
（双手交叉自下往上张开，右臂与刘禄
笛子、海笛伴奏
另台 另台 另另 台 另台 另台 另另 台
景左臂互相搭肩，刘禄景与一衙役、二衙役之间也互相搭肩，成“横一字”，
另台 另台 另另 台 另另 台 另台 乙个
左一扯，右一扯，再左一扯，右一扯）

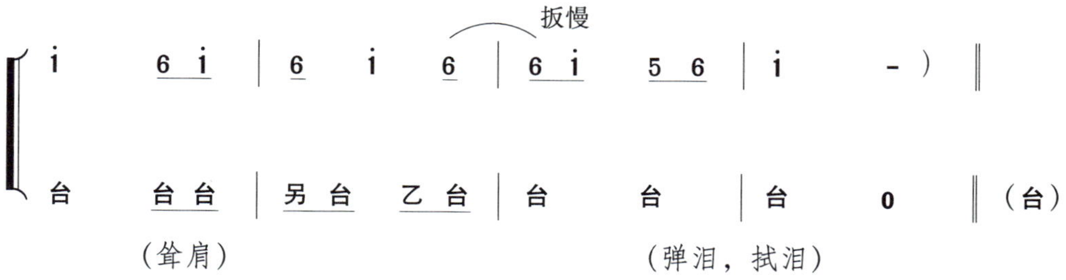

刘禄景 哎！

「刘禄景、二衙役放开搭臂，二衙役回原位。

刘禄景 我想公婆打骂，分所当然。头状不准，二状诉来！

萧素贞 （拱双手）老爷容禀！

二衙役 老爷再吃饼！

刘禄景 前后俩儿半斤！

〔柳枝腔〕1＝D 笛子伴奏

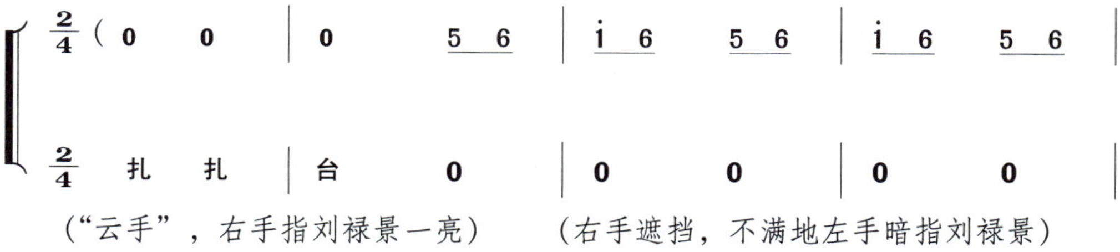

萧素贞

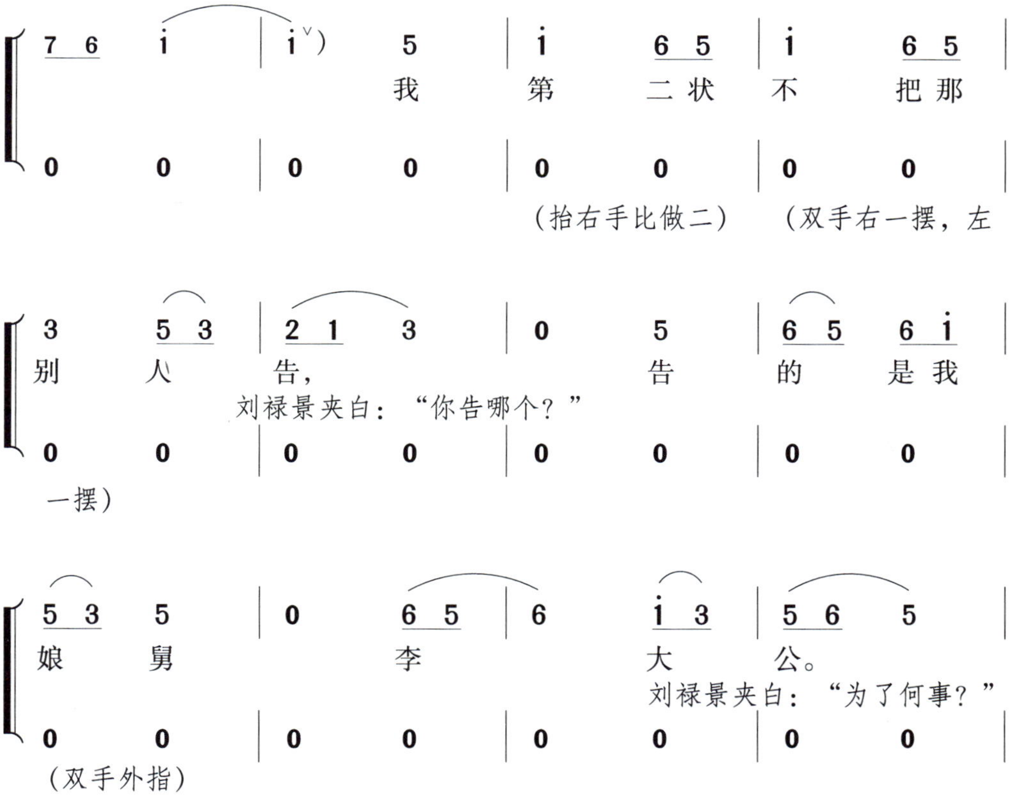

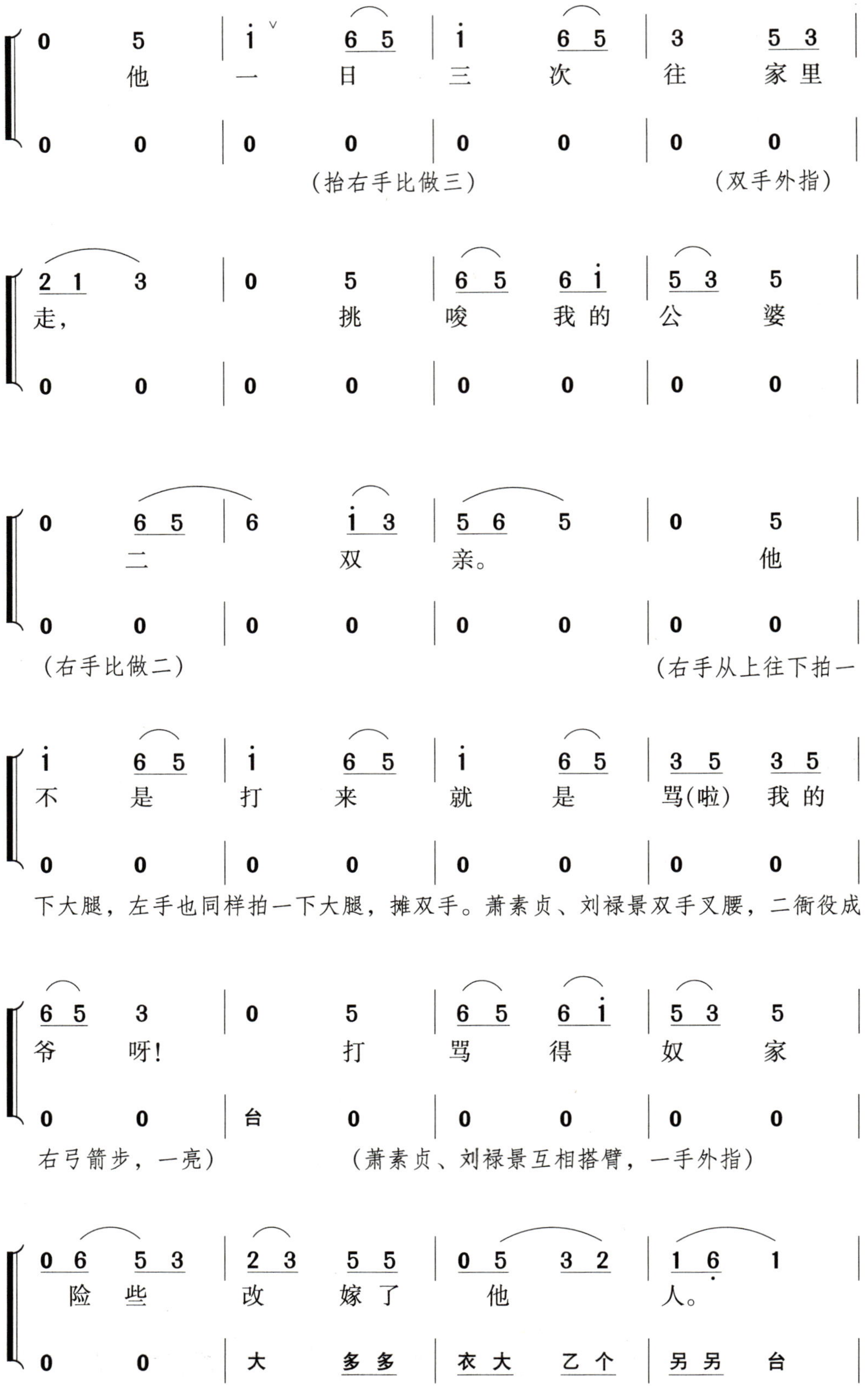
他 一 日 三 次 往 家 里
（抬右手比做三）
（双手外指）
走，挑 唆 我 的 公 婆
二 双 亲。他
（右手比做二）
（右手从上往下拍一
不 是 打 来 就 是 骂(啦) 我 的
下大腿，左手也同样拍一下大腿，摊双手。萧素贞、刘禄景双手叉腰，二衙役成
爷 呀！打 骂 得 奴 家
台
右弓箭步，一亮）
（萧素贞、刘禄景互相搭臂，一手外指）
险 些 改 嫁 了 他 人。
大 多多 衣大 乙个 另另 台

小 上 坟

笛子、海笛伴奏

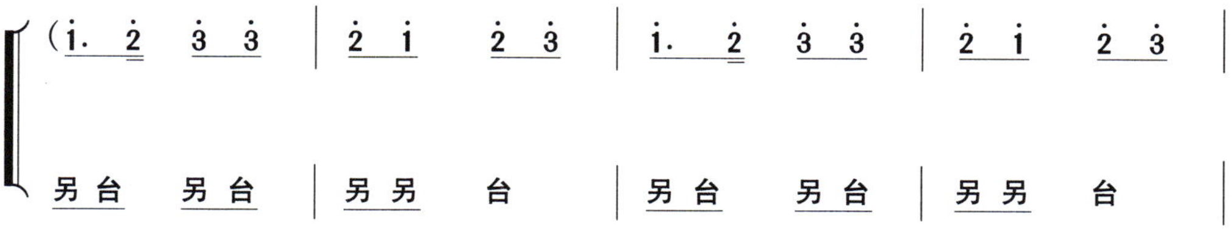

（萧素贞耍眼珠，刘禄景、二衙役吹胡子）

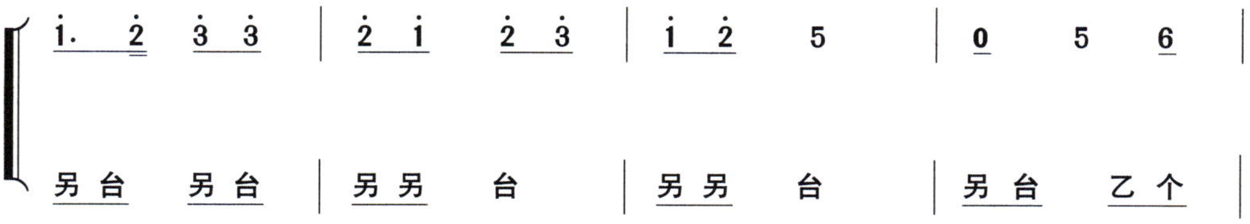

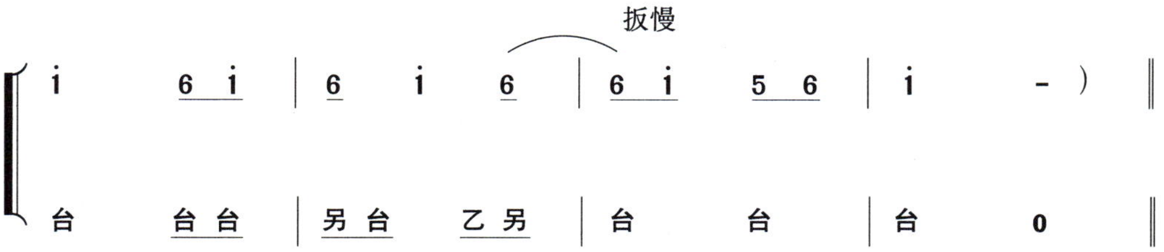

（萧素贞双手拍双膝，拭泪）

刘禄景 （右手向二衙役拂袖）哎！（台）

厂二衙役立正躬身。

刘禄景 （提袖，对萧素贞）我想公婆打骂，分所当然。哪有娘舅挑唆的道理？二状不准，三状诉来！

萧素贞 （不满地看刘禄景一眼）哎！（惊疑地指着刘禄景，双手拍双膝）

笛子、海笛伴奏

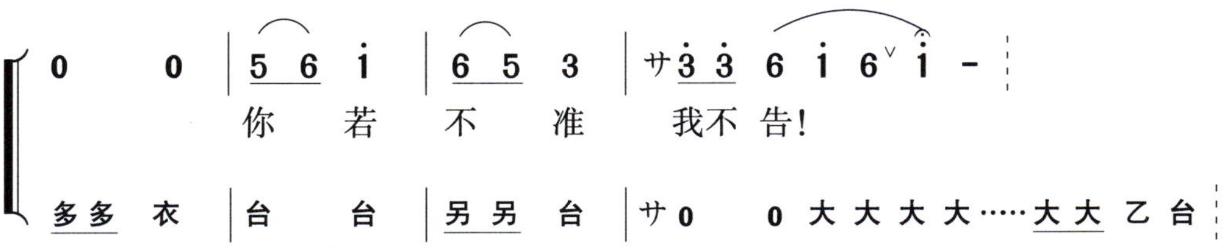

（站起）

厂**【小锣长丝头】**萧素贞欲往“大边”走，刘禄景拉萧素贞，萧素贞“鹞子翻身”甩开刘禄景，一跳，别左腿“顺风旗”一亮。跑至“大边”面里站。

厂刘禄景站起半蹲着直眼看着萧素贞跑去。

二衙役 （跪）又烩（回）老爷！

刘禄景 （回身）唉，你怎么又把我搁在勺儿里啦？

二衙役 那个女子儿她不告了。

刘禄景 她为什么不告了？

二衙役 老爷不准她的状子儿她就不告了。

刘禄景 告诉那个女子，（坐）就说老爷准了她的状子儿。

〔二衙役站起。

一衙役 是。（走至台中对萧素贞）那个女子儿，我家老爷准了你的状子儿。

萧素贞 怎么着，你们老爷准了我的状子了吗？

一衙役 正是。

萧素贞 （右手抚胸）如此我，（高抬左脚迈一大步）还（再迈一大步，花旦步跑向刘禄景）（扎）要（跳起，双脚后屈踢双手，跪在刘禄景身边）告！
（扎） （台）

〔柳枝腔〕1＝D 笛子伴奏

萧素贞

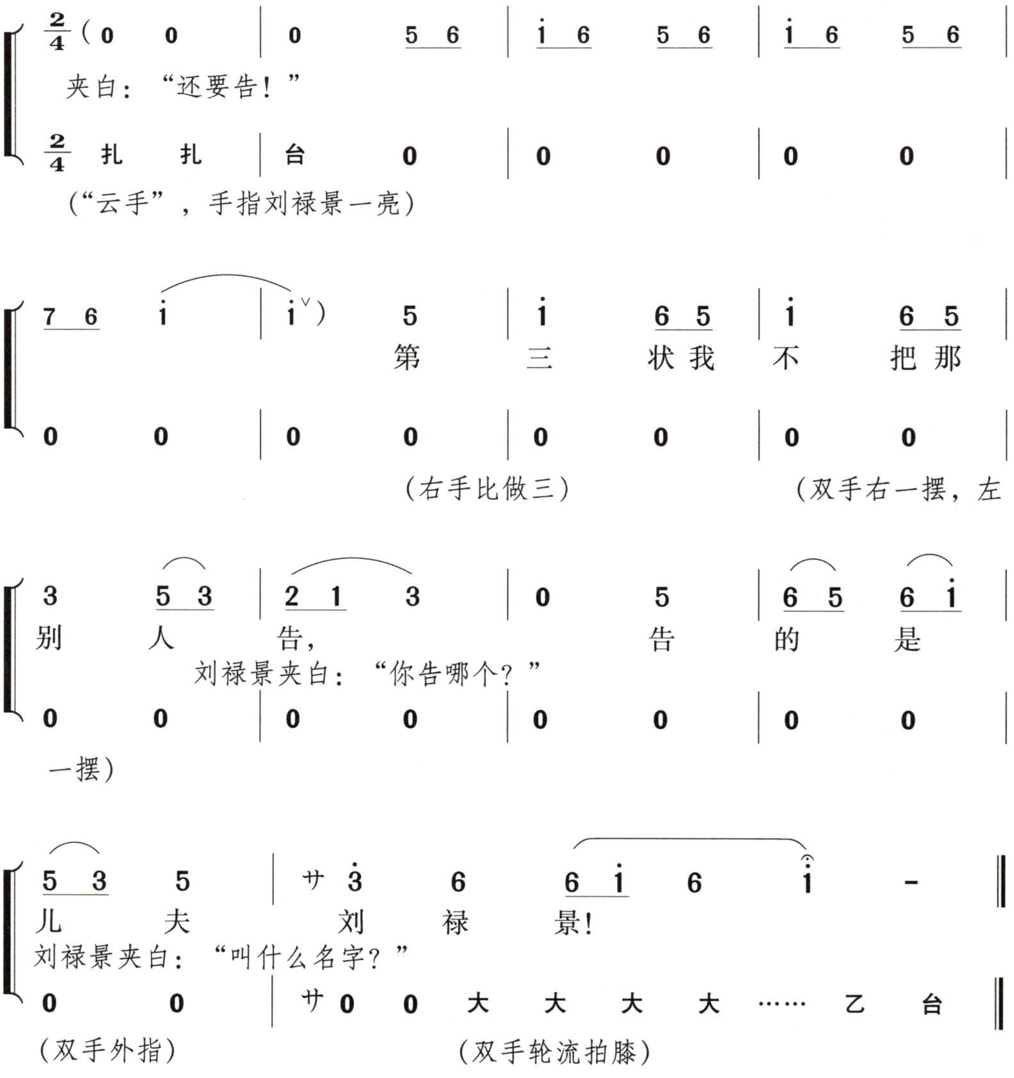

二衙役 （用堂板拍地再举起，吹胡子，做要打萧素贞状）哦——！

〔刘禄景外翻左袖，撑右袖，坐在方凳上，后仰，跷左腿看着萧素贞。

「萧素贞盘坐，后仰，跷右腿，撑右手，左手捏住右手的绸条，颤抖。

刘禄景 （站起转身对二衙役，拱手）二位官亲！

二衙役 （放下堂板）官亲！

「萧素贞恢复跪状，拭泪。

刘禄景 你们二位为什么这么髭毛扎刺儿[①]的？

二衙役 她动了老爷的杂碎了。

刘禄景 呀呸！她动了老爷的杂碎，与你们五脏什么相干？还不下去！（拂右袖）

二衙役 （后退一步，立正站直）是。

刘禄景 （往右挥左袖）滚了下去！

二衙役 （再后退一步，立正站直）是。

「刘禄景也立正站直与二衙役相对互鞠一躬。

刘禄景 回见！（提袖，左转身面向萧素贞，捋髯）（台）

二衙役 （与刘禄景同时）回见！

「转身由“上场门”下。

刘禄景 （至萧素贞身边）那一女子儿，有什么冤枉，你一一诉来！

萧素贞 （拱双手）老爷容禀！

刘禄景 （左手向左撒）民女，你（左手指萧素贞）起（右手指萧素贞）来（翻双袖，搀萧素贞）讲！
（扎） （扎） （台）

「萧素贞推开刘禄景站起。

〔柳枝腔〕 1＝D 笛子

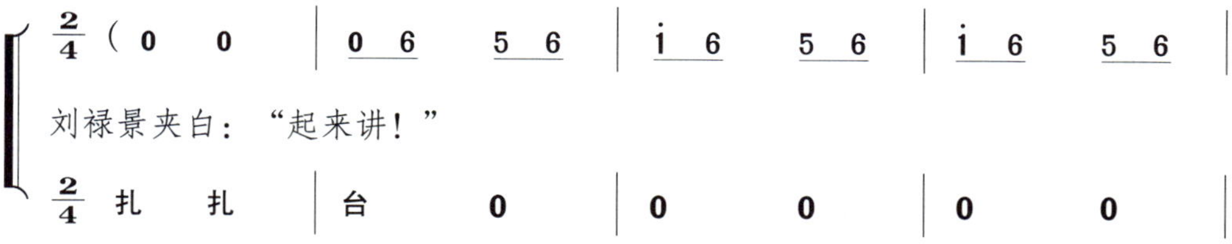

（刘禄景翻回水袖，与萧素贞“一扯，两扯”）

萧素贞

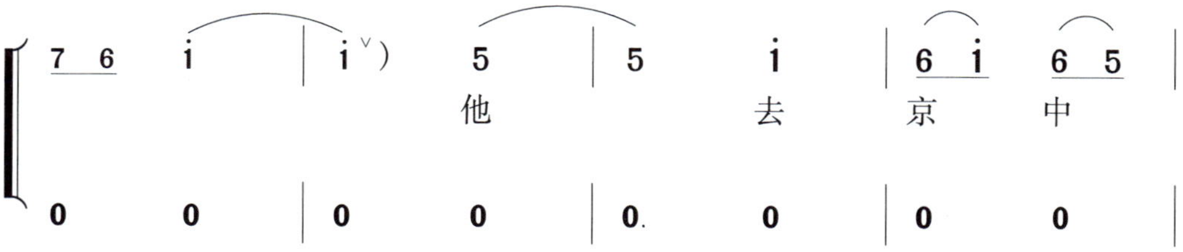

（萧素贞从“大边”后场与刘禄景往前场走，双手外指，刘禄景外翻双袖右手撑袖，左手抱胸，

① 髭毛扎刺儿：沉不住气的意思。

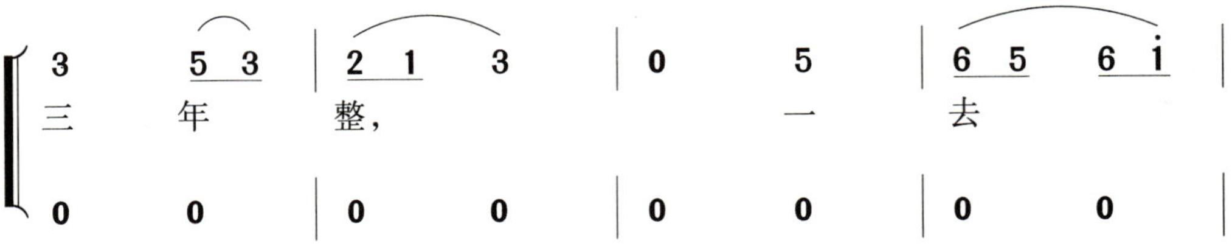

从“小边”前场往后场走，与萧素贞对面时抖双袖）（萧素贞一个小反圆场，刘

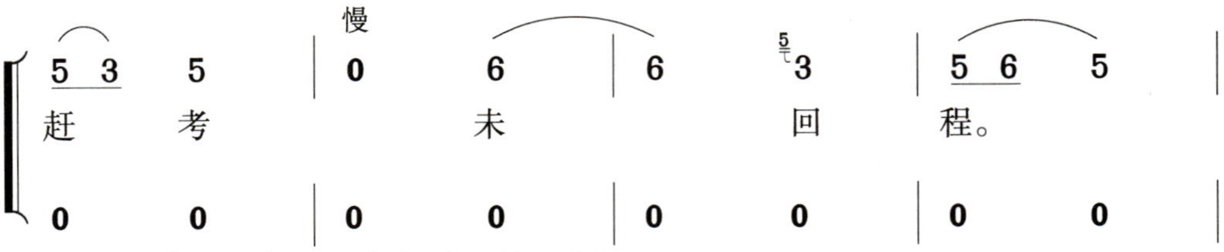

禄景一个小圆场，二人相对，摊双掌）

刘禄景 有书信哪！（台）

萧素贞 （双手拍大腿）哎！

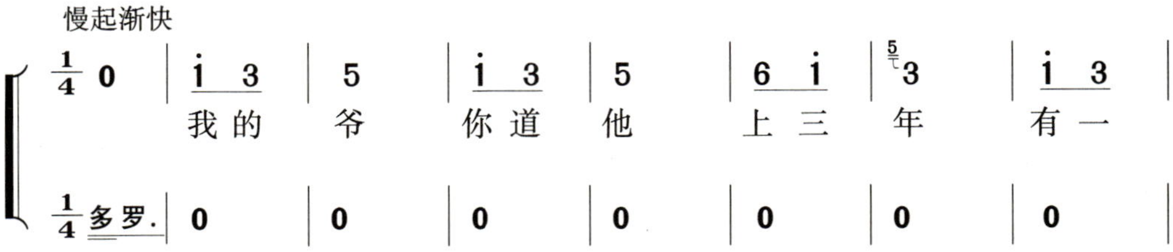

（萧素贞右手、左手轮流向刘禄景指出，按唱腔的节奏往“小边”进；

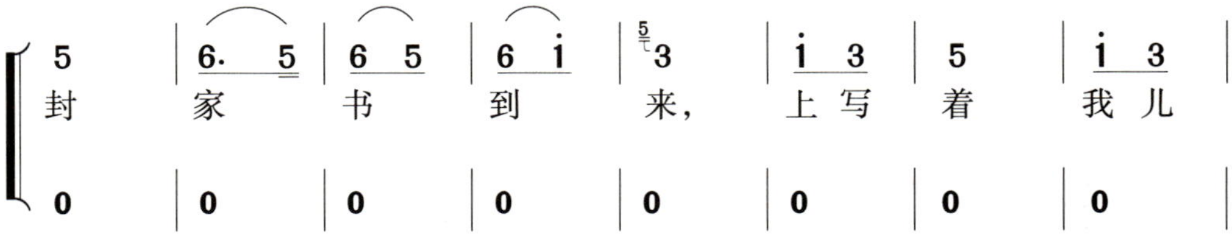

刘禄景张开双臂，双手按节奏按动，高抬腿一步一步后退。（萧素贞垂二人到“小边”）

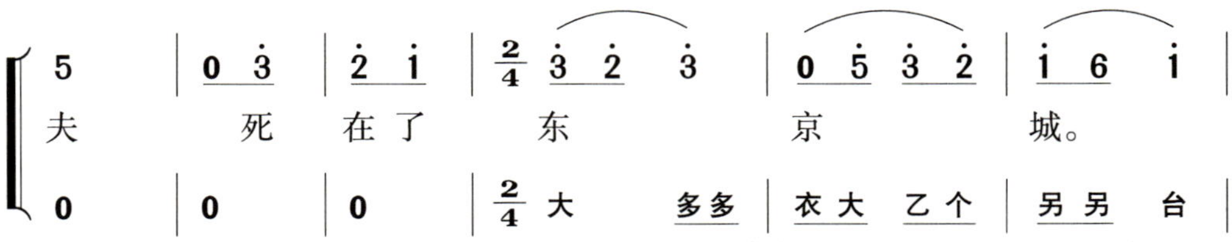

下双手扯开绸条后退至正场，刘禄景端带随萧素贞进至正场）

（萧素贞抬双臂往左侧甩下，外指，右臂往右后绕一个小圈。右转身，左臂随着右臂往右绕一个小圈。转身后面向前自下往上张开双臂与刘禄景搭臂。刘禄景双臂扬出水袖自右往左抡半周，右袖自左往右抡出，再将左袖自右往左抡出，同时左转身。右袖随

小上坟

笛子、海笛伴奏

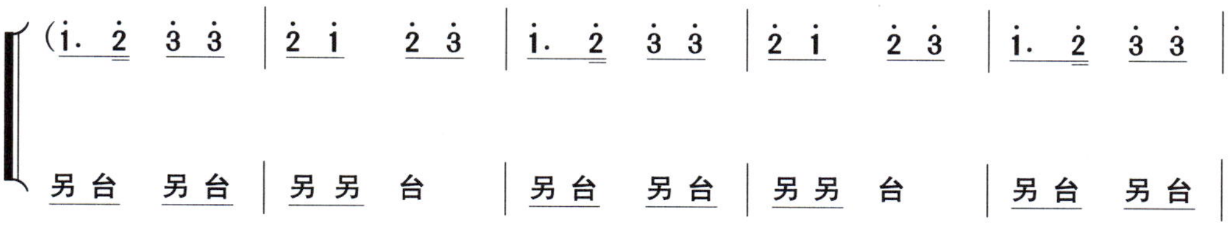

转身往左盖,转过 (萧素贞耍眼珠，刘禄景吹胡子)
身面向前,左袖自
右往左抡,外折左
袖,与萧素贞搭臂,
右袖自左往右抡,
外折水袖张右臂)

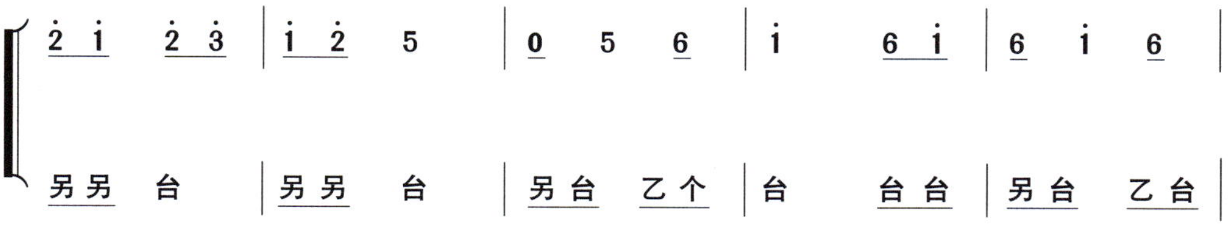

笛子伴奏

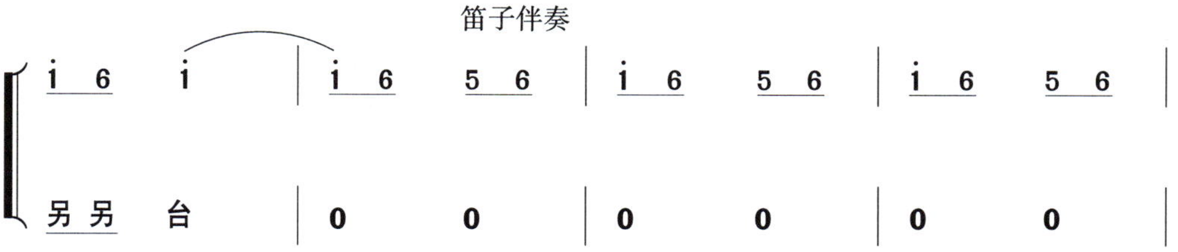

(刘禄景绕回双袖往后甩，右袖往右上方甩出，右转身面向“小边”，撑右袖，外翻左袖，下蹲，左袖向左抖出。左转身面向“大边”，撑左袖，外翻右袖，下蹲，右袖向右抖出。右转身面向前，外翻双袖，抖双袖。萧素贞推开刘禄景圆场到“大边”后场往“下场门”一望，右转身，反圆场到正场，一望刘

刘禄景

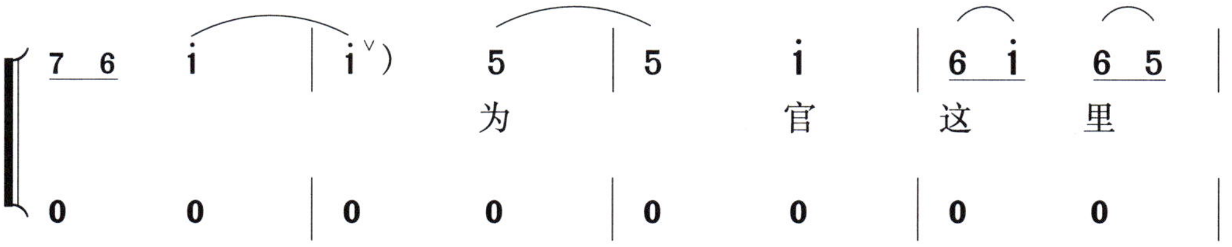

禄景) (刘禄景提袖，上步；萧素贞向后场走圆场到

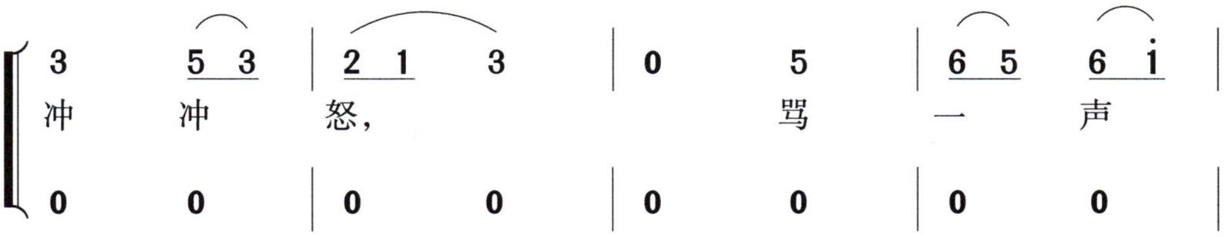

“小边”后场) (刘禄景右转身面向“小边”台口，

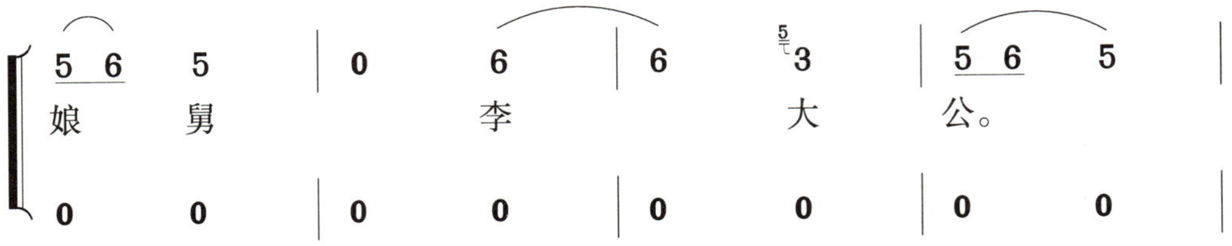

右手指出；萧素贞一望刘禄景，反圆场至“大边”台口）

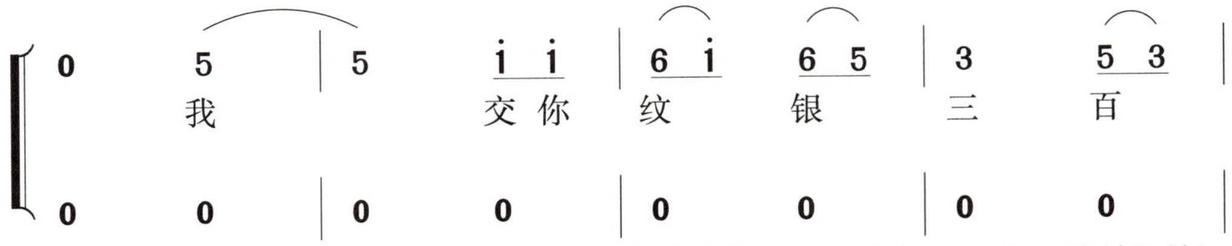

（刘禄景左转身斜身面向台口，左手比做三；萧素贞右转身一望刘禄景）

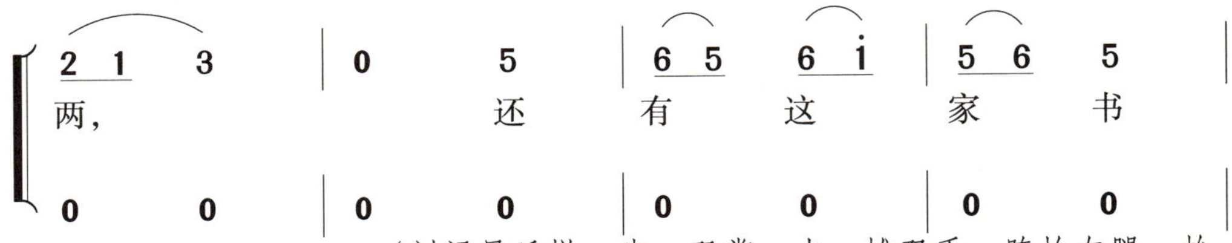

（刘禄景后撤一步，双掌一击，摊双手，跨抬左腿，抬双手，右手指左掌；萧素贞左转身圆场到“大边”后场

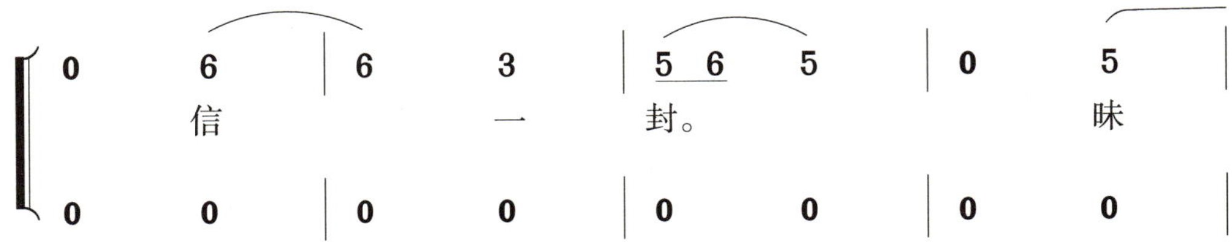

往“下场门”一望）

（刘禄景右转身

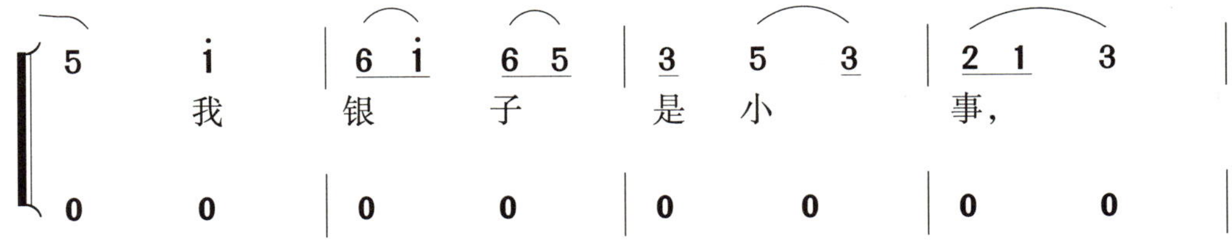

往“小边”台口上步，摊开双手往中一搂，头往左拧一低，双手往“小边”台口方向一推；萧素贞右转身“大边”小圆场到正场，一望刘禄景）

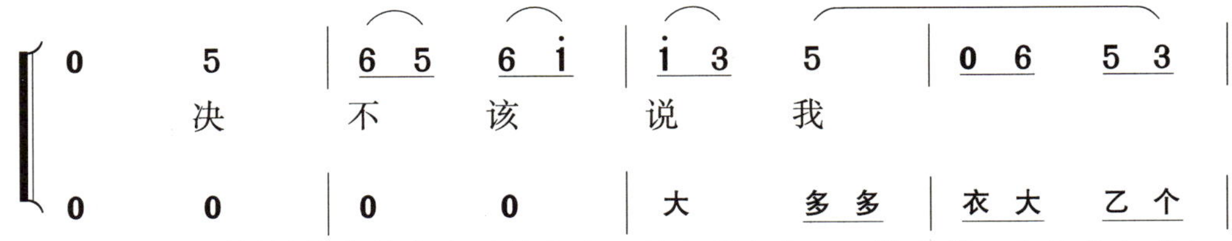

（刘禄景左转身向正场上步，斜身面向台口，摊双掌，右转身向“小

小上坟

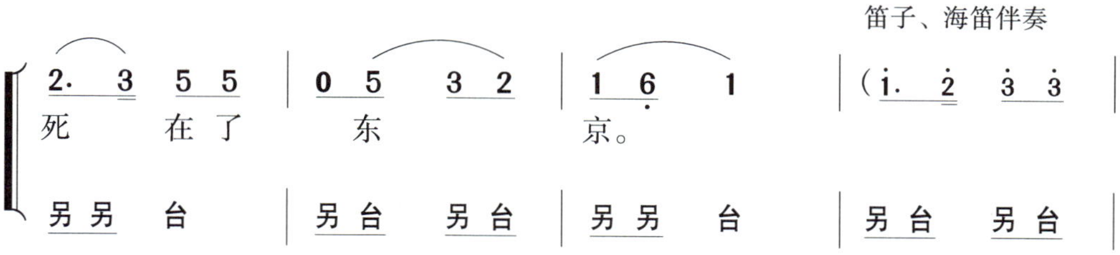

边”上步，跨抬左腿，双手右指，左转身“小边”小圆场，到正场后场，折右袖撑起，左手抱胸；萧素贞斜线往“下场门”退至“大边”后场，“大边”小圆场至“大边”台口）

（刘禄景、萧素贞“一扯、两扯”，刘禄景在

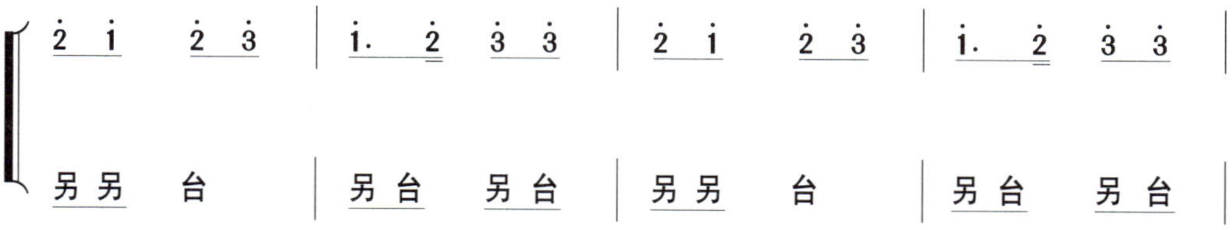

“小边”台口外翻左袖，外翻右袖，跨抬左腿左转身到正场，翻回左袖，翻回右袖，外翻左袖，左转身，顺势往里盖右袖，外翻双袖，翻回双袖，面向前，里

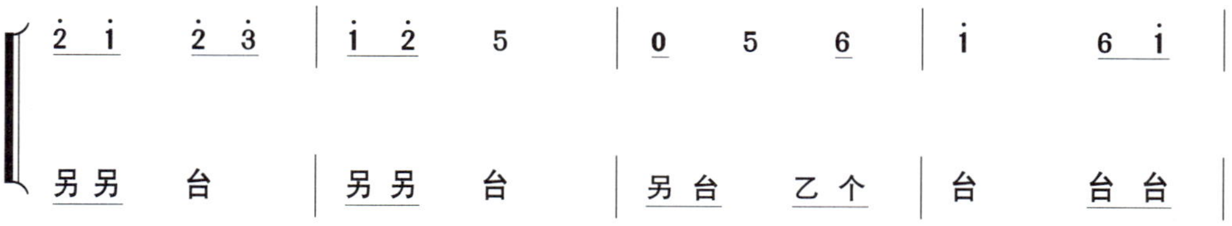

翻双袖，双手叉腰；萧素贞在“大边”后场右臂往里一绕，再往外一绕，右转身，左臂顺势往里一盖，右臂往外一绕，面向前，左手撑起,右臂往里一绕,叉

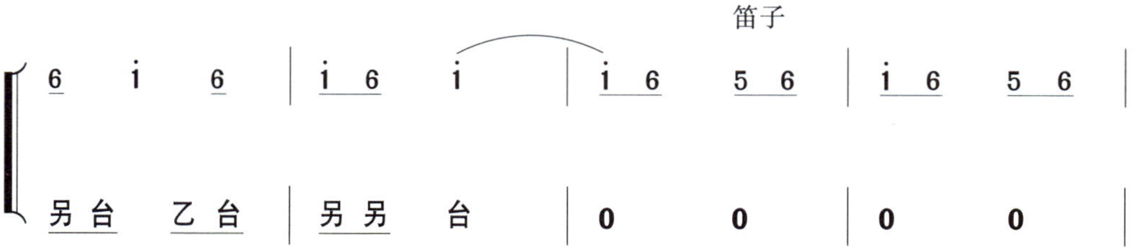

腰。二人并排横蹉步，至“小边”）

（刘禄景翻回双袖，右转身面向“小边”，外翻左袖，撑右袖，抖左袖，左转

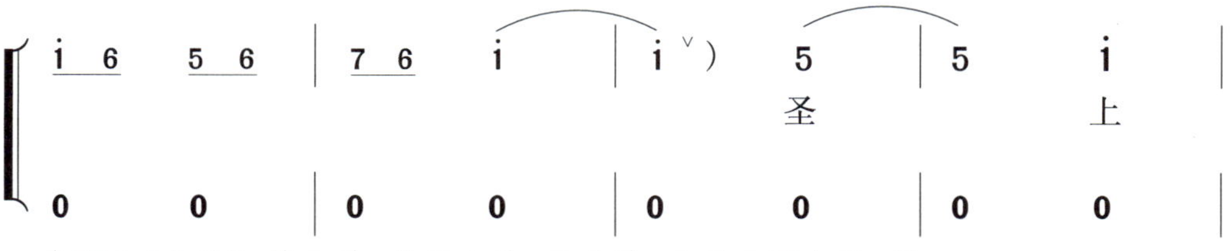

身面向“大边”,撑左袖,外翻右袖,抖右袖,右转身面向前,抖双袖;萧素贞圆场到“大边”后场,向“下场门”一望)

| 6 $\dot{1}$ 6 5 | 3 5 3 | 2 1 3 | 0 5 |
封 我 为 巡 按， 先
| 0 0 | 0 0 | 0 0 | 0 0 |

（刘禄景提袖，上步端带；萧素贞右转身一望刘禄景，圆场） （刘禄

| 6 5 6 $\dot{1}$ | 5 6 5 3 | 0 6 5 | 6 ^{5}3 |
拿 娘 舅 李 大
| 0 0 | 0 0 | 0 0 | 0 0 |

景右转身面向“小边”台口，左手捏右袖，右手指出；萧素贞至“小边”后场一望刘禄景，“小边”小圆场至正场后场别抬左腿右手抱胸，撑左手一望刘禄

| 5 6 5 | 0 5 | 5 $\dot{1}$ | 6 $\dot{1}$ 6 5 |
公。 圣 上 赐 我 的
| 0 0 | 0 0 | 0 0 | 0 0 |

景） （刘禄景左转身上步，斜身面向台口，跨抬左腿做抱剑状；萧素贞反圆场至正场，一望刘禄

| 3 5 3 | 2 1 3 | 0 5 | 6 5 6 $\dot{1}$ |
尚 方 剑， 先 斩 你
| 0 0 | 0 0 | 0 0 | 0 0 |

景） （刘禄景做斩杀状，头往左拧一低，双手往右一推，右转身面向里头往右拧一

| 5 6 5 3 | 0 6 5 | 6 3 | 5 6 5 |
后 奏 不 容 情。
| 0 0 | 0 0 | 0 0 | 0 0 |

低，双手往左一推，向“小边”台口上步，左转身面向萧素贞；萧素贞里绕双臂，外绕双臂，再里绕双臂，同时斜线后退至“大边”后场）

小上坟

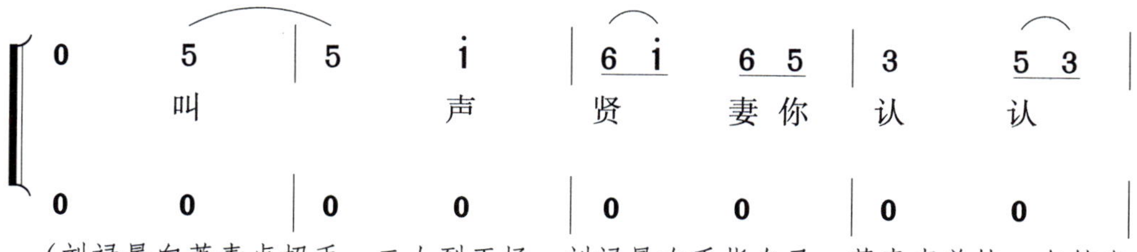

（刘禄景向萧素贞招手，二人到正场，刘禄景右手指自己，萧素贞羞怯，左转身走至“大边”后场，右转身嗔指刘禄景）

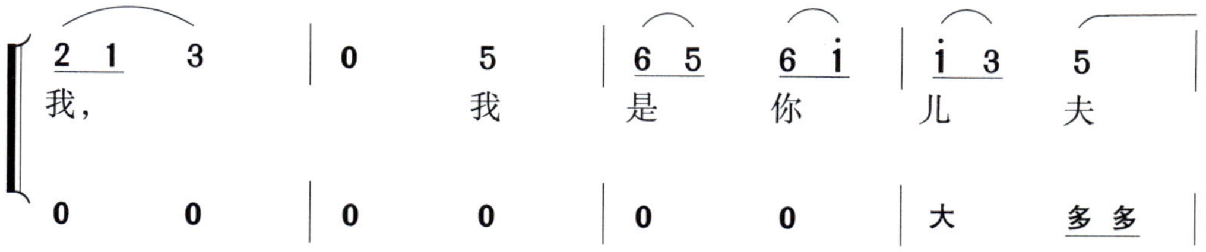

（刘禄景右转身面向“大边”台口，抓右袖，得意地端带迈方步前进两步。萧素贞双手用绸条遮脸，

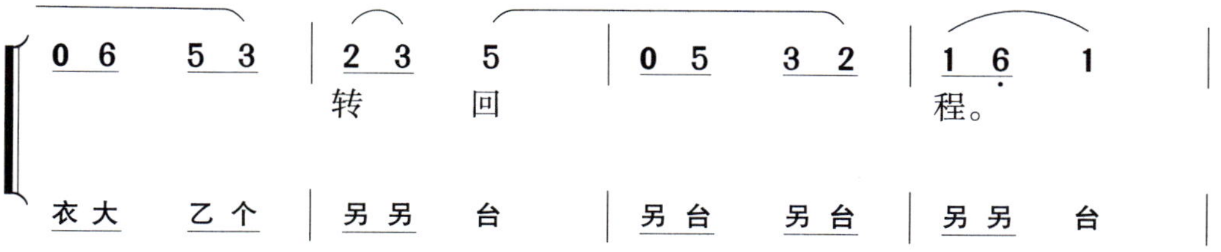

向台口和后场来回移动着偷看刘禄景）

笛子、海笛伴奏

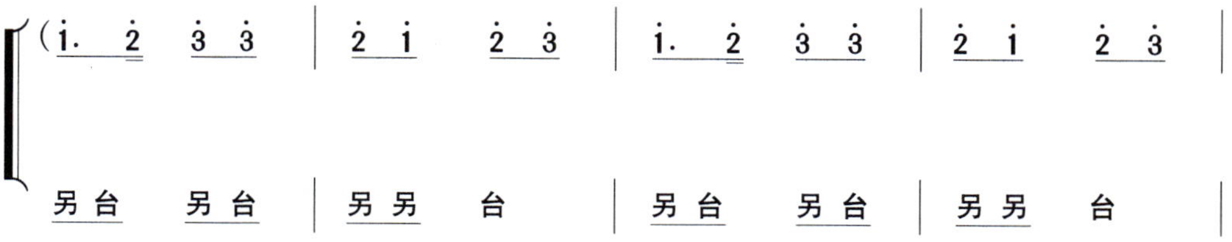

（刘禄景与萧素贞相对右弓箭步，右臂外张做让状；萧素贞左手外撒，往台口移动。刘禄景左弓箭步，左臂外张做让状；萧素贞右手外撒，往后场移动，右臂

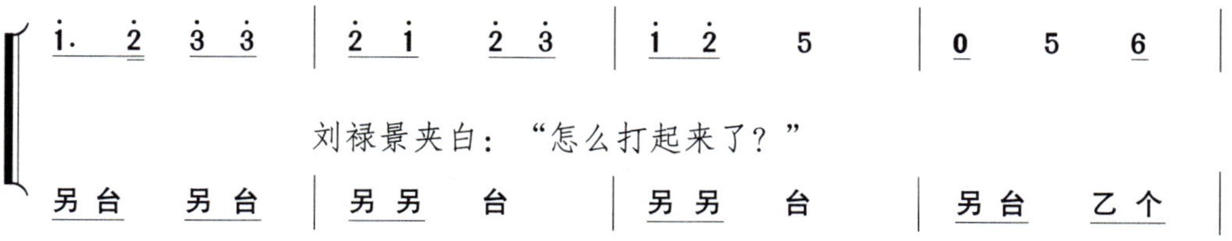

外绕，右转身一周，顺势左臂里绕；刘禄景向右扬右袖，右转身一周，顺势左袖往里盖，提袖。萧素贞向刘禄景招手；刘禄景凑过去，萧素贞打刘禄景嘴巴。刘禄景左手抚摸着脸颊移至“小边”，愣着眼神盯着萧素贞；萧素贞嗔指刘禄景退至“大边”）

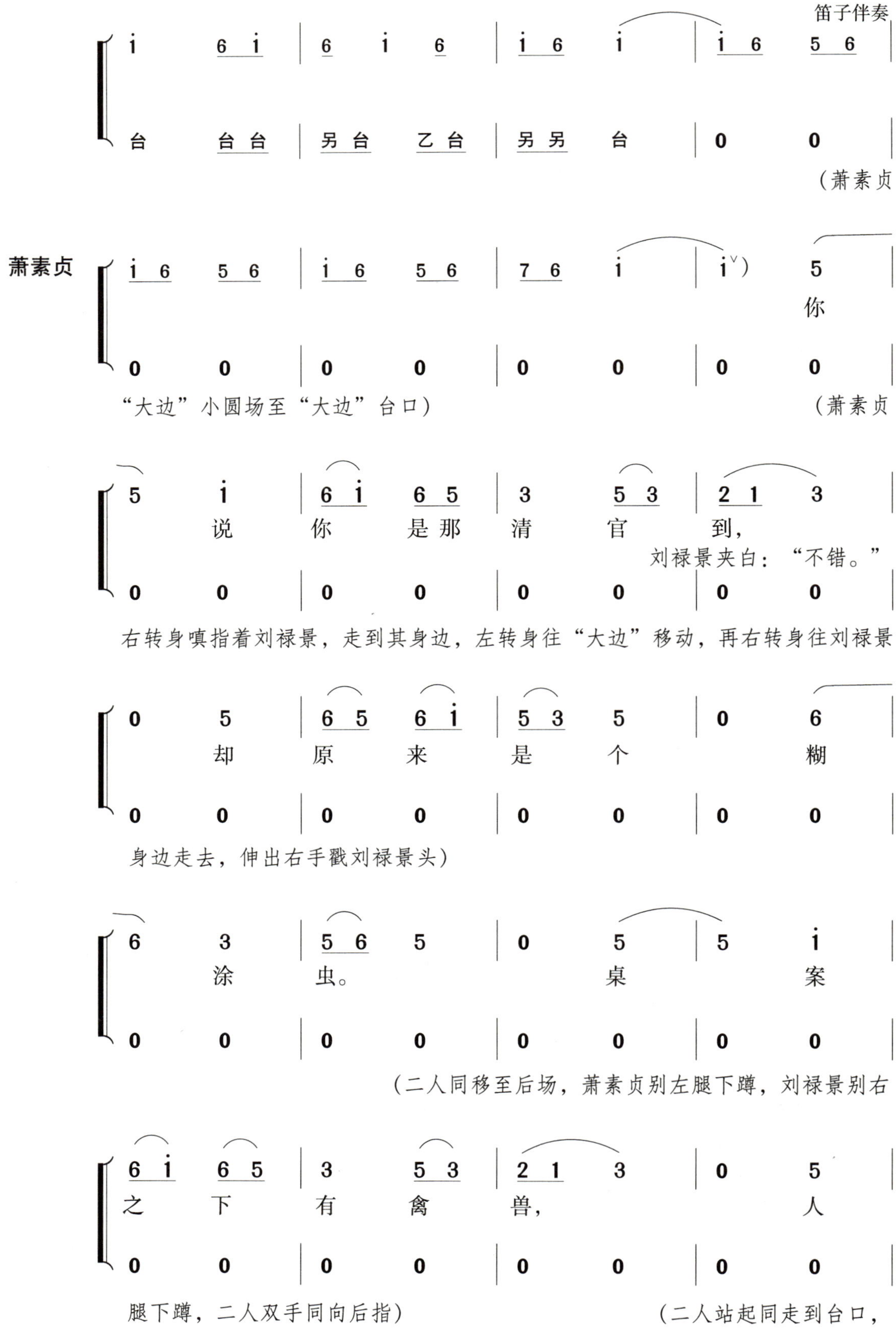
笛子伴奏
台 台台 另台 乙台 另另 台
（萧素贞
萧素贞
你
“大边”小圆场至“大边”台口）
（萧素贞
说 你 是那 清 官 到，
刘禄景夹白：“不错。”
右转身嗔指着刘禄景，走到其身边，左转身往“大边”移动，再右转身往刘禄景
却 原 来 是 个 糊
身边走去，伸出右手戳刘禄景头）
涂 虫。 桌 案
（二人同移至后场，萧素贞别左腿下蹲，刘禄景别右
之 下 有 禽 兽， 人
腿下蹲，二人双手同向后指）
（二人站起同走到台口，

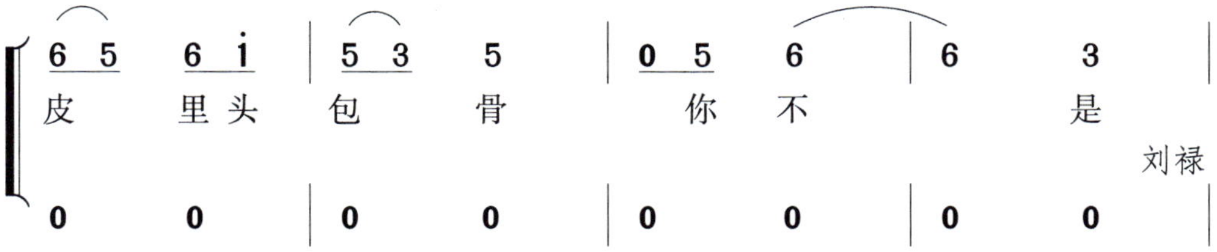

刘禄景抱双臂，萧素贞指刘禄景一下，抱双臂用肩顶刘禄景）

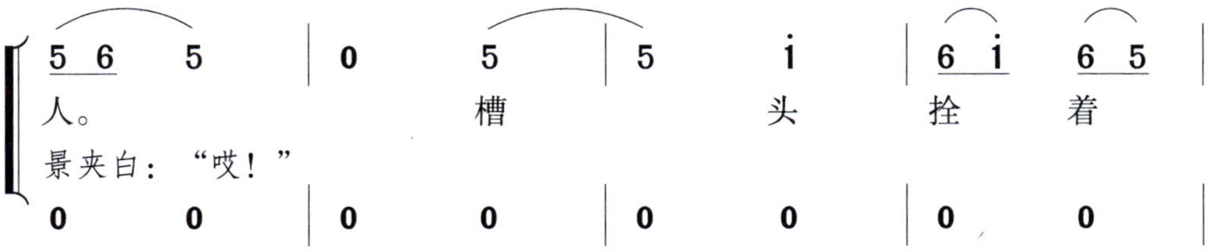

（刘禄景转身面向“小边”做拴马状，萧素贞转身跑到“大

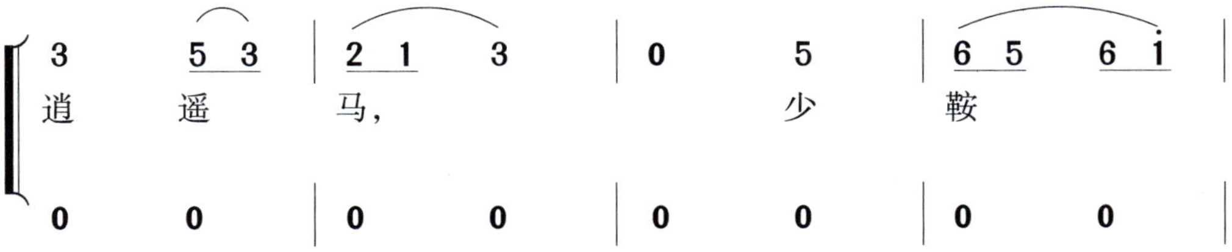

边”做跑马状）

（萧素贞右转身面向刘禄景移动向其一指，双臂里绕，双臂外绕，双手叉腰；

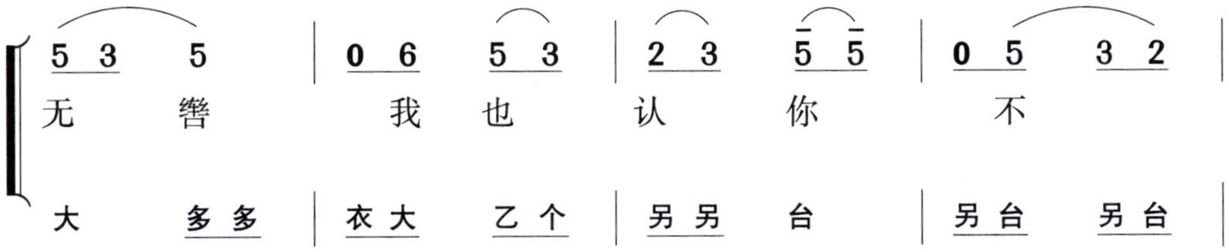

刘禄景向萧素贞移动，外翻双袖，左臂外甩，右臂外甩，翻回双袖，里翻双袖，双手叉腰）

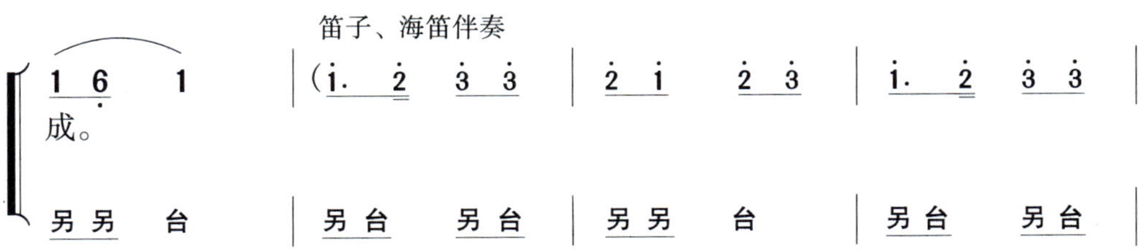

（二人叉腰上步。萧素贞别左腿，向左拧身，面向外下蹲；刘禄景向左拧身，面向里下蹲。二人右肘一磕。二人右拧身左肘一磕。二人再左拧身，右肘一磕。刘禄景左转身一周半面向“小边”。随着转身，翻回右袖，再翻回左袖，顺势右袖往里盖，张开双臂。萧素贞右转身一周，张开双臂，用左脚将刘禄

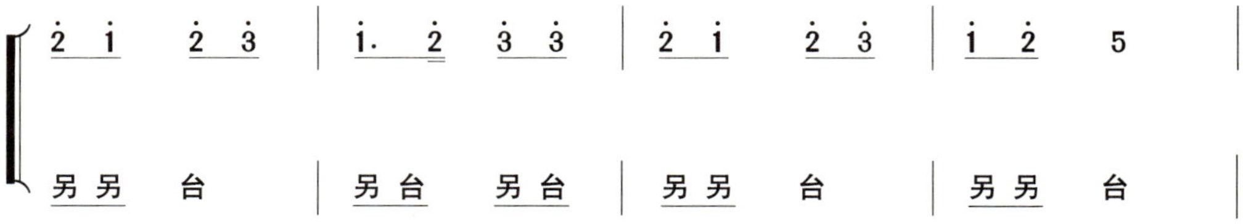

景踹到“小边”，自己退到“大边”，左手嗔指刘禄景，然后右转身至“大边”后场，向“下场门”一望。刘禄景面向“小边”，外翻双袖遮住脸）

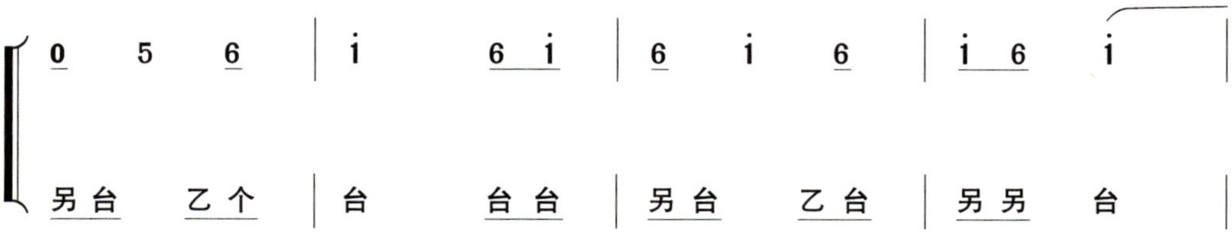

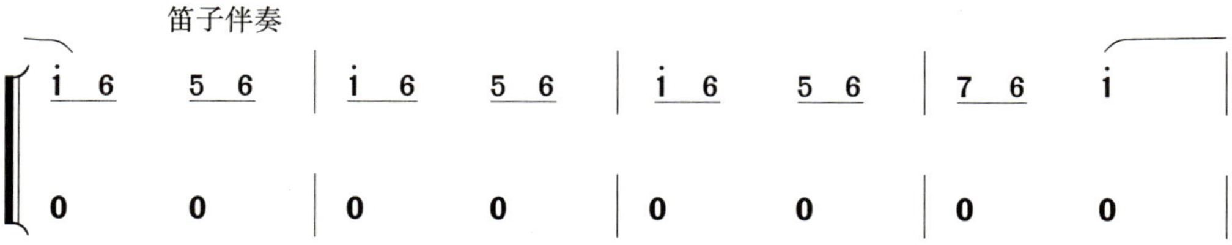

（刘禄景稍张开双手往“小边”偷看，再扭头向左一看，没见萧素贞便左转身张开双臂面向前，翻回双袖，抖袖）

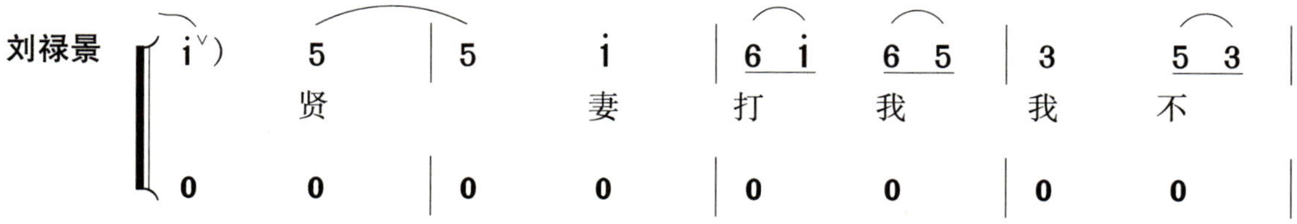

（刘禄景左转身面向“大边”，提袖，上步；萧素贞圆场至正场，嗔指刘禄景，左转身面向“大边”）

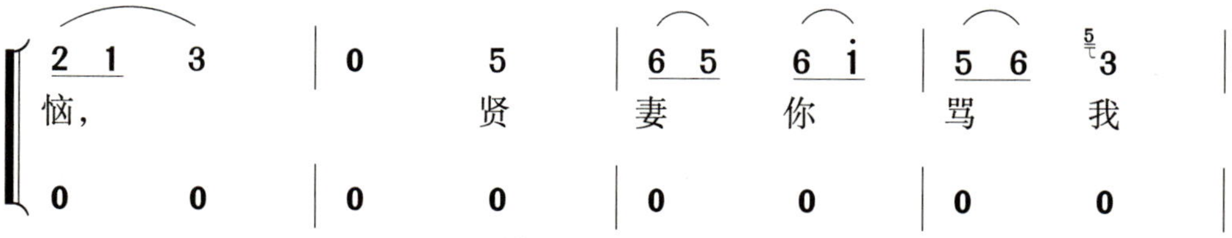

（刘禄景右转身向“小边”台口移动，左转身面向前，右手指自己，向萧素贞方向上步，头往右拧一

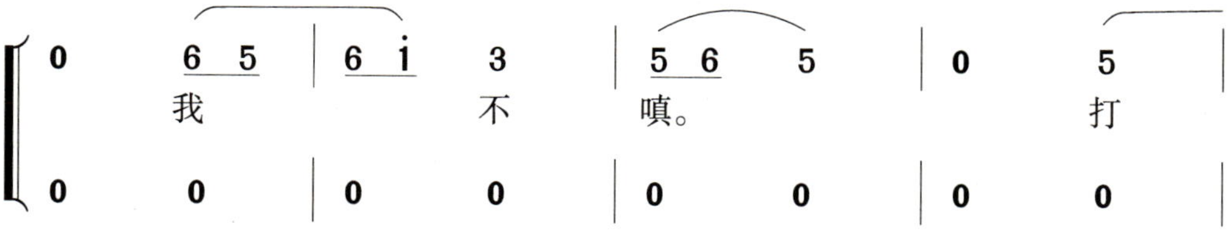

低，双手左推；萧素贞右转身往后场移动，再往前场移动嗔指刘禄景）（刘禄景

小上坟

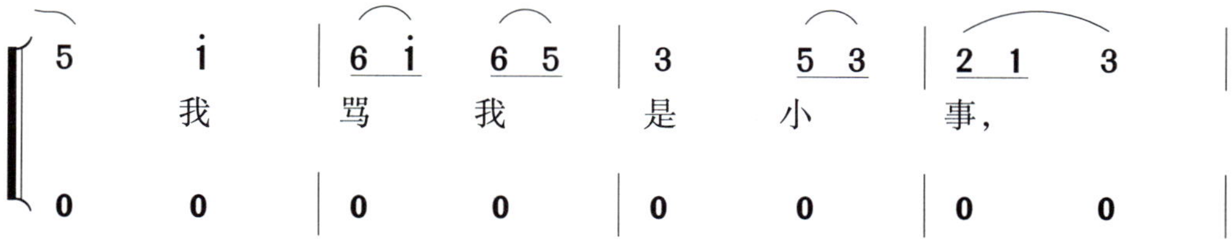

往“小边”上步，右手指点着左手心，左转身向萧素贞摊开双掌；萧素贞往后场

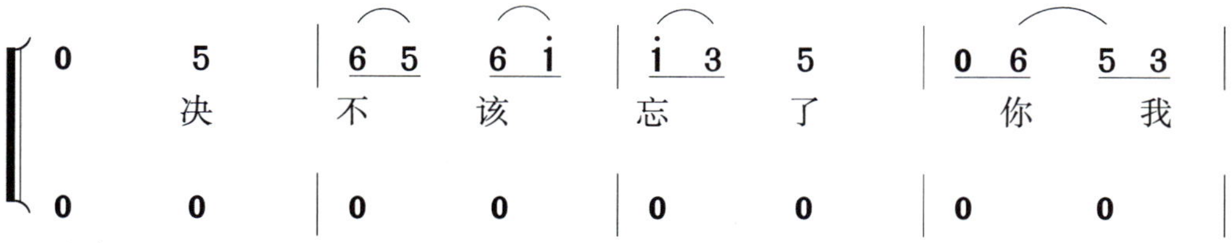

移动）（刘禄景头往左拧一低，跷右脚，双手往右一推，左转身面向“大边”右手指萧素贞，再指自己，右转身抬双臂伸出食指相交比做夫妻情分；萧素贞

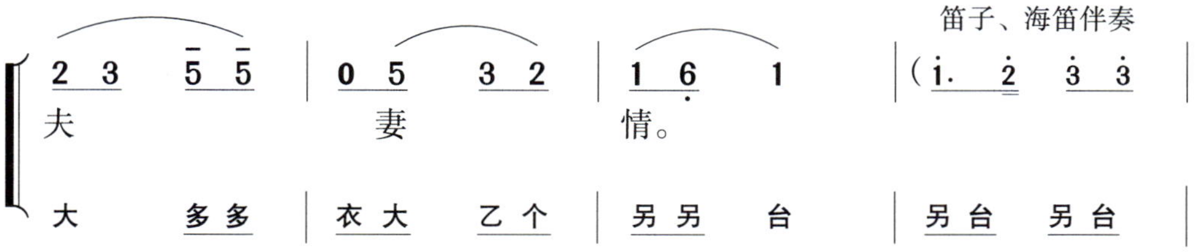

往前场移动，往“小边”上两步，疑惑地右手指一下刘禄景，又听到夫妻情时含羞地右转身在向时左手嗔指刘禄景）（萧素贞至正场

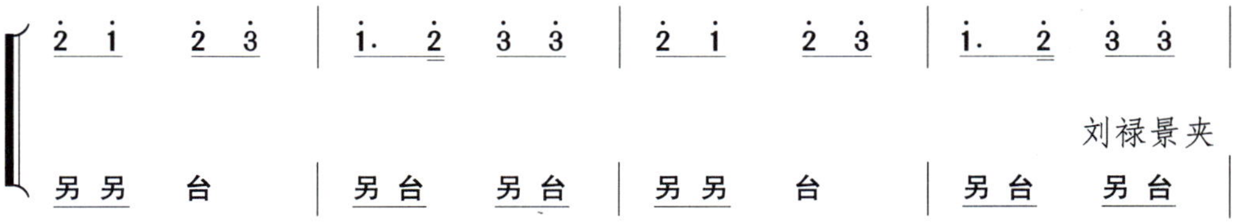

刘禄景夹漫刘禄景头，别右腿一蹲，再漫头，别左腿一蹲。站起后二人上步，萧素贞摘

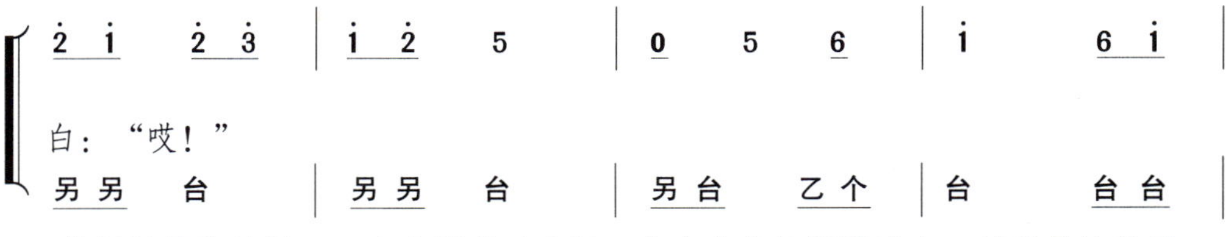

掉刘禄景的纱帽，二人分别退至边场，萧素贞将纱帽踢过去，刘禄景接纱帽，

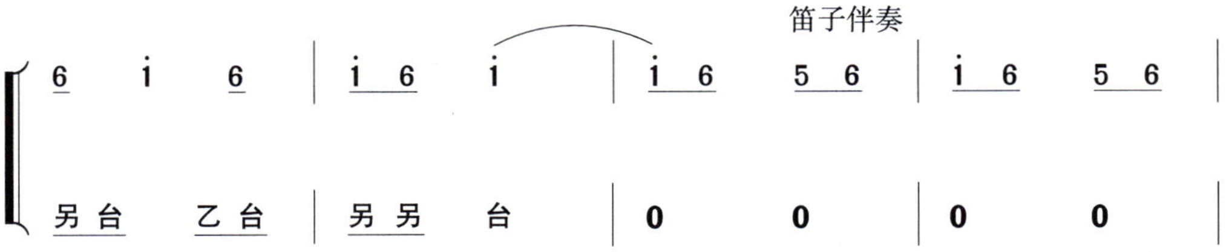

戴上）　（萧素贞左转身，左臂外撇，右转

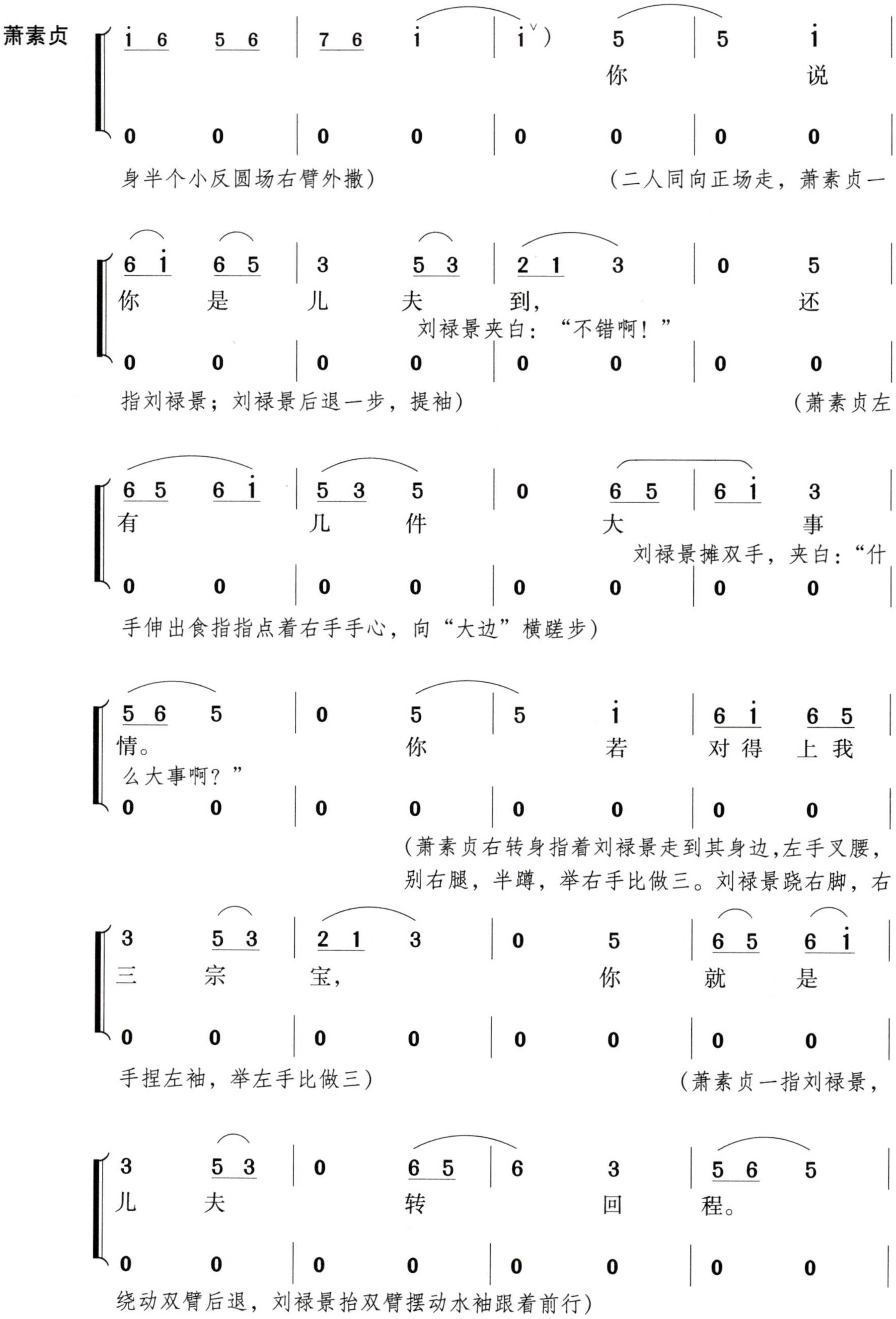
萧素贞
你 说
身半个小反圆场右臂外撇）
（二人同向正场走，萧素贞一
你 是 儿 夫 到， 还
刘禄景夹白：“不错啊！”
指刘禄景；刘禄景后退一步，提袖）
（萧素贞左
有 几 件 大 事
刘禄景摊双手，夹白：“什
手伸出食指指点着右手手心，向“大边”横蹉步）
情。 你 若 对 得 上 我
么大事啊？”
（萧素贞右转身指着刘禄景走到其身边,左手叉腰，
别右腿，半蹲，举右手比做三。刘禄景跷右脚，右
三 宗 宝， 你 就 是
手捏左袖，举左手比做三）
（萧素贞一指刘禄景，
儿 夫 转 回 程。
绕动双臂后退，刘禄景抬双臂摆动水袖跟着前行）

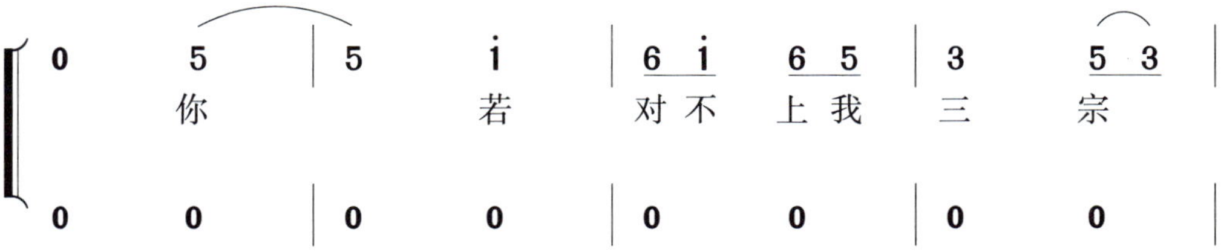

（萧素贞向“小边”移动，一指刘禄景，双手一摆，左手叉腰，别右腿，半蹲，举右手比做三；刘禄景里绕双袖，叉腰后退）

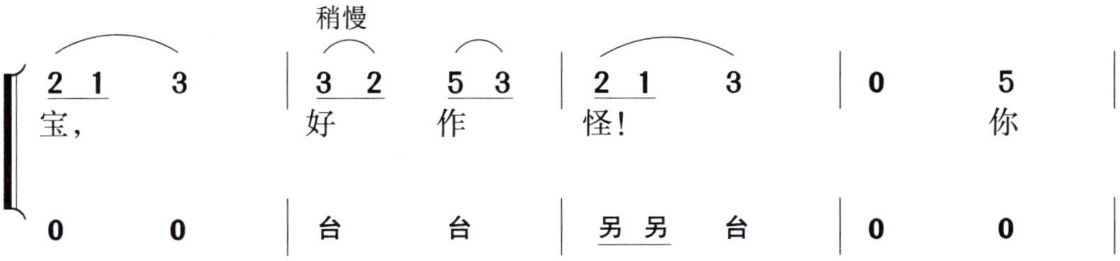

（萧素贞双手轮流指刘禄景，刘禄景双手叉腰，二人按节奏原地跑四步） （萧素贞左转身移至

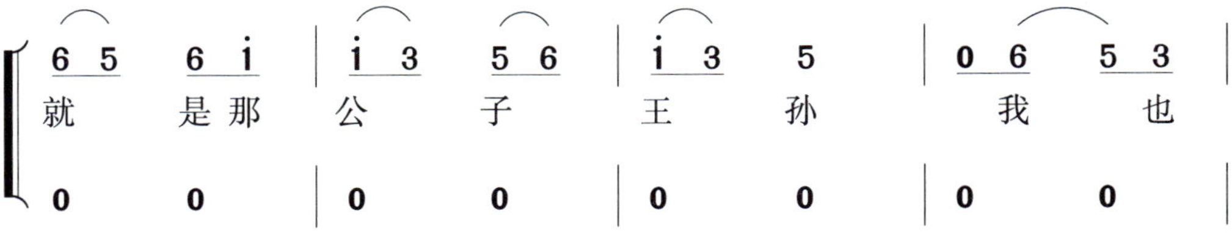

台口双手往前一指，右转身移至后场往后一指；刘禄景左转身翻回双袖，外翻双袖往后场面移，右转身翻回双袖，双手抓袖，叉腰）

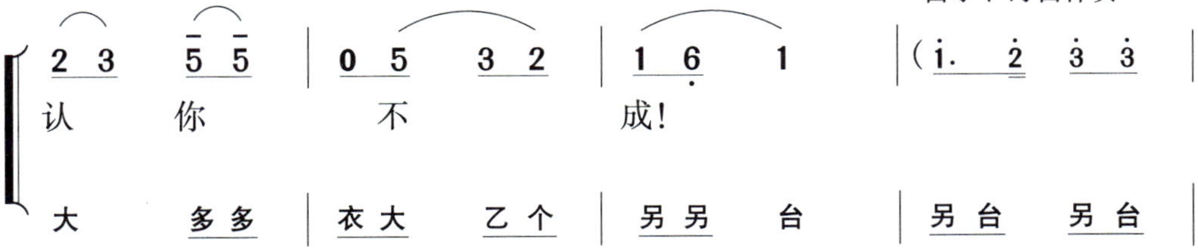

（萧素贞左转身叉腰

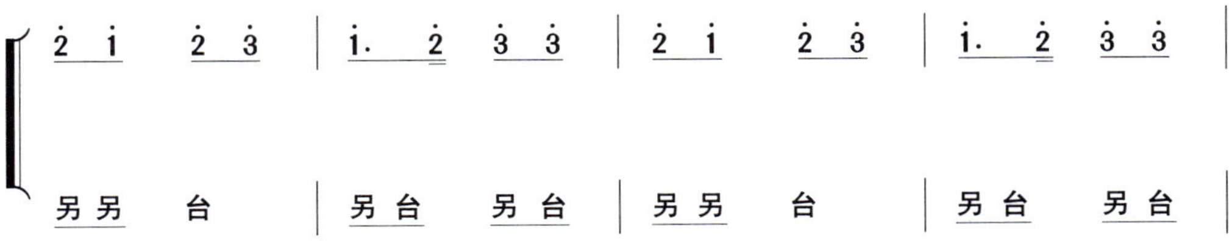

向正场上步与刘禄景相对，别左腿，向左拧身，面向外下蹲；刘禄景叉腰左转身向正场上步，向左拧身，面向里下蹲。二人右肘一磕，二人右拧身左肘一磕。二人再左拧身，右肘一磕。萧素贞右转身一周，张双臂，左右摆动后退；

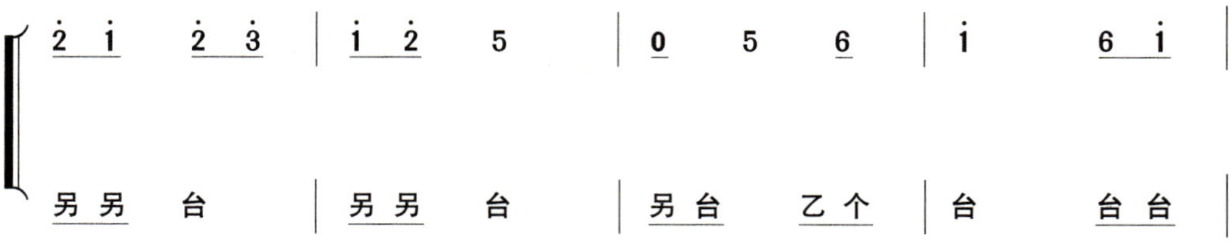

刘禄景左转身一周，张双臂，左右摆动前进）

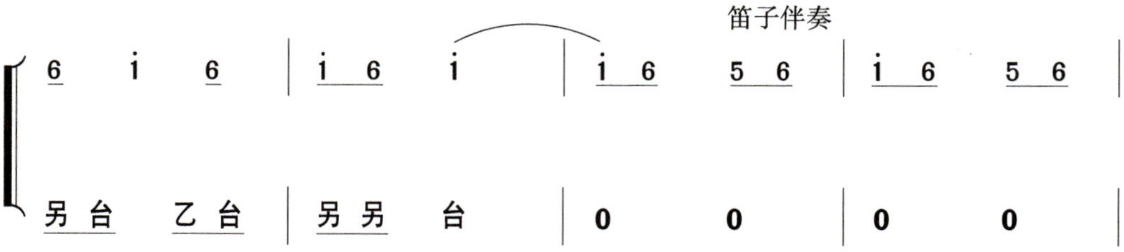

（萧素贞右手推一下刘禄景，左转身圆场到“大边”后场，向

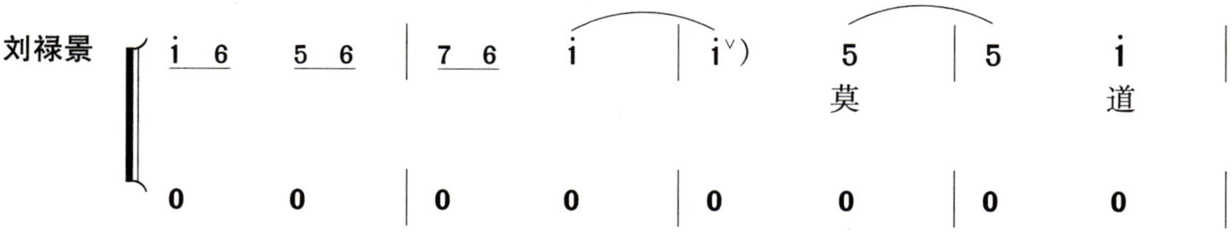

“下场门”一望，左转身圆场至“大边”台口，一望刘禄景；刘禄景右转身，左臂自后往前盖袖，右手撑袖，外翻左袖，下蹲，抖左袖，站起，撑左袖，外翻右袖，下蹲，抖右袖，站起，面向前，外翻双袖，抖双袖）

（刘禄景提袖，上步，

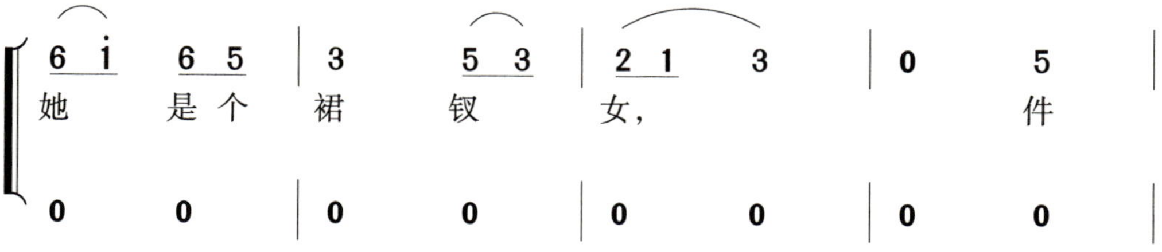

跷右脚，双手左指萧素贞；萧素贞一指刘禄景，摊双掌，右转身，移至后场）

（刘禄景上两步，左转身面向“小边”台

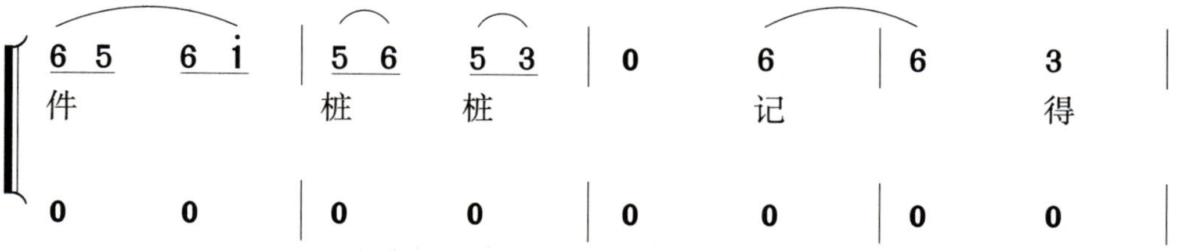

口，掂双掌，左转身；萧素贞在后场左转身一指刘禄景，进到“大边”摊双掌）

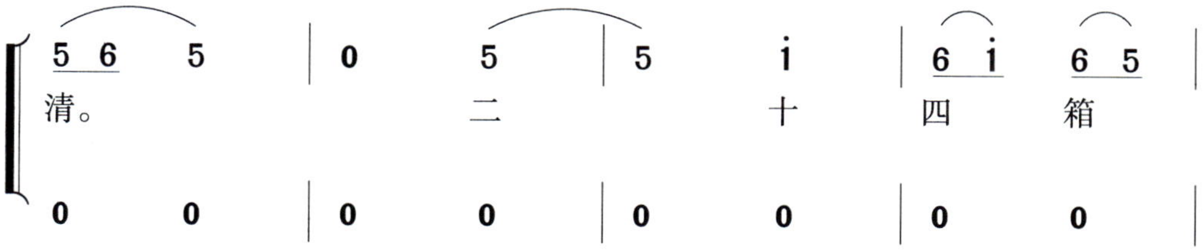

（刘禄景右转身，“小边”小圆场走到“下场门”；萧

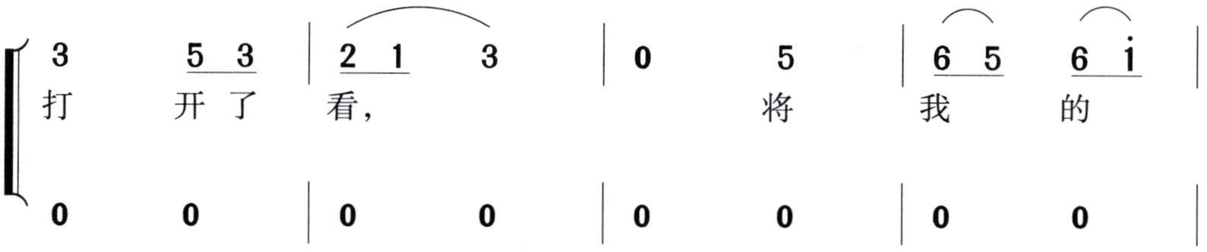

素贞往“小边”走，至正场右转身一周继续走，走到“小边”跳起别右腿，抬右臂遮挡窥望）

（刘禄景取出托盘，走至

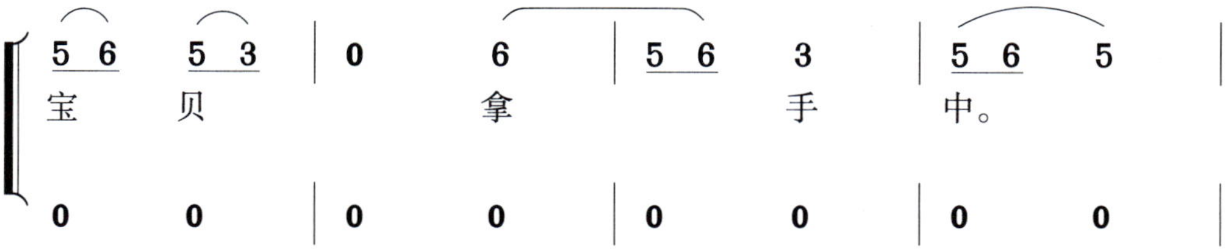

“小边”；萧素贞左转身圆场至“大边”后场）

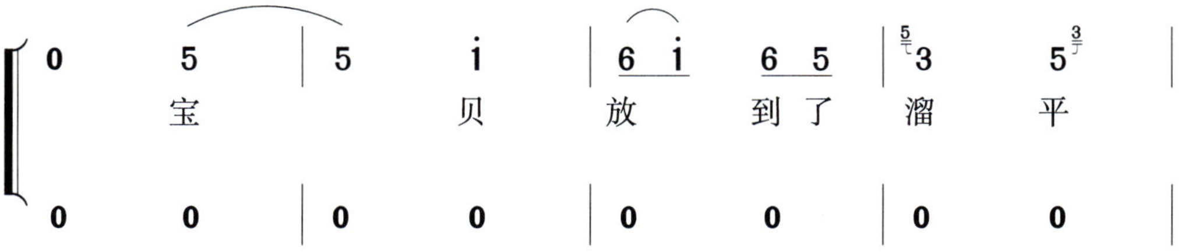

（刘禄景将托盘放在台口地上，萧素贞右转身到正场看托盘）

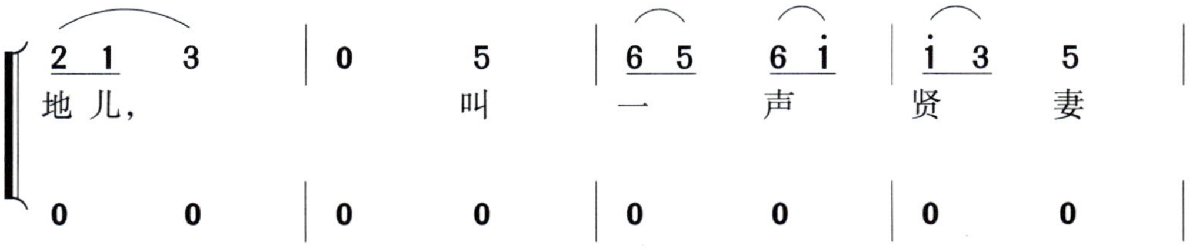

（刘禄景右手做让状，右转身，面向中前，左腿向着“小边”平抬，双臂往怀里滚动；萧素贞看着托盘惊喜，抬双臂，双手指着面颊左右

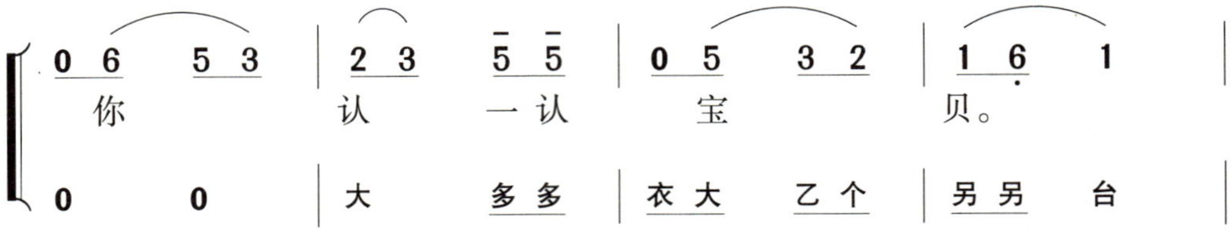

摇动，斜线往后场退，双手轮流的成左右“顺风旗”）

笛子、海笛伴奏

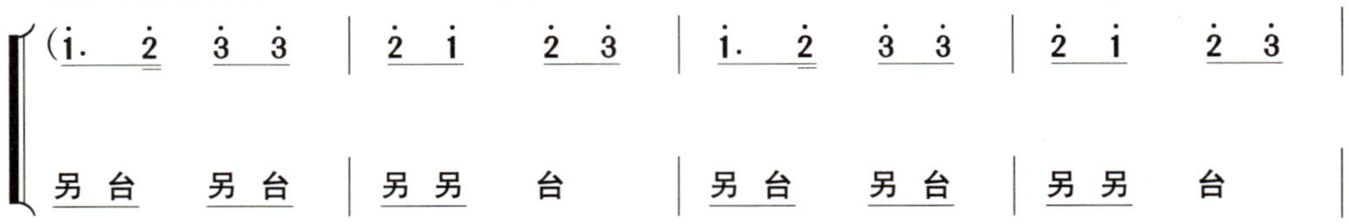

（萧素贞向左横跨二步左踢右腿，向右横跨二步右踢左腿，花旦步跑至托盘处张

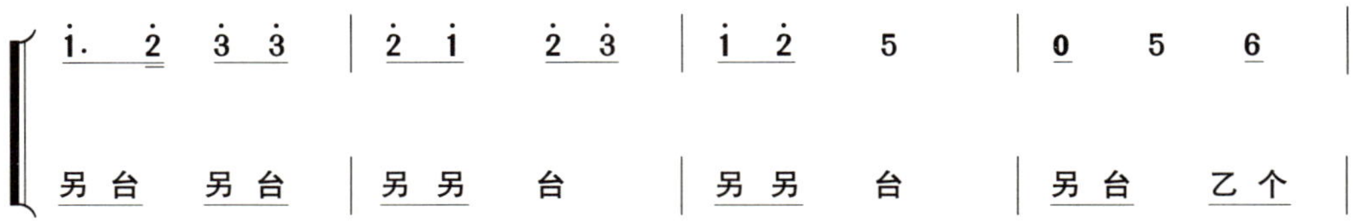

双臂挥右手令刘禄景走开。刘禄景上步至“小边”台口外翻右袖，往里盖左袖，

笛子伴奏

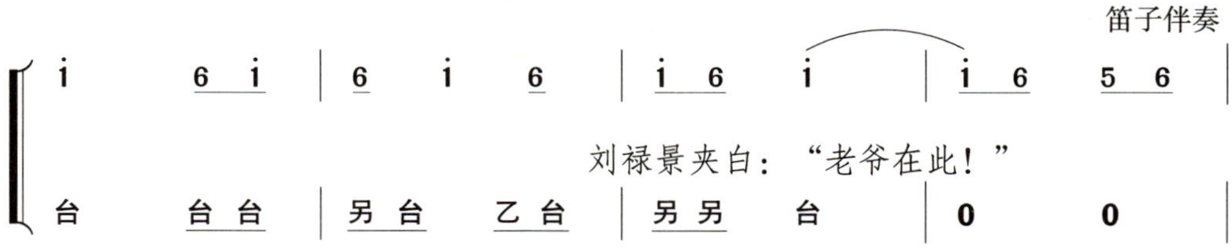

左转身往外甩左袖，翻回右袖，上步至“小边”后场外翻左袖，右转身往外甩右

萧素贞

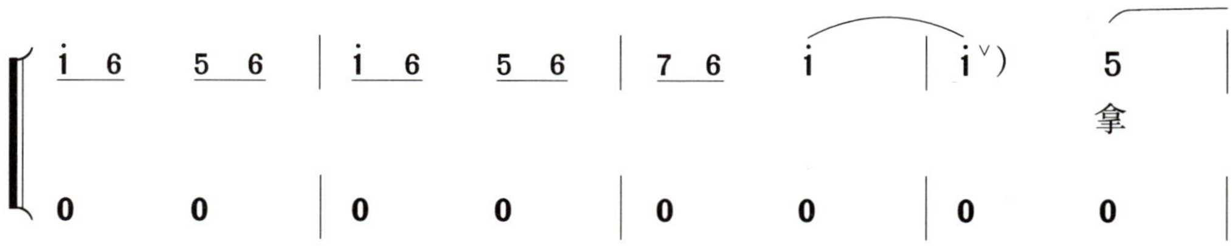

袖，翻回左袖，往里盖右袖，外甩右袖，外翻左袖至萧素贞身边，被轰开，里翻右袖，右转身，讪讪地高抬腿迈大步至“小边”面里站。萧素贞双膝跪下）

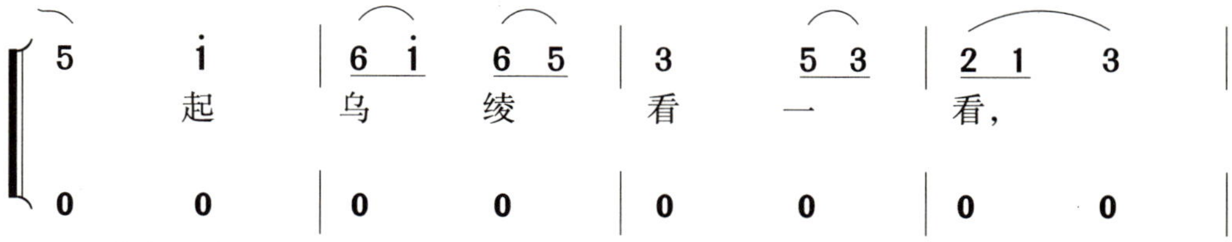

（双手拿起乌绫看）

| 小　上　坟 |

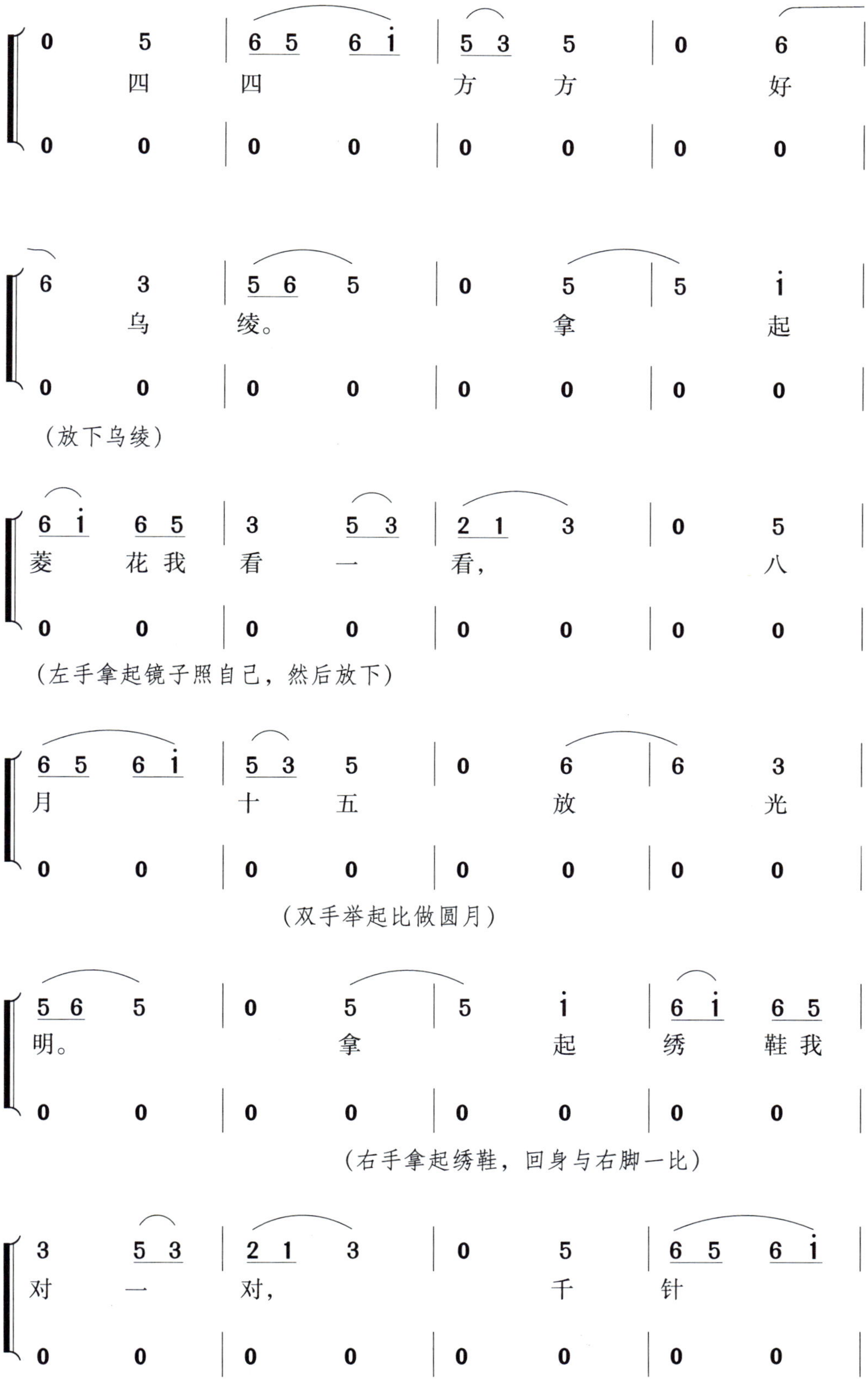
四四方方好
乌绫。拿起
(放下乌绫)
菱花我看一看，八
(左手拿起镜子照自己，然后放下)
月十五放光
(双手举起比做圆月)
明。拿起绣鞋我
(右手拿起绣鞋，回身与右脚一比)
对一对，千针

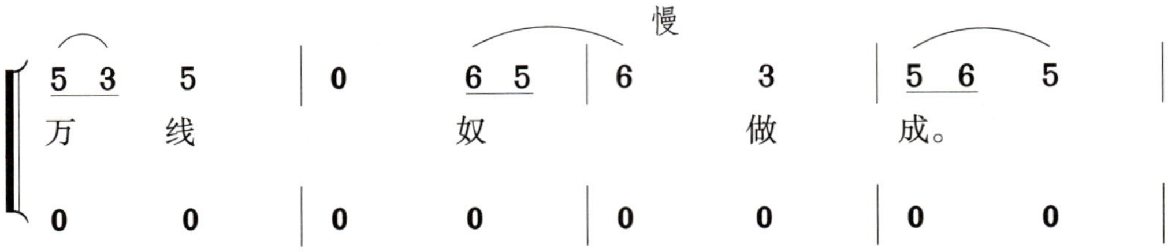

（站起，跑至“大边”，将托盘推到“大边”侧幕内，又回到正场）

刘禄景 嘿嘿，一点儿也不错哇！

〔刘禄景凑到萧素贞身边二人紧紧相对，萧素贞双手拍双膝。

萧素贞

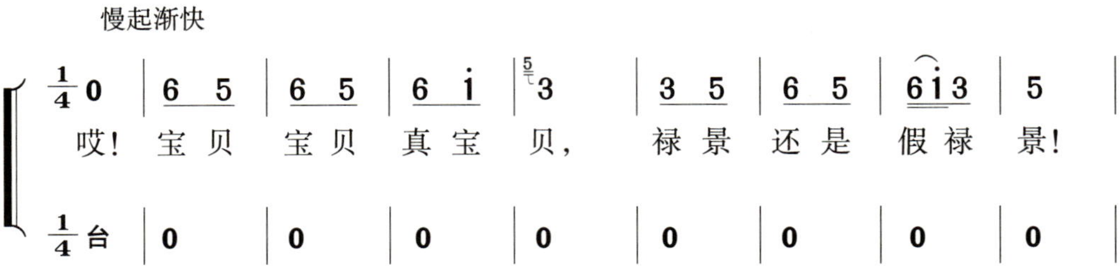

（萧素贞花梆子步指点着刘禄景前行，刘禄景端带缩动着脖子鸡形步后退）

刘禄景

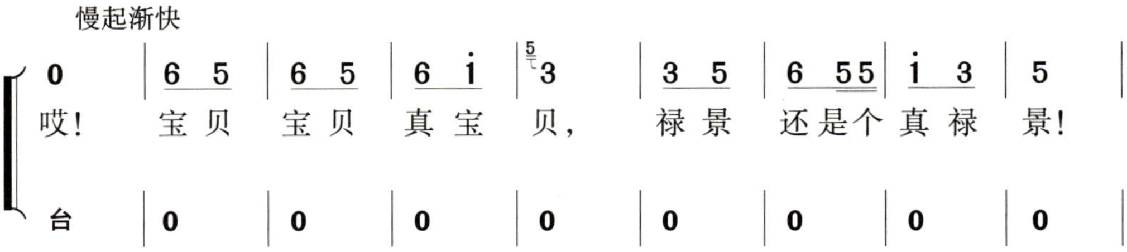

（刘禄景举双臂双手轮流在脸前往外划动，缩动着脖子，鸡形步前行，摊双掌；萧素贞花梆子步后退）

萧素贞

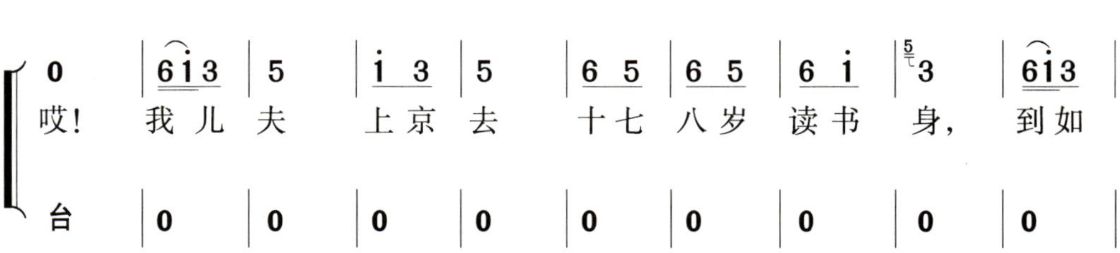

（萧素贞翻着腕花，花梆子步前行；刘禄景端带缩动着脖子鸡形步后退）

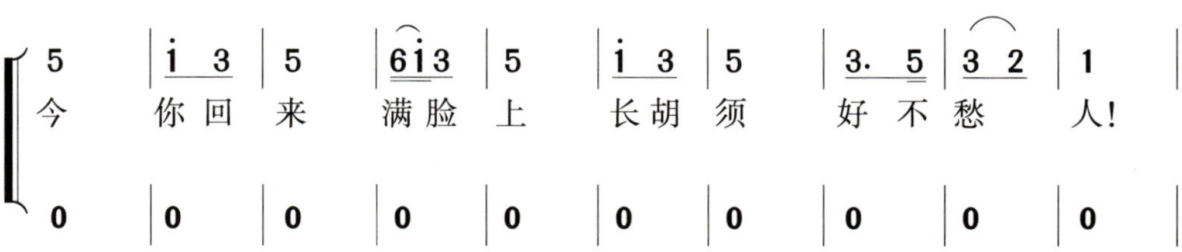

小上坟

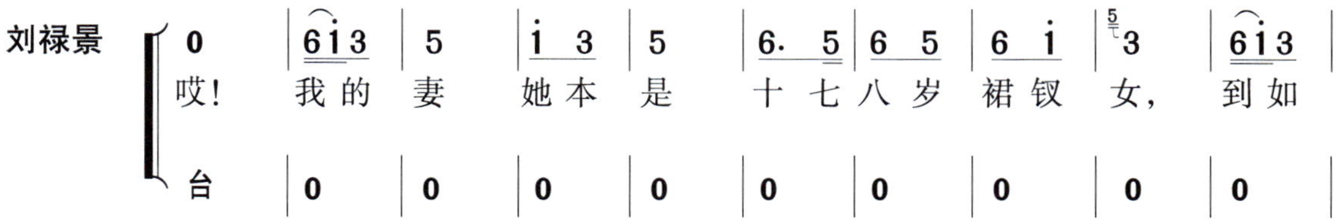

（刘禄景双手分别在脸前一划，左手后背，右手捏着嘴，耸着肩，扭捏

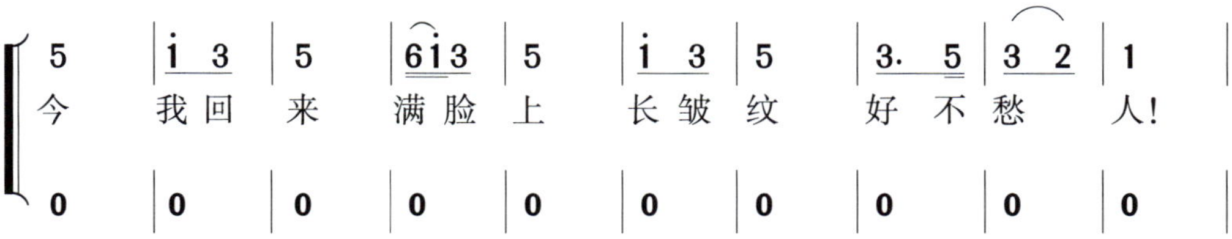

着前行；萧素贞垂下双手，花梆子步后退）

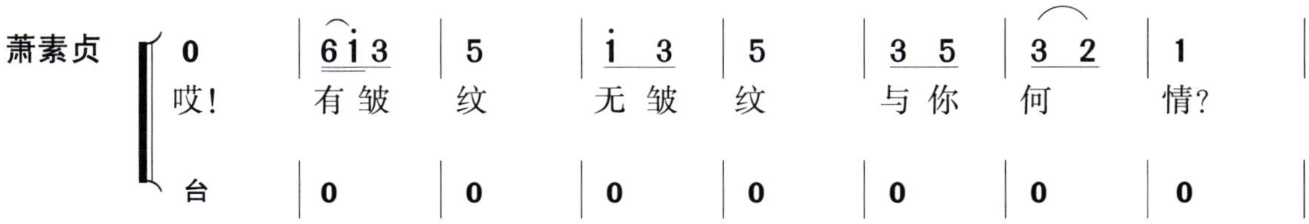

（萧素贞垂下双手，花梆子步前行，最后双手轮流指点刘禄景；刘禄景平抬双手在萧素贞的腰两侧，缩动着脖子鸡形步后退）

（刘禄景外甩双袖，鸡形步前行步。萧素贞撑左手右手抓住刘禄景的胡子，刘禄景张双臂，二人逆时针方向转一圈）

笛子、海笛伴奏

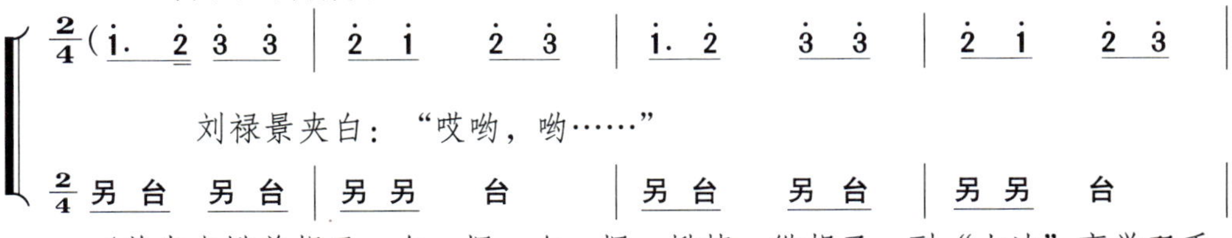

（萧素贞揪着胡子，左一摆，右一摆，揪掉一绺胡子，到“大边”高举双手

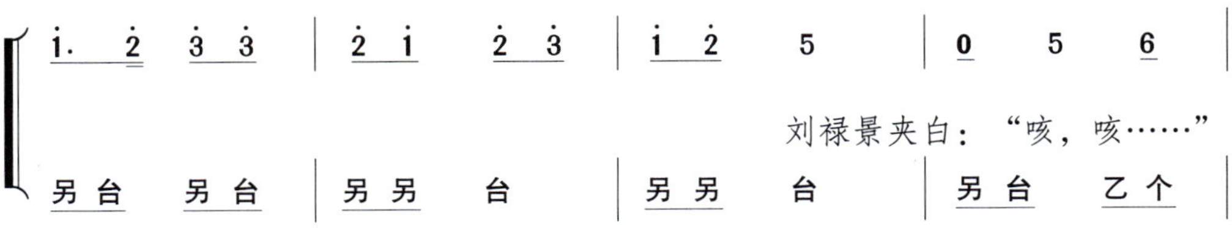

吹，拍双手笑，刘禄景捋着胡子后退到“小边”）

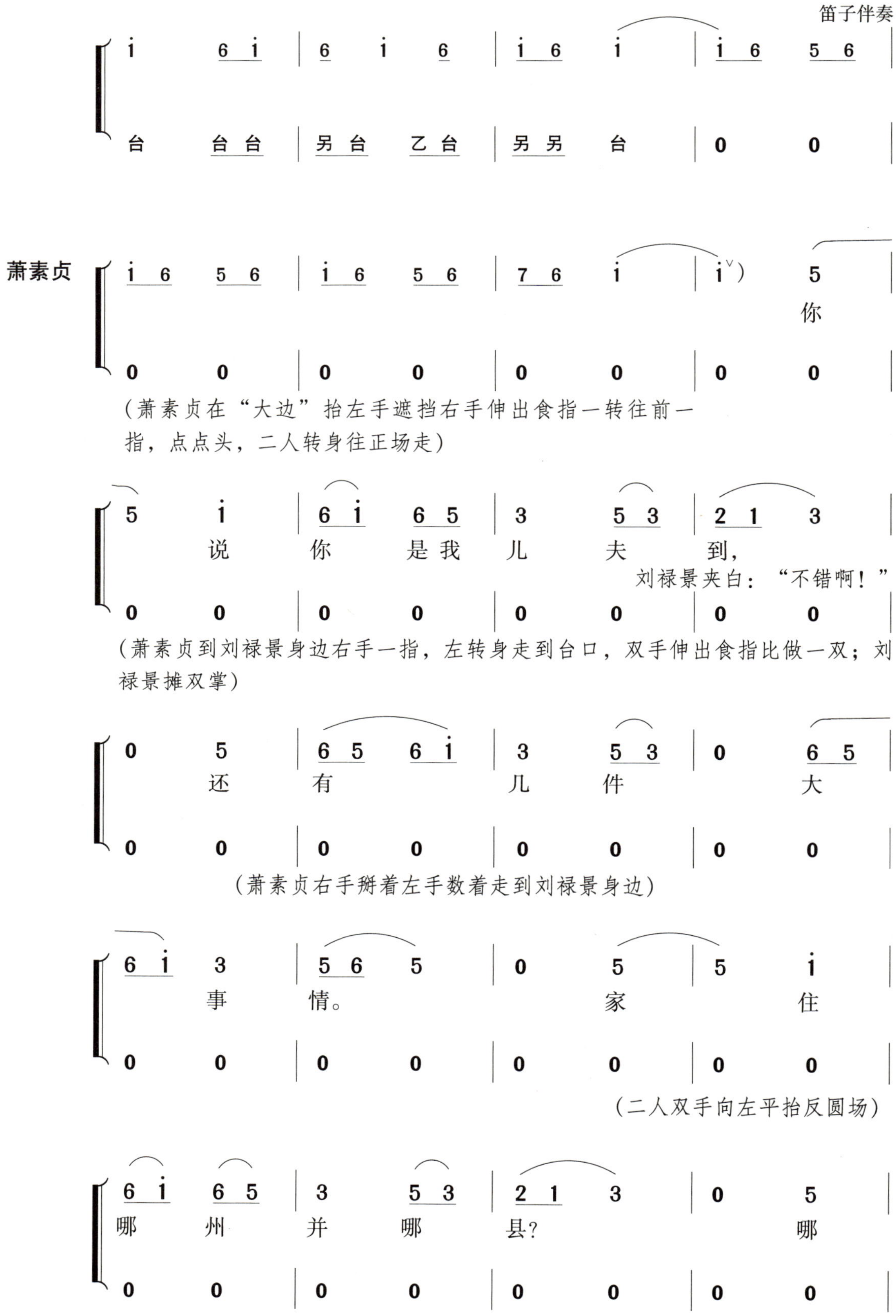
笛子伴奏
台 台台 另台 乙台 另另 台
萧素贞
你
（萧素贞在“大边”抬左手遮挡右手伸出食指一转往前一指，点点头，二人转身往正场走）
说 你 是我 儿 夫 到，
刘禄景夹白：“不错啊！”
（萧素贞到刘禄景身边右手一指，左转身走到台口，双手伸出食指比做一双；刘禄景摊双掌）
还 有 儿 件 大
（萧素贞右手掰着左手数着走到刘禄景身边）
事 情。 家 住
（二人双手向左平抬反圆场）
哪 州 并 哪 县？ 哪

小上坟

（萧素贞到“大边”后场，刘禄景到“小边”前场，二人左转身圆场）

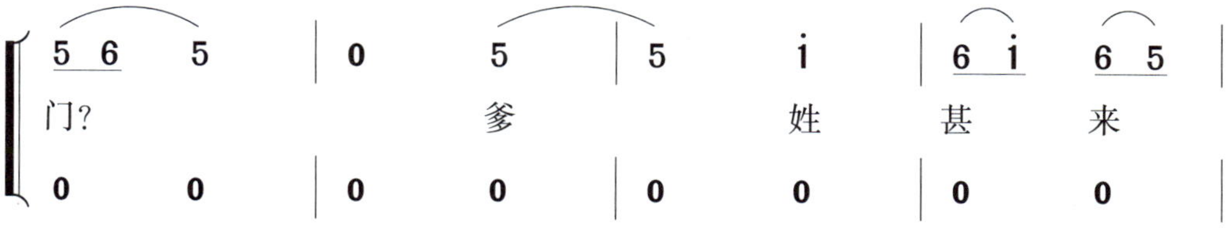

（萧素贞到“小边”台口退步右转身面向里走到“大边”后场拱双手，左转身走到“大边”台口拱双手；刘禄景圆场到“小边”台口拱双手，左转身走到“小

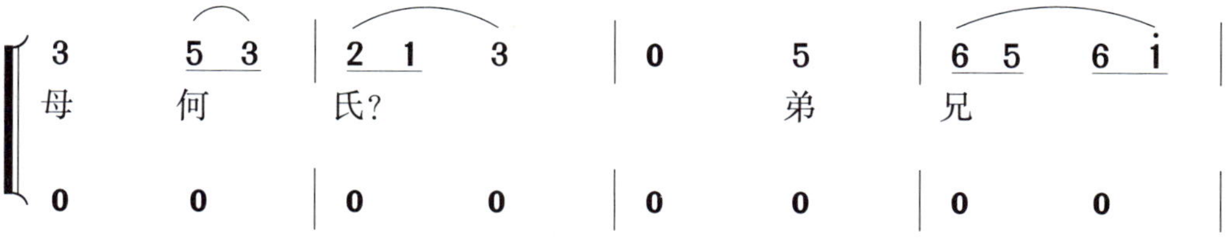

边”后场拱双手）　（二人斜线走到正场

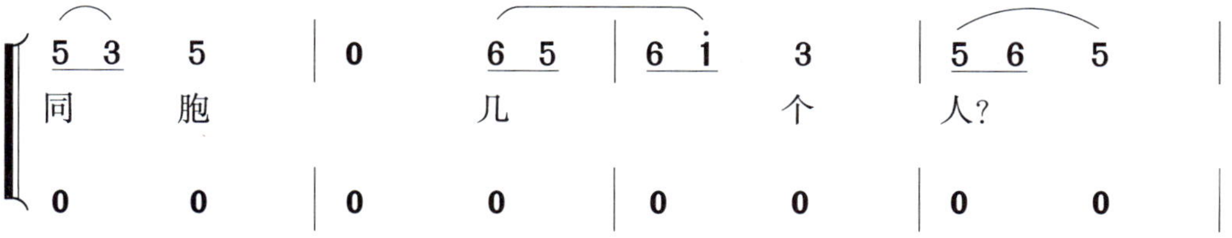

相对互相一指，后退，摊双掌）

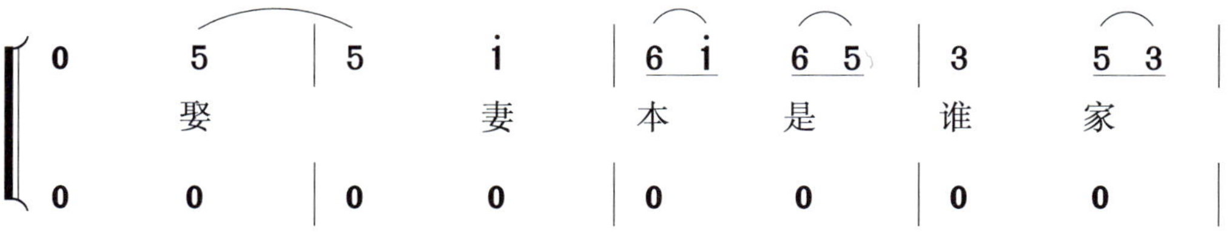

（二人左转身，萧素贞到“大边”后场举双手食指相交，左转身走到“大边”台口拱双手；刘禄景到“小边”台口举双手食指相交，左转身走到“小边”后场

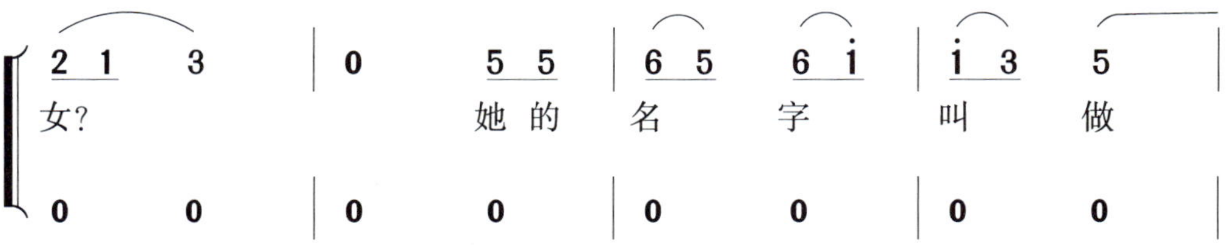

拱双手）　（二人转身走到两边中场。萧素贞面向

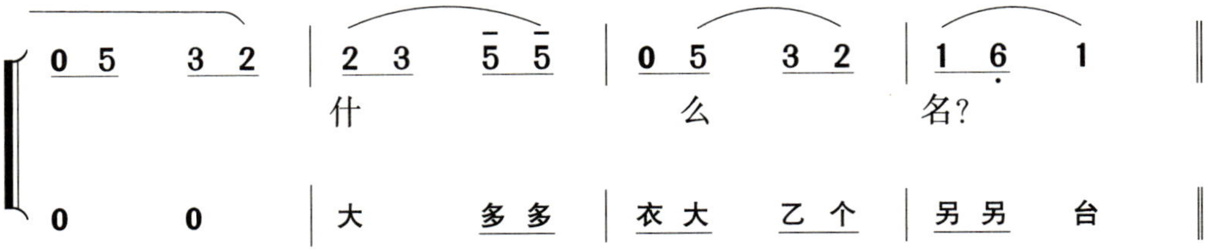

“小边”右手往前一指，往正场走，双手交叉从小腹往上举再下按至小腹。刘禄景左转身面向“大边”，双臂自下往上往外划一圈，上举双手，交叉下按。二人面向前跷左脚，并肩在一起）

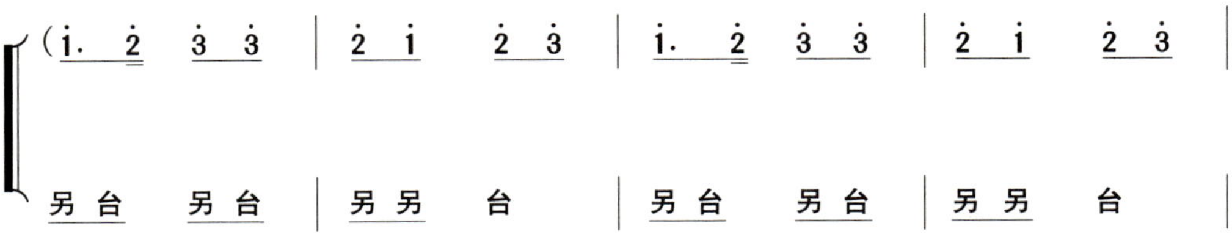

（二人转身相互一望；转身面向里，提起交叉的双手往下一按，相互一望；再转

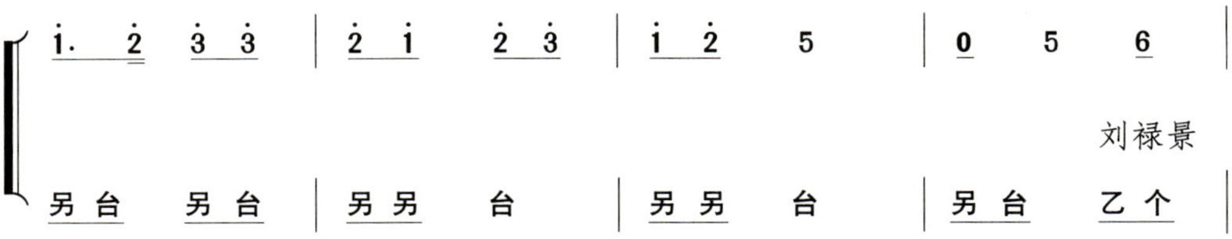

身面向前提起交叉的双手相互一望。萧素贞右转身一周，向刘禄景招手；刘禄

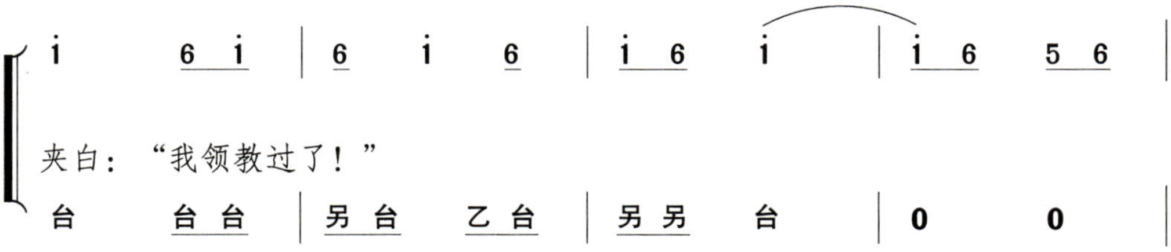

景左转身一周，凑近萧素贞。萧素贞欲打刘禄景嘴巴，刘禄景双手左推，躲）

刘禄景

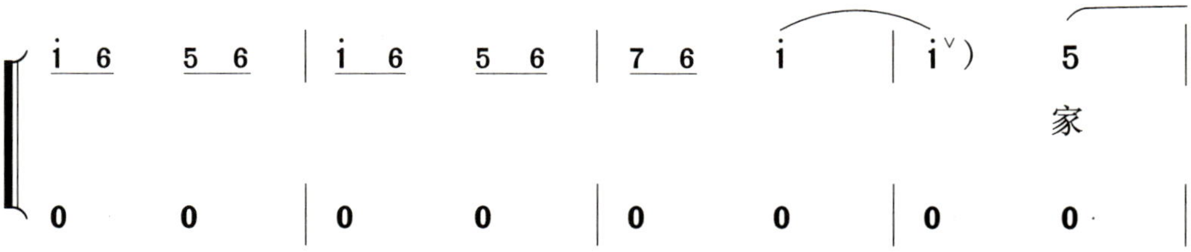

（萧素贞嗔指刘禄景，左转身，圆场至“大边”） （刘禄景到“小边”

小上坟

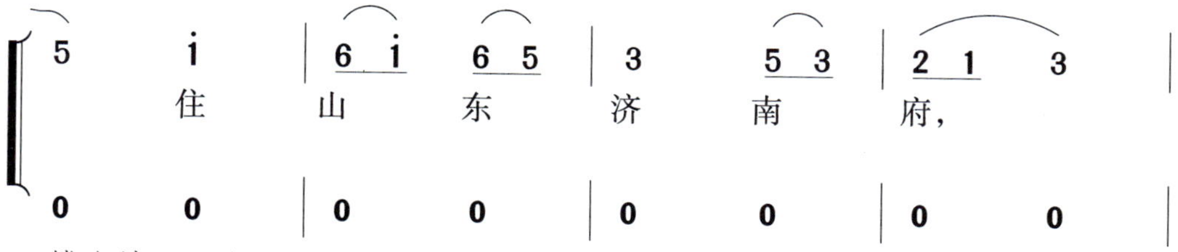

撑右袖，面向“小边”台口外翻左袖，翻回左袖掸左脚，再外翻左袖，踐左脚；萧素贞右转身反圆场到“小边”后场）

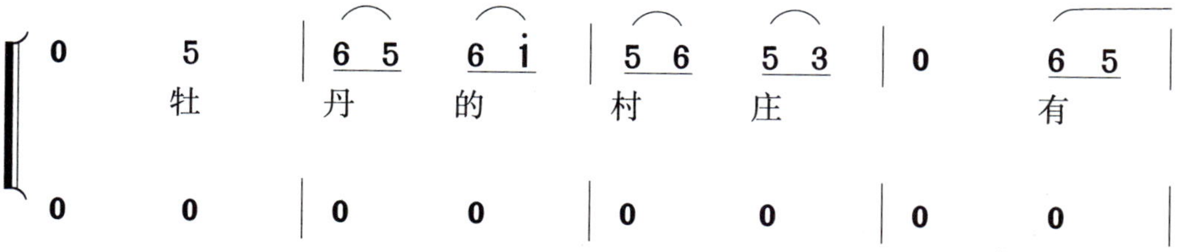

（刘禄景翻回左袖，右袖掸右脚，面向台口，翻右袖，往右撒；萧素贞跳过

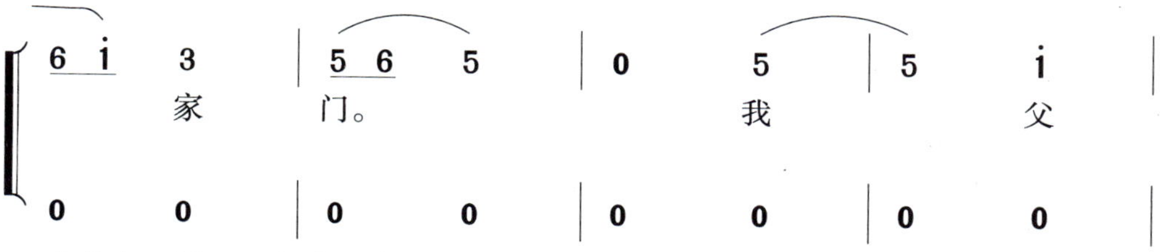

右转身一周，面向前，左手撑，右手前指刘禄景）

（刘禄景翻回右袖，垂下双袖，提袖，上步，右转身面向“小边”台口，右腿

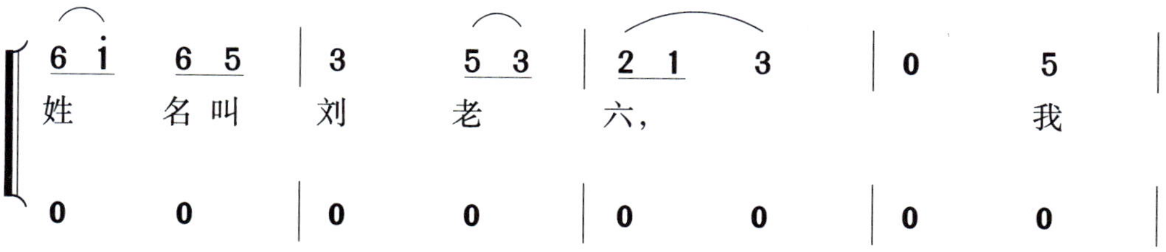

前弓，左手捏右袖，举右手比做六；萧素贞在后场跑动到“大边”后场，中间二次跳起左转身一周，随着转身，两臂外扬）

（刘禄景左转身往正场进两步，右转身面向“小边”

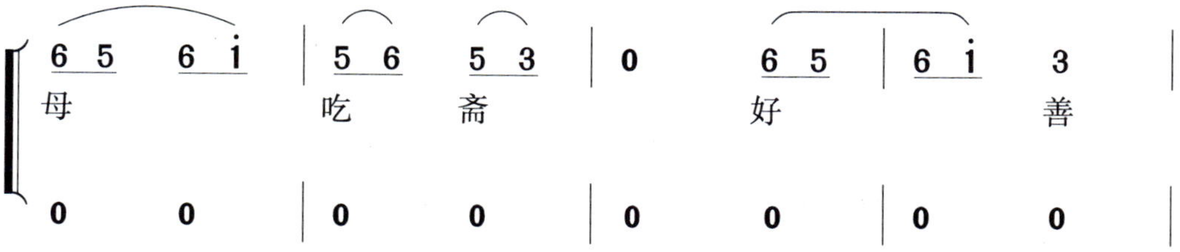

台口，平抬左腿，双手合十，落下左腿，深鞠一躬；萧素贞右手捏左手的绸条，撑左手，别起左腿一亮。“大边”小反圆场到“大边”中场别左腿半蹲，双手合十）

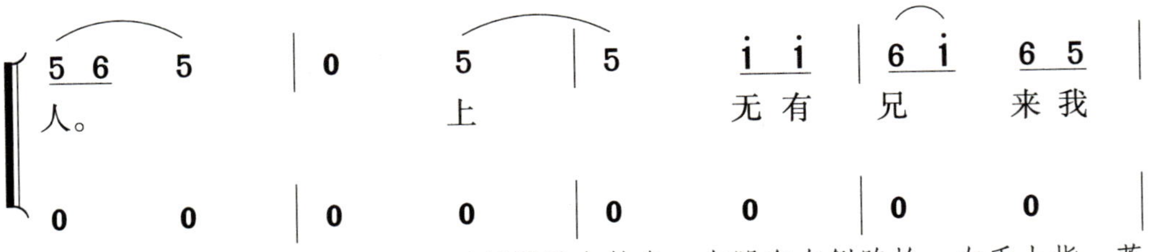

(刘禄景左转身，左腿向左侧跨抬，左手上指，落下左腿，右转身，面向“小边”台口，左手捏右袖，戳右脚，右手下按；萧素贞站起一跳变成别

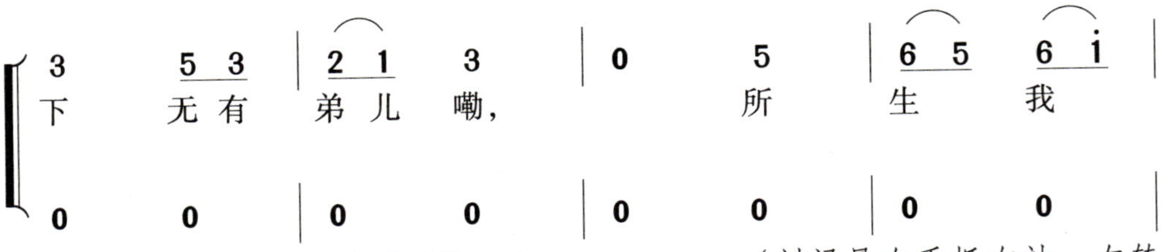

右腿半蹲，撑右手，左手下指，站起左转身面向“大边”台口高兴地拍掌）

（刘禄景右手抓右袖，右转身，右手向怀内晃二下，面向“大边”后退两步；萧素贞跑

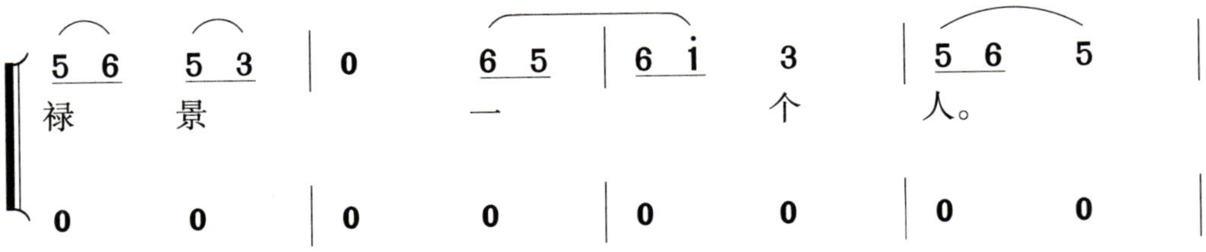

到刘禄景身边，再后退几步，左手捏右手的绸条，右手比做一，左转身面向“大边”台口高兴地拍掌）

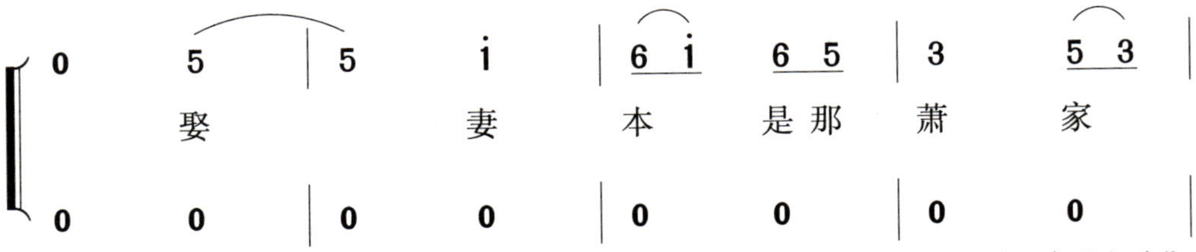

(刘禄景左转身走至“小边”后场，右转身，“小边”小反圆场到“小边”台口，双手向右上方一指，左转身至萧素贞身旁右手指萧素贞，双手端带说出其妻的姓氏；萧素贞右转身跑到刘禄景身边见刘禄景说对了姓氏，向

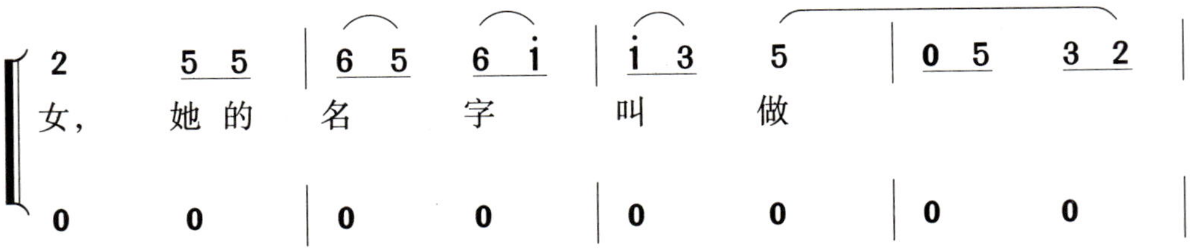

其一指）　(萧素贞双手扯着右手的绸条横在胸前，别左腿，向右斜身听刘禄

| 小 上 坟 |

笛子、海笛伴奏

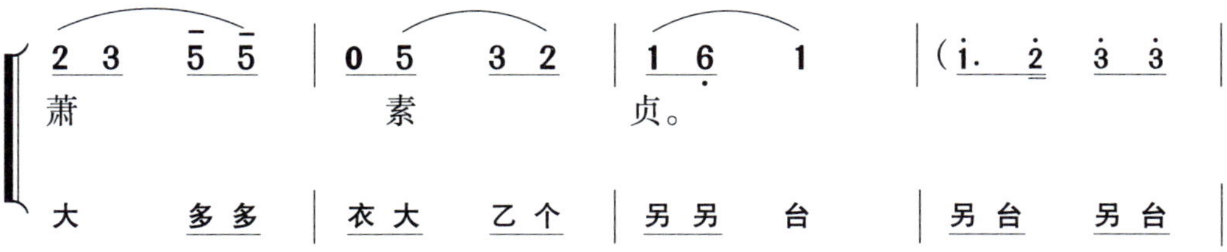

景道出其妻的名字，见说对了便高兴地右手往左盖，左手往左扬，跑到“大边”，右转身面对“小边”向刘禄景招手，双臂往左一摆，再往右一摆，走到正场；刘禄景右

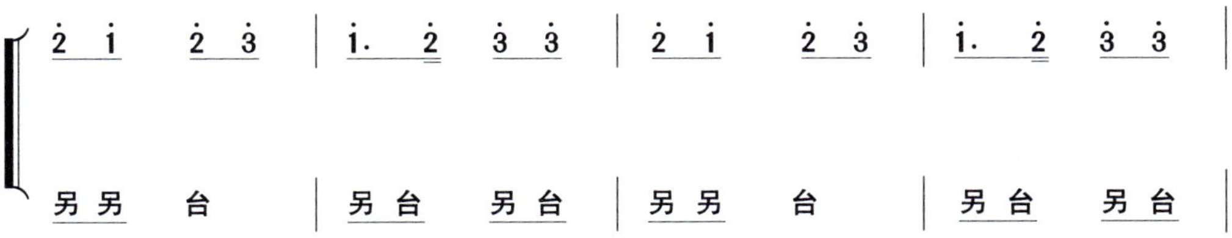

转身向“小边”走两步，外翻右袖，左臂向右横在胸前，高抬左腿，左转身，翻回右袖，到后场，外翻左袖，右转身翻回左袖，里翻右袖走到萧素贞身旁）

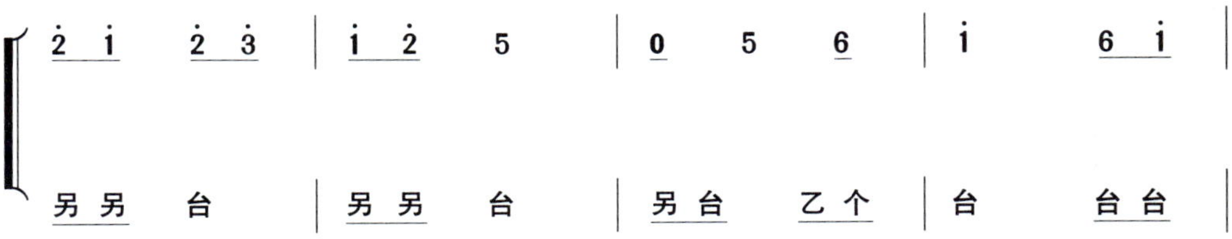

（萧素贞激动地双手抚胸抽泣，往下半蹲；刘禄景右手给萧素贞抚

笛子伴奏

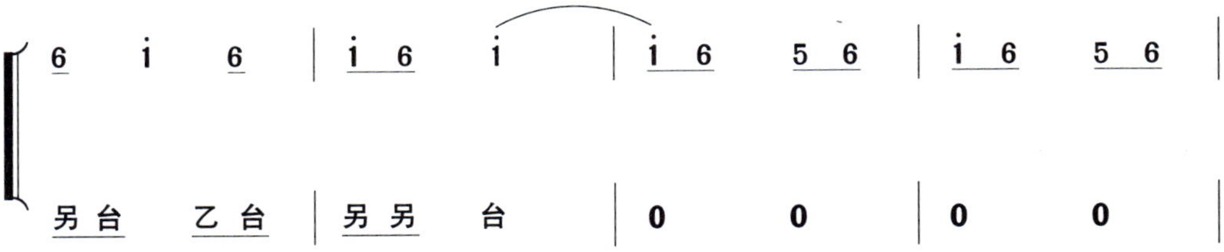

胸，左手往右一推，站起，左转身至“大边”。刘禄景右臂向后一拉，左袖往

萧素贞

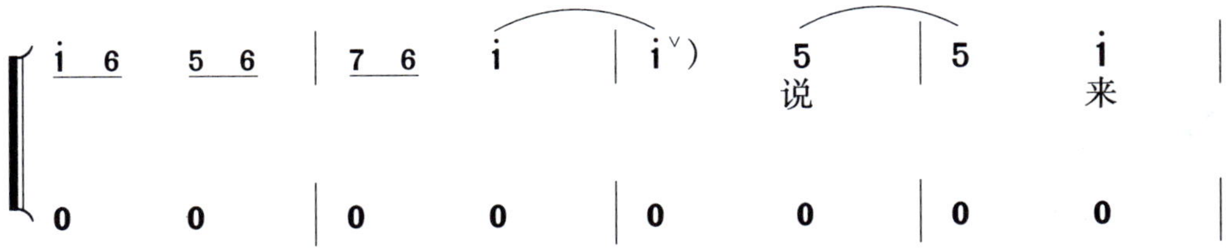

右一甩，右转身至“小边”，左转身提双袖）（二人转身向正场走，萧素贞左

6 i 65 | 3 53 | 21 3 | 0 5 |
就 是我 儿 夫 到， 随
刘禄景夹白：“不错哇！”
0 0 | 0 0 | 0 0 | 0 0 |

手拉着右手的绸条，右手指刘禄景，拱双手）（萧素贞右手

扳慢

65 6i | i3 55 | 5 56 | i6 i ‖
我 去 到那 接 官 厅。
0 0 | 0 0 | 0 0 | 0 0 ‖

指自己，左转身面向“大边”台口走两步）（萧素贞往左臂里绕，右臂里绕，右转身，右手往前一推，左手往前一推，顺势右转身一周，跳起，右臂往里一绕，摔“屁股坐子”落在“小边”台口，右手指出成右“顺风旗”；刘禄景向“大边”上步，右臂外甩，左转身，左臂里盖，反圆场，张开双臂回到正场）

刘禄景　（摆两下右袖，抓右袖）好，我们走！

笛子渐快

（0 0 | 06 56 | i6 56 | i6 56 | 76 i |
扎 扎 | 台 0 | 0 0 | 0 0 | 0 0 |

（刘禄景右手抓着水袖，右臂往外一摆，再往里一搂，抬左腿，一亮；萧素贞双绕臂，抓绸条，一亮）（刘禄景领，二人圆场）

刘禄景

i） 5 | 5 i | 6i 65 | 3 53 | 21 3 |
为 官 迈 步 头 里 走，
0 0 | 0 0 | 0 0 | 0 0 | 0 0 |

萧素贞

0 5 | 65 6i | 53 5 | 0 65 | 6i 3 | 56 5 |
后 面 跟 随 萧 素 贞。
0 0 | 0 0 | 0 0 | 0 0 | 0 0 | 0 0 |

小上坟

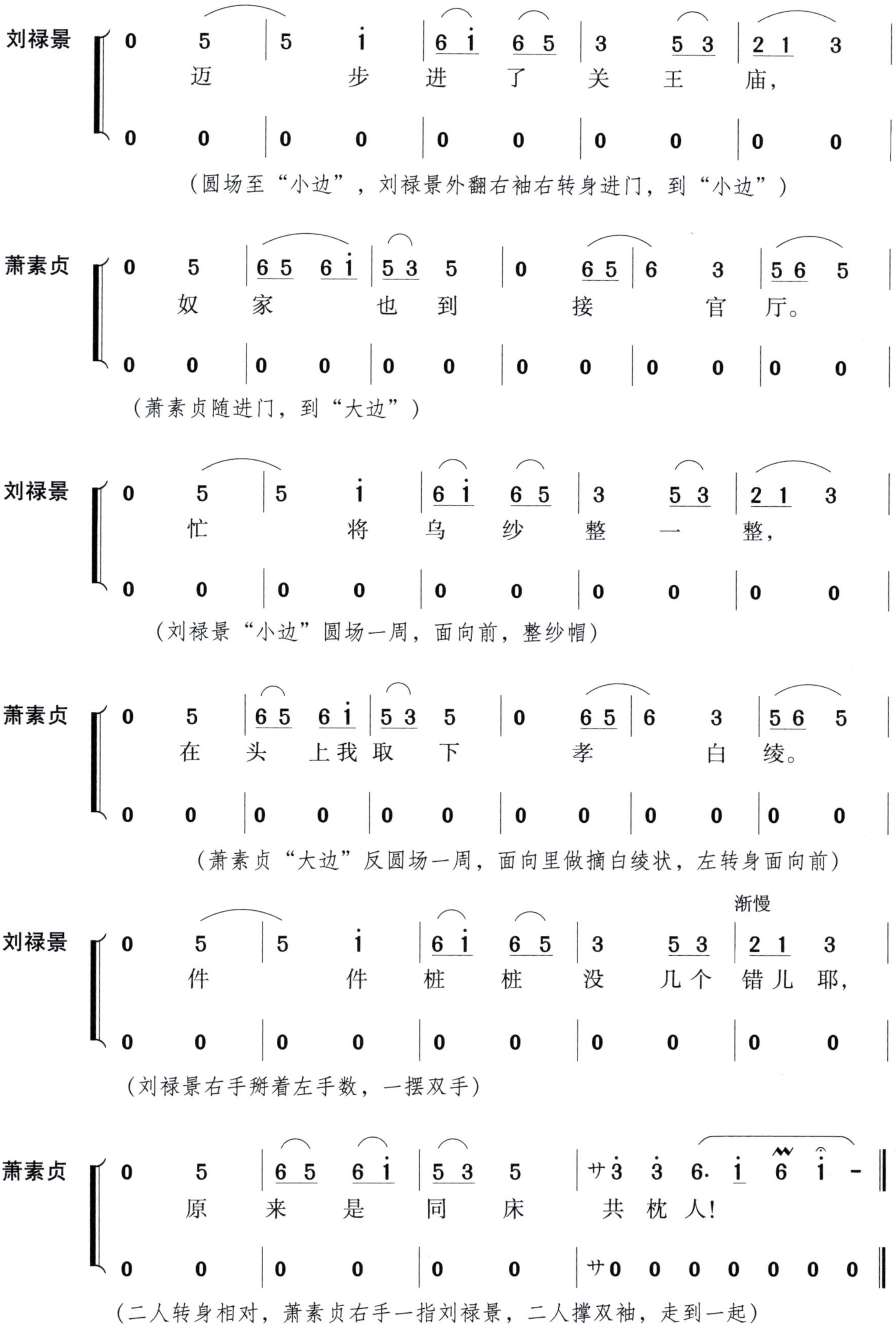
刘禄景
迈 步 进 了 关 王 庙，
（圆场至“小边”，刘禄景外翻右袖右转身进门，到“小边”）
萧素贞
奴 家 也 到 接 官 厅。
（萧素贞随进门，到“大边”）
刘禄景
忙 将 乌 纱 整 一 整，
（刘禄景“小边”圆场一周，面向前，整纱帽）
萧素贞
在 头 上我 取 下 孝 白 绫。
（萧素贞“大边”反圆场一周，面向里做摘白绫状，左转身面向前）
刘禄景
渐慢
件 件 桩 桩 没 几个 错儿 耶，
（刘禄景右手掰着左手数，一摆双手）
萧素贞
原 来 是 同 床 共 枕 人！
（二人转身相对，萧素贞右手一指刘禄景，二人撑双袖，走到一起）

〔【小锣长丝头】刘禄景与萧素贞抱头痛哭。

刘禄景 萧素贞 (哭)呜……呜……呜…… (台)

萧素贞 得了,得了,得了!别哭啦。咱们夫妻相逢,乃是大喜的事情,咱们哭什么呀?

刘禄景 是呀!夫妻相逢,乃是喜事,我们哭什么哇!

萧素贞 咱们快点儿回家吧!

刘禄景 好,我们走哇!

萧素贞 好吧。

刘禄景 走哇!

萧素贞 请!

〔刘禄景抓右袖,出门左转身向"下场门"走去。萧素贞出门,一想,右转身面向"小边"台口双手外指。【小锣一击】

萧素贞 (左转身招呼刘禄景)我说嗨!(右手叉腰,左手招手)你给我回来!

刘禄景 (右转身面向萧素贞)哎,【小锣一击】(走到萧素贞身边)做什么哇?

萧素贞 我问问你,你去了这么些个日子,难道说,把我这个家就给忘了吗?

刘禄景 噢,为功名事大,把你这个家也就忘怀了。

萧素贞 噢,功名事大?

刘禄景 不错哇!

萧素贞 哎,你说得对。那咱们回去吧!

刘禄景 回去呀!

萧素贞 请!

刘禄景 请!

〔刘禄景向"下场门"走去。萧素贞右转身面向"小边"台口双手做捋髯状。【小锣一击】

萧素贞 (左转身招呼刘禄景)我说嗨!(刘禄景站住,右转身,盯着萧素贞)你再给我回来!【小锣一击】

刘禄景 哎呀,又做什么哇?(走到萧素贞身边)

萧素贞 我问问你,我记得你走的时候是个小白脸儿呀!

刘禄景 不错哇!

萧素贞 你这回来呢,(揪扯着刘禄景的胡子)怎么长了些个什么乱七八糟的?

刘禄景 哎,哎,这是胡须呀!

萧素贞 噢,这是胡子呀?

刘禄景 噢,不错。

萧素贞 它怎么长了这么长啊?

刘禄景 天长日久,自然就长长了!

萧素贞 噢,天长日久,自然就长长啦?

刘禄景 不错。

〔二衙役"上场门"暗上,站"小边一条鞭"。

萧素贞 (捋着刘禄景的胡子)哟,这个玩意儿真讨厌!它能掉不能掉哇?

刘禄景 怎么不能掉哇？说掉嘛，就掉！（摘下胡子）[①]

二衙役 哦——！

「刘禄景忙戴上胡子与萧素贞换位。萧素贞到“大边”面向“下场门”站，刘禄景到“小边”面对二衙役。

刘禄景 来呀！

二衙役 有。

刘禄景 备两乘小轿。

一衙役 （上步）只有一乘小轿。

刘禄景 哎，鞴匹马来！

一衙役 马也无有，只有一头驴儿。

刘禄景 毛驴儿？

一衙役 呃。

刘禄景 毛驴儿也好，牵了上来。

「笛子吹奏曲牌〈哑笛〉。

一衙役 是。（到“上场门”牵驴，交给刘禄景）

刘禄景 （接过驴）好好好，（挥右手）放假三日，休息去吧！

二衙役 谢老爷！（“上场门”下）

「刘禄景拉驴至正场。萧素贞移至“小边”。

刘禄景 哎夫人，请来上驴！

「萧素贞做整装的身段。

刘禄景 夫人，请来上驴。

萧素贞 （怕状）哟，我有点害怕。

刘禄景 不妨事。我来帮助于你！来来来，夫人来！

「萧素贞在刘禄景右侧犹犹豫豫地上驴，没上去。

刘禄景 哎……慢着些，慢着些！

「刘禄景忙过去扶，领着萧素贞转到刘禄景左侧，面向里。萧素贞还是犹犹豫豫地上驴，没上去。

刘禄景 哎……慢着些。

「刘禄景忙过去扶，领着萧素贞转到刘禄景“大边”侧，面向前。

萧素贞 搀着我点儿。

刘禄景 好好好，待我扶着夫人。

「刘禄景托着萧素贞上了驴。面向“大边”，刘禄景绕到萧素贞身后。

刘禄景 好！（台）我们走吧！

萧素贞 官人哪，咱们快点儿走。

刘禄景 好好好。

萧素贞 待会儿到家，我有好多话好跟您说呢！

刘禄景 （见驴不走）哎，不成，不成！

---

① 按于连泉的演法，到此处二衙役不上，萧素贞笑着说：“咱们回去吧。”起尾声，二人“下场门”下，剧终。

萧素贞 怎么啦？

刘禄景 如此，我们就快些走！

〔刘禄景踹驴屁股一脚，**【小锣长丝头】**驴跑了起来，刘禄景在后面追。二人圆场到“小边”后场，刘禄景追上萧素贞，二人蹉步向正场台口走，刘禄景做揪住驴尾巴往后拉状，**（台台台）**驴撂蹶子将刘禄景踢倒在地。

刘禄景 哎哟，夫人，你怎么撂起蹶子来了？

〔萧素贞圆场到刘禄景身旁，刘禄景艰难地站起。

萧素贞 嗨，咱们别走这么快啦，咱们还是慢点儿走吧！

刘禄景 我，我……我们慢些走吧！

萧素贞 嗨，走吧！（领圆场）（回头对刘禄景）

刘禄景 走哇！

萧素贞 慢着走哇！

刘禄景 慢着走！

〔**【小锣长丝头】**刘禄景与萧素贞圆场至“小边”台口。曲牌止。

萧素贞 咱们还是快点儿走吧！

刘禄景 好哇，我们快些走！

萧素贞 走哇！

〔<尾声>萧素贞赶着驴“下场门”下；刘禄景里翻双袖，左臂前伸摆动水袖，右臂放到后臀摆动水袖，鸡形步跟下。大幕落。

——剧　终

哈鸿儒 整理

打砂锅

慈少泉演出本

《打砂锅》又名《糊涂县》，它是以丑行为主角的一出传统小闹剧。除京剧外，河北梆子、川剧、汉剧、徽剧、秦腔等地方戏也有此剧目。这出戏是罗寿山（罗百岁）的拿手戏。故事梗概如下：胡成老汉的儿子胡伦忤逆不孝，老汉便到山阳县告状。糊涂县官李若水给他一根“火签”，让他自己去传胡伦归案。胡成在街上追打胡伦时，误将贾老西的砂锅担子打翻，贾老西揪住胡成索赔不成，便扭扯到山阳县打官司。糊涂县官李若水误将贾老西当成胡伦，不问真相，竟将贾老西打死，逆子胡伦反而逍遥法外。

《打砂锅》讲的是笑话，谈不上什么讽刺、暴露、教育、批判……谁也不会把剧中的情节当成真的，它的作用就是放松人们的精神，博大家一乐。这出戏能流传下来，说明它在艺术上有可取之处，那么，它的看点是什么呢？

首先，在做工上，这出戏比一般的丑角戏要吃重。《打砂锅》有人称之为“昆八出”。因为老本中有些唱词、念白、身段来自八出昆曲，即《西厢记·拷红》、《白兔记·回猎》、《鸣凤记·写本》、《精忠记·奏本》、《水浒记·活捉》、《钗钏记·大审》、《渔家乐·刺梁》及《五人义》。后来演出稍有变化，但该剧的特色依然如故。像最后李若水见贾老西魂子的念白原系《渔家乐·刺梁》中的“怎么我的眼前有两个人影儿”，现在套用《问樵闹府》中范仲禹的台词，两者都是形容阴森情景，后者则更容易让观众看懂。正因为这出戏穿插了昆曲的表演，因此有些段落的身段相当繁重、细腻，没有相当的功力是不行的。比如李若水给胡成“火签”去传他儿子胡伦的那段，情节很简单，若按一般丑角戏演，顶多插科打诨地说几句，就可以把“火签”硬塞给胡成了。然而本剧中这段却借用《白兔记·回猎》中不到五十个字的台词，分成五个段落进行表演：先假托给三千人马，将火签硬给胡成令其将李家庄团团围住，拿住李氏，执剑处决，然后是耳听好消息。五个段落的身段做完，最后双臂摆动水袖转身【崩登仓】亮相，【急急风】下。整个表演非常火爆，加强了闹剧的效果，令人捧腹大笑。

京剧中丑角戏有些是一人赶扮两个身份相差很大的角色，这样往往会给表演增加一些笑料。《打砂锅》中李若水和胡伦照例是由一个演员赶扮，戏中由此产生了不少笑料。例如胡伦跟胡成要县衙的火签说：“这可新鲜！我要是跑了，我刚才不给你好不好哇？”点明了他和县官李若水，就是一个人扮演的，暗示了在这出戏里他是永远不会到公堂之上的。这当然会使人会意地一笑。但像这样胡伦和李若水轮流出场表演，要求演员装什么像什么。一个是糊涂县官，一个是不孝的逆子，两个性格、身份完全不同的角色一场赶着一场轮流上台表演，这就要求演员有相当的功力。慈少泉塑造人物分寸掌握得很准确，在舞台上活灵活现地刻画了两个完全不同的人物形象：演胡伦就带着游手好闲、没理狡辩三分的流氓气；演糊涂县官则摆出县官的架子，又带着不学无术、胡搅蛮缠的神态。

京剧丑角表演以念白为主，丑角的白口有京白、韵白、苏白、怯口白等。《打砂锅》的丑角念白包括李若水的京白、韵白、风搅雪念白以及胡伦的京白和贾老西的山西白。慈少泉的念白继承了其父慈瑞泉的特点：天然本性，古朴淳厚，流畅率真。演胡伦，念白一听就带着“滚刀肉”式的痞气；念〔干牌子〕和〔数板〕饱满充实、干净利落。演李若水，念白不带奸诈，完全是糊里糊涂、自以为是的口气，用风搅雪的念法，念韵白体现他的官体，念京白时则表示失去了官体。

《打砂锅》中有些地方故意打乱京剧的程式以增强闹剧的气氛。李若水的出场很典型。京剧中【兔形锣】出场的人物都是带有生理缺陷的人。衙役们利用山阳县的谐音用山羊叫来逗趣，四肢健全的李若水糊里糊涂地一直走至台中，问明白了为什么学羊叫以后，转回“九龙口”，另起【一锤锣】重新摆起官架子，到台口，念了一个虎头引子，虚张声势，显得非常威严，归位之后的定场诗又打破了诗的格律，说了“小耗子，上灯台”这样一段童谣，再加上之后的自报家门的道白，把糊涂县官李若水刻画得非常夸张和荒诞，由此定下了闹剧的格局。

观看《打砂锅》还可以领略京剧皮黄梆子两下锅时期的特点。《打砂锅》贾老西唱了一段“一日离家一日深”上板的梆子腔，再次出场唱了一段梆子〔流水板〕，比较完整地在京剧剧目中展现了梆子的唱腔。如果再联系剧中八出昆曲的表演，也可以说，《打砂锅》再现了花部兴雅部衰历史时期的缩影。

哈鸿儒

人物行当

胡　成	生	贾老西	丑
胡　伦	丑	四衙役	杂
李若水	丑	二班头	杂

服装扮相

胡　成　俊扮。白毡帽、蓝绸条、白二涛，老斗衣、小杏黄大带，黑彩裤，白大袜、福字履。

胡　伦　丑扮。小蓝毡帽，蓝布箭衣、小浅黄大带，黑彩裤，白大袜、皂鞋。

李若水　勾豆腐块。忠纱，带补子蓝官衣，黑彩裤，白大袜、皂鞋。（胡伦、李若水二角色由同一演员赶扮）

贾老西　勾豆腐块。白毡帽，白布水衣子、白胖袄，黑彩裤（扎腿带），白布袜、黑圆口布鞋。（末场贾老西鬼魂在头上搭一块水纱）

四衙役　俊扮。红秦椒帽，黑褶子，黑彩裤，薄底靴。

二班头　俊扮。梢子帽，沿黑边蓝布箭衣、小杏黄大带，黑彩裤，薄底靴。

道具

桌　子	两张	官　印	一方
椅　子	两把	文房四宝	一份
方　凳	一个	堂　板	四根
深色绣金团花桌围、椅披	一套	惊堂木	一块
浅色沿边布桌围	一套	火　签	若干
浅色沿边布椅披	两套	签　筒	一个
浅色包方凳用椅披	一套	竹　竿	一根
砂锅担子	一套	烛　台	一座
砂　锅	一个	旱烟袋锅炉	一个
折　扇	两把		

第一场

〔【大锣原场】幕启。场上设正场桌、“小座”。“大边跨椅”位置放一方凳。浅色沿边桌围椅披。

〔【撤锣】【小锣帽子头·原场】胡成无力地拄着竹竿“上场门”上，停一下，蹒跚地走至正场台口。【小锣归位】

胡　成　（念）家有万贯终何用？
　　养子不孝莫如无。

〔【小锣归位】胡成左转身，归“小座”坐。

胡　成　老汉胡成。（扎）不幸老妻下世，与我留下一个不肖的儿子，名叫胡伦。可恨这个奴才，不务正业，每日在赌博场中赌钱，也不奉养于我。天到这般时候，我还不曾用饭，这个奴才也不知哪里去了。唉！待我前去唤他。（站起，至大门，开门，出门，在“小边”面向“上场门”问）哎，街坊！

〔“上场门”内应：“哦！”

胡　成　可曾见着我儿胡伦哪？

〔“上场门”内应：“不曾看见！”

胡　成　（转身面向“大边”台口）哦，不曾看见。待我那厢去看。（走至“大边”，面向“下场门”问）哎，邻居！

〔“下场门”内应：“怎么？”

胡　成　可曾看见我儿胡伦哪？

〔“下场门”内应：“往赌博场中去了！”

胡　成　（转身面向前）哎呀呀，这奴才又往赌博场中赌钱去了。呃——，　我不免在此等候这个畜生。

〔胡伦“上场门”内白：“啊哈！”

〔【小锣五击】胡成转身坐“大边”的小凳。胡伦执打开的折扇“上场门”上，“九龙口”一亮，至“小边”台口。

胡　伦　（念）〔字字双〕（数板）
　　自幼——（多罗.）（合上折扇）

　　生来我　性情　刚，　不　　让，
　　　（右手举折扇指自己）（摆左手）

　　借衣　借帽　街上　0游　荡　。
　　　（右手用折扇指头）（双手按掌两边划开）

　　是　三杯　两盏　醉癫　狂，　胡撞，
　　（右手执扇，左手举起比做三）

回到 家去 打爹 行， 停 当，停 当！
（右手用扇指“大边”，并按节奏点两下）

（诗）湛湛青天让我欺，（右手执扇齐胸右划）
未曾起意神不知。（举左掌掌心向外一推）
为人不把老子打，（右手执扇指“大边”）
枉在世上玩“虎巴喇”[①]。（扎）（托左掌向外划出）

（打开折扇）在下胡伦。不幸母亲去世，给人留下一个不孝顺的老子。天天喊儿呀，他跟我要吃要喝。唉，这要到多咱是个撂手哇？（摊双掌）

胡　成　（站起，面向台口）胡伦——！

胡　伦　有得，他在这儿嚷上了啊！

胡　成　（转身面向“大边”台口）胡伦——！

胡　伦　嘿，嘿，嘿……我说你那儿扯着喇叭嗓子嚷嚷什么哪你？

胡　成　我在此等你呀！

胡　伦　等我？

胡　成　嗯。

胡　伦　等我什么呀？

胡　成　我等你有话说。

胡　伦　等我有话说？

胡　成　嗯，有话说。

胡　伦　就在这儿说吗？这要碰见儿子大爷的高亲贵友，成何体统？

胡　成　哪里去说呀？

胡　伦　有家没有？

胡　成　有哇。

胡　伦　咱们家说去。

胡　成　家里说？

胡　伦　啊。

胡　成　就家里说。

胡　伦　这不结了嘛！

胡　成　（边进门边说）呵呵，家里说就家里说。（往“小座”走）

胡　伦　（随胡成进门，边走边说）你还不死，老是这么搓磨我。（往“大边”走）我说我进门儿就输呢，你这儿嘟嘟囔囔的，冲你我就吉祥不了。（见胡成落座，用手指点着）哎，你看，这么大岁数儿啦，怎么一点儿眼里见儿[②]都没有！一屁股就排（读 pǎi）那儿啦你？

胡　成　唉——（站起，欲理论）

---

① 虎巴喇：虎巴喇（读 hù bù lǎ）一种鸟名。过去北京西郊蓝靛厂曾有逆子，因其所养“虎巴喇”被猫吃掉，迁怒其父。当初演该剧时以此故事抓哏，沿袭至今。

② 眼里见儿：北京方言，眼里有活儿的意思。

打　砂　锅

胡　伦　得，得得得！你那儿坐，坐坐！

胡　成　（又坐下）嗯。

胡　伦　干脆，儿子大爷我呀，打地摊儿了！（大摇大摆地，坐“大边”的方凳）有什么话你说吧。

胡　成　胡伦！

胡　伦　哎。

胡　成　你往哪里去了哇？

胡　伦　要钱去了？

胡　成　又要钱去了？

胡　伦　要钱得了，干吗又要钱去了？

胡　成　唉，想你天天要钱，要到几时才算撂手哇？

胡　伦　嗯哈哈……你嗔着我要钱不好哇？

胡　成　嗯。

胡　伦　这要钱不是顺我这儿兴的。

胡　成　哪一个兴的呀？

胡　伦　这要钱有辈“瘪人”[①]。

胡　成　唉，古人。

胡　伦　瘪人。

胡　成　古人！

胡　伦　瘪人！

胡　成　古人！

胡　伦　瘪人，瘪人！瘪人定啦，瘪人！

胡　成　呃，好好好，就算瘪人。

胡　伦　这不结了嘛。

胡　成　哎，哪辈瘪人哪？

胡　伦　昔日有个赵“强”胤。

胡　成　唉！

胡　伦　怎么啦？

胡　成　匡胤。

胡　伦　强胤。

胡　成　匡胤！

胡　伦　强胤！

胡　成　匡胤！

胡　伦　强胤，强胤！强胤定啦！

胡　成　呃，好。就算强胤。

胡　伦　这不结了嘛。顺者为孝哇。

胡　成　（拂右袖）哼，满口的胡言！

胡　伦　是他老人家不得第的时候，在赌博场中输打赢要。后来运转时来，他就做了“红

① 瘪与鼓互为反意，古与鼓同音，借此故意说反话。

帝”啦！

胡　成　唉，皇帝。

胡　伦　（韵白）红帝。

胡　成　皇帝！

胡　伦　（韵白）红帝！

胡　成　皇帝。

胡　伦　你先等等儿。我问问你，赵匡胤那脸是什么长相？

胡　成　红的呀。

胡　伦　还是的！这颜色儿多了，不得由着我吗，那不是“红的”就成了“红帝”了吗？

胡　成　哎，就算红帝。

胡　伦　干吗就算红帝呀！

胡　成　若是无有本钱么……

胡　伦　怎么着？

胡　成　你定要偷盗做贼。

胡　伦　怯！嘿嘿嘿……你瞧哎，到这会儿你还咬言嚼字儿，则（贼）则（贼）呢！你说做贼呀，做贼也有辈瘪人。

胡　成　哎，哪辈瘪人哪？

胡　伦　昔日有个刘知远。是您老人家不得第的时候，偷猫盗狗，掐枝儿拣柳。后来，运转时来，您就做了黄鳝啦！

胡　成　唉，皇上。

胡　伦　黄鳝。

胡　成　皇上！

胡　伦　黄鳝！

胡　成　皇上！

胡　伦　哎哟，我说老糊涂喂！这黄鳝有地方卖，这皇上没地方卖。哪儿卖皇上啊？

胡　成　你呀，偷盗不成，定要沿门乞讨哇！

胡　伦　哎你说要饭呐！

胡　成　哎……

胡　伦　要饭也有辈瘪人。

胡　成　又是哪辈瘪人哪？

胡　伦　你瞧，昔日有个郑元和。是您老人家沿门乞讨，后来运转时来，您就点了爷家的“汤元”啦！

胡　成　唉，状元。

胡　伦　汤圆。

胡　成　状元！

胡　伦　汤圆！

胡　成　状元！

胡　伦　我说你怎么那么糊涂哇。汤圆吃得，状元吃不得。状元怎么吃呀那个？

胡　成　唉，汤圆也罢，状元也罢，拿来！

胡　伦　要什么呀？

胡　成　拿饭来呀！

胡　伦　我说你凭什么跟我要饭吃？

胡　成　你是我的儿子呀？

胡　伦　谁是你的儿子？

胡　成　哎……呀，你是我亲手自造的儿子呀！

胡　伦　你呀，你含糊点儿吧。我是你的儿子，你是谁的儿子呀？

胡　成　（拂袖）满口胡言呐！

胡　伦　还告诉你说，儿子大爷（站起）身长（读 zhǎng）树大肩膀齐。没什么别的，往后咱们俩人儿就哥们儿论着了。

胡　成　（站起气呼呼地指着胡伦）哈哈！我把你这个奴才呀，你敢与老汉论起哥们儿来了哇！

胡　伦　得了，哥们儿就哥们儿得了，（学胡成韵白）干吗还“哥们儿”呀你！

胡　成　今天我要是不打死你呀……

胡　伦　怎么着？

胡　成　恐怕惯了你的下次。

胡　伦　呵，我说你要找死是怎么着你？（将折扇插入后领）

〔胡成往双手吐上口水，搓着拉过竹竿。

胡　伦　（挽袖子）干吗？还要嘎拉嘎拉[①]是怎么着？

〔胡成举起竹竿。

胡　伦　你要怎么着，怎么，怎么？

胡　成　（抡竹竿打胡伦）好奴才！

胡　伦　（与胡成拉扯，抢过竹竿）你拿过来！（推倒胡成）去吧你！**（台）**

〔胡成倒地呻吟；胡伦转身面向“大边”台口跨右腿，抬左腿跺脚，左手握竹竿摊双掌，仰望天空。

胡　伦　（韵白）哎呀天呐，天！想我胡伦中年不丧父，此乃哉不幸也！

〔胡成右手撑起身子，盘右腿，左腿微抬起，右手指胡伦；胡伦举竹竿欲打胡成。

サ　2 1 6̣ - 6̣ 1 6̣ 1 1 5 3 - ˅ 2 1 2 1 1 6̣ 1616 6̣ ˅ 1 - ‖

胡　伦　（干唱）活活打　打煞你这贱　丫　头！

这是呀，《拷红》的昆腔儿，你听过吗，你！

〔**【小锣长丝头】**胡伦把竹竿扔到胡成身边，左转身“下场门”跑下。

胡　成　（挣扎着）好奴才，好奴才！（拾起竹竿拄着站起）我打他不动，我，我告这个奴才去！

〔**【小锣原场】**胡成抓右袖，左手拉竹竿，气愤地迈大步“下场门”下。

〔闭二幕，撤去桌、椅、小凳等。

---

① 嘎拉嘎拉：北京方言，打架的意思。

第二场

〔【小锣原场】开二幕，空场、静场。

〔（大大）贾老西抽着烟袋缓步“上场门”走上，至“九龙口”一亮，继续一口一口地抽着烟缓步至正场台口，抽不到烟，看看烟锅，左手拇指按按烟锅，又抽，（扎）还抽不到，又看看烟锅，原来抽完了。烟锅朝下，右手拿着烟袋往左手背上磕磕，掸掉烟灰，翻过烟锅，吐上点儿口水，使之不烫手。

贾老西　（念①）曲曲弯弯路，
层层迭迭山；
雁飞不到处，
人被名利牵。②（多多）（把烟袋别在腰间，往上拉拉袖子两边看一看）

我（读è）姓贾，我是山西人，人家都管我叫贾老西儿。是我在煤铺里跑外，因为跟掌柜的呕了一口气，掌柜的把我散（读sàn）③啦。是我住在这个店里头趸④了点儿砂锅，做个小买卖儿，也好吃饭。今儿个天不早啦，该出去做买卖啦。（向“上场门”喊）我说伙计们呐！

〔“上场门”内应：“哎！”

贾老西　我们出去做买卖去啊！

〔“上场门”内应：“我们不去！”

贾老西　为什么呐？

〔“上场门”内应：“我们怕狗打架！”

贾老西　你听这丧气劲儿的！卖砂锅的就怕狗打架。你不去我去！

〔双手叉腰到“小边”侧幕担出砂锅担子，走至正场台口。

贾老西　嘿！出得门来，好天气呀！

慢起〔梆子腔〕

（个 大 5 | 1̇ 3 6 | 5 5 1̇ | 6 5 3 5 |

（按照过门起演唱节奏走着挑担子步）

1 1̇ | 1̇ 3 | 2. 3 5 1̇ | 6 5 3 5 |

（2）

1）3 | 2 1 | 1 1 | 5̣ - |

一 日 里 离 家 （呵）

---

① 贾老西念白均为怯口，念山西方言。

② 四句诗要一口气连贯着念完，中间不能停顿。

③ 方言，北京也有这种说法。散：解雇的意思。

④ 方言，北京也有这种说法。趸：批发。

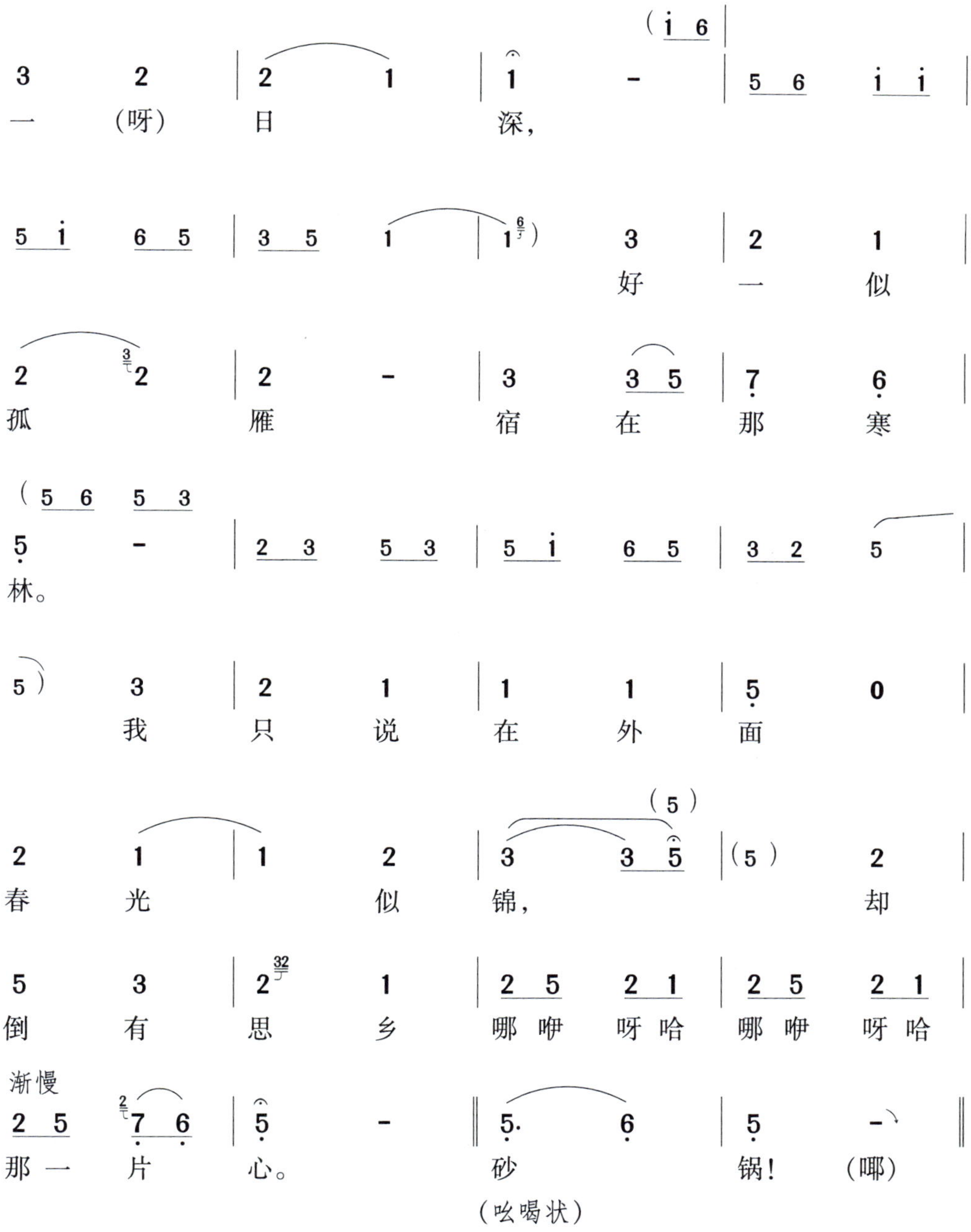

〔【小锣原场】贾老西挑担子“下场门”下。闭二幕。

第三场

〔【小锣原场】开二幕。场上置正场桌，“大座”。深色绣金团花桌围椅披。桌上摆官印、文房四宝。

〔【兔形锣】四衙役（执堂板）、二班头随锣经喊“咩”，“上场门”上“站门”。李若水[①]“上场门”上，至正场抖右袖，提袖。锣经止。

李若水 （两望，韵白）哎，衙役的！

众 有。

李若水 你们“咩”的是什么？

二衙役 老爷做的是山羊（山阳）县，衙役们“咩”得快，老爷官升得就快。

李若水 哎呀呀，老爷做的是山阳县，你们衙役们“咩”得快，老爷就升得快？

二衙役 正是。

李若水 好好好，如此，（右手先指“大边”，再指“小边”）你们大家（张开双臂左转一圈，退至“九龙口”，同时念出）都“咩”！（摊开双掌）

众 咩——

〔**【一锤锣】**李若水上步抖双袖，提袖，整冠，迈方步至正场，抖右袖，提袖。**【归位】**

サ（台.大 台） 2 3 2 1 3 – （0 台 仓 才 仓 才 令 仓 仓）

李若水 （引[②]）官居将帅， 逞 英 豪，

（左手捏右袖，右手赞美式）

1. 2 3 5 1 1 1 – （大 大） 2 1 2 3 2 1 –

念（呐）吾 平（呐）生， 志 量

（右手托掌）

6 – 7 6 5 6 – 7 6 6 – ‖

高。

（双手赞美式）

〔**【一锤锣】**李若水抖双袖，提袖，右转身，归“大座”站，二班头、四衙役归“里八字”。**【归位】**

李若水 （诗）一蹬儿， 两蹬儿， 上头挂着一个红杏儿，（台.大 台）

（左手捏右袖，右手比一、二） （右手指自己左肩后）

小耗子儿，上灯台儿，偷油吃，下不来！（台 令 台）

（左手上指） （右手捏左袖，托左掌）

早知道下不来，他就不该上去，（台.大 台）

（摆右手）

上去然后哦呵下不（哇）来！**【住头】**

（左手捏右袖，右手往左上指，然后翻下来下指）

（轻抖左袖、折左袖）下官，**【撕边一击】**李若水。**【住头】**（抖左袖，提袖）自幼在

① 李若水是《钗钏·大审》中钦差之名，此处借用其名。

② 此“引子”原系《白兔记·回猎》刘知远所念“引子”。

家坐破毡毯，磨穿铁砚。大比之年上京赶考，（右手前指）我也作过三篇文章，（左臂高举，左手比做三）两篇论。（右手伸出比做二）头一篇我作的是，哎，这个。（托左掌，右手指左掌）二一篇我作的是那个。（托右掌，左手指右掌）我作出了的是哪个？哎嘿！（拍惊堂木，右手指桌面）我作的是这个：（双手捧书状）“正月里来正月正，我带小妹逛花灯，呀伊儿哟！”[①]【住头】（坐）圣上道我大有才能，放了我一个四衙。（右手比做四）是我又上殿启奏一本，（双手恭请式）不准马路上小孩儿拉屎。圣上道我盖世奇才。（右手高举做赞美式）又升了我一个二衙。（左手比做二）我想二衙倒比四衙大，却比四衙哦呵，少俩伢。[②]【住头】蒙圣恩（双手恭请式）放我山阳县的正堂。今乃二五八日放告之期。来！

众 啊！

李若水 放告牌抬出。

「班头甲做搬放告牌出门挂在墙上的身段。胡成拄着竹竿“上场门”急上至“小边”，喊冤。班头甲进门禀报。

胡　成 呃，冤枉，冤枉啊！

班头甲 有一老头儿喊冤。

李若水 哦，有了打官司的了？

班头甲 正是。

李若水 （站起）哎呀呀，如此说来，买卖到了！待我出衙迎接。

「李若水出，二班头拦住。

班头甲 （至李若水身旁）您干什么去呀？

李若水 （京白）我迎接打官司的去呀！

班头甲 叫他自各儿进来呀！

李若水 （韵白）唉，我们买卖人总要和气生财。

班头甲 还是叫他自个儿进来吧！

李若水 哦，叫他自己进来？

班头甲 叫他自个儿进来。

李若水 好好好，叫他自己进来。

班头甲 是。（出门）老头儿！

胡　成 呃。

班头甲 上堂回话！（进门，回“大边”原位）

胡　成 哦。是是是。来了，来了。（进门）叩见太爷。（拄着竹竿跪在正场面里）

李若水 那一老球儿。

二班头 （纠正）老头儿。

李若水 噢，是老头儿？

二班头 老头儿。

李若水 （对胡成）老头儿！

① 这是北京流行的民间小调的前两句。接下来是：“花灯本是假，妹子是真情。”

② 伢：方言，小孩的意思。在此引伸为所辖下属的人手。旧制县衙办事机构中，四衙管治安，下属人手多；二衙地位虽高，而下属人少。这里用“衙”与“伢”的谐音来抓哏。

胡　成　有。

李若水　你头起抬来！

二班头　（纠正）抬起头来。

李若水　噢，抬起头来？（二班头点头肯定，对胡成）抬起头来！

胡　成　有罪不敢抬头。

李若水　恕你无罪。

胡　成　谢老爷！（抬头）

李若水　（站起，拍惊堂木）呀！

［唢呐吹奏曲牌<急三枪>。李若水随曲牌做耍威风身段：提起左腿，左手前指胡成，左脚下落地提起右腿，翻右袖，右脚落地提起左腿，翻左袖。左脚落地，左转身，面向里，同时抖右袖，撑左袖，提起左腿。左脚落地，再左转身，面身"小边"，放下左臂，撑右袖。抖双袖,提袖，右脚蹬在"大座"椅上。曲牌止。

李若水　搂头三夹棒！

胡　成　（站起至"小边"，面向前）哎呀，我不告了，不告了！

李若水　（放下右脚,面向"大边"，京白问班头甲）哎哎哎,给我揪回来！哎，为什么不告，问问他！

班关甲　（至胡成身旁）怎么不告了？

胡　成　哎呀，我上得堂来，一言未发，搂头就是三夹棒。哎呀，我不告了，不告了！

班头甲　唉，等会儿，等会儿。（回原位）

李若水　怎么回事儿？

班头甲　他上得堂来，一言未发，老爷就让搂头三夹棒，他就不告啦！

李若水　（京白)哎呀呀,你对他去说，道你老爷我就是这"毛姜刺"[①]的脾气。叫他告来！

班头甲　哎。（至胡成身旁）老头儿！

胡　成　哎。

班头甲　我们老爷就是这毛姜刺的脾气。

胡　成　毛姜刺？

班头甲　毛姜刺。随我来！（回原位）

胡　成　哦哦，是是。（随班头甲上堂）

班头甲　哎哎，跪下，跪下。

胡　成　（在正场面里跪）与老爷叩头。

李若水　（韵白）老头儿。

胡　成　有。

李若水　有何冤枉，你慢慢讲来。

胡　成　是。小老儿名叫胡成。所生一子名叫胡伦。可恨这奴才不务正业，天天要钱，也不奉养于我。求老爷做主。

李若水　（京白,拍惊堂木）胡说！！（韵白）你不养活他老人家,反告他老人家,岂有此理！（又拍惊堂木）

胡　成　唉？我是告我的儿子忤逆不孝哇！

---

① 毛姜刺：毛躁的意思。

李若水 （京白）怎么着？你是告你儿子忤逆不孝？

胡 成 是呀！

李若水 （京白）干啦,老爷我闹拧啦。我当你是儿子告爸爸。我瞧你这白不呲咧的，我拿你当成天老(读 lōu)儿[①]啦！

胡 成 哎呀，岂有此理呀！

李若水 哎呀，衙役的！

众 有。

李若水 你们谁认识他儿子？

二班头 我们都认得。

李若水 都认识，好。来！拿我火签，捉他的儿子到案。

班头甲 （韵白）我不敢去。

李若水 你怎么不敢去？

班头甲 （韵白）我怕他打！

李若水 噢，你怕打。好好好，（对班头乙）你前去！

班头乙 （韵白）呃，我也不敢去呀！

李若水 你怎么不敢去呀？

班头乙 （韵白）我怕他骂呀！

李若水 哎呀呀…… （指班头甲）你怕打，（指班头乙）你怕骂。也罢！（举起火签）待老爷亲自前去呀！

〔二班头拦李若水。

班头甲 哎老爷，您别亲自去呀！

李若水 怎么？

班头甲 咱们这儿有个乡风儿。

李若水 （京白）什么乡风儿？

班头甲 原告传被告，一传就到。

李若水 哎呀呀……有这个乡风儿？（班头甲点头肯定，对胡成）哎，老头儿！

胡 成 哦，老爷。

李若水 我们这里有个乡风儿。

胡 成 哦，什么乡风儿啊？

李若水 原告传被告，一传就到。

胡 成 哎呀老爷，他的性情不好，我不敢去呀！

李若水 唉，从来不听妇人言。[②]

胡 成 哎呀，老爷改差吧！

李若水 哎，再言不值半文钱。[③]

胡 成 呃，老爷改差吧！

李若水 （用韵白大声地叫）哦呵老头儿！**【大锣五击】**（左手举火签从桌左侧出座，火签交到

---

① 天老儿：北京方言，对一落生就是白头发的人的俗称。

② 在此处借用《鸣凤记·写本》中杨继盛的台词。

③ 同上。

右手）老爷赐你（左弓箭步，左手捏右袖右手执签指向“大边”台口）三千人马！（撤回右手齐腰执签，撤回左腿成戳步式，左手举起比做三）（**大 台 仓 才 仓**）（上右步直立，侧抬左腿，身体右倾，右手将火签硬塞给胡成）将李家庄团团围住，（**大 台 仓 才 仓**）（左脚落地，右脚左跨一步，左脚左迈一步双掌平按，双手轮流自里向外平划）拿住你那李氏嫂嫂，（**大 台 仓 才 仓**）（左脚右跨一步，右脚右迈一步，至胡成身旁，左手捏右袖，后划右臂再向前指“台口”）执剑处决。（原地跨抬左腿，右手拔剑状，再跨右腿成右弓箭步，向胡成做刺杀状）为父的眼观旌旗起，（撤回右腿，右手托掌指自己眼睛）这耳听（**嘟……八仓**）（双臂齐胸左划，顺势转身一周，展开双臂，随着念右摆双袖，左摆双袖）好消息[1]！

〔（**嘟……崩登仓**）李若水上左步双袖右摆，双袖左摆，左转身面向“下场门”，双臂往右肩上方后甩水袖，跨抬左腿亮相。**【急急风】**李若水“下场门”急下。众衙役、二班头两边窝下。胡成拄着竹竿往“大边”走，向“下场门”看着李若水退堂，然后返回正场。闭二幕，撤去桌椅，再开二幕。

胡　成　哎呀呀，好一个姜毛刺的老爷。（看右手中的火签）嘿嘿，说什么他们这里有个乡风：原告传被告，一传就到。唉，老汉下公堂！（圆场）

〔数板〕（**多多罗多　乙个多　多**）　老汉　下公　堂，
捉拿　小儿　郎。
拿到　公堂　上，
必定　见（呐）阎王！

〔胡伦紧接胡成〔数板〕在“上场门”内白：“嘿！”**【小锣抽头】**胡伦右手执折扇“上场门”上，边走边往后看，鬼鬼祟祟地看是否躲过了赌债账主，至“九龙口”。

胡　伦　〔数板〕（**台　令台　令台　乙令台**）　急　走　慌　忙，
急　走　慌　忙！
若被　他赶　上，是
一定　要遭　殃，是
一定　要遭　殃！

〔胡伦念〔数板〕走至正场与胡成相遇，胡伦一愣。

胡　伦　嘿！老爷子，您这儿站着干什么？您跟我走吧啊！

胡　成　哼，哪里去呀？

胡　伦　回家吃饭去。

胡　成　呃，呃，我不去，我不去。

胡　伦　怎么着？

胡　成　我……我不饿呀！

胡　伦　不饿，您跟我喝茶去！

胡　成　呃，不渴，不渴。

胡　伦　哎哟您瞧哎，给您脸了是怎么着？饭也不吃，茶也不喝，你是怎么回事呀你？

胡　成　我把你告下来了哇！

胡　伦　哎呀，这么好的儿子，你怎么会把我告下来了？

---

① “眼观旌旗起，耳听好消息。”这是京剧《空城计》中司马懿的台词。

胡 成 告下来了哇!
胡 伦 你告我……唉，怎么没有官人跟着呀?
胡 成 他们这里有一个乡风啊。
胡 伦 什么乡风儿?
胡 成 原告传被告，一传就到!
胡 伦 有什么凭据呀?
胡 成 （伸出火签给胡伦看）火签为证呐!
胡 伦 拿来我瞧瞧!
胡 成 唉—— （收回火签）
胡 伦 怎么了你?
胡 成 不能给你呀。
胡 伦 怎么不能给我?
胡 成 你要是跑了呢?
胡 伦 这可新鲜我要是跑了，我刚才不给你好不好哇，你?
胡 成 呵呵呵……
胡 伦 拿来!
胡 成 谅你也跑不了哇!
胡 伦 拿来我瞧瞧。（到胡成身旁）
胡 成 拿去。
　　　　［胡成把火签给胡伦，二人换位，胡成至“小边”，胡伦至“大边”。
胡 伦 （看着火签）什么呀，嘿!这是城隍庙的火签。你呀，别在这儿添乱了你!
　　　　［胡伦折断火签，扔掉，转身“下场门”急下。
胡 成 啊?（台）这奴才把火签折断了!待我将他赶上。
　　　　［**【小锣打下】**胡成追，“下场门”下。

第四场

［**【小锣抽头】**贾老西挑砂锅担子“上场门”上，至正场。

贾老西 （令台 乙令 台6 53 25 35 12 62 1） 1 5 |
　　　　　　　　　　　　　　　　　　　　　　　买 卖

（圆场）
01 15 1 5 1 02 22 1 1 65 1 5 ‖
兴 隆 通 四 海，财 源 茂 盛 大 发 财。

［**【乱锤】**胡伦“上场门”跑上，边跑边往后看。胡成“上场门”追上。胡伦躲在贾老西担子前面。胡成抢竹竿从担子后面打胡伦，胡伦以贾老西的担子挡，胡成误打中砂锅担子。**【乱锤】**接**【一锣】**胡伦“下场门”跑下。胡成朝“上场门”欲跑，贾老西扔下担子将其拉回。

胡　成　（理屈地）哎哟，大哥，大哥！

贾老西　（拉住胡成）好哇，好哇！打了我的砂锅你就跑啊！

胡　成　（作揖）哎呀，大哥！

贾老西　大锅？连个薄砂吊儿[①]你也没给我留哇！

胡　成　哎呀大哥，饶了我吧。

贾老西　你是官办，还是私休哇？

胡　成　哎呀，官办怎说，私休怎讲啊？

贾老西　私休哇，你拿出钱来赔我的锅。

胡　成　哎呀大哥，我……我无有钱呐！

贾老西　你无有钱啊，我们打官司去！到了太爷那儿你也得赔我的锅！

胡　成　呃——哪里打官司啊？

贾老西　哎，山阳县去打！

胡　成　好，好，我与你官办。

贾老西　好你个老头儿啊，这玩艺儿，我要不拽住你，你就跑了啊！

〔闭二幕，摆桌椅。贾老西拉着胡成圆场，边走边说。

贾老西　你打了我的砂锅你就跑啊？没那事儿！

胡　成　大哥，你……慢一点。

贾老西　慢一点儿，那还行？到了哪下（读 hà）儿，你也得赔我的锅。我是个小买卖人儿，不容易呀。你把我的锅都打啦，那不行啊！

〔开二幕。场上置“正场桌”，“大座”。深色绣金团花桌围椅披。桌上摆官印、文房四定。贾老西拉着胡成走至“小边”，一望，见到县衙。

贾老西　冤枉——！（不停地唠叨）不抓住你，你就跑啦！我搁（读 gē）不住哇，小买卖儿呀，你把我的锅都打啦，完不了！见了太爷你也得赔我的锅，哪儿说也不成！

〔贾老西不依不饶的同时，班头甲“下场门”暗上，至“大边”见贾老西与胡成拉扯，转身向“下场门”躬身禀报。白：“有请老爷。”李若水“下场门”暗上，班头甲至他身旁指着“小边”报告。李若水出衙，误认为贾老西是胡成的儿子。众衙役、班头乙两边暗上，“站后场八字”。

李若水　（京白）哎，嘿嘿嘿，好哇！（指贾老西）你把他撒开！

贾老西　我把他撒开？

李若水　撒开，撒开！

贾老西　他要是跑了呢？

李若水　跑啦？这可新鲜，他好容易找到你，他会跑了？你撒开他。他要是跑啦，跟老爷我要人。

贾老西　噢，他要是跑了，跟老爷要人？

李若水　跟我要人。撒开，撒开！

贾老西　（对胡成）我就放开你，我谅你也跑不了。

李若水　（招呼胡成）来来来，过来，老头儿！这边儿来，这边儿来！

〔胡成走至“大边”。

---

① 薄砂吊儿：煎药用，带把儿或者提梁，有个盖子的砂锅，比一般砂锅薄很多。

李若水　（拉着胡成）哎呀，你辛苦啦啊！
胡　成　（摆手）哎呀，不辛苦，不辛苦。
李若水　哎呀，有累，有累了啊！
胡　成　哎呀，不受累，不受累！
李若水　哎呀，好容易找着了啊？
胡　成　哎，可不是么，可不是么！
李若水　哎，我问问你，（指贾老西）我要是打他，你不心疼啊？
胡　成　呃，打他？呃，我不心疼啊！
李若水　呀呀……那就……你不心疼啊？
胡　成　（紧接）我不心疼，我不心疼！
李若水　那我要是把他打死哪？
胡　成　打死这个王八蛋，我也不心疼。
李若水　哎，好好好！老头儿，（挥手）去你的，去你的！走，走，走！
「胡成慌忙地拱手，转身"下场门"急下。
贾老西　（着急地）哎，老爷，老爷！你为什么把他放跑了？（不依不饶地）哎，老爷，你为什么把他放跑了哇？为什么把他放跑了哇？
李若水　哈哈！好小子啊！耳听是虚，眼见是实呀！当着我，你还这么野蛮呐！（进门，归"大座"，站在桌后）来呀！
众　有。
李若水　给我打他四十大板！（拍惊堂木）
贾老西　（进门追着问）唉，你为什么打我呀？
李若水　（指着贾老西）打你，打你个咆哮公堂！打！！（坐下）
贾老西　（转身面向前，摊双掌）哎哟，我倒咆哮公堂啦？
二班头　（执堂板）趴下，趴下！
李若水　打，打，打！
「贾老西在正场趴下，二班头打。
二班头　一十、二十，三十、四十！
「二班头举堂板让李若水验刑后回原位。
李若水　得，得，起来，起来！
贾老西　（趴着哭）哎哟……哎哟……老爷！
李若水　起来，有话，说！
贾老西　（起来，面向前）老爷呀！
李若水　怎么着？
贾老西　他打了我的锅啦！
李若水　他打了你的锅啦？
贾老西　可不是嘛！
李若水　你不给他饭吃嘛，他不打你的锅？要搁老爷我还踹你狗（读 góu）儿的锅台儿呢！来呀！
众　有。
李若水　再打四十！

贾老西 （跳着转身问）哎老爷，老爷，你为什么要打我四十？

李若水 打你个忤逆不孝！打！

贾老西 （转身面向外，摊双掌）哎呀，我倒忤逆不孝了我！

二班头 趴下吧，你！

〔二班头推贾老西趴下打板子。

二班头 一十、二十，三十、四十！

〔二班头举板让李若水验刑后回原位。贾老西不断呻吟。

李若水 起来，起来，起来！

贾老西 哎哟……哎哟…… （弯着腰揉腿，艰难地站起）哎呀老爷！

李若水 有话说，说！

贾老西 哎哟……老爷呀！

李若水 怎么着？

贾老西 （痛苦地）老爷，老爷！

李若水 哎。

贾老西 （指“大边”台口）他、他……他不是我的老子！

李若水 咳！他不是你的老子？

贾老西 嗯。

李若水 他不是你的老子，他是我的老子？来呀，再打四十！

贾老西 （急得乱跳）哎呀老爷！你为什么又打我四十呀？

李若水 我打你当堂不认父！（拍惊堂木）

贾老西 哎呀，我倒当堂不认父啦，咳……

二班头 趴下，趴下！

〔二班头推贾老西趴下打板子。

二班头 一十，二十，三十、四十！

〔二班头举堂板让李若水验刑后回原位。

贾老西 （呻吟）哎哟……老爷，哎哟……老爷……

李若水 起来，起来，起来！

贾老西 （哭着艰难地站起）呜，呜，呜……老爷！

李若水 有话，说！

贾老西 （咧着嘴分辩）我是外省人呐！

李若水 还是的，你就是他外甥儿吧，还有个娘亲舅大呢！来呀，再打四十！

贾老西 哎呀，老爷！你为什么又打我四十呀！

李若水 打你个六亲不认。

贾老西 （跺着脚）哎呀，我倒六亲不认啦！

〔二班头推贾老西趴下打板子。

二班头 一十、二十，三十、四十！

〔二班头举堂板让李若水验刑后回原位。贾老西不断呻吟。

李若水 起来！

贾老西 （哭）哎哟呵呵……呜，呜，呜！

李若水 起来，起来！甭哭！

贾老西 （起来哭诉）哎呀老爷呀……

李若水 有话，说！怎么回事儿？

贾老西 哎，老爷，我是外省城的人啊！

李若水 （愣住）什么？（站起）

贾老西 我是外省城的人啊！

李若水 啊——？你是外省城的人哪？

贾老西 对啦。

李若水 你们怎回事儿呀？

贾老西 这倒不错啊，你把我打个烂酸梨似的，你现在还不知道怎么回事呢！

李若水 他，我哪儿知道这是怎么回事儿哪？那你就说了我听听啊！

贾老西 我是个做小买卖儿的，卖砂锅的。今儿个头天做买卖，碰见这老头儿，拿着个棍儿赶个小伙子儿。这小伙子儿一跑啊，他这个棍儿没打着小伙子儿，把我的砂锅给打啦。我是到这儿打官司的。

李若水 哎呀，闹了半天是这么回事儿。

贾老西 可不是嘛！

李若水 你是卖砂锅儿的。这老头儿追个年轻的小伙儿，打那个小伙儿没留神，打了你的锅了。

贾老西 打了我的锅了。

李若水 你带他告状来了。

贾老西 我打官司来了。

李若水 干了！老爷我弄拧啦。

贾老西 怎么啦？

李若水 前两天儿这老头儿呀，讼他儿子忤逆不孝。你跟他一块儿来，我瞧你那年纪儿，你那岁数儿，拿你当他儿子了。

贾老西 不定哪个王八蛋是他儿子！

李若水 啊嚏[①]！哎呀这么一说，老爷我是屈打了你啦？

贾老西 嘿！老爷啊，官打民不羞哇！

李若水 哎，我打你不羞啊[②]！

贾老西 是是。

李若水 （出座，到贾老西身旁假意关心）哎呀，这一挑子砂锅都打碎啦？

贾老西 可不是都打碎了嘛！连个薄砂吊儿都没留住哇！

李若水 哎呀，这下子赔了本儿了。

贾老西 小买卖人儿，搁不住哇！

李若水 可说的是呀，搁不住……哎，这么办！老爷我赏赏你得了。

贾老西 （意外地）呵，呵，老爷呀！你，你要赏赏我呀？

李若水 哎，我赏赏你！

贾老西 （盘算着）哎哎，老爷，你赏我多少？

---

① 北京习俗。凡有被人骂的人，他就打个喷嚏，表示没听见。

② 过去老话说：“官打民不羞，父打子不羞。”此处李若水是绕着弯子拣贾老西的便宜，借以抓哏。

李若水　赏多少……

贾老西　嘿嘿，你赏多少？

李若水　哎呀，这一挑子锅都打碎啦？

贾老西　可不都打碎啦，连个支炉儿[①] 都没有留哇！

李若水　哎呀，他这本儿赔大啦！

贾老西　是是是。

李若水　小买卖人儿搁不住，是不是？

贾老西　搁不住哇。

李若水　哎这么办吧，（商量的口气）这一挑子锅要是赏你一百……恐怕不够吧？

贾老西　一百？

李若水　不够吧？

贾老西　（高兴地）嘿，老爷！这个小买卖儿，没有那么大本钱。用不着一百。

李若水　怎么着？

贾老西　有八十就够啦。

李若水　啊，八十就够啦？

贾老西　（喜形于色）八十就够啦！

李若水　哈哈！这可是你说的。

贾老西　这是我说的。

李若水　不赔本儿呀？

贾老西　赔不了本儿。

李若水　这可是你自讨的。

贾老士　这是我自讨的。

李若水　来呀！

众　有！

李若水　打八十！（转身归座）

贾老西　（摊双掌）哎哟老爷！你、你……你不是赏八十吗？

李若水　（坐“大座”，右手前指）我呀，我打你自讨八十。

贾老西　（转身面身前，摊双掌）哎呀，自讨八十？

〔二班头推贾老西趴下打板子。

二班头　二十、四十、六十、八十！（打完看看贾老西）哎！嘿嘿嘿……！起来，起来，起来！

李若水　怎么啦？

二班头　打死啦。

李若水　怎么，打死啦？

二班头　打死啦。

李若水　（韵白）哎呀呀，这样梢长大汉被我打死，真真怪可惜。唉！可惜了儿的！来！

众　有。

---

① 支炉儿：一种烙饼用的砂锅制品。将有筛眼的锅底朝上，锅口朝下，扣在煤球炉子的炉口上，加热支炉儿，用其所蓄的热量将饼烙熟。

李若水　（韵白）赏他金井御葬①！

众　啊！

李若水　（拍惊堂木，韵白）且慢！（仓）似这样卖砂锅的臣子，赐他什么金井御葬！（拍惊堂木）拖至荒郊！

众　啊！

「【冲头】四衙役两边分下，二班头拖贾老西收尸“上场门”下。李若水在桌案摆上烛台，然后离座至正场背双手朝“上场门”一望，转身面向前。

李若水　（笑容满面，韵白）哎呀呀,想我自到任以来，唯有这打砂锅一案被我断得是清清楚楚，明明白白。就是包公再世，也不过如此的断法。有了，待我打本进京，定有封赠。待我修起本来！

「李若水回至“大座”，右脚蹬着椅子，提笔，修本状。贾老西魂子举堂板“上场门”暗上，走向“正场桌”。

李若水　サ 2 1 5 - 6 2 - (23)3 2 1 - (12)2 (6)1 3 -

恨　权　臣②……

「贾老西魂子在李若水唱完“臣”字时，抡起堂板打公案③。（仓）李若水丢笔向“大边”跑几步，慢慢转身看贾老西。贾老西面向前高举堂板站“正场桌”“小边”一侧。

贾老西　（鬼嚎声）啾——！

李若水　（转身蹑足潜踪地往左移动，韵白）丫环！（无人应，又蹑足潜踪地往右侧移动）院子儿！（无人应声，倒吸一口气）哎呀且住！（双手互击，往右侧小跑几步）这书房之中（左手捏右袖，右手伸出指前下方）阴风惨惨，（双手齐胸外划圆，下按）莫非有鬼？（右脚前戳，身体前倾，左手捏右袖，右手指前下方）④

「（仓仓仓仓仓仓仓仓）贾老西举着堂板旋转着身体跑到“大边”，举堂板面向“小边”做鬼嚎声；同时李若水跑到“小边”，指着“小边”喊。

贾老西　（鬼嚎声）啾——！

李若水　（韵白）哦呵！这边来了！

「（仓仓仓仓仓仓仓仓）贾老西与李若水做与上面相反方向的身段。

贾老西　（鬼嚎声）啾——！

李若水　（韵白）哦呵！这边来了！

「（仓仓仓仓仓仓仓）李若水和贾老西同时跑至正场，贾老西左转身一周面向李若水高举堂板；李若水右转身一周面向贾老西，跳动着举起右臂往下甩水袖，撑左袖，抬右脚。

李若水　（韵白）哦呵！

---

① 此处借用京剧《斩黄袍》赵匡胤的词。

② 此句唱是《鸣凤记·写本》杨继盛所唱。原词是：“恨权臣协谋助党，颠覆乾纲。”

③ 此处身段系模仿《精忠记·奏本》中的身段。

④ 此处模仿京剧《琼林宴》夜宿书房中的情景。

〔三个（**八大仓**）贾老西举着堂板踢左右脚。李若水跳着将撑起的左袖往下甩，撑右袖，抬左脚，再往下甩右袖，撑左袖，抬右脚；再一次往下甩左袖，撑右袖，抬左脚。（**崩**）右水袖下甩与左袖同时向后摆。（**登**）跨抬右腿，双袖摆向右肩上后方。（**仓**）右脚落地，双袖下甩，躬身面向“大边”台口亮住。同时贾老西高举堂板亮住。

贾老西　（鬼嚎声）啾——！

李若水　（直起身，转过身来对贾老西，京白）你呀，别叫唤了！你招这说干吗呀？

〔唢呐吹奏曲牌<尾声>。李若水左转身“下场门”跑下，贾老西高举堂板追下。

【冲头】幕落。

——剧　终